D1868977

aufbau taschenbuch

AUFBAU VERLAGSGRUPPE

Iris Kammerer, geb. 1963 in Krefeld, studierte Klassische Philologie, Philosophie und Literaturwissenschaften in München und Marburg. Sie arbeitet als Texterin, Redakteurin und Beraterin, ist Mitglied der 42er Autoren e. V. sowie des Arbeitskreises »Quo Vadis« und lebt mit ihrer Familie in Marburg. Ebenfalls von ihr erhältlich ist die Roman-Trilogie *Der Tribun*, *Die Schwerter des Tiberius* (beide 2004) und *Wolf und Adler* (2007). Mehr zur Autorin unter: www.iris-kammerer.de

Als Nachgeborener hat Heinrich Raspe, Sohn des mächtigen Landgrafen von Thüringen, eigentlich keine Aussicht auf eine einflußreiche Stellung. Doch als sein älterer Bruder Ludwig auf einem Kreuzzug stirbt, soll er das Erbe der Familie weiterführen, bis der kleine Hermann, Stammhalter Ludwigs und dessen Frau Elisabeth, herangewachsen ist.

Von Kindesbeinen an hegt Heinrich tiefe Gefühle für seine verwitwete Schwägerin, die aber erfüllt ein Gelübde und weiht ihr Leben den Armen. Erbittert und machtlos muß er zusehen, wie sie die Burg verläßt, um unter der Aufsicht des ihm verhaßten Inquisitors Konrad von Marburg ein Leben in Armut zu führen. Und dennoch bestimmt die später als Heilige verehrte Elisabeth weit über ihren Tod hinaus sein Schicksal …

Iris Kammerer

Der Pfaffenkönig

Roman

Aufbau Taschenbuch Verlag

ISBN 978-3-7466-2295-8

Aufbau Taschenbuch
ist eine Marke der Aufbau Verlagsgruppe GmbH

2. Auflage 2007

Umschlaggestaltung Preuße & Hülpüsch Grafik Design
unter Verwendung einer Buchmalerei aus der »Kreuzritterbibel«
Druck und Binden Clausen & Bosse, Leck
Printed in Germany

www.aufbau-taschenbuch.de

Caritas patiens est, benigna est, caritas non aemulatur, non agit perperam, non inflatur,
non est ambitiosa, non quaerit quae sua sunt, non inritatur, non cogitat malum,
non gaudet super iniquitatem, congaudet autem veritati
omnia suffert, omnia credit, omnia sperat, omnia sustinet,
caritas numquam excidit, sive prophetiae evacuabuntur sive linguae cessabunt sive scientia destruetur.

(1. Kor. 13,4–8)

In memoriam
Hans Polzin
(1909 – 1993)

Die Kinder lagerten am Waldrand auf einer kleinen Böschung bei den Weiden und dehnten die schlanken Glieder, um sich von der Sonne wärmen zu lassen. Dünne Halme sprossen aus der dunklen Erde, gelbe und weiße Sterne reckten sich dem Licht entgegen, und an den Zweigen spitzte zartes Grün aus den Knospen.

Die beiden Knaben blinzelten in die Baumkronen, zwischen ihnen lag das Mädchen mit geschlossenen Augen; widerspenstig ringelten sich schwarze Locken unter der weißen Haube hervor, die ein leiser Wind über rosige Wangen blies. Ihre Finger gruben sich in die warme Erde, zerkrümelten sie.

Der größere der beiden Knaben setzte sich auf, beschattete die Augen und ließ den Blick über die Weiden schweifen, ehe er das Mädchen antippte, das bei der Berührung zusammenzuckte.

»Sie haben Recke hergebracht!« rief er, als die beiden anderen Kinder sich aufrichteten. »Seht ihr ihn?«

Ein riesiger Apfelschimmel trabte über die umzäunte Wiese, bog den Hals und schnaubte vernehmlich, während das Fell im Sonnenlicht seidig glänzte.

Der Knabe sprang auf die Füße. »Ich kann ihn reiten!«

»Heinrich, du spinnst«, erwiderte der andere Junge. »Er

hat Ludwig beim letzten Gerichtstag erst abgeworfen. Nur Vater wird mit ihm fertig!«

»Ich kann es!« Der Knabe ballte die Fäuste. »Ich werde es euch beweisen!« Und stob davon, zum Zaun hinunter.

»Heinrich!« schrie das Mädchen hinter ihm her. »Heinrich, komm zurück!«

Behende kletterte der Knabe über das Weidengeflecht, das ihm bis zu den Schultern reichte, glitt auf der anderen Seite zu Boden und ging mit festen Schritten auf den Apfelschimmel zu, der stehengeblieben war und dem Eindringling den schweren Kopf zuwandte.

Das Mädchen saß noch immer auf dem Hang, preßte die Hände auf den Mund, und als der zweite Knabe den Arm um sie legte, umklammerten ihre Finger ihn hart. Sie sahen, wie Heinrich den Hengst erreichte, ihm über die Nase strich, hörten das Pferd leise schnauben und mit dem Vorderhuf scharren. Heinrich stand neben dem Schimmel und strich ihm über den Hals, legte die eine Hand auf den Widerrist, mit der andern griff er in die Mähne.

Mit einem flinken Satz schwang er sich auf den Rücken des Hengstes, der zusammenzuckte. Und dann stillstand. Das Mädchen hielt den Atem an, bis ein breites Grinsen auf Heinrichs Gesicht erschien und er winkte. Sanfter Fersendruck setzte den Hengst in Bewegung; wie jedes gute Schlachtroß ließ er sich lenken, indem der Reiter das Gewicht verlagerte, drehte sich nach links, trabte an, verfiel in einen schaukelnden Paß, kanterte in kurzen Sprüngen langsam vorwärts.

Heinrichs Gesicht leuchtete, er legte die Hände auf die Oberschenkel, verließ sich auf das, was ihm der Stallmeister beigebracht hatte: geradehalten, die Bewegungen des Pferdes auffangen, mitgehen. Er warf einen Blick über die

Schulter. Sie standen am Zaun, Konrad, sein kleiner Bruder, und das Mädchen Elisabeth, seines Vaters Liebling, die Ziehtochter, die seinem älteren Bruder Ludwig zur Frau bestimmt war.

Heinrich lehnte sich nach hinten, blickte in den Himmel, der sich weit und blau über ihm dehnte, schaute in das gleißende, kreiselnde Licht der Sonne, da schnellte der Körper des Pferdes vorwärts wie ein Pfeil von der Bogensehne. Hastig warf Heinrich sich nach vorn, die Beine krampften sich um den Pferdeleib, die Hände wühlten sich in die fliegende Mähne, er fand Halt. In weiten Sprüngen raste der Hengst auf den Zaun zu, Recke, der ewig Flüchtige, schoß es Heinrich durch den Kopf. Schon mehrmals war der Hengst entwichen, hatte sich mit einem kühnen Satz davongemacht, weil er eine rossige Stute gewittert hatte. Mit einer Kandare könnte Heinrich ihn zum Stehen bringen, und ein blutendes Maul wäre allemal eher zu entschuldigen als eine lange Suche. Heinrich zerrte an der Mähne, beugte sich über den Pferdehals. Der Hengst stemmte die Vorderhufe in den Boden, warf den Kopf hoch, der Mähnenkamm schlug dem Knaben ins Gesicht, daß ihm schwarz vor Augen wurde, seine Hände sich öffneten, er den Halt verlor und beim nächsten Sprung abgeschüttelt wurde. Heinrich schlug rücklings auf dem Boden auf, sein Atem stockte, Dunkelheit griff nach ihm. Der Hufschlag entfernte sich. Er hörte sich röcheln.

Ein warmer Druck auf seinen Wangen ließ ihn nach Luft schnappen. Die Stimme überschlug sich, trotzdem erkannte er seinen Namen. Über ihm gleißte und kreiselte die Sonne, dann schob sich ein Schatten davor, ein Mädchengesicht, die Augen geweitet.

»Elisabeth«, flüsterte er.

Er hob einen Arm, krampfte die Zehen. Er konnte sich bewegen.

»Was hast du getan, Heinrich?« stammelte sie. »Was hast du getan?«

»Ich habe ihn geritten. Ich habe Recke geritten.«

»Er hätte dich umbringen können!«

Heinrich schloß die Augen und drehte den Kopf zur Seite. Er hatte den Hengst seines Vaters geritten, das feurige Schlachtroß, den mächtigen Recke. Er war hinuntergefallen wie ein Narr, weil er dumm war, weil er nicht achtgegeben hatte. Dennoch. Er hatte das Pferd geritten, das niemand mehr reiten konnte, seitdem sein Vater von Melancholie befallen war.

Das Mädchen sank auf ihn, er hörte sie schluchzen, atmete ihren Duft, Veilchen und etwas, das er nicht kannte, Elisabeth, Tochter des Königs von Ungarn. Ihre Wange lag an seiner, warm und naß, ihre Wimpern streiften seine Schläfe, und ihr Atem brannte an seiner Kehle.

ERSTER TEIL

Die Burg wies seit Mittag den Weg. Mit ihren Dächern und den Türmen krönte sie den Berg weithin sichtbar, ein uneinnehmbares Raubvogelnest, die würdige Heimstatt eines Königs.

Heinrich drückte die Schenkel an den Bauch des Rappen, der sich sofort in Bewegung setzte; mit dem ersten Schritt bohrte sich der Schmerz wieder in Heinrichs Leib, wühlte in den Eingeweiden, so daß er den Druck der Hand verstärken mußte. Die Zähne zusammenbeißend, heftete er den Blick auf die Spitze des Bergfrieds, ahnte die Zinnen, die seine alternden Augen nicht mehr klar erkennen konnten, den Giebel des Palas über den nackten, rauhreifüberzogenen Wipfeln. Dort ließ Beatrix alles für seine Ankunft vorbereiten. Die wenigen Worte ihrer Antwort, die ihn mittags erreicht hatte, hallten in ihm wider, als hätte das wachsbestrichene Täfelchen ihre Stimme mitgebracht: »Ich erwarte dich, mein König.«

Er trieb den Rappen an, trotzte dem Schmerz, der Kälte, die an seinen Gliedern fraß, als er sich in scharfem Trab an die Spitze der Schar setzte. Die ehrerbietigen Grüße erwiderte er mit einem knappen Neigen des Kopfes.

Fünfzig Getreue waren alles, was ihm blieb; das Heer verstreute sich auf dem Rückzug von Ulm, die teuer angeworbenen Reisigen und Fußtruppen kehrten heim, denn der gemeinsame Führer, der König der Deutschen, hatte sie entlassen. Zog sich verletzt auf die heimische Burg zurück. Kein Sieg, keine Beute. Doch mit einem Sieg war ohnehin nicht mehr zu rechnen gewesen, nachdem die Herren von Schwaben und Bayern ihre Kräfte gesammelt hatten. Sie stützten einen abgesetzten Kaiser, den der Papst mit dem Bann belegt hatte, aber der Schwabenherzog war schließlich der Sohn des Gebannten, er hielt dem Vater die Treue. Heinrich hätte nicht anders gehandelt.

Ihm dröhnte der Kopf vom Klappern der Waffen, vom Rasseln der Rüstungen, dem Knirschen des Leders und dem pochenden Hufschlag, selbst das feine Knistern des brechenden Eises auf den Pfützen peinigte ihn. Berstendes Holz echote hinter der Stirn, Stöhnen und Keuchen, Schreie und tonlos gemurmelte Gebete. Er preßte die Finger an die Schläfen, überließ dem Pferd den Weg, bis helle Rufe ertönten.

Die Vorhut scheuchte Volk von der Straße. Landmänner mit hochbeladenen Eseln, Bäuerinnen mit Kiepen und Körben wichen an die Ränder der Straße, verneigten sich vor den staubgrauen Wimpeln, vor ihrem Herrn, der kaum Augen für sie hatte, der krampfhaft Ausschau hielt nach der Einmündung des breiten Weges zur Burg hinauf. Er erkannte die Eiche an der Biegung des Baches, umschlungen von grünem Efeu, die beiden alten, knotigen Holunderbüsche, die sumpfige Flußaue mit der Furt. Eine kurze Strecke noch, dann bogen sie ein in den letzten Weg, den er gehen würde.

Heinrich versuchte sich aufzurichten. Welch einen jämmerlichen Anblick bot er, Landgraf von Thüringen und Hessen, Pfalzgraf von Sachsen, König der Deutschen, gewählt, aber nicht gekrönt. Am Straßenrand hielt das Bauernvolk Maulaffen feil, verneigte sich, wenn er vorbeiritt, und schielte ihm hinterher. An der Einmündung empfing ihn der helle Schall zweier Businen. Dort erwarteten ihn Truchseß und Kämmerer, die Burgmannen, denen er seinen Hof anvertraut hatte. Mit versteinerten Mienen beugten sie den Nacken vor ihrem Herrn, dann winkten sie ihn zwischen sich, wendeten ihre Pferde und traten den letzten Weg an seiner Seite an.

Ihre Blicke mieden ihn, sie blieben sogar um eine Armlänge zurück. Sie wußten, wie es um seine Macht stand, um sein Leben. Der Weg wand sich den Hang hinauf, unter den Hufen der Pferde klirrte das Eis der Pfützen. Vor dem Tor wurden sie wiederum von Businen begrüßt, ein Trupp Soldaten trabte vor ihnen auf die Brücke, der Hufschlag hallte von den Mauern wider.

Heinrich legte den wehen Kopf zurück, sah in der weißen Front des Torturms die beiden Doppelbogenfenster, die ihm wie Augen in einem vertrauten Gesicht erschienen. Einen Atemzug lang erstarb das dumpfe Pochen in seinem Leib. Er war daheim.

Im Hof fing sich der Wind in Wirbeln, ließ die Fahnen vor dem Bergfried knattern und zerrte an den Schleiern und Mänteln der Frauen, die die Ankömmlinge stumm erwarteten, an ihrer Spitze die Burgherrin Beatrix, Landgräfin der Thüringer, Königin der Deutschen. Der Mantel blähte sich um ihre schmale, hochaufgerichtete Gestalt, und ein dünnes Silberband hielt den flatternden Schleier. Heinrich zügelte sein Pferd, befreite den rechten Fuß aus dem Steigbügel und hob mühsam das Bein über die Kruppe. Zwei große Hände faßten ihn hinterrücks um die Mitte, ließen ihn langsam hinunter. Angestrengt schob Heinrich den hilfsbereiten Knappen von sich, setzte einen Fuß vor den andern, noch mal und noch mal. Wie ein Schilfrohr spürte er die Böen, und die eiserne Wappnung zog ihn zu Boden. Er sah Beatrix vor sich, wie durch einen Nebel, sie schwankte, die Treppe, der Turm schwankten. Er hob den Blick gen Himmel, sah weiße Wolkenfetzen im tiefen Blau, sah den Zinnenkranz des Turmes, der sich drehte.

Er lehnte an einem Körper, atmete warmen Rosenduft. Zwei Arme umschlangen ihn, hielten ihn, feines weißes Tuch umwehte sein Gesicht.

»Willkommen, mein König«, flüsterte die Stimme. Beatrix. »Ihr seid zu Hause.«

Bloße Füße trippelten auf dem Boden, ein Geräusch, als scheuche eine Frau Mäuse aus dem Zimmer, dann klappte eine Tür zu. Blinzelnd erkannte Heinrich die Pfosten des landgräflichen Bettes, drapiert mit schwerem roten Damast. Helles Leinen umschloß das Lager, dämpfte das Licht. Eine schmale Hand schob den Behang ein wenig zur Seite, Beatrix' Gesicht erschien, ihr Mund wölbte sich zu einem Lächeln, bevor sie sich auf dem Bettrand niederließ und Heinrich sacht über die Stirn strich. Als er sich räusperte, die Lippen befeuchtete, legte sie einen Finger darauf. Wieder atmete er den Duft von Rosen. Es war warm. Es war still. Er war zu Hause. Wirklich und wahrhaftig zu Hause.

Nutzlos hatten seine Hände auf den Decken gelegen, während Beatrix ihn fütterte wie ein Kind. Nicht einmal Gebete hatte er sprechen dürfen, jedesmal schloß sie mit ihren schlanken Fingern seinen Mund und schüttelte leicht den Kopf, und da er sich schwach fühlte, gehorchte er seiner

Frau, die auf der Bank neben dem Bett kniend ihre Andacht verrichtete.

Die Nacht ging vorüber, und mit ihr wich der goldene Schein der Öllampen mattem Tageslicht, das durch die grünlichen Scheiben der kleinen Fensterluke fiel. Als es klopfte, erhob Beatrix sich und ging in Richtung Tür. Nach einer Weile kehrte sie mit einem prall gefüllten Kissen zurück, half Heinrich, den Oberkörper anzuheben, und stopfte dann das Polster behutsam hinter seinem Rücken zurecht, ehe sie ein Tablett mit einer Waschschüssel vor ihn stellte. Ohne zu zögern, tauchte sie ein Tuch in das Wasser und tupfte ihm damit Stirn, Schläfen und Hals sauber, reichte ihm einen Becher, um den Mund zu spülen, und rieb seine Brust mit einem wohlriechenden Öl ein, das ihn leichter atmen ließ. Schließlich tauschte sie das Tablett gegen ein anderes aus, das einen Napf und einen dampfenden Becher trug, und der Duft von erhitztem, mit Kräutern versetztem Wein breitete sich aus. Er schloß beide Hände um das Gefäß, setzte es an die Lippen und trank mit schnellen, tiefen Schlucken, schmeckte die bitteren Kräuter unter dem Honig. Den leeren Becher reichte er ihr.

»Möchtest du Wasser?« fragte sie leise.

Er öffnete den Mund, und als sie wieder den Finger auf seine Lippen legte, schüttelte er den Kopf. »Der Bote aus Brabant ... ist er schon hier?«

»Nein, kein Bote, keine Nachricht von meinem Vater.«

Sie war so jung, wie sie da auf der Bettkante saß, ihn mit ihren dunkelblauen Augen musterte, viel zu jung für einen alten Mann wie ihn, einen Sämann, dessen Saatgut dürr war, so dürr, daß der herrlichste Acker davon keine Frucht tragen konnte.

»Ich habe ihm einen Brief geschrieben«, sagte sie. »Ich

bat ihn, mir im Falle deines Todes sicheres Geleit zurück nach Leuwen zu geben.« Sie senkte den Kopf, der Schleier fiel über ihre Wangen. »Bitte verzeiht, mein Herr!«

»Was für ein Unsinn.« Er streckte die Hand aus, strich mit den Fingern über ihr seidenglattes, kühles Gesicht. »Das war recht getan. Der Meißner wird kommen und seine Ansprüche geltend machen. Ich habe deinem Vater das gleiche geschrieben.«

Er stemmte sich auf die Unterarme und zuckte zusammen unter dem scharfen Schmerz, der seinen Leib durchbohrte. Rasch rückte sie näher, drückte ihn zurück in die Kissen.

»Du darfst nicht aufstehen, Heinrich! Der Arzt hat es verboten. Nicht bevor du zur Ader gelassen wurdest.«

»Verfluchter Quacksalber!« stöhnte er. »Nicht noch einmal! Dreimal haben sie mich auf dem Weg hierher zur Ader gelassen, und jedesmal bin ich nur schwächer geworden.«

Sie legte beruhigend ihre Hände auf seine. »Wenn du es wünschst, werde ich es ihm untersagen. Ich habe dir stärkenden Wein und Speisen bereiten lassen, wie sie die Äbtissin Hildegard von Rupertsberg beschrieben hat.«

Ein wenig verunsichert beäugte er die hellbraune Grütze in dem Napf. »Du meinst, das soll ich essen?« Ein Schmunzeln grub sich in seine Mundwinkel. »König Heinrich Ohneheer, verwundet, flüchtig, leckt sich hinter den Mauern seiner trutzigen Burg die Wunden und labt sich an warmer Grütze ...«

»Heinrich, du bist der gewählte König der Deutschen! Du bist unbesiegt!«

»Beatrix, der Kampf ist vorüber. Ich habe den Titel, aber nicht die Macht. Schick mir den Capellanus!«

Wortlos erhob sie sich, und der leinene Bettvorhang entzog sie seinem Blick. Er fröstelte in dem schwachen Luftzug, und wie ein bösartiger Dämon erwachte der Schmerz erneut in seinem Leib, wühlte in seinen Eingeweiden, daß er sich keuchend aufbäumte.

»*Dominus tecum**, mein Herr«, quäkte es neben ihm, und eine Hand drückte ihn sanft auf das Kissen. Das runde Gesicht des Capellanus löste sich aus dem Nebel, die Augen zwinkerten unruhig. »Mein Herr?«

Heinrich fuhr sich mit der Zunge über die spröden Lippen, tastete nach der Hand des Klerikers; sein Mund formte ein Wort. Der Dicke stutzte, dann blickte er umher und verschwand für einen Atemzug, ehe er mit dem Becher zurückkehrte, den er Heinrich hinhielt. Kalt rann das Wasser zwischen Zunge und Gaumen und schwemmte den bitteren Geschmack hinunter, hinterließ ein Echo von Beatrix' Stärkungstrunk.

»Wollt Ihr die Beichte ablegen, mein Herr?«

»Warum sonst hätte ich dich rufen lassen, Vater Wigo?«

Der Capellanus verneigte sich artig. »Mein Herr, ich habe alles für eine Salbung vorbereitet –«

»Noch bin ich nicht tot!«

»Vergebt mir, Herr Heinrich, aber die Salbung dient der Stärkung von Leib und Seele. Habt Vertrauen. *Tristatur aliquis vestrum, oret aequo animo et psallat, infirmatur quis in vobis, inducat presbyteros ecclesiae et orent super eum unguentes eum oleo in nomine Domini, et oratio fidei salvabit infirmum et adlevabit eum Dominus, et si in peccatis sit, dimittentur ei.*«

»Verschone mich mit deinem Latein, Wigo! Daß der Apostel die heilende Kraft der Salbung preist, ist eines –

* Dieses und alle weiteren Zitate als Übersetzung im Anhang ab S. 411.

etwas anderes ist, daß weder meine Wundärzte noch du den verdammten Bolzen aus meinem Bauch entfernen können!«

»Mein Herr!« Der Capellanus legte seine warmen, weichen Hände auf Heinrichs Fäuste, die sich in die Laken krampften. »Damit Euer Vorhaben nicht scheitert, werdet Ihr noch eine Weile bei uns bleiben müssen. Laßt Euch aufrichten und stärken.«

Lächelnd zog er eine kleine Holzfigur aus dem Ärmel, eine Dame mit der Grafenkrone in roter Cotte und blauem Mantel. Heinrich riß sie ihm aus den Fingern, drückte sie an seine Brust.

»Euch kann nichts geschehen«, murmelte Wigo. »Sie bittet für Euch im Angesicht Gottes. Jetzt denkt an das Heil Eurer Seele!«

Als Beatrix' Hand nach der kleinen Figur auf dem Tischchen neben dem Bett zuckte, umklammerte er ihren Arm.

»Ich möchte sie doch nur ansehen«, entgegnete sie.

»Und ich möchte nicht, daß jemand sie berührt.«

In ihre Mundwinkel grub sich ein dünnes Lächeln. »Wie lange ist es her, daß du sie zum letzten Mal gesehen hast?«

Heinrich wandte den Blick zur Decke und stieß den Atem zwischen den Zähnen hervor, seine Augen verfolgten die Lage der Balken, die Schnitzereien, Rosenzweige voller Dornen und Blüten. Nie hatte Beatrix nach der Frau gefragt, deren ältere Tochter ihr Vater vor acht Jahren geheiratet hatte. Sie war die Witwe des vorherigen Landgrafen von Thüringen gewesen, die nach dem Tod ihres Mannes ein Leben in Keuschheit, Armut und Gehorsam gesucht, den Tod gefunden und Aufnahme im Kreis der Heiligen errungen hatte.

»Ich sah ihre Gebeine am Tage ihrer Erhebung.«

»Danach fragte ich nicht. Die Leute erzählen sich viele wunderbare Dinge über sie. Daß sie schon als Kind ungewöhnlich fromm gewesen sei, ein gottesfürchtiges Mädchen, das auf Holzscheiten vor dem Bild Gottes gekniet und sich gegeißelt habe, das in der Stadt Bettlern die Füße gewaschen habe, um es in Demut Christus gleichzutun. Sie erzählen sich, daß sie einen Aussätzigen in ihrem eigenen Bett gepflegt habe, und als ihr Mann die Laken aufgedeckt habe, sei ein Bild des Gekreuzigten darinnen gelegen.«

Heinrich lachte, preßte sich die Hand auf den Leib, um den Schmerz zu unterdrücken, vergeblich, denn mit jedem Zucken des Bauches wühlte sich der Schmerz tiefer, ließ ihn husten, keuchen, als er spürte, daß Beatrix sanft mit einem Tuch die Tränen von seinen Schläfen tupfte. Nur mühsam kam er wieder zu Atem.

»Wenn du erfahren willst, was tatsächlich geschehen ist, solltest du Wigo danach fragen. Er weiß, was sich damals zutrug.«

»Vater Wigo erzählt die Geschichte des Wunders – also ist es wahr?«

Ein Lächeln grub sich in Heinrichs Mundwinkel. Eine Zofe hatte den Kranken in Elisabeths Bett gefunden und war schreiend in den Hof hinuntergerannt. Wigos Gewitztheit war es zu verdanken, daß Elisabeth nicht ein Opfer ihrer zwanghaften Suche nach immer neuen Demütigungen geworden war; er, der damals nur ein Adlatus des alten Burgcapellanus gewesen war, hatte ein großes Kreuz in die Kammer geschafft, den Kerl in einer Truhe versteckt und das Christusbild unter die Laken gelegt. Die herbeieilenden Burgmannen hatten den jungen Chorherren vor dem Bett kniend vorgefunden. Erst im Schutz der Dunkelheit schaffte er den Kranken gegen Elisabeths Einspruch wieder in die Stadt hinunter, in das Hospital, aus dem die Landgräfin ihn geholt hatte.

»Manchmal kleidet sich die Wahrheit in das Gewand der Lüge, um sich uns zu offenbaren«, flüsterte Heinrich.

Den Kopf schräg gelegt, musterte Beatrix ihn, füllte ihm auf einen Wink hin den Becher mit Wasser. »Gilt das auch für die anderen Geschichten, die Wigo über sie erzählt?«

Heinrich trank in langen Zügen, bis das kühle Wasser das Echo des Schmerzes dämpfte. »Wir alle liebten sie, Beatrix, weil sie ein ganz besonderer Mensch war, ein Mädchen, das alle Frauen am Hof an Schönheit überstrahlte wie der Mond die Sterne. Sie begann jeden Tag mit einem Psalm und beendete ihn mit einem Psalm. Sie verbrachte mehr Zeit in der Kapelle als mit Nadel und Faden. Sie las die Heilige Schrift und ließ sich von Wigo die Worte der Evangelisten und Apostel erklären, weil der alte Capellanus es ungehörig fand, mit einem schönen Mädchen gesehen zu werden. Aber sie tollte auch mit uns Knaben auf dem Hof umher, sie ritt mit uns über die Wiesen und ging zu den Armen, um Almosen zu spenden.« Nochmals setzte Heinrich den Becher an die Lippen, leerte ihn und gab Beatrix das Gefäß zurück. »Wenn Heiligkeit bedeutet, von Gott geliebt und erwählt zu sein, dann ist sie eine der heiligsten unter den Heiligen, denn sie war ganz Mensch und dennoch besser als wir alle.«

Beatrix stellte den Becher unter ihrem Schemel ab und flocht die Hände auf ihrem Schoß ineinander. »Erzähl mir von ihr.«

»Ich habe andere Sorgen, mein Herz. Wenn der Bote deines Vaters nicht bald mit guter Nachricht hier eingetroffen ist, muß ich zum äußersten Mittel greifen und mich ins

Lager meines Feindes begeben, um mich seiner Gnade auszuliefern.«

»Ich werde dich begleiten«, wandte sie ein.

»Beatrix, ich tue das, damit die Rache des Kaisers sich nicht gegen dich und deinen Vater richtet, denn das würde auch Sophia ins Verderben reißen.«

»Elisabeths Tochter – all dein Trachten richtet sich nur auf sie und ihre Kinder!«

Er senkte den Blick. »Mir geht es um dein Leben, Beatrix, und um das Erbe meiner Familie, das ich voreilig verspielt habe. Beides ist untrennbar verflochten, seitdem ich dich zur Frau nahm.«

»Welch ein Glück für dich!« schnappte sie. »Aber gerade weil es sich nun einmal so verhält, will ich, daß du mir von ihr erzählst, Heinrich, denn was könntest du anderes tun in dieser Zeit des Wartens?«

Unschlüssig nagte Heinrich an der Unterlippe, während er die junge Frau, die neben seinem Bett saß, betrachtete, die großen grauen Augen, die schmale Nase, die geschwungenen Lippen und das fast spitz zulaufende Kinn. Gestärktes weißes Leinen verbarg ihre Stirn zur Hälfte und schnürte ihre Wangen ein, doch sie wußte den Stoff so zu binden, wie es sich für eine züchtige Frau ziemte, ohne daß er sie beim Sprechen behinderte. Beatrix' Stolz und ihren klaren, wachen Geist hatte er seit seiner Rückkehr aus Ungarn zu bewundern gelernt. Er hatte eine Fremde geheiratet, nachdem sein Lebenswerk in Trümmer gefallen war, hatte sich voller Sehnsucht nach dem Tod in den Kampf gegen die grausamen Horden der Mongolen gestürzt und bei seiner nie erhofften Heimkehr seine Grafschaft und seinen Stammsitz wohlbestallt vorgefunden, die Scheuern und Speicher gefüllt, die Einwohner ohne Not, und niemand führte Klage über Willkür oder Grausamkeit. Voller Staunen hatte er die fremde Frau an seiner Seite beobachtet und gelernt, sie zu achten und zu lieben, wohl mehr als ein Mann sein Weib achten und lieben soll. Er hatte sich geschämt, sie in der Hochzeitsnacht so achtlos genommen zu haben, und vorsichtig begonnen, um sie zu werben, hatte um Einlaß in ihre Kammer gebeten, und zum Osterfest des Jahres, noch keinen Monat nach seinem Eintreffen auf der Wartburg, hatte sie in seinem Beisein den Schleier vom Kopf genommen und die weißen Binden um Stirn und Kinn gelöst, hatte die Cotte abgelegt, im Angesicht ihres Eheherrn die dikken dunkelbraunen Zöpfe gelöst.

Er wischte die Erinnerung an die schweren Locken, die warme Haut beiseite; nie wieder würde er sie in dieser Weise berühren können, denn seine Kraft war geschwunden, und sein Körper verweigerte ihm in so vielem den Dienst, Wasser mußte er über den Rand des Bettes in einen Kübel abschlagen, und für die Notdurft hob ihn sein Leibdiener aus dem Bett, um ihn auf den Stuhl zu setzen, auf dem er sich unter Schmerzen des wenigen entledigte, was er zu sich genommen hatte.

Beatrix war taktvoll genug, zu diesen Gelegenheiten die Kammer zu verlassen. Er mußte sie nur bitten, ihm seinen Leibdiener zu schicken, dann entfernte sie sich und kehrte erst zurück, wenn dieser ihr Bescheid gab. Sie hatte alles Recht, nach Elisabeth zu fragen, deren Tochter ihr Vater als herzogliche Gemahlin nach Brabant geführt hatte.

»Ich weiß nicht, wo ich beginnen soll«, flüsterte er.

»Du bist mit ihr aufgewachsen.«

Einen Atemzug lang verdrängte die Erinnerung an frisch zerdrücktes Gras den Geruch des Heus und der Kräuter, mit denen Matratze und Kissen gefüllt waren, Dunkelheit senkte sich herab, und Heinrich glaubte ein leichtes Gewicht auf sich zu spüren, Wärme und Veilchenduft umhüllten ihn, und wie eine Feder strich es über seine Schläfe.

»Schläfst du, Heinrich?«

Er schlug die Augen auf und blickte in Beatrix' Gesicht. Ihre Hände hatten sich warm um seine Wangen geschlossen. Braune Augen blitzten hinter ihren auf, eine vorwitzige Nase, ein lachender Mund, dunkle Strähnen flogen. Er blinzelte, lächelte.

»Sie war ein hübsches Kind«, stammelte er, befeuchtete sich die Lippen, trank von dem Wein, den Beatrix ihm reichte. »Zwei Jahre waren seit Ludwigs Schwertleite vergangen, als junger Landgraf hatte er den landhungrigen Mainzer Erzbischof in seine Schranken gewiesen und verfolgte energisch sein Ziel, das vom Vater übernommene Land zu sichern, ja sogar zu vergrößern. Es war im Herbst, von einem Gerichtstag kehrte er zurück auf die Wartburg. Das Burgvolk war dem Schall der Businen gefolgt, hatte sich im Schatten des Bergfrieds versammelt – nur Elisabeth fehlte. Ludwig wunderte sich, ja, er ärgerte sich, daß sie ihn nicht begrüßte, doch ich wußte ja, daß nichts sie bewegen konnte, ihr Gebet zu unterbrechen. Wie jeden Tag seit dem Tod unseres Vaters kniete sie in der Kapelle, vor Sonnenaufgang und wenn der Abend anbrach. Kniete im rauhen, ungebleichten Nesselhemd auf kaltem Stein und beugte den Nacken vor dem Christkönig, der von der Kuppel der Apsis mit ausgebreiteten Armen auf sie herabsah.

Ich führte Ludwig zur Kapelle, doch schon in der Tür hemmte er seinen Schritt, blieb einfach stehen und betrachtete das Mädchen, das vor dem Altar kniete und betete. Auf dem Weg hatte ich ihm erklären wollen, daß Elisabeth hier Frieden suchte, doch er hatte mich stirnrunzelnd schweigen geheißen – nun hellte sich seine Miene auf, seine Augen leuchteten, seine Wangen färbten sich frisch, und er lächelte. Dies war der Moment, als Frau Venus nach ihm griff, um ihn nicht mehr loszulassen.«

»Wie alt war sie damals?« fragte Beatrix rasch.

»Nicht einmal vierzehn Jahre, fast noch ein Kind, und kein halbes Jahr später wurde sie seine Gemahlin, gemeinsam bereisten sie Ungarn, waren Gast am Hof der Eltern Elisabeths, an den Höfen des Königs von Böhmen und des Herzogs von Österreich. Nach ihrer Rückkehr spannte sich das Gewand um Elisabeths Leib, viel zu zart und zu jung erschien sie mir für diese Last, doch ihr Gesicht strahlte vor Glück, und wenn sie in der Kapelle den Christkönig anbetete, lag ein Kissen unter ihren Knien.«

»Und du? Was war mit dir?«

»Was sollte mit mir sein? Ich vertrat Ludwig, ich reiste auf die Marburg –«

»Griff Frau Venus auch nach dir?«

Heinrichs Wangen wurden heiß, während Beatrix ihn unverwandt anlächelte, ohne einen Anflug von Bosheit zu zeigen.

»Elisabeth war meines Bruders Gemahlin, sie war die Landgräfin von Thüringen, und ich vertrat nur meines Bruders Statt. Alle verehrten wir sie – alle, die wir Ludwig und ihr dienten.«

»Wie man einer schönen, minniglichen Frau wohl dient.« Ein Strahlenkranz winziger Fältchen grub sich in ihre Augenwinkel.

»Wenn du gesehen hättest, wie ihr Gesicht leuchtete, wenn sie ihre Kinder ansah, wenn Ludwig auf die Burg kam und wenn sie tatkräftig den Armen und Kranken in Eisenach half ...«

»Und den Franziskanern, denen sie Klöster zubilligte und deren einen sie zu ihrem Lehrer machte.«

»Sie war glücklich, Beatrix, sie war im reinen mit sich und der Welt.«

1

Helles Kinderjauchzen drang kaum gedämpft durch das matte Pergament, mit dem die geschnitzten Fenster bespannt waren. Heinrich schob den Riegel beiseite und zog die Flügel auf, um hinabzublicken. Unten im Hof tollten die Jungen herum, balgten sich mit Holzschwertern und kleinen Schilden, unter ihnen ein kastanienbrauner Schopf. Der Knabe stand hochaufgerichtet da, das Steckenpferd zwischen die Oberschenkel geklemmt, die Waffe gen Himmel gerichtet, und erteilte Befehle. Ein pummeliger Mönch im schwarzen Habit mit einer Tasche unter dem Arm eilte an den Kindern vorbei, ein Käfer, der sich geschäftig seinen Weg durch eine Ameisenschar bahnte; der Cancellarius war auf dem Weg zu Heinrich, der als jüngerer Bruder des Landgrafen bis zu dessen Rückkehr aus dem Heiligen Land dessen Stelle vertrat und den Mönch in einer Schreibstube erwartete.

Ein Mönch in weißer Kutte verließ die Burgkapelle, an seiner Seite trat eine Frau auf den Hof. Unwillkürlich zog Heinrich sich eine Handbreit in den Schatten der Stube zurück, weit genug, um hinuntersehen zu können, ohne selbst bemerkt zu werden. Das ungegürtete graubraune Kleid spannte sich über dem Bauch, auf dem ihre Hand ruhte. Er schloß die Augen und wandte sich um, als die Türe schnarrend aufgeschoben wurde; beinahe lautlos trat der Cancellarius auf weichen Sohlen ein und verneigte sich vor Heinrich.

»Was ist das für eine Angelegenheit, die Ihr mit mir besprechen wollt, Bruder Thomas?«

Der pummelige Mönch wiegte sich leicht, ließ den Kopf pendeln und linste seinen Herrn von unten her an. »Die Landgräfin unternimmt weitere Schenkungen an die Minoriten in Erfurt und unterstützt das Hospital unten in der Stadt weiterhin über Gebühr.«

Die unterwürfige Haltung stand in solch scharfem Gegensatz zu den wohlgesetzten Worten, daß Heinrich schmunzelnd darüber nachdachte, wie lange der Pfaffe wohl daran gefeilt haben mochte. »Euch ist doch bekannt, daß Landgraf Ludwig nach seiner letzten Rückkehr alle Maßnahmen Frau Elisabeths billigte und diesmal im voraus verfügte, daß ihrem Begehr Folge zu leisten sei, nicht wahr?«

Stumm nickend legte der Schwarzberockte die Hände wie zum Gebet vor der Brust aneinander.

»Was macht Euch mehr Kummer, Bruder? Daß Frau Elisabeths Sorge um die Bedürftigen weitere hungrige Mäuler nach Eisenach locken könnte? Oder daß diese Sorge unerwünschten Zulauf für die Minderen Brüder verursachen könnte?«

Bruder Thomas war aufgeschreckt, seine Miene entfärbte sich, sogar die stets gerötete Nase wirkte blaß. »Herr Heinrich, Ihr wißt, daß meine Sorge allein der Hofhaltung der Wartburg gilt! Die Barmherzigkeit Frau Elisabeths hat schon im vergangenen Jahr die Kästen und Speicher der Burg geleert, daß Ihr die Juden hättet um Kredit angehen müssen, wenn Euch durch Gottes Gnade nicht eine reiche Ernte geschenkt worden wäre.«

»Bruder Thomas, verschließt Euer Herz nicht der Möglichkeit, daß wir diese gute Ernte Frau Elisabeths Barmherzigkeit zu verdanken haben. Denn ihr Handeln verhinderte, daß die hungernden Bauern flüchteten oder starben, so daß nach Beseitigung der ärgsten Not genügend Hände die Feldarbeit besorgen konnten.«

»Versündigt Euch nicht, Herr! Ihr wißt so gut wie ich, daß die reiche Ernte der Lohn dafür ist, daß Herr Ludwig das Kreuz genommen hat, um die heiligen Stätten den Händen der Ungläubigen zu entreißen, und die vergangene Not nur dem Zweck diente, den Landgrafen auf seine heilige Pflicht hinzuweisen.«

Heinrich zog die Stirn kraus. Der Pfaffe blieb ihm keine Antwort schuldig, und obwohl Heinrich als Stellvertreter seines Bruders berechtigt war, diese fette Nebelkrähe zurechtzustutzen, warf er ihm nur einen scharfen Blick zu, bevor er sich abwandte, um zu verbergen, daß er sich auf die Unterlippe biß.

»Ist das alles, was Ihr zu besprechen habt?«

»Wollt Ihr nicht erfahren, was Frau Elisabeth den Minoriten und dem Hospital zugedacht hat?«

Seufzend trat Heinrich zum Fenster, schaute hinunter in den Hof, wo die jungen Recken einander nachjagten und die hölzernen Schwerter kreuzten. Ein Wink mit den hinter dem Rücken verschränkten Fingern genügte, um einen Redeschwall auszulösen: Es gehe den unwürdigen Gottesknecht ja nichts an, doch dann zählte er die Ballen Wolle und Leinen auf, die dem Erfurter Stift geliefert werden sollten, Getreide und Bier, Pergament und Leder für die Brüder, ja sogar zwei Hufen Land sollten zusätzlich überschrieben werden.

»Was stört Euch am vorausschauenden Ratschluß Frau

Elisabeths?« unterbrach Heinrich den Pfaffen. Mit seiner Schwägerin würde er angesichts der Menge der Waren, die die Speicher der Wartburg verlassen sollten, sprechen müssen, aber vor diesem neidischen Wicht durfte er sie keinesfalls herabwürdigen. »Wenn die Brüder sich mit dem Nötigsten selbst versorgen können, fallen sie dem Hof weniger zur Last.«

»Herr Heinrich, die beiden Hufen sind gutes Land, das der Hof dringender benötigt als die Minderen Brüder, die die Armut mehr lieben als Gott. Ihr wißt, daß ich im Namen der Hofämter spreche. Kämmerer Heinrich von Fahner ist ungehalten über die Verschwendungssucht der Frau Elisabeth.«

»Zumal seine Gemahlin die Sparsamkeit und Bescheidenheit in Person ist!« zischte Heinrich, die mit langen Schleppen und golddurchwirkten Borten prunkende Gattin des Ministerialen vor Augen. Ludwig hatte seine tüchtigsten Vasallen aufgerufen, ihn ins Heilige Land zu begleiten, und sie waren ihm in Scharen gefolgt – zurückgeblieben waren Frauen und unmündige Kinder, Pfaffen, mindere Vasallen und Ministeriale, dazu weniger Burgmannen, als Heinrich lieb sein konnte. Es blieb ihm also nichts anderes übrig, als sich mit Ludwigs Familie in den sichersten Burgen einzunisten und den jeweiligen Herren zur Last zu fallen, während er das Ende des Kreuzzugs abwartete. Hier auf der Wartburg würden sie die meiste Zeit verbringen – schon weil Elisabeth so kurz vor der Niederkunft nicht mehr reisen konnte und ohnehin von ihrem Hospital schier nicht wegzuzerren war.

Mit einem knappen Wink schickte Heinrich den Cancellarius hinaus. Neben dem strahlenden Ludwig, diesem Musterbild eines jugendlichen Grafen, hatten weder er noch

Konrad, der jüngste der Brüder, je darauf zu hoffen gewagt, Lehnsmänner des Königs zu werden; beide begnügten sich damit, Ludwig zu Diensten zu sein, seine Soldaten in den Kampf zu führen und ihn zu vertreten, wo es not tat. Die Ministerialen und Pfaffen, die sich mit der Verwaltung dieses alten Gemäuers bestens auskannten, behandelten Heinrich jedoch kaum mit der seinem Stand gebührenden Achtung.

Unten auf dem Hof wurde es still, und die Herbstsonne strich matt über die Mauerkronen. Die Kinder hatten sich in den Turm getrollt, im kleinen Saal wurde bald das Essen aufgetischt.

Als Heinrich den Speisesaal betrat, war die Tafel aufgetragen, und die Angehörigen des Hofstaats hatten sich bereits niedergelassen. Nachdem er seine Schwägerin Elisabeth mit einer respektvollen Verneigung begrüßt hatte, setzte er sich auf Ludwigs angestammten Platz in der Mitte der langen Tafel. Sofort kehrte Stille ein, die Versammelten falteten die Hände und senkten die Köpfe, und Elisabeth kniete nieder, als eine Stimme über ihnen die Lesung sang. »*... qui ambulans ibat et flebat portans ad seminandum sementem veniens veniet in exultatione portans manipulos suos.*«

Heinrich reichte Elisabeth seinen Arm, als sie sich wieder erhob, sah die Tränen auf ihrem lächelnden Gesicht und spürte einen heißen Stich in der Brust. Ein hagerer Mann im weißen Habit war hinter sie getreten, auf ihre schmalen Schultern seine Hände legend, unter deren Gewicht die junge Frau sich aufrichtete. Ihre Augen leuchteten, und ihre Finger schlossen sich um den Arm der neben ihr sitzenden Hofdame. »Heute, liebe Isentrud, dürfen wir essen und trinken, denn alles ist rechtens erworbenes Gut. Deshalb wollen wir das Kind in unserem Leibe nicht darben lassen.«

Heinrichs Hände, die sich auf der Tischplatte zu Fäusten geballt hatten, öffneten sich ohne sein Zutun, und er atmete auf, ehe er mit einem Griff in den dargebotenen Brotkorb das Mahl eröffnete. Zu seiner Rechten faßten die Damen und Herren tüchtig zu, spießten Fleischbrocken auf ihre Speisemesser, bissen hinein, schmatzten, schluckten, spülten mit Wein nach, leise rülpsend, während links von ihm dem Brot der Vorzug gegeben wurde – und auch das nur in bescheidenen Mengen. Energisch schob er eine der Schüsseln über den Tisch, bis sie dumpf gegen den Napf vor Elisabeths Platz stieß; in ihrem prachtvoll geschliffenen Trinkglas, einer wunderkräftigen Gabe ihrer frommen Tante, Königin Hedwigs von Polen, glitzerte nichts als Wasser, ebenso wie in den Bechern ihrer engsten Vertrauten.

»Dein Kind ist zwar dem geistlichen Stand versprochen, aber das ist kein Grund, das arme Ding schon im Mutterleib fasten zu lassen«, flüsterte er.

»Es gedeiht, Heinrich. Ich spüre es deutlich, es ist lebendig und will hinaus in die Welt.«

»In eine Welt, der es möglichst bald wieder den Rücken kehren soll.«

Sanft wölbten sich Elisabeths Finger über seine Hand. »Den Erben habe ich dem Landgrafen schon geboren, auch eine Tochter, die ein wichtiges Band schlingen kann. Dieses Kind soll dem Herrn geweiht sein, sein Leben uns allen zum Heil gereichen.«

Stirnrunzelnd tunkte Heinrich sein Brot in das Ragout, das eine Magd in seinen Napf geschöpft hatte, starrte ins Leere, verärgert über Elisabeths Starrsinn, ihr beständiges Beten und Niederknien. Ihr Hang, Nahrung, Kleidung und

Geld unter den Bettlern zu verteilen und damit allerlei faules, grindiges Gesindel anzulocken, und Ludwigs Befehl, ihre Werke der Barmherzigkeit nicht zu behindern, brachten ihn in eine mißliche Lage. Unter den Vasallen, die Ludwig zum Schutz von Burg und Land zurückgelassen hatte, befanden sich einige, die das Treiben der Landgräfin verärgerte, und diese Herren, ihre Frauen und ihr Gefolge saßen ebenfalls an diesem Tisch, beanspruchten Kammern im Wohnturm und Platz im Stall dafür, daß sie Wachmannschaften stellten oder Ämter versahen. Wie Burchard von Brandenburg und Kunemund von Mihla, die bedächtig an ihren Fleischbrocken nagten; auch wenn sie nur ihre Väter als Vasallen Ludwigs vertraten, die mit ihrem Dienstherrn ins Heilige Land aufgebrochen waren, verwalteten sie die Wartburg und befehligten die Besatzung. Und beide wußten diese Stellung herauszustreichen.

Lustlos beendete Heinrich das Mahl und begann seinen Rundgang durch die Stallungen, während Elisabeth sich schon jetzt auf den Weg in die Kapelle machte; bis zur Komplet war noch Zeit, außerdem war ihm nicht nach Beten und Singen, schon gar nicht nach einem Schuldbekenntnis. *Confiteor Deo omnipotenti et vobis, fratres, quia peccavi nimis cogitatione, verbo, opere et omissione: mea culpa, mea culpa, mea maxima culpa.* Er schnaubte leise. Wie kam es, daß ausgerechnet diejenigen, die eines solchen Bekenntnisses nicht bedurften, sich vor dem Altar niederwarfen und der Sünde bezichtigten?

Die Pferde waren versorgt und zermalmten Heu zwischen den starken Kiefern, nur einzelne wandten den Kopf und gaben jenen dunklen, zitternden Ton von sich, mit dem sie vertraute Menschen begrüßten. Heinrich strich über schimmernde Kruppen, klopfte Hufe ab, schob einer trächtigen Stute die Lider von den Augäpfeln, um die Farbe des Fleisches zu prüfen.

Auf dem Rückweg zum Bergfried ging er an der Kapelle vorüber, aus der Gemurmel ertönte, in das er mechanisch einfiel: *»Qui habitat in abscondito Excelsi in umbraculo Domini commorabitur, dicens Domino spes mea et fortitudo mea Deus meus confidam in eum.«*

Eine Berührung an der Schulter ließ ihn innehalten. Der Mann, der unbemerkt seinen Weg gekreuzt hatte, trug die leinene Albe und die Kappe eines jungen Chorherrn. Heinrich seufzte. »Was hat sie wieder angestellt, Wigo?«

»Nichts, Herr«, erwiderte der Geistliche verdutzt. »Die Gräfin wird mich tadeln, daß ich gekommen bin, aber ohne die Zustimmung eines Mitglieds der gräflichen Familie möchte ich die Hebamme nicht rufen lassen, zumal deren Anwesenheit auf der Burg Kosten verursachen wird.«

»Ist es soweit?« Kaum hatte er die Worte ausgesprochen, spürte Heinrich, daß seine Wangen heiß wurden, und im Schmunzeln des Canonicus spiegelte sich seine Beschämung.

»Meine Großmutter – Gott sei ihrer armen Seele gnädig! – hat siebzehn Kinder geboren, und sie pflegte zu sagen, daß man die Hebamme nie zu früh holen kann.«

»Mir soll's recht sein«, murmelte Heinrich. »Warum fragst du mich?«

»Weil die hohe Frau ihre Einwilligung nicht geben wird, damit nicht eine arme Wöchnerin in Eisenach ohne Hilfe gebären muß, da die Hebamme auf der Burg weilt. Sie glaubt, es genüge, das Weib heraufzuschaffen, wenn sie schon in den Wehen liegt – aber das, Herr, ist nicht möglich. Die Gefahr, daß der Hohen Frau etwas zustößt, ist zu groß.«

»Was sagt Magister Konrad dazu?«

»Der von Marburg?« Wigo warf den Kopf herum und spuckte aus. »Der stimmt ihr zu. Wie denn auch nicht? Er versteht ja nichts davon! Und auf einen irdisch gesinnten Chorherrn wie mich hört er nicht.«

Verdrossen nagte Heinrich an der Oberlippe, vor Augen hatte er den hageren Mann im weißen Habit, die lange, dünne Nase zwischen den mit feinen Stoppeln übersäten, eingefallenen Wangen, die schlaffen Ohrläppchen, den fleischlosen Hals. Die stahlgrauen Augen, deren Blick er stets mied. Er schluckte. »Laß nach dem Weib rufen! Sie soll hier sein, wenn die Landgräfin niederkommt. Mein Bruder würde es mir nie verzeihen, falls seiner Gemahlin etwas zustieße, weil ich sorglos war.«

✠

Ein tiefer, dumpfer Ton durchzitterte die Luft, verkündete das Eintreffen eines Boten aus der Stadt. Heinrich ließ die Briefe sinken, die der Cancellarius ihm im Schutz der Tür des Bergfrieds übergeben hatte, und wandte sich dem Tor zu. Ein junger Mann in den Farben der Burg erschien, er rannte durch den vorderen Hof, hielt auf den Turm zu, als er Heinrich erblickte, und fiel vor ihm auf die Knie.

»Herr«, keuchte er gen Boden, »Eure Anwesenheit auf dem Landgrafenhof in Eisenach ist dringend erforderlich. Eine Gesandtschaft aus dem Heerlager der Kreuzfahrer ist eingetroffen mit einer Nachricht, die keinen Verzug duldet.«

Kälte griff nach Heinrichs Händen, kroch seine Arme hinauf bis in den Nacken, wo sich die Haare sträubten, und erstickte jeden Gedanken. Er stammelte den Befehl, ein Pferd zu satteln, und während Knechte über den Hof hasteten, stakste er auf unsicheren Beinen zum Stall, ließ sich auf sein Pferd helfen. Niemand begleitete ihn, weder die Söhne der Burgverwalter noch andere Angehörige der Dienstmannen, die im Lande geblieben waren; allein lenkte er den Hengst zum Tor, erwiderte unwillkürlich das Grüßen der Posten und ließ den Braunen hinuntereilen, so schnell es der steile Weg erlaubte.

Vor dem Landgrafenhof, dem großen, steinernen Gebäude hinter der Kirche des heiligen Georg am Rande des Montagsmarktes, hatte sich eine Menschenmenge versammelt, die vor dem Bruder und Vertreter des Landgrafen bereitwillig beiseite wich. Im Hof wehten die Banner des Landgrafen und eines seiner Gefolgsmänner, die Standarte umwikkelt mit schwarzem Flor. Heinrich prallte zurück, er riß an den Zügeln, daß der Braune die Vorderhufe in den Boden stemmte und hart schnaubte. Hohl echote ein Ruf von den Mauern ringsum, dann das Knallen eisenbeschlagener Stiefel, als einige Männer in schmutzigen Waffenröcken aus der Tür traten, an ihrer Spitze Friedrich von Treffurt, dessen blondes Haar grau war vom Staub der Reise.

Heinrich richtete den Blick gen Himmel, wo Wolken das kalte Blau verschleierten. Hinter seiner Stirn dröhnte der Name seines Bruders. Ludwig. Ludwig.

In ehrfürchtiger Entfernung beugten die Männer das Knie und den Nacken, nur der Treffurter hob den Kopf wieder.

»Gott zum Gruß, Heinrich Raspe«, begann er. »Bruder meines Herrn, der Ihr auch mein Herr seid. Ich bringe traurige Kunde. Graf Ludwig ...«

»... ist gefallen«, murmelte Heinrich.

Der Reisige senkte den Blick zu Boden. »Nicht gefallen, mein Graf. Eine Seuche befiel das Heer bei der Abfahrt von

Otranto. Unser Schiff mußte umkehren, denn die Krankheit verbreitete sich nicht nur unter den Reisigen, sondern griff auch nach Graf Ludwig und suchte sogar Friedrich, den stets erhabenen Kaiser, heim. Wir brachten die Kranken zurück nach Otranto, wo der tapfere Ludwig unter vielen Leiden, aber getröstet durch die heilige Salbung verschied.«

Mühsam sammelte Heinrich seine Gedanken, während das Herz ihm bis zum Halse schlug, hart und lebendig. All dies geschah einem anderen, sein Bruder war in Sicherheit, in des Kaisers Nähe. Er lebte, atmete, ging umher, erteilte Befehle, strich über Pferdenüstern und Pferdekruppen, grüßte Reisige mit zwei erhobenen Fingern, fuhr sich mit der Hand durch die schulterlangen hellen Locken. Lachte.

»Wir bestatteten ihn in Otranto.« Friedrichs Stimme zerriß den Bilderfluß; mit Daumen und Zeigefinger hielt er Heinrich einen Ring entgegen, einen Ring mit einem blauen Stein, und Heinrich konnte deutlich die dünnen Linien erkennen, das Lamm mit der wehenden Fahne. Der Ring seines Bruders.

Heinrich schüttelte sich. »In Otranto.«

»Er starb auf dem Weg ins Heilige Land. Es war ihm nicht bestimmt, dorthin zu gelangen und so erneute Aufnahme in den heiligen Schoß der Kirche zu finden.«

Das Kind kam ihm in den Sinn, das winzige Bündel, fest in weißes Leinen gewickelt. Rosige Wangen, schmale tiefblaue Augen unter geschwungenen Brauen. Gertrud. Vaterlos. Elisabeths blasses, schmales Gesicht; wenn sie den Namen ihres Mannes nannte, leuchteten ihre Augen ebenso hell wie in tiefer Andacht. Am Karfreitag des vergangenen Jahres hatte sie vor dem Altar in der Kirche des Klosters zur heiligen Katharina geschworen, sich nie wieder zu verheiraten, sollte ihr Gemahl vor ihr dahinscheiden. Und Hermann, der Junge mit den kastanienbraunen Locken, der seine Altersgenossen auf der Burg und in der Stadt befehligte wie ein Graf – wer würde für ihn regieren, bis er Mündigkeit erlangte? Elisabeth war eine wundervolle Mutter für ihre Kinder, für die Armen und Kranken, wo immer sie weilte, aber obwohl sie sich an Ludwigs Seite in die schönste Frau des Reiches verwandelt hatte, war sie keine Herrscherin. Niemals würden die Vasallen, die Ministerialen sie anerkennen.

Heinrich stieg vom Pferd, sein Körper gehorchte, obwohl er ihm nicht zu gehören schien, und er fröstelte trotz des lauen Windes, der ihm durchs Haar fuhr. Der Gilbhart zog ins Land, der Oktober, wie die Pfaffen ihn nannten. Seine Mutter lebte im Kloster zur heiligen Katharina vor den Mauern Eisenachs, seine Mutter Sophia. Sie mußte helfen.

»Mein Herr.« Der Treffurter hatte sich erhoben, war näher getreten und streckte langsam den Arm aus; die Handschuhe hingen ihm vom Gürtel. Heinrich schluckte, befeuchtete die Lippen und strich sich das vom Ritt zerzauste Haar aus der Stirn.

»Ich danke Euch«, flüsterte er rauh. »Friedrich, begleitet mich zu meiner Mutter, um ihr die traurige Kunde zu überbringen.«

Sie erreichten das Kloster zur Vesper, als die letzten Strahlen der Sonne die Dächer streichelten. Die diensthabende Nonne an der Pforte empfing sie mit abwehrend erhobenen Händen, die sie sinken ließ, als sie den schwarzen Flor sah. Dünner Gesang schwebte gedämpft über dem Klosterhof.

»Gott sei mit Euch, Schwester«, sagte der Treffurter. »Wir haben Kunde für Landgräfin Sophia, die in Euren Mauern Zuflucht genommen hat.«

Die Nonne erwiderte den Gruß leise und ließ die Hände wieder in den Ärmeln verschwinden. »Ihr müßt Euch gedulden, Hohe Herren. Hört selbst!«

Schwach trug der Wind die Stimmen der Nonnen aus der Kirche, bis sie hell anschwollen zum Magnificat: *»Deposuit potentes de sede et exaltavit humiles, esurientes implevit bonis et divites dimisit inanes.«*

»Die Nachricht erlaubt keinen Aufschub«, setzte Heinrich nach. »Wir brauchen die Hilfe meiner Mutter sofort.«

Nach kurzem Zögern nickte die Nonne und geleitete die beiden Männer in einen Raum, hieß sie, sich zu gedulden, sie werde die Hohe Frau zu ihnen bringen. Es dauerte nicht lange, Heinrich hatte die beiden ersten Gemälde, die Überreichung des Apfels an Adam und die Vertreibung aus dem Paradies, noch nicht abgeschritten, als sich eiliges Trippeln im Gang näherte, die angelehnte Tür aufgerissen wurde und Sophia mit rauschendem weißen Habit im Rahmen stand, graue Strähnen flogen um ihr Gesicht unter dem verrutschten Schleier, und ihre Augen glühten. »Was ist passiert?«

Wieder sank Friedrich von Treffurt aufs Knie, wieder spulte er seine ehrerbietige Begrüßung ab, wiederholte die Nachricht, als Sophia den Ring, den er ihr soeben übergeben hatte, an den Busen preßte, ohne daß ein Ton über ihre Lippen glitt. Seitdem Friedrich verstummt war, war nichts anderes zu hören als der schwache Widerhall des Gesangs, mit dem die Nonnen die Vesper beschlossen. Dann hob sie die Brust in einem tiefen Atemzug.

»Wurde das Lehen bestätigt?« fragte sie, und ihre schroffe Stimme zitterte dabei kaum hörbar.

Der Treffurter nickte. »Kaiser Friedrich versprach auch, daß Ludwigs Sohn Hermann die Mark Meißen erhalten werde, sollte Judithas Sohn sterben, ehe er mündig wird.«

Sophia verzog das Gesicht, als hätte sie in etwas Saures gebissen. Heinrich wußte um den Abscheu, den sie vor ihrer Stieftochter hegte, die nach dem Tode des Markgrafen das Lehen nicht den Besitzungen der Thüringer zugebracht, sondern sich ohne Billigung der Familie mit einem Stauferfreund verehelicht hatte. Nun übte sie für ihren auf dem Kreuzzug befindlichen Mann die Herrschaft über dessen Grafschaft aus und zugleich für ihren unmündigen Sohn, der ebenfalls den Namen Heinrich trug, die Regentschaft über die Markgrafschaft Meißen – ein Dorn in Sophias Auge! Ihr Blick verweilte auf Heinrich.

»Ludwig hat dich zu seinem Stellvertreter ernannt, Heinrich Raspe, also wirst du Landgraf sein, bis Hermann mündig ist.« Sie trat zu ihm, legte ihre Hände auf seine Schultern, ihre kühlen Finger wischten winzige Kreuzzeichen auf seine Stirn, seinen Mund, seine Brust. »Und nun wollen wir hingehen und dem entsprechen, weshalb du eigentlich gekommen bist: die arme Witwe vom Tode ihres Gemahls in Kenntnis setzen.«

Sie nahm aus den Händen einer herbeigeeilten Novizin einen dunklen Umhang und schritt ihnen voran zur Tür, wo sie nochmals innehielt. »Eines verlange ich allerdings von Euch, Ihr Herren: Daß Ihr mir den Leichnam meines Sohnes hierherschafft, damit er in diesem Kloster, das sein Vater errichtet hat, bestattet und von seiner frommen Gemahlin beweint wird, auf daß ihm die Zeit im Purgatorium kurz und leicht wird.«

»Hohe Frau, die Bestattung ist bereits erfolgt«, wandte der Treffurter ein.

»Das sagtet Ihr, Herr Friedrich. Und ich sage: Heißt die Herren von Otranto, den Leichnam des Landgrafen von Thüringen aus seinem Grab zu heben und damit in der üblichen Weise zu verfahren, damit seine Gebeine heimkehren. Werdet Ihr mir das schwören, Herr Friedrich?«

»Hohe Frau, ich werde tun, was in meinen Kräften steht, aber schwören kann ich Euch das nicht.«

»So?« Ihre Brauen bildeten hohe Bögen über den hellen Augen. »Schwören könnt Ihr mir das nicht?«

Verwundert bemerkte Heinrich, daß der Treffurter erbleicht war und daß er schwer schluckte.

»Ich könnte Heinrich gebieten, dir deine Burg zu nehmen und dich aus seinem Dienst zu verstoßen.«

Wieder atmete der Treffurter einige Male tief durch, dabei öffnete und schloß er langsam die Augen, ehe er leise erwiderte: »Hohe Frau, Ihr habt mir den Befehl gegeben, und ich werde alles tun, um Euren Befehl zu befolgen.«

»Schwört Ihr mir das?« Sophias Stimme zerschnitt den Raum, ließ den Mann zusammenzucken, doch er blieb stumm, während ein bitterer Zug sich in seine Miene grub.

Heinrich trat vor. »Frau Mutter, ich verbürge mich für diesen Mann. Er hat den weiten, gefahrvollen Weg vom Königreich Apulien hierher auf sich genommen, um uns die Nachricht von Ludwigs Tod zu überbringen. Ich vertraue seinem Wort.«

Hart funkelte sie ihn an. »Dann soll das deine erste Entscheidung als Landgraf sein.«

Noch immer kniete Sophia vor ihrer Schwiegertochter, die die Hände mit dem Ring hatte in den Schoß sinken lassen und reglos dasaß, die dunklen Augen wirkten unnatürlich groß in dem schmalen, blassen Gesicht.

»Meine liebe Tochter, dein Sohn ist bei meinem Heinrich in guten Händen, er wird ein frommer und gerechter Landgraf werden. Also nimm deine Töchter, und komm zu mir in das Kloster der heiligen Katharina, wo wir für die armen Seelen unserer Männer beten wollen, auf daß ihnen das ewige Heil zuteil wird.«

Der neben ihr sitzenden Hofdame rannen glitzernde Tränen über die Wangen, ein anderes Mädchen war mit einem erstickten Schluchzen zusammengesunken. Elisabeth faßte nach den weißen Binden, die straff um ihren Kopf gewunden waren, löste die Schnüre, die sie hielten, und streifte alles vom Kopf, daß sich das schwarze Haar in weichen Wellen über ihre Schultern ergoß. Sie verzog keine Miene, unbeachtet glitten die weißen Bänder und der Schleier zu Boden, wo die Hofdame sie auflas. Mit einem leisen Klingeln rollte Ludwigs Ring über den Boden, bis ein Mädchen ihn aufklaubte und Sophia darbot.

Heinrich lehnte an der Tür und nagte an seiner Oberlippe. Umsonst das Gelöbnis, mit dem die damals noch ungeborene Gertrud dem geistlichen Stand versprochen worden war, um eine glückliche Heimkehr des Grafen zu erwirken. Gott hatte ihnen kein Gehör geschenkt. Eine Träne biß in seinen Augenwinkel, er wischte sie hastig weg. Langsam erhob sich Elisabeth, strich sorgfältig ihr schlichtes Kleid glatt, bevor sie, ohne auf ihre Schwiegermutter zu achten, an dieser vorbei zur Tür ging. Sie wankte leicht, stützte sich flüchtig an der Wand ab und trat auf den Gang; auch Heinrich hatte sie keines Blickes gewürdigt. Er folgte ihr.

Tastend bewegte sie sich den Gang hinunter, hochaufgerichtet und dennoch zerbrechlich wie der feine Glasbecher, aus dem sie zu trinken pflegte. Heinrich eilte ihr nach, umfaßte ihren Arm und wurde unerwartet heftig abgeschüttelt. Sie beschleunigte ihre Schritte, zerrte an ihrer Hand und warf etwas von sich, das klirrend neben dem Teppich auf den Boden prallte. Heinrich hob das Ding auf, ihren Trauring, der bräunliche Stein war zersprungen. Indessen hastete sie zur Treppe, fand im Zwielicht ihren Weg hinunter zur Tür, querte vor ihm den Hof, scheuchte die Gänse auf, die eine Magd in den Stall treiben wollte, ein junges Paar schrak aus traulichem Geflüster auseinander, Kinder rannten auf sie zu, unter ihnen Hermann, der ein Holzschwert über dem Kopf schwang, Hermann, der nun sein Zögling war, schoß es Heinrich durch den Sinn. Der Junge rief seine Mutter an – aber sie hielt unverwandt auf die Kapelle zu, vor deren Eingang sie stehenblieb und den Kopf hob. Dann straffte sie sich und verschwand in der Tür, die mit einem hohlen Klappen hinter ihr zufiel.

Die Gräfin in die Kapelle eilen zu sehen war ein derart gewohnter Anblick, daß sogar jetzt, kurz nach der Vesper, niemand daran Anstoß nahm. Oft suchte sie das kühle Gebäude gleich nach dem Abendessen nochmals auf, um bis zur Komplet zu beten. Vor der Tür aus dunklem Holz blieb Heinrich stehen, richtete den Blick auf das Tympanon, auf den Drachen, der einen gewappneten Reisigen verschlang, wie eine Seuche seinen Bruder verschlungen, den Kaiser aber wieder ausgespien hatte, als wäre der ungenießbar.

Zögernd trat er zur Pforte und schob die schmalen Türflügel auf. Von drinnen quoll ihm weihrauchdurchtränkte Kälte entgegen. Und Stille. Es war so still, daß er die Atemzüge der Frau hören konnte, die ausgestreckt vor dem Altar lag. Lautlos schloß er die Tür wieder und ließ sich auf dem umlaufenden steinernen Vorsprung nieder. In dem dünnen

Lichtstrahl, der sich durch das Fenster über dem Eingang waagerecht in den Raum bohrte, tanzte der Staub, bis der Glanz erlosch und Dunkelheit aus den Wänden zu dringen schien. Über der vergitterten Nische, in der die geweihten Hostien aufbewahrt wurden, hing eine Lampe mit einem mattgoldenen Flämmchen, das wie ein ferner Stern in der Finsternis stand, eine Einrichtung, die Chorherr Wigo mitgebracht hatte. Dann hörte Heinrich das Flüstern, das sich vom Boden erhob, gedämpft, denn sie preßte die Stirn auf die steinerne Schwelle vor dem Altar und flüsterte die Worte. Nur Fetzen verstand er, Silben, Worte, Latein, ein Gebet, einen Psalm, den sie immer wieder vor sich hersprach, den er tonlos nachmurmelte. *»Dominus pascit me, nihil mihi deerit, in pascuis herbarum adclinavit me, super aquas refectionis enutrivit me, animam meam refecit, duxit me per semitas iustitiae propter nomen suum, sed et si ambulavero in valle mortis, non timebo malum, quoniam tu mecum es, virga tua et baculus tuus ipsa consolabuntur me. Pones coram me mensam ex adverso hostium meorum, inpinguasti oleo caput meum calix meus inebrians. Sed et benignitas et misericordia subsequetur me omnibus diebus vitae meae et habitabo in domo Domini in longitudine dierum.«*

Nach einem gedehnten »Amen« erhob sie sich auf die Knie, bekreuzigte sich und wandte ihm ihr Gesicht zu, das im matten Schein des Lämpchens – Ewiges Licht nannte Wigo es und sagte, die Ritter vom Orden des Hospitals vom heiligen Johannes hätten es aus dem Heiligen Land eingeführt – müde wirkte. Als Heinrich ihr auf die Füße half, umwehte ihn eine Ahnung blühender Veilchen; erschüttert bemerkte er, wie leicht sie war, wie abgemagert, entkräftet, und das so kurz nach der Geburt eines Kindes. Die Brüste, prall von Milch, drückten sich hart unter dem Kleid ab. Sie hob den Kopf wieder, und er erkannte ein feines Lächeln, das ihre Mundwinkel aufwärts bog, während ihre Wangen naß schimmerten.

»Mit Ludwig starb mir die Welt ...«, flüsterte sie. »Ich gehöre jetzt ganz dem Herrn.«

Er blickte in ihre Augen, die vollkommen leer schienen. Langsam drehte sie sich um und ging zur Tür, mühsam, als trage sie ein viel zu schweres Gewicht; doch als er ihr auf den Hof hinaus folgte, wurden ihre Schritte fester, während sie noch immer die Hände erhoben hatte, als bete sie.

»Elisabeth«, rief er. »Elisabeth, bitte hör mir zu!«

Sie ging einfach weiter, ohne ihn zu beachten, selbst als er ihr nacheilte, sie einholte, blieb ihr Blick auf den Weg gerichtet, der vor ihr lag. »Ich gehöre jetzt ganz dem Herrn.«

»Elisabeth, beruhige dich! Du bist die Landgräfin von Thüringen, die Mutter des zukünftigen Landgrafen. Du hast Kinder, die dich brauchen.« Er stockte. »*Ich* brauche dich!«

Sachte fuhr sie mit den Fingern durch sein Haar, teilte es zu einem geraden Scheitel, entwirrte die Wellen, die ihm fast bis auf die Schultern fielen. »Du brauchst mich nicht, Heinrich, du wirst in wenigen Monaten eine Frau haben.«

»Aber die Kinder!«

»Hermann wird hier in deiner Obhut sein. Für Sophia und Gertrud werden wir gute Aufnahme finden, dafür wird Gott der Herr sorgen. Ich habe meinen Weg gewählt.«

Er atmete den Veilchenduft ihrer Haut, umhüllt von Nessel und rauher Wolle, sah immer noch das Gesicht des Mädchens, des Kindes, das ihn ängstlich umklammerte, das Ohr auf seine Brust preßte, um nach seinem Herzschlag zu horchen. Das Mädchen, auf dessen schmale Schultern er sich gestützt hatte, als sie ihn zum Waldrand zurückführte, ihm half, irgendwie den Zaun zu überwinden – er wußte bis heute nicht, wie ihr das gelungen war. Sie hatte bei ihm gewartet, bis Konrad zurückgekehrt war, ohne den Hengst. Konrad, der jetzt in Marburg war, sich mit dem Herrn von Marburg herumplagte, einem Ministerialen von eigenen Gnaden. Damals hatten sie Elisabeth vorausgeschickt nach Hause, nach Gotha, in die Marienkirche zwischen Stadt und Burg, weil sie immer in Kirchen zu finden war, immer auf den Knien. Niemandem würde auffallen, daß sie eine Weile fortgewesen war. Und tatsächlich war es niemandem aufgefallen.

Heinrich hatte behauptet, er sei von der Mauer gestürzt; er wurde umsorgt und gepflegt. Als die Nachricht vom Ausbruch des Hengstes eintraf, geriet sein Vater in Wut. Er hatte am folgenden Tag aufbrechen wollen, um Otto, dem Welfenkönig, seine Aufwartung zu machen. Er ließ nach dem Hengst suchen, und weil das nicht fruchtete, befahl er, die Pferdeknechte zu prügeln. Elisabeth, sein Sonnenschein, flehte um Gnade, doch Graf Hermann kannte kein Erbarmen mit den Strolchen.

Anderntags war er mit seinem zweitbesten Pferd aufgebrochen, aber die Krankheit warf ihn noch am Abend aufs Lager; man brachte ihn zurück, die Familie versammelte sich um das prachtvolle vierpfostige Bett, empfing einen letzten Gruß, bevor der Alte, getröstet durch die heilige Salbung, verschied.

Zwei Tage später ließ sich der Hengst am Rande der Koppel willig einfangen.

Elisabeth war wochenlang nur geduckt im Hause umhergeschlichen, das Gesicht verdunkelt von einem Schatten, den nur Heinrich und Konrad hatten deuten können. Was, fragte Heinrich sich oft, hätte der strenge Magister, den

Elisabeth sich vor einem Jahr zum geistlichen Beistand genommen hatte, ausrichten können, wenn die Brüder das Mädchen nicht zu diesem Ausflug überredet hätten? Das Mädchen, das in schwärmerischen Worten den Vogelsang als Lob Gottes gepriesen hatte, bevor auch sie still geworden war an diesem Frühlingsnachmittag.

Heinrich senkte den Kopf. Ein Leben in Armut, Keuschheit und Demut wolle sie als Witwe führen, das hatte sie gelobt und hatte dem Magister Konrad von Marburg Gehorsam versprochen. Jetzt stand sie am Rand der Zisterne, während um sie herum der Hof in Stille fiel. Die böse Nachricht breitete sich aus. Tiefer verneigten sich die Leute vor Heinrich, Knechte und Mägde und Burgmannen. Vor Elisabeth, vor ihrer Herrin, wichen sie zurück.

11

Die Knechte beluden Maultiere mit Getreidesäcken, als Heinrich im Landgrafenhof eintraf. Die Zügel seines Braunen überließ er einem herbeieilenden Jungen und hastete zur Kirche des heiligen Georg, vor deren Portal ein zerlumpter Volkshaufen zusammengeströmt war. Stimmen in allen Tonlagen hallten von der Kirchenfront wider, und ein Brodem von Schweiß, Kot und Urin quoll ihm entgegen, schlug wie träge Wellen über ihm zusammen, sobald er in die Menge eintauchte. Flüche drangen an sein Ohr, Finger krallten sich in seinen Mantel, seinen Waffenrock, beschmierten das Gelb und Blau, hefteten ihren Gestank an ihn, während er sich einen Weg zum Portal bahnte.

Die auf Böcke gelegte Tafel bedeckte ungebleichtes Leinen, darauf standen Krüge und eine Waage, in deren Schale ein Knecht Korn scheffelte. Die Menschen hielten einen ehrfürchtigen Abstand von dieser Tafel, einzelne waren vorgetreten, eine alte Frau in schmutzigen Fetzen kniete davor, neben ihr ein Mann, dessen Hose löchrig war wie trockener Käse, dreckstarres Haar lugte unter der fleckigen Haube hervor. Gesenkten Hauptes empfing er das abgewogene Getreide im Beutel, woraufhin er überschwenglich Dank stammelte, während ein weiterer Knecht zwei Becher mit einer hellen Flüssigkeit, stark verdünntem Wein, füllte. Es war Elisabeth, angetan in ein ungegürtetes härenes Hemd, die den beiden die Becher reichte und ihnen beinahe zärtlich über die Köpfe strich, eine Geste, die Heinrich einen Stich versetzte und ihn in dem Wunsch, die Bettler mit Schreien und Peitschenhieben auseinanderzutreiben, an der Reihe der Wartenden vorbei vortreten ließ.

Gedämpftes Murmeln verriet, daß man ihn längst erkannt hatte; nichts anderes hatte er beabsichtigt, als er sich beim Eintreffen der Nachricht von Elisabeths Treiben den bunten Waffenrock übergestreift hatte, bevor er nach Eisenach hinuntergeeilt war. Das Leuchten ihrer Augen erlosch nicht, als er sich vor ihr aufbaute.

»Wehre meinem Tun nicht, lieber Bruder! Der Landgraf hat dich geheißen, alles zu billigen, was ich tue, solange ich nicht den Bestand von Wartburg und Neuenburg gefährde.«

»Ich ließ gestern nach dir rufen, aber du hast es bislang nicht für nötig befunden, dich bei mir einzustellen, hohe Frau.«

»Dies ist nicht der Ort, solche Dinge vorzutragen. Gedulde dich, bis die Armen gespeist sind, dann will ich mit dir sprechen.«

Ohne ein weiteres Wort ergriff Heinrich ihren Arm und schob sie die Stufen zum Kirchenportal hinauf, hinein in die kühle Dämmerung des matt ausgeleuchteten Raumes. Die Heiligen blickten sanft auf sie herab, als Elisabeth auf die Knie fiel, ihn mit sich herabzog, sich mit gesenktem Kopf bekreuzigte und sogleich begann, Gebete zu murmeln.

»Du hast Bruder Thomas beauftragt, dir Dokumente auszustellen, damit dir dein Witwengut ausbezahlt werde.« Seine Stimme hallte von den Säulen und Wänden wider, doch Elisabeth ließ durch nichts erkennen, ob sie ihm überhaupt zuhörte; selbst als er an ihrem Ärmel zerrte, verharrte sie in ihrer Andacht.

»Du weißt, daß Mutter dich und deine Töchter im Kloster zur heiligen Katharina erwartet?«

»... sed libera nos a malo. Amen«, flüsterte sie unter dem Schleier, hielt inne, bekreuzigte sich nochmals, ehe sie überraschend den Kopf zurückwarf. »Heinrich, ich kann diesem Begehr nicht Folge leisten. Ich habe bereits dem Magister Konrad Gehorsam gelobt, auf daß er mich führen möge nach seinem Gutdünken. Ich bin nicht würdig, bei den Schwestern zu leben, ich bin ein sündiges Weib, muß in demütiger Nachahmung des Lebens, das der Herr auf Erden führte, Barmherzigkeit üben in Armut und Keuschheit und denen gehorchen, die über uns gestellt –«

»Elisabeth! Hast du den Verstand verloren? Dein Platz ist bei deinen Töchtern und vielleicht noch am Grabe deines Mannes. Du bist eine Landgräfin, eine Königstochter!«

Lächelnd griff sie nach seiner Hand. »Das ist vorbei, Heinrich. Die Welt ist mir gestorben, und ich bin der Welt gestorben. Ich will die Tage, die mir auf Erden bleiben, so fristen, wie es Magister Konrad richtig erscheint – das habe ich bei Gott und meiner unsterblichen Seele geschworen.«

✠

Die Pferde auf dem Hof dampften, und ihre Leiber waren gesprenkelt von Schaum und Schlamm wie die Mäntel, die sich die Ankömmlinge von ihren Schultern zogen und den Pagen zuwarfen. Mit verkniffenen Lippen, die Brauen zusammengezogen, schritt der krummbeinige Mann auf Heinrich zu, Guntram von Marburg, Dienstmann auf der dortigen Burg, gefolgt von seinen beiden Söhnen, die sich umschauten, ohne ihre Neugier zu verhehlen. Vor Heinrich beugten sie das Knie; schließlich war er nun der Landgraf, Vormund und Vertreter des kleinen Hermann, der neben ihm stand, herausgeputzt wie eine kleine Statue seines Vaters, und gelegentlich unsicher zu seinem Onkel aufblickte.

Die Begrüßung fiel kühl aus, Guntram von Marburg verlor keine Zeit mit Huldigungen, sondern bat um eine sofortige Unterredung. Heinrich führte ihn in den Palas, den Begleitern wies er den Weg zur Küche, was diese sich nicht zweimal sagen ließen. Kaum hatte ein Bediensteter die Tür des kleinen Saales hinter ihnen geschlossen, drehte sich Guntram abrupt zu Heinrich um.

»Herr Graf, ich will nicht unhöflich erscheinen, aber die Sache duldet keinen Aufschub. Eure Schwägerin betreibt den Verkauf ihres Wittums Marburg, und sie hat mich wissen lassen, daß Erträge aus ihrem Besitz ausschließlich zum Zwecke der Armenspeisung und der Krankenpflege verwendet werden dürften.«

»Und sie wies dich an, das von Gott gebilligte Gesetz zu halten und nicht mehr zu fordern, als dir zusteht.«

Der Ministeriale schnaubte. »Das ließ sie mir mitteilen. Nun saget Ihr mir, Graf Heinrich, wie es angehen kann, daß die ... Hohe Frau ihr Wittum verkaufen will, nur um das Geld zu verschwenden, anstatt, wie es ihr ziemen würde, sich in ein Kloster zurückzuziehen, um für die Seele ihres verstorbenen Gemahls zu beten.«

Langsam durchmaß Heinrich den Raum, ließ den Blick wandern über Wandbespannungen, Vorhänge, die getünchten Wände, ehe er sich wieder umwandte. »Gräfin Elisabeth lebt in der Nachahmung Christi nach der Regel der Minderen Brüder. Sie hat beschlossen, ihr Leben in Armut, Keuschheit und Demut zu verbringen, da sie der Überzeugung ist, daß ihr Gemahl schon vor seinem Tod durch die willige Teilnahme am Kreuzzug aller Sünden ledig war.«

Die Schultern des Mannes hoben und senkten sich merklich, und er blähte die Backen unter dem Bart; dennoch schwieg er, während er Heinrich aufmerksam musterte. Wie immer, wenn er sich beobachtet wußte, trat Heinrich der Schweiß auf die Stirn, feine, kalte Tropfen, die sich an den Schläfen sammelten und hinabperlten. Was Elisabeth tat, war ungeheuerlich; wenn sie die Marburg samt Dienstmannen veräußerte, gerieten Burg und Markt womöglich in die Hände des Erzbischofs von Mainz, der sich in den Gebieten nördlich von Frankfurt ohnehin einiger befestigter Sitze bemächtigt hatte.

»Bringt die hohe Frau davon ab, Herr!« unterbrach Guntram seine Gedanken. »Gräfin Elisabeth ist die Tochter eines Königs und die Witwe eines der mächtigsten Fürsten in den deutschen Landen. Sie sollte sich schämen, sich wie eine Bettlerin zu gebärden! Sie bringt Schande über die Ihren!«

Sie kamen Heinrich auf dem Hof entgegen, fünf Frauen in weiten, dunklen Umhängen, unter den Armen große Körbe, eilten leise in Richtung des Turms, die hinteren flüsterten, kicherten wie Mädchen, blieben abrupt stehen, als sie ihn bemerkten, und verstummten. Elisabeths schmales Gesicht leuchtete unter der Kapuze hervor, kein Gedanke, daß sie eine trauernde Witwe war, wie sie so hochaufgerichtet vor ihm stand, die Wangen leicht gerötet. Er dachte an das vorbereitete Pergament, das er in den Falten seines Mantels verborgen hielt, und mit dem nächsten Atemzug befahl er sich, die Gelegenheit zu nutzen, die Gott herbeigeführt hatte. Doch schon der erste Satz, den er sprach – »Elisabeth, ich muß mit dir reden« –, lockte ein Lächeln auf ihre Lippen.

»Deine Absichten finden meinen Beifall nicht«, begann er vorsichtig. »Daß du Barmherzigkeit üben willst, ehrt dich, und ich achte das Wort meines Bruders, dir nicht zu wehren, solange dein Tun nicht den Bestand von Wartburg und Neuenburg gefährdet. Aber daß du dein Wittum veräußerst, um alles unter die Armen zu verteilen –«

»Heinrich, ich habe im Angesicht des Herrn Gelübde abgelegt.«

»Ja«, fuhr er ihr ins Wort. »Keuschheit, Armut und Gehorsam! Elisabeth«, beschwörend legte er die Hand auf ihren Arm, »hast du jemals darüber nachgedacht, was es für Sophia und Gertrud bedeutet, als Kinder einer Bettlerin leben zu müssen?«

»Sie leben im Angesicht des Herrn, Heinrich.« Sanft, aber nachdrücklich strich sie mit dem Daumen über seinen Arm. »Es wird ihnen an nichts mangeln.«

Hart stieß er sie von sich. »Und in welches finstere Tal wirst du deine Kinder führen? Nach Eisenach, damit sie von Tür zu Tür gehen und das Mitleid der Leute beschwören? Oder vor der Kirchentür ihre leeren Hände denen entgegenstrecken, die hineingehen dürfen zum Tisch des Herrn?«

»Sie werden unter denen weilen, die Christus die Liebsten sind, und Speis und Trank mit diesen teilen.«

»Elisabeth, welcher Dämon spricht aus dir? Willst du die Töchter des Landgrafen zum Betteln schicken! Willst du, daß die, die du liebst, mit Schande überhäuft vor der Welt stehen? Willst du auch ihre kleinen Körper verstümmeln, damit die Leute bei ihrem Anblick erschrecken und ein wenig mehr geben? Willst du sie zu den Aussätzigen schikken, um sie Demut zu lehren, selbst wenn Gottes Strafe dann auch sie befällt?«

»Sie werden rein bleiben, wenn sie in Seinem Licht und Seiner Liebe wandeln.«

Er wich vor ihr zurück, strauchelte, fand Halt an einem Stuhl, während er nach Atem rang. Die Frau im härenen Kleid, die hoch aufgerichtet vor ihm stand, die Hände in den Falten des Rockes verborgen, blickte ihn unverwandt aus ihren dunklen Augen an, die Lippen zu einem dünnen Lächeln gebogen, jenem Lächeln, das einer Gräfin wohl zu Gesicht stand. Angestrengt räusperte er sich, verfluchte stumm die Gedanken, die ihr die Minderbrüder in den Kopf gesetzt hatten: Keuschheit, Armut und Gehorsam seien nicht hinter sicheren Klostermauern zu befolgen, sondern Christi Werk nachzueifern im Dienst an den Bedürftigen und Beladenen – das sei der Pfad zu Gottes Reich.

Doch selbst das war ihr nicht genug gewesen; eine seltsame Schule hatte sie am Hof des Landgrafen für ihre Damen und Fräulein eröffnet, eine Schule der Erniedrigung. Kein Lautenklang, keine Lieder und Epen wie in den Hallen seines Vaters, kein fröhliches Flüstern und Kichern, nein! Sie erschöpfte die Frauen, den Burgcapellanus und dessen Diacone mit der Einhaltung des Stundengebets, unterzog sich strengen Bußübungen und Züchtigungen durch ihren Beichtiger, diesen Kreuzzugsprediger und Ketzerjäger, obwohl es doch nichts gab, worin sie hätte sündigen können. Stets achtete sie darauf, nichts unrechtmäßig Erworbenes zu sich zu nehmen, was schwierig geworden war, seit der Erzbischof von Mainz Ludwig nach einem Streit exkommuniziert hatte, denn die Abgaben der kirchlichen Güter standen ihr fortan nicht mehr zu. Nur von ihren liebsten Frauen, die ihren Hang zur Frömmigkeit teilten, erwartete sie, diese strengen Regeln einzuhalten, und so saß sie mit denen oft vor leeren Tellern, während um sie herum der Hofstaat schmauste. Doch gab es einmal Gelegenheit, unbesorgt am Mahl teilzunehmen, kam es durchaus vor, daß sie sich sogar das versagte, weil es der Tag eines bestimmten Heiligen war, der eines grausamen Märtyrertodes gestorben war, oder weil sie noch über die soeben vernommene Lesung, den soeben gesungenen Psalm sinnen wollte.

»Elisabeth, ich werde nicht zulassen, daß du dein Wittum veräußerst«, sagte Heinrich leise, und obwohl er sich bemühte, seine Stimme scharf und bestimmt klingen zu lassen, zitterten die Laute in seiner Kehle.

»Und wie willst du das verhindern?«

»Ich bin durch das Wort des Kaisers der Vormund meines Neffen Hermann, deines Sohnes. Da deine Pläne sein Ansehen schädigen, verbiete ich dir, sie weiterzuverfolgen. Du magst dich in das Kloster der heiligen Katharina zurückziehen und dort für deinen verstorbenen Gemahl beten, magst dort seine sterblichen Überreste erwarten, auf daß er neben seinem Vater ruhe, und magst dort eure Töchter heranbilden, wie es sich ziemt. Deiner frommen Verschwendung ist hiermit Einhalt geboten!«

Er zog die Pergamentrolle unter der Achsel hervor, entrollte sie, damit sie lesen konnte, was er hatte niederlegen lassen. Ihr Blick wanderte über die Zeilen, flog kurz in seine angespannte Miene, um sich wieder auf Bruder Thomas', des Cancellarius, zierliche Schrift zu richten, während ihre Lippen sich bewegten, ruhig, Worte formten, die er lesen konnte: *»... fiat voluntas tua, sicut in caelo, et in terra ...«*

Nachdem sie verstummt war, rief sie eine ihrer Begleiterinnen, die fromme Edeljungfer Guda, zu sich, übergab ihr den Korb und schickte sie leise fort. Ihre Hände schlossen sich um seine, schmale, kühle Finger, die seine festhielten, die eine Erinnerung weckten, das Bild eines sonnigen Frühlingstages. Er hatte mit Konrad vor der Stadt herumgetollt, als Elisabeth auf der Straße aufgetaucht war. Nach Reinhardsbrunn wolle sie, hatte sie ihnen geantwortet, aber da sei sie ja ganz falsch unterwegs gewesen, und die Knaben hatten beschlossen, ihre damals kaum zehn Jahre alte Ziehschwester zu begleiten. Bis Hörselgau waren sie gekommen, wo Elisabeth trotzig zu einer kleinen Kirche gestapft war, um dort zu beten – allein, denn die beiden jüngsten Söhne des Landgrafen hätte hier jeder erkannt, und die Nachricht, daß des Ältesten Verlobte in deren Begleitung übers Land schweife, wäre wie ein Lauffeuer von Flecken zu Flecken geeilt, nach Gotha, wo sie bei ihrer Heimkehr der Capellanus schon mit der Weidenrute erwartet hätte. Sie hatten sie beschützen wollen, aber niemand hätte sie angehört. Aufhalten hätten sie sie müssen, aber wer konnte dieses Mädchen aufhalten, das ebenso beharrlich wie sanft und schön war? Ihr bloßer Anblick hatte den Dämon der Melancholie vertrieben, der die Sinne des alten Landgrafen umklammert hatte, und den Zorn des Capellanus geschmolzen wie den Heinrichs, der nichts anderes mehr sah als die feuchtglänzenden, dunklen Augen in diesen schmalen, klaren Zügen.

»Elisabeth …« Seine Stimme kippte, er räusperte sich. »Ludwig ließ dir alle Freiheiten, im Geiste des Franziskus von Assisi zu leben, und ich habe seinem Wunsch entsprochen, dir das in seiner Abwesenheit zu gewähren, und ich will es dir weiterhin gewähren, soweit es in meiner Macht steht …« Er drückte ihre Hände fest und entschlossen, bis er sah, daß sie hörbar einatmete. »Wenn wir diesen Weg gemeinsam gehen, sind wir stark genug, die Widersacher in ihre Schranken zu weisen.«

Behutsam löste sie ihre Hände aus seinen, umschloß damit seine Wangen. Unter dem sanften Zug beugte er den Nacken, schloß die Augen, spürte ungläubig, daß ihr Atem warm über sein Gesicht strich, ihre Lippen seine Stirn berührten. Als sei er von tagelangem Marsch heimgekehrt, stand er vor ihr, die Schultern sanken herab. Von einem Augenblick zum nächsten wurden seine Knie weich, er wollte an diese Brust sinken, die ihm nur einmal im Leben so nah gewesen war. Er blickte auf und sah sie lächeln.

»Leb wohl, Heinrich, möge Gott dir seine Gnade schenken alle Tage!«

Kälte durchflutete ihn, als sie sein Gesicht losließ. Der Zeigefinger ihrer rechten Hand legte sich unter den Halsverschluß ihres Mantels, mit der Rechten raffte sie den Stoff zusammen, nickte ihm huldvoll zu und machte sich auf den Weg. Zum Tor.

Bestürzt war Heinrich stehengeblieben; was sich vor seinen Augen abspielte, ließ ihn an seinem Verstand zweifeln: Unbeirrt schritt Elisabeth den Hof hinunter, grüßte einen vorübermarschierenden Wachtrupp und eine Küchenmagd, die mit einer schweren Kanne vom Stall zum Turm hastete. Endlich gelang es ihm, die Füße vom Boden loszureißen, und er rannte ihr nach, er stellte sie, doch sie wich ihm gewandt aus.

»Bleib stehen, Elisabeth! Du wirst nicht weggehen!«

Ihre Augen blitzten auf. »Ich bin die Landgräfin von Thüringen, ich kann tun, was mir beliebt.«

»Du kannst die Burg nicht einfach verlassen!«

Sie hatten das Tor erreicht, die wachhabenden Soldaten blieben beim Anblick des Grafen und der Grafenwitwe auf ihren Posten, sogar als Elisabeth an die kleine Pforte trat und mühsam die Riegel zurückschob. Widerstrebend öffnete sich die Tür, und Elisabeth setzte den Fuß über den Rahmen.

»Wenn du dort hinausgehst«, schrie Heinrich, »wirst du diese Burg niemals wieder betreten!«

Sie hielt inne. Mit dem Staunen über diese Wirkung schlich sich warm der Stolz in seine Brust, da wandte sie langsam den Kopf und sah ihn an.

»Leb wohl, Heinrich«, wiederholte sie. »Und möge Gott dir und den Deinen seine Gnade schenken alle Tage.«

✠

Zum ersten Mal seit Ludwigs Weggang hatte Heinrich nach dem Kammermädchen gerufen, das ihm früher manche Stunde versüßt hatte, doch ihr munteres Spiel brachte nicht die erhoffte Abwechslung. Er mochte das hübsche Ding nicht ansehen, das, auf seinem Bauch reitend, sich aus dem Hemd schälte und ihm üppige Brüste mit dunklen Warzen darbot; ständig drängte sich ihm Elisabeths schmale Gestalt im härenen Kleid auf. Schloß er die Augen, übertönte Elisabeths Segen das Gurren und Kichern, und er spürte deutlicher die Erinnerung an Elisabeths Atem in seinem Gesicht, an ihre Lippen auf seiner Stirn als die geschäftigen Hände des Mädchens an seinem Geschlecht. Er schickte sie hinaus und verbrachte die Nacht in Aufruhr.

Rasch fanden die Gerüchte ihren Weg zur Burg hinauf, in der Heinrich mit dem Hofstaat den Winter verbringen wollte. Elisabeth war in der Stadt nicht wohl aufgenommen worden; sie hatte Zuflucht gesucht in einer Herberge doch, anstatt Kammern zu beanspruchen, um ein Strohlager im Stall gebeten. Der Wirt hatte nicht recht begriffen, was sie wollte, das Ganze für einen schlechten Scherz gehalten und ihr zunächst die Tür gewiesen; als er erkannt hatte, daß tatsächlich die Landgräfin vor ihm stand, hatte er hilflos Nachbarn und den Schultheiß gerufen. Der Bote, den er zum Schloß geschickt hatte, war zurückgekehrt, ohne angehört worden zu sein.

Heinrich starrte durch das Schnitzwerk des Fensters hinaus, während Bruder Thomas ihn in Kenntnis setzte über das närrische Treiben der Landgräfin, das sicherlich zur Erheiterung der Ministerialen, Vögte und Dienstmannen beitrug und die benachbarten Markgrafen und Herzöge belustigte. Zufrieden darüber, daß die verschwenderische Witwe ihn nicht mehr gefährden konnte, hatte Dienstmann Guntram von Marburg sich auf den Heimweg gemacht.

Endlich beendete Bruder Thomas seinen Bericht, und nachdem Heinrich ihm geistesabwesend zugenickt hatte, verließ er den Raum, traf allerdings an der Tür mit Magister Konrad zusammen.

»Gott zum Gruß, Hoher Herr, darf ich eintreten?«

Heinrich senkte den Kopf. Was machte es schon, wenn nun auch noch der dürre Eiferer seine Ansichten zum besten gäbe?

Der Magister schob die Hände in die Ärmel seiner Kutte und blickte Heinrich von unten her an. »Ihr habt recht getan daran, die Gräfin in ihre Schranken zu weisen und ihr das hemmungslose Verstreuen ihres Witwengutes zu wehren.«

Verdutzt wandte Heinrich sich ihm zu. Er hatte mit milder, aber nachdrücklicher Schelte gerechnet, mit Vorwürfen, aber nicht mit Worten der Zustimmung.

»Maßlosigkeit ist keine Tugend – auch nicht in Begleitung heiliger Barmherzigkeit.« Magister Konrad neigte den

Kopf. »Ein Wittum aufzuwenden, um sich in ein Kloster zurückzuziehen oder ein Hospital zu gründen, sind gottgefällige Taten für eine Hohe Frau wie die Landgräfin. Dorthin sollte sie jemand führen.«

»Ich dachte, Ihr wärt der Führer, der sich um ihre Seele kümmert?« entgegnete Heinrich scharf.

»Verzeiht mir mein Unvermögen, hoher Herr.« Wieder erlosch der helle Blick des Geistlichen unter den Brauen. »In ihrem Eifer, die Barmherzigkeit Christi nachzuahmen, verlor die hohe Frau jedes menschliche Maß. So heftig brennt das Feuer des Glaubens in ihrer Brust, daß es ihr Sinnen wegreißt von den Menschen und sie nur noch nach Gottes Willen handeln kann. Doch dazu ist der Mensch nicht geschaffen.«

Heinrich straffte sich, während Argwohn an ihm emporkroch wie ein Reptil an einem Baum; mühsam bog er die Lippen zu einem vornehmen Lächeln. »Es gibt nichts zu verzeihen, Magister Konrad, sei unbesorgt. Wir wissen zu schätzen, daß du mit Worten und Taten Elisabeths frommen Eifer geschürt hast und ebenso den all jener Ritter, die meinem Bruder ins Heilige Land folgten.« Aus den Augenwinkeln bemerkte er, daß Magister Konrad zusammenzuckte. »Nun solltest du zusehen, daß du sie wieder auf den Weg bringst, der der Witwe eines Landgrafen zukommt.«

»Hoher Herr, ich bin der Beichtiger der Gräfin, ich sorge mich um das Heil ihrer Seele – nicht um ihren Leib, ihre Kinder und ihre irdischen Bindungen.«

Mit einem leisen Seufzer ging Heinrich zum Fenster und blickte hinaus in den wolkenverhangenen Himmel. »Eine so reiche Stiftung wie das Wittum der Landgräfin von Thüringen dürfte ihrem geistlichen Verursacher an höchster Stelle Tür und Tor öffnen.« Aufmerksam horchte er auf jeden Laut, den tiefen, zitternden Atemzug, das leise Rascheln der Kutte, als der Magister von einem Fuß auf den anderen trat. »Es wäre im Sinne aller, wenn die Gräfin von ihrem aberwitzigen Vorhaben, eine Bettelnonne zu werden, abließe und statt dessen eine Stiftung im Geiste der Minderbrüder einrichtete.«

»Ich glaube nicht, daß ich sie umstimmen kann. Aber ich teile Eure Meinung, daß der Weg, den sie geht, falsch ist.« Magister Konrad räusperte sich vernehmlich. »Laßt ihr die Kinder schicken, hoher Herr.«

Rasselnd, den Hufschlag beinahe übertönend, kämpfte sich das Fuhrwerk durch die schmale Straße zum Landgrafenhof, ein schwerer Reisewagen, von vier Rappen gezogen. Ein Wachsoldat hatte Äbtissin Mathilda von Kitzingen bereits angekündigt. Heinrich erwartete sie im Hof, sah sie durch das Tor eilen, eine stämmige Frau, von Schleier und Mantel umhüllt, das runde Gesicht umrahmt von weißen Binden. Heinrich und die, die mit ihm waren, verneigten sich.

»Wo ist sie?« rief Mathilda anstelle einer Begrüßung.

»Im Haus der Minderbrüder, Ehrwürdige Mutter«, erwiderte Heinrich, ohne den Kopf zu heben.

»Dann laßt sie herbeischaffen, Graf Heinrich – Gottes Gnade sei mit Euch!«

»Und mit Euch, Ehrwürdige Mutter. Ich würde es bevorzugen, wenn Ihr Euch zu ihr begebt.«

Ihre Brauen wölbten sich zu zwei hohen Bögen, und die straffen Binden verbargen ein sicher umfangreiches Doppelkinn. Die Tracht verlieh ihr trotz ihres reifen Alters einen hübschen, mädchenhaften Anblick, den die munter blitzenden Augen verstärkten.

»Ehrwürdige Mutter, ich wünsche nicht, daß die Witwe meines Bruders eine der Burgen und Höfe meines Lehens betritt. Es gibt ...«

Ein leises Schnauben ließ ihn verstummen, doch anstelle des erwarteten Stirnrunzelns schenkte sie ihm ein breites Lächeln. »Graf Heinrich, erlaubt einer alten Frau, ein paar Weisheiten zum besten zu geben. Ihr seid ein junger Mann – ein sehr junger Mann! Und meine Nichte ist noch jünger als Ihr. Elisabeth hängt sonderbaren Meinungen an, dennoch verstehe ich Euer Verbot nicht, Heinrich.«

»Ich will sie hier nicht sehen! Weder hier noch auf irgendeiner Burg oder irgendeinem Hof, die zu meinem Besitz gehören!«

Äbtissin Mathilda musterte ihn schmunzelnd, und Heinrich argwöhnte, was sich gerade hinter ihrer Stirn abspielen mochte. Sie entsprach so gar nicht den Bildern, die der alte Capellanus beschwor, wenn er die Tugenden des frommen Weibes pries und die Laster des Bösen schmähte.

»Graf Heinrich«, sie berührte seinen Arm, »ich habe eine lange Reise hinter mir. Ich wünsche mir nichts so sehr wie ein Bad und ein Bett. Und wenn ich noch einen Wunsch frei habe, dann erspart mir den Weg auf die Wartburg. Ich bin eine alte Frau, ich bevorzuge den Aufenthalt zwischen vielen Häusern, wo allein das Gedränge schon wärmt.«

Als Heinrich die Kammer der Äbtissin am folgenden Morgen betrat, saß sie mit rosigen Wangen in der Fensternische und widmete sich dem Frühstück, winkte ihn zu sich, als sie ihn sah.

»Wer soll das alles essen?« rief sie. »Ihr müßt mir helfen,

Graf Heinrich! Eine alte Frau wie ich braucht jemanden, um dieses kleine irdische Glück zu teilen.«

Sie wies auf die Bank, die ihr gegenüber in die Wand der Fensternische eingelassen und mit einem Schaffell und bestickten Kissen bequem gemacht worden war; in der Nähe der Äbtissin stand der hohe Dreifuß mit dem Kohlebecken, in dem es kaum hörbar knisterte. Zögernd setzte Heinrich sich auf den angebotenen Platz, ließ sich von ihr den Becher füllen, griff in das Körbchen mit den duftenden Dinkelbrötchen, ohne den Blick von ihrem Gesicht zu wenden. Sie lobte den Bau der Kirche des heiligen Georg, schwärmte von der Freude, die sie während der Prim und der Terz empfunden hatte. Schließlich, nachdem ihr Frühstücksgast mit allem versorgt war und mit ihr auf sein und ihr Wohl einen Schluck vom verdünnten Wein getrunken hatte, setzte sie die Ellenbogen auf der Tischplatte auf und verschränkte die Hände.

»Und nun Schluß mit den Höflichkeiten, mein Junge! Sag mir, was Elisabeth sich mit ihrem hübschen Köpfchen ausgedacht hat und was du bereits unternommen hast.«

Heinrich stutzte über das vertrauliche Augenzwinkern der Äbtissin, öffnete den Mund, brachte aber kein Wort hervor. Als sie nochmals aufmunternd nickte, begann er zu reden, erst stockend, stammelnd, dann kam er in Schwung, seine Wangen wurden warm, und er ballte die Fäuste auf dem Tisch, als er erzählte, ihre liebsten Hofdamen, Jungfer Guda und Isentrud von Hörselgau, seien mit den Kindern in die Stadt hinuntergegangen, zum Haus der Franziskaner, wo Elisabeth inzwischen Aufnahme gefunden hatte; doch es sei ihnen nicht gelungen, sie umzustimmen – schlimmer noch: Sie hatte die Mädchen bei sich behalten, um sie einem gottesfürchtigen Leben zuzuführen. Als er die blutigen

Striemen erwähnte, die Guda auf Armen und Beinen der Landgrafenwitwe gesehen hatte, funkelten die Augen der Äbtissin auf.

»Törichtes Mädchen! Fastet und geißelt sich, um sich ihres Leibes zu entledigen, aber die Kinder will sie behalten, als gehörten sie ihr!« Sie legte die Zeigefinger aneinander. »Was soll eigentlich mit ihnen geschehen?«

»Hermann ist auf der Creuzburg, ich habe ihn wegbringen lassen, damit er seine Knabenzeit fern von diesen Wirren erleben kann. Der Gehilfe des Wartburger Cappellanus, Wigo von Fritzlar, und der dortige Burggraf sind seine Lehrer. Gertrud ist dem geistlichen Stand versprochen – und ich fürchte das Schlimmste für die beiden Mädchen, denn für Sophia hatten wir noch keine Pläne.«

»Ich werde mit ihr reden, wenn du mir versprichst, daß ich die Mädchen ... daß ich zumindest Gertrud nach Kitzingen mitnehmen darf.«

»Wie könnte ich Euch etwas verwehren, Ehrwürdige Mutter?«

»Rede nicht so geschwollen daher, Heinrich! Ich bin so etwas wie deine Tante. Vor allem bin ich die Tante des törichten Mädchens und eine alte Frau zudem – erwähnte ich das bereits?« Sie zwinkerte ihm zu. »Ich werde mich gleich ins Haus der Minoriten begeben, und deshalb habe ich eine Frage, mein lieber Junge: Was soll das Ziel dieser Unterredung sein? Soll Elisabeth eine neue Ehe eingehen oder Zuflucht in einem Kloster nehmen?«

Heinrich schluckte hart, sein Speichel schien versiegt, und er mußte sich räuspern. Nicht nur, daß die Äbtissin ihn einfach duzte, ihre Frage schmeckte nach einer Falle. »Sie ist zu jung, um den Rest ihres Lebens in einer Zelle zu verbringen«, sagte er und fürchtete, der Äbtissin könne auffallen, wie rauh seine Stimme klang, so kratzte es in seiner Kehle. Doch sie ließ nur den Blick auf seinem Gesicht ruhen. »Sie ist die Tochter des Königs von Ungarn, die Witwe des Landgrafen von Thüringen, sie ist jung und schön, sie hat bereits Kinder geboren, ihre Ehe mit meinem Bruder wurde von den Dichtern gefeiert ...«

Nach einer Weile legte sie den Kopf leicht schief. »Klugheit und Frömmigkeit zählst du offenbar nicht zu ihren Tugenden.«

Pfeifend stieß er den Atem zwischen den Zähnen aus.

»Nun, wir beide wissen ja, daß diese Tugenden bei Elisabeth keiner Erwähnung bedürfen«, rettete sie ihn, tauchte die Finger in das kleine Becken und trocknete die Hände sorgfältig ab, bevor sie sich erhob. »Ich werde jetzt zu ihr gehen, mein Junge. Warte du hier auf mich!«

Heinrich wartete.

Eine junge Nonne räumte lautlos die Reste des Frühstücks weg, brachte ihm gewässerten Wein und späte Früchte, dann blieb er allein. Die kleine Glocke rief zur Sext, die junge Nonne trat nochmals ein, fragte ihn sehr leise und ohne ihn anzusehen, ob sie ihm das Mittagsmahl bringen solle, was er stumm ablehnte. Wie ein Vorwurf stand die Gebetsbank neben dem Bett, ein aufgeschlagener Psalter lag auf dem Pult, schien ebenso zu warten wie Heinrich, der sich zunehmend fremd in dieser Kammer fühlte, obgleich das Gebäude seines war, der Landgrafenhof, den sein Vorfahr gebaut hatte, weitaus mehr sein eigen als die Burg auf dem Berg, auf der er Gast seiner Dienstmannen war. Zögernd erhob er sich und näherte sich der Gebetbank, die Illuminationen fingen seinen Blick ein, Ranken, Blüten, wilde Tiere und Männer mit Waffen, es war, als führten sie ihn bei der Hand. *Dominus lux mea et salutare meum quem timebo, Dominus fortitudo vitae meae quem formidabo.* Als Heinrich das Polster unter den Scheinbeinen spürte, begriff er, daß er niedergekniet war. *Ostende mihi Domine viam tuam et deduce me in semita recta propter insidiatores meos, ne tradas me Domine* – seine Wangen erkalteten. Er hatte seit Wochen nicht mehr gebetet, hatte die Kapelle gemieden, hatte das mißbilligende Stirnrunzeln des Burgcapellanus mit einem scharfen Blick erwidert, und nichts hatte ihm gefehlt. War er dem Willen seiner Widersacher ausgeliefert, erhoben sich falsche Zeugen gegen ihn und freche Lügner? Seine Fingerspitzen glitten über die Farbe, spürten den kaum merklichen Unterschied zwischen fettem Pergament und trockenen Pigmenten, fuhren die Linien nach, die Ranken und Zweige, die Leiber der Tiere, der dämonischen Krieger, die häßlichen Fratzen der Lügner, die ihre Zungen bleckten.

Das Scharren und Quietschen der Tür ließ ihn zusammenschrecken, da rauschte die stämmige Äbtissin auch schon durchs Zimmer – »Laß dich nicht stören, mein Junge!« –, geradewegs zum Tischchen, wo die Nonne das Tablett abgestellt hatte, schenkte sich einen Becher voll und setzte ihn an die Lippen. Sie beendete den schnellen Trunk mit einem tiefen Seufzen, dann donnerte der Becher auf den Tisch.

»Diese törichte Gans!« rief Mathilda, und ihre Stimme klang ungeahnt schrill. »Diese Närrin! Diese … diese taube Nuß!« Sie bedeckte das Gesicht mit den Händen.

Unsicher erhob sich Heinrich, um sich ihr zu nähern. Ihre Augen waren verengt, Wangen und Nase hochrot, und das lag sicherlich nicht an dem bißchen Wein, das sie getrunken hatte.

»Sie behauptet, sie habe ihn gesehen!«

Heinrich zog die Brauen hoch.

»Ihn. Christus. Sie behauptet, sie habe ihn mit eigenen Augen gesehen!«

»Glaubst du, daß Elisabeth wahre Visionen hatte, Heinrich?« Beatrix' dunkelblaue Augen ruhten auf ihm. Seine Kehle brannte, weil er es nicht mehr gewohnt war, so viel zu reden, so viele Fragen zu beantworten. Anfangs war es ihm schwergefallen, zu lange hatten die Erinnerungen in ihm gelagert wie in dunklen Vorratskellern, verstaubt, spinnwebenverhangen, so daß er sie zuerst hatte suchen müssen im Dämmerschein ferner Vergangenheit, sie abklopfen und prüfend mustern müssen. Fremd erschien ihm der junge Mann, der er gewesen war, er erkannte ihn nicht, obwohl er alles durch dessen Augen sah. Er hörte ihn reden, spürte jede Regung, alles war vertraut und dennoch einem Fremden eigen. Er hätte nicht sagen können, ob das, was ihm erst langsam und stockend, dann wie ein Fluß, der nach der Schneeschmelze anschwillt, sprudelnd und ohne jede Ordnung über die Lippen geströmt war, sich tatsächlich so abgespielt hatte oder ob es ihm nur so vorkam. In dieser Welt gab es nur vage Schattenbilder, flirrende Schemen wie die, welche in der Sommerhitze dicht über dem Boden zitterten. Die Seele, dieses schweifende Ding, wandte sich ab vom Licht Gottes, um danach zu haschen wie Kinder und arme Bettler nach billigen Perlen aus Holz oder Ton, und griff doch nur ins Leere.

Er fuhr sich mit der Zunge über die Lippen, stemmte sich ein wenig aus den Kissen, fühlte, daß Beatrix ihm mit einem feuchten Tuch Stirn und Schläfen abtupfte, wollte sich räuspern, um den Hals von einem kratzenden Kloß zu befreien, der ihm die Kehle verstopfte, den Atem nahm. Er rang nach Luft, würgte, sein Blick wurde eng, trüb, als versänke er im lehmigen Wasser eines Teichs. Er hörte Beatrix' Stimme, als riefe sie ihn vom Ufer, dumpf und hohl, schnelle Schritte, dann Stille.

Eingehüllt in diese Stille, nahm er wahr, daß sich ein Arzt mit Beatrix' Hilfe um seinen Leib bemühte, daß man seinen Oberkörper aufgerichtet hatte, ihm leichte Schläge zwischen die Schulterblätter gab, ihn etwas Ätzendes riechen ließ, damit er nieste, hustete, atmete, während ihn eine sonderbare Klarheit erfüllte, als durchströmte ihn reinstes Wasser, spülte alle Unreinheit hinweg. Leicht war ihm, hell schien ihm alles, deutlicher als je zuvor. Was die Sinne wahrnahmen, war Lug und Trug, verfremdet durch das freie Spiel zwischen Bildern, Begriffen und Erinnerung – Wahrheit erfaßte man nur, wenn man sich löste vom Leib. Wie Elisabeth es getan hatte.

Er fiel aus dem Licht, fiel zurück in das lehmige Wasser, wo ihn Kälte umfing, der Husten brach aus ihm heraus, als zerschnitte er die Kehle, die Lungen saugten sich voll wie losgelassene Blasebälge, rasselnd stieß der Atem durch seinen Leib, und das Herz hämmerte gegen die Rippen. Ein kurzer scharfer Stich ging durch den linken Unterschenkel, dicht über dem Fesselgelenk, dann durch den rechten; die Füße erkalteten rasch. Als wäre er aufgetaucht, hörte er deutlich, daß helles Wispern dumpfes Gemurmel übertönte wie das Rauschen herbstlicher Pappeln einen gurgelnden Bach. Etwas Warmes, Schleimiges schwappte leise über seine Lippen, füllte seinen Mund, und der Schmerz im Hals ebbte mit jedem Schluck honigsüßer Milch ab. Beatrix hielt ihn in den Armen, die Mulde zwischen Hals und Schulter schmiegte sich um seine Wange, während sie ihm immer wieder mit einem nassen Tuch das Haar aus der Stirn strich und seinen Namen flüsterte. Ein warmer Tropfen rann über seine Schläfe. Er wollte nicht mehr hier sein, wollte zurück durch das lehmige Wasser zur Klarheit, zum Licht, zur Wahrheit; doch Beatrix weinend zurückzulassen wurde ihm von Atemzug zu Atemzug schwerer, als spannte sich zwischen ihnen ein dehnbares, klebriges Band wie Spinnweben.

Als er zu sich kam, spürte er noch immer die kleinen Schnitte, obwohl straffe Binden seine Unterschenkel umschnürten. Beatrix saß auf dem Rand der Matratze, die Hände fest aneinandergelegt, den Blick auf die kleine Statue geheftet, die am Kopfende des Bettes stand, und ihre Lippen bewegten sich im stillen Gebet. Aus dem Augenwinkel bemerkte er Wigos massige Gestalt auf der Gebetbank.

Er war geschwommen. In seinem Traum war er in einem lehmigen See geschwommen, getaucht, hatte voller Erstaunen den dumpf gewordenen Geräuschen gelauscht und nach oben geblickt in das gleißende Funkeln des Sonnenlichts auf den Wellen da oben. Gesichter schaukelten im Wasser, verzerrte Spiegelungen in ständiger Veränderung. Beatrix glitt an ihm vorüber, winkte ihm zu folgen; was er zuerst für ein herrliches dunkelgrünes Gewand hielt, waren Algen, die sie umschwebten auf ihrem Weg in die dämmrige Tiefe. Einer der schleimigen Schleier faßte ihn, zog ihn mit hinab, dann war sie unverhofft dicht vor ihm, umschlang ihn, küßte ihn, ihre Brüste und ihr Bauch schmiegten sich kalt an ihn, ihre Schenkel wickelten sich wie Seidenschals um seine Hüften.

Er atmete Wasser mit ihrem Kuß, während sie ins Dunkel sanken. Weg vom funkelnden Sonnenlicht in trübe, gurgelnde Tiefe. In der vertrauten Süße der Vereinigung träumte er von seiner Heimkehr aus Ungarland, von jenem Abend, als sie das Haubenband löste und ihre Locken wie eine dunkle Flut über ihre Schultern rollten. Von dem Nachmittagsgewitter bei Apolda, als sie auf der Jagd Schutz suchten in einem verfallenden Schuppen. Er nahm ihre Hand, schlug die Beine zusammen und zog sie zur Oberfläche, glaubte die Wärme der Sonne in den Fingerspitzen zu fühlen, da erwachte er.

Wigo musterte ihn aufmerksam, erhob sich schließlich, Beatrix unterbrach ihr Gebet, sah ihn unter verquollenen Lidern an und hob mit einem erstickten Laut die Hände zum Gesicht, um sie dann sanft um seine Wangen zu legen.

»Gott sei Lob und Dank!« flüsterte sie erstickt.

Heinrich räusperte sich mühsam. »Der Bote ...?«

Als sie zögernd den Kopf schüttelte, war ihm, als versänke er in den Kissen, die sie ihm unter Kopf und Schultern gestopft hatten.

»Dietrich der Schwarze und Heinrich von Fahner sind gekommen«, fuhr sie fort. »Und Friedrich von Treffurt.«

»Friedrich ist hier?«

Sie neigte den Kopf zur Bestätigung. »Sie wissen, wie es um dich steht.«

»Hast du mit ihnen gesprochen?«

»Wigo und ich. Er ist mir eine große Hilfe.«

Heinrich bedachte den Capellanus mit einem mühsamen Lächeln. Die Decken lasteten wie Blei auf seinem Leib, der alles Gewicht verloren zu haben schien; er konnte sich nicht ansehen, ihm fehlte jede Kraft, selbst die kleinste Regung fiel unendlich schwer. Wenn sich die Lungen nicht von allein immer wieder mit Luft füllten, würde er einfach aufhören zu atmen.

»Die von Hausen sind hier, die von Salza und Sibodo von Rudestedt, auch die Gudensberger, Marburger und Spangenberger warten darauf, dir huldigen zu dürfen. Einige haben sogar ihre Frauen und Kinder mitgebracht.«

Heinrich verzog das Gesicht zu einem bitteren Grinsen. »Soll ich heute im großen Saal zum Abendmahl erscheinen?«

Betroffenes Schweigen war die Antwort, Beatrix zupfte mit ihren schönen weißen Zähnen an der Oberlippe und wandte sich ab. »Sie wollen dir ihre Treue bezeugen, Heinrich. Die Fürsten des Reiches mögen von dir abfallen, aber die Treue deiner freien und unfreien Gefolgsmänner beweist, daß Verrat ist, was die Mächtigen tun, und daß sie es nur deshalb tun, weil sie glauben, entweder der Staufer werde zurückkehren oder Welfenherzog Otto seines Oheims Erbe antreten.«

»Bitte, Beatrix – keine Mutmaßungen mehr darüber, was in den vertraulichen Beratungen anderer Fürsten besprochen wird!«

Sie sprang auf. »Es ist Verrat! Der Heilige Vater verhalf ihnen zu einem König, der weder Welfe noch Staufer ist, sie nicht wie Raubzeug aufeinanderhetzt, sondern Frieden bringen kann, wie du es tatest, als du König Konrads Reich steuertest. Ein König wie du wäre als Kaiser zum wahren Beschützer der –«

»Beatrix!« rief er, war hochgefahren, als ihn mit dem nächsten Atemzug ein bohrender Schmerz zurückwarf, daß sich ein schwarzer Schleier über ihn senkte. Schwer atmend rang er um seine Stimme. »Kein … kein Wort mehr davon!«

Schweigen senkte sich in die Kammer.

»Diese Pläne waren dumm und eitel«, flüsterte er mühsam. »Wie hatte ich nur glauben können, Gott hätte mich ausersehen, seine Ordnung zu schützen, für Frieden und Gerechtigkeit zu sorgen, nur weil die Bischöfe für mich stimmten?«

Als am Nachmittag das Sonnenlicht schräg durch die Fensterläden fiel, versammelten sich die Gefolgsmänner in Heinrichs Kammer, leise strichen ihre weichen Sohlen über die Teppiche, Tuch raschelte, vereinzelt brach ein Hüsteln oder Räuspern ein, ein Murmeln oder Flüstern.

Verwundert bemerkte Heinrich die Vielfalt von Gerüchen, die er wahrnahm. So matt er sich auch fühlte, seitdem ihn Beatrix mit der Hilfe zweier Kammerdiener im Bett aufgesetzt hatte, war er dennoch wach und nach einem Becher gekühlten und verdünnten Weines auch erfrischt. Kissen stützten seine aufrechte Haltung und ersetzten die Armlehnen. Behutsam hatte Beatrix ihm die Grafenkrone aufgesetzt, eine Aufgabe, die eigentlich dem Kämmerer zustand; doch den hatte Heinrich gebeten, die Gäste, die sich im großen Saal des Palas versammelt hatten, hierher zu geleiten.

Der silberne Reif drückte Heinrich den Kopf zwischen die Schultern. Nach dem zweiten Aderlaß war er geschwächter als zuvor, doch der Arzt hatte darauf bestanden, daß sein Blut gereinigt werden müsse, wenn er den Empfang seiner treuesten Gefolgsleute überstehen wolle. Nun saß er steif aufrecht in den Kissen, und seine mit Ringen geschmückten Hände ruhten nebeneinander auf der prachtvoll bestickten Decke, während seine Beine kalt und schwer darunter lagen und die Schnitte in die Haut oberhalb seiner Knöchel bissen, als hätte ihm jemand allzu straffe Fesseln angelegt.

Dietrich der Schwarze, landgräflicher Kämmerer wie schon sein Vater und Bruder, wies den edlen Herren ihre Plätze an, wobei seine fließenden Bewegungen die lange Übung bewiesen. Nichts erinnerte an die tiefen Furchen, die angesichts der Weigerung seines Dienstherrn, ihm die schwere Grafenkrone aufs Haupt zu setzen, auf Dietrichs Stirn erschienen waren; wie eingraviert wirkte das höfische Lächeln, als er vor dem Bett seines Grafen und ungekrönten Königs das Knie und den Nacken beugte.

Einer nach dem anderen taten es ihm die Edlen nach, allen voran der alte Friedrich von Treffurt, dessen Augen verräterisch glänzten, Dietrichs ärgster Rivale in Heinrichs Gunst – wie immer nahmen die beiden so weit voneinander entfernt Platz, wie es mit ihrer Nähe zum Landgrafen vereinbar war, und ließen einander nicht aus den Augen.

Ein junger Mann mit hellblondem Schopf trat vor, Hermann von Spangenberg, der Enkel des Treffurters, schob seine Frau vor seinen Dienstherrn, die ein weißes Bündel an ihre Brust drückte und artig niederkniete.

»Laßt mich ihn ansehen!« sagte Heinrich leise und deutete auf das Kind in den Armen der Frau. Sie zögerte, eine frische Röte überzog ihre Wangen, als sie zu ihrem Mann aufblickte, der kaum sichtbar nickte. Dann rutschte sie auf den Knien näher, hob das Bündel und legte es auf die Bettdecke. Heinrich spürte das Gewicht des kleinen Körpers auf den Oberschenkeln, schob seine Hände darunter und nahm ihn auf. Aus großen Augen, dunkelblau wie die von Beatrix, blickte ihn das Kind an.

»Ein prächtiger Junge«, murmelte er schwach. »Er wird euch Ehre machen.«

So behutsam es ihm die mürben Arme erlaubten, gab er das Kind der Mutter zurück, um seine beringten Hände zu betrachten. Er drehte die wenigen Ringe, die der Arzt ihm gestattet hatte, zog dann von seinem linken kleinen Finger den, der einen fast schwarzen, rötlich schimmernden Blutstein trug, und schob diesen dem Säugling in die Fäustchen. Als er nickte, erhob sich die Frau und schloß das Kind wieder in ihre Arme, und obwohl ihr Blick gesenkt war, bemerkte er, daß ihre Augen in Tränen schwammen.

Die Eltern verneigten sich und zogen sich zu ihren Plätzen zurück, andere huldigten ihrem Grafen und König, das Leder der Sohlen scharrte unaufhörlich über die Teppiche, ein Geräusch, das die leisen Begrüßungen übertönte und Heinrichs Kopfschmerzen zu verstärken schien. Was er mit dem Sohn des Spangenbergers begonnen hatte, setzte er unter seinen Getreuen fort, und bald trug er nur noch den Siegelring. Er lehnte sich zurück, schloß einen Atemzug lang die Augen, während ihm klar wurde, daß dies wohl der letzter Empfang war, den er seinen treuen Gefolgsleuten gewähren konnte. Daß er jetzt nicht dem drängenden Wunsch nach Ruhe, nach Stille und Schlaf nachgeben durfte.

Mühsam straffte er sich, während der Kämmerer die Kissen in seinem Rücken zurechtzupfte. Erst als Dietrich sich zurückgezogen hatte, holte Heinrich tief Luft.

»Ich habe Euch zu mir gebeten, um meine geliebte Gemahlin, die Landgräfin von Hessen und Thüringen und Königin der Deutschen Eurem Schutz und Dienst anzuvertrauen«, verkündete er, »Euch aufzufordern, ihr in Treue zu folgen, wie Ihr mir gefolgt seid, sie zu ehren, wie Ihr mich geehrt habt, und sie zu schützen, wie Ihr mich geschützt habt.«

Rauhreif war bis in die Risse im Verputz gedrungen, und wenn Heinrich ausatmete, bildete sich weißer Dampf in der Kälte. Fröstelnd zog er die Decke fester um die Schultern, während er mit der anderen Hand den schweren Vorhang beiseite hielt, um den Blick über das Land schweifen zu lassen, über die Stadt im Tal, den Brachbühel und die Hügel, hinter denen Creuzburg lag. Hermann hatte einen Flunsch gezogen, als Heinrich ihn vor zwei Wochen dort wieder verlassen hatte, zufrieden mit den Fortschritten des Knaben und zugleich unglücklich, diesen dunkelgelockten Sonnenschein nicht ständig um sich haben zu können.

Hinter ihm raschelten die Laken, dann war Stille. »Kommt wieder her«, lockte die Magd mit träger Stimme, gedämpft vom Behang des Bettes. »Sonst holt Euch der Tod bei diesem Frost.«

Er wandte sich um, seine Augen richteten sich wie von selbst auf die rotlederne Tasche, die neben seiner Gebetbank lag. Äbtissin Mathilda hatte Wort gehalten: Angesichts der Strapazen, denen die beiden kleinen Mädchen im zugigen Haus der Minderbrüder ausgesetzt waren, hatte Elisabeth eingewilligt, daß ihre Tante sie in ihrem Kitzinger Stift aufnahm, und schließlich hatte sie sich sogar bereit erklärt, ebenfalls dorthin zu gehen. Heinrich hatte sich im Landgrafenhof von der Äbtissin feierlich verabschiedet, Elisabeths Abreise aus dem Haus der Minderbrüder war er ferngeblieben; er hatte nicht Zeuge sein wollen, wie die Witwe des mächtigen Landgrafen von Thüringen sich im schäbigen Bettlerhemd barfuß aufmachte. Doch insgeheim war er dem Reisezug abseits der Wege gefolgt, allein, gekleidet wie ein Jagdgehilfe und mit lehmverschmiertem Gesicht, hatte versucht, einen letzten Blick auf Elisabeth zu erhaschen, doch nur einen schmalen grauen Schatten gesehen, begleitet von weiteren grau verhüllten Gestalten; ihre liebsten Frauen und Mädchen begleiteten sie.

Tage später hatte er einen Brief Mathildas erhalten, in dem diese ihm die beschwerliche Reise in den düstersten Farben schilderte: daß Elisabeth darauf beharrt habe, den Gang mit bloßen Füßen zu tun, daß sie schon am Mittag des dritten Tages auf rohem, blutendem Fleisch einhergewankt, aber nichtsdestotrotz von ihrem Tun nicht abzubringen gewesen sei. Und obwohl ihr Tränen übers Gesicht geströmt seien, habe sie unablässig gelächelt, als widerfahre ihr höchste Seligkeit.

Mit einem unwirschen Brummen fuhr Heinrich herum, starrte durch das reiche Schnitzwerk des Fensters hinaus auf die Rauhreifzähnchen und das Land dahinter, dessen Früchte ihm zustanden und dessen Menschen ihm dienten dafür, daß er sie schützte und über sie Gericht hielt. Er hatte andere Sorgen als eine törichte Schwägerin, die er in der Obhut ihrer Tante gut aufgehoben wußte; dort konnte sie ihn nicht mehr zum Narren machen mit ihrem irrsinnigen Wunsch, ein Leben zu führen, wie es angeblich Christus geführt hätte. Dort würde sie zur Ruhe kommen, sie würde Ludwig betrauern, sich um die Erziehung ihrer Töchter kümmern und allmählich zurückfinden in die Welt der Lebenden.

Unwirsch wischte Heinrich sich über das Gesicht, als könne er so die Gedanken auslöschen, und starrte hinaus, ließ den Blick gen Westen wandern, wo die Gefahr lauerte. Der Erzbischof von Mainz mochte ein alter Mann sein, aber wie alle geistlichen Fürsten witterte er einen Vorteil wie ein Fuchs die Spur seiner Beute. Ludwig war ein stolzer und ritterlicher junger Landesherr gewesen, hatte um sein Erbe kämpfen müssen und nicht davor zurückgescheut, zu den Waffen zu greifen, ob nun der Mainzer oder Heinrichs Halbschwester Juditha mit ihrem schlauen Coburger Grafen es ihm hatten streitig machen wollen. Aber viele von Ludwigs Mannen waren noch mit dem unseligen Kreuzzug beschäftigt und kehrten nicht vor dem Frühjahr zurück; mit den hier verbliebenen Reisigen gegen den Erzbischof ins Feld zu ziehen wäre ein aussichtsloses Unterfangen, die sichere Niederlage würde ihn vielleicht sogar alle hessischen Besitzungen und Burgen kosten. Und so nisteten sich Dienstmänner des Erzbischofs frech in verstreuten Burgen Hessens ein, errichteten sogar neue. Heinrich brauchte einen Verbündeten. Einen mächtigen Verbündeten. Einen, dessen Richtspruch sich auch der Erzbischof von Mainz würde beugen müssen.

✠

Die Creuzburg bildete ein schroff aufragendes Mauerwerk am Rande der gleichnamigen Stadt, die sich an den von der Werra träge umspülten Hügel schmiegte. Vom Ufer schallten vom Morgen bis zum Abend die Lieder der Wäscherinnen, getragen vom klatschenden Takt, der entstand, wenn sie die nassen Stoffe auf die Planken und Steine schlugen. Auf der Böschung balgten sich die Söhne der Wohlhabenden, manche versuchten, den Wäscherinnen unter die Röcke zu schauen, wenn diese sich im Wasser bückten, der Frechste griff nach dem Stoff, schubste eines der jungen Weiber, das drohend hinter ihm die Fäuste schüttelte und zankte, während der rohe Bengel einen Schlammregen über die auf der Bleiche ausgebreiteten Laken niedergehen ließ.

Heinrich zügelte das Pferd, um auf seinen Neffen zu warten, dessen kleiner Schimmel vom Wald her unverdrossen herankanterte. Die Sonne lugte kaum über dic südlichen Berge, im Hornung kurz nach Lichtmeß spendete sie zuwenig Wärme, um mit bloßen Beinen im Wasser zu stehen. Ohne es zu sehen, wußte Heinrich, daß die Füße der Wäscherinnen stark gerötet, ihre Gesichter fahl waren und ihr Haar in Strähnen unter den Kopftüchern hervorhing. Obwohl die meisten von ihnen drall wirkten, verströmten sie Elend wie den Geruch des ranzigen Fetts, mit dem sie ihre schuppige, wunde Haut einrieben.

Im weiten Rund des Burghofs erwartete sie Wigo von Fritzlar, der junge Chorherr, dem Heinrich die Erziehung des Knaben anvertraut hatte. Das weiße Habit ließ den Geistlichen rundlicher erscheinen, als er ohnehin war – ein gesundes, zufriedenes Mönchlein mit flinken, kleinen Augen, rosigen Wangen und weißen Zähnen; unentwegt kaute er auf faserigen Hölzchen, als hinge sein Seelenheil davon ab. Heinrich hingegen hatte bereits zwei Backenzähne eingebüßt, weil er sich lange Zeit vor diesem Teil der Körperpflege gedrückt hatte.

Als der Knabe abstieg, nahm ihn Wigo gleich in Empfang, stellte ihn auf dem Boden ab wie ein kostbares Gefäß, bevor er den Grafen begrüßte, der Hermann einen Klaps gab, worauf dieser jauchzend davonstob.

»Er macht sich«, sagte Heinrich leise, während er dem

Kind nachschaute. »Wie ist es mit Lesen und Schreiben?«

»Er schnappt alles auf wie im Spiel. Herr Berthold weiß zu berichten, der Junge sei ganz der Vater.«

Heinrich schmunzelte. »Herrn Berthold ist wohl nie aufgefallen, daß Graf Ludwig kaum lesen und schon gar nicht schreiben konnte.«

»Herr Berthold hält es mit den alten Bräuchen: Lesen und Schreiben gehöre sich für Pfaffen, Weiber und Krämer. Sein Lob betrifft die Fechtkünste Eures Neffen. Der Knabe sei mutig und schlage sich wacker. Bei ihm brauche man die Rute nicht.«

Wie ein kühler Windhauch kroch die Erinnerung an Bertholds Vater Beringar Heinrichs Arme empor, stellte die feinen hellen Härchen auf. Beringar von Creuzburg hatte stets derblederne Handschuhe getragen und tüchtigen Gebrauch von den dünnen Weidenruten gemacht, die seine Zöglinge allmorgendlich selbst hatten pflücken und entrinden müssen. Kurz war er gewesen, stämmig und mit sichelförmigen Beinen, sein Gang mehr ein Watscheln, sein Gesicht wie das eines Frosches mit vorquellenden bernsteinfarbenen Augen, doch er hatte sich unbarmherzig Gehorsam zu verschaffen gewußt. Noch heute zeichneten zarte weiße Linien Heinrichs Hände als Zeugnis kindlicher Aufsässigkeit. Das hübsche Mädchen, das er gelegentlich zu sich rief, fuhr gerne mit dem Finger diese Linien nach. Gisila. Jetzt, da er auf der Creuzburg war, vermißte er ihre warme Haut, den keck vorgewölbten Bauch unter den kleinen, runden Brüsten, an die seine Hände sich erinnern konnten, während Beringars Fratze verblaßte.

»Herr …?« Wigos Stimme erreichte ihn von weither. »Wollt Ihr Euer Mahl in Euren Gemächern einnehmen?

Oder werdet Ihr die Herren Berthold und Rudolf durch Eure Anwesenheit ehren?«

In der kalten, feuchten Halle vermochten die Kohlebekken, Kerzen und Lampen nichts auszurichten. Die Flammen blieben winzig, blakten und gaben nur geringes Licht, in dessen Schein Herr Rudolf und Herr Berthold mit großen, fettglänzenden Händen beherzt in die bereitstehenden Schüsseln und Körbe griffen. Ihm kamen die Hallen im Palas der Wartburg in den Sinn, das Knistern der glühenden Scheite in den Kaminen und die großen, kerzenreichen Kandelaber, er dachte an die warmen Kammern im Wohnturm, die dunkle, gedrungene Kapelle; durch das einzige Fenster fiel das Tageslicht wie ein Band, das den tanzenden Staub funkeln ließ. Heinrich hatte es gehaßt, wenn der Vater sie geheißen hatte, ihre Sachen zusammenzupacken, damit sie zur nächsten Burg ziehen konnten, wo er Gericht halten würde. Kalte, zugige Gemäuer, baufällige Fachwerkhäuser mit feuchten Wänden, die Betten klamm, die Türen verzogen, die Fenster verhängt.

»Ich werde mit den Herren speisen.«

Heinrich atmete kurz durch und setzte sich dann in Bewegung. Hinter ihm knirschte der grobe Sand unter Wigos Sohlen.

»Hoher Herr, ich möchte nicht aufdringlich sein, aber ich muß Euch fragen, wann Ihr gedenkt, Eure Vermählung ins Auge zu fassen. Eure zukünftigen Schwäher warten auf eine Nachricht.«

Heinrich seufzte schwer. Er kannte von seiner Braut kaum mehr als den Namen und den Wert ihrer Mitgift; mehrfach schon hatte er mit dem Gedanken gespielt, das Verlöbnis mit der verwaisten Grafentochter aufzulösen. Vier unmündige Kinder hatte der Markgraf von Brandenburg bei seinem Tod hinterlassen, die seither allerlei Händel unter den Fürsten hatten erdulden müssen, bis der Kaiser höchstselbst den Fehden Einhalt geboten hatte. Da die beiden Söhne inzwischen einträchtig die Lehnsherrschaft angetreten hatten, war es an der Zeit, daß die Töchter verehelicht wurden. Ungeduldig klopfte Heinrich den Staub von seinem Umhang.

»Setze einen angemessenen Brief auf, Pater Wigo! Welchen Tag würdest du vorschlagen?«

Als der Geistliche, Mund und Augen aufsperrend, abrupt stehenblieb, schmunzelte Heinrich. »Ich will es hinter mich bringen.«

Wigo straffte sich. »Eine Hochzeit ist kein Ende, sondern ein Anfang.«

»Mach mir keine Angst, Pater Wigo.«

»Hoher Herr ...«, ein Räuspern, dann rieb der Chorherr sein Kinn, »das Mädchen ist Euch seit langem versprochen, und wenn ich mich recht entsinne, ließ Euer Vater Euch sogar die Wahl zwischen den Schwestern.«

»Und ich wählte die jüngere, Elisabeth. Und ich werde sie im Sommer heiraten – ist das recht so? Einen angemessenen Vermählungstag auszuhandeln, das überlasse ich deinem Verhandlungsgeschick.«

»Da ist noch etwas ...«, begann der Geistliche zögernd, als Heinrich sich entfernen wollte. »In Eurer Kammer liegt ein Brief des Bischofs von Bamberg. In Eurem Psalter. *Domine, ne in furore tuo arguas me.* Ich habe mir erlaubt, ihn fern von den Augen der Burgherren entgegenzunehmen und dort abzulegen.«

Hastig verschränkte Heinrich die Arme, blickte Wigo scharf an, der die Hände in die weiten Ärmel seiner Cotte schob und die Lippen zu einem dünnen Grinsen bog, sich verneigte und davonging.

Heinrich machte kehrt und eilte in seine Kammer, schneller atmend, als notwendig wäre. Mit einer so zeitigen Antwort hatte er nicht gerechnet. Er argwöhnte darin ein schlechtes Zeichen, als er den Riegel hinter sich zuschob, zum Betstuhl trat und den Psalter aufschlug, wo die Seiten sich leicht trennen ließen. Miteinander verschnürte, dünne Tafeln rutschten heraus, fielen in Heinrichs Hand. Er zerrte die Schnüre auseinander, das Siegel zersprang, und die Tafeln klappten auseinander, lagen vor ihm wie ein Doppelfenster aus hellem Holz, die Fläche bedeckt mit blassem Wachs, in das enge, klare Buchstaben gezogen worden waren.

Heinrich ließ sich auf einem Sessel nieder und überflog die Begrüßungsfloskeln, während er sich die Nachricht in Erinnerung rief, die er Bischof Ekbert vor Wochen geschickt hatte. Um Rat gebeten hatte er ihn, ihm seine Sorgen wegen der Begehrlichkeiten des Erzbischofs von Mainz eröffnet, der nach einigen Burgen im Westen Hessens griff. Ekbert lobte diesen Schritt, erging sich in biblischen Vergleichen, von denen Heinrich die Hälfte nicht verstand; er habe seine Nichte Elisabeth aus der Obhut seiner Schwester, Äbtissin Mathilda, rufen lassen und gedenke, sie mit Gottes Hilfe von ihrer Unvernunft zu reinigen, um sie dem höchsten der irdischen Fürsten zuzuführen.

Mit einem leisen Knall schlugen die Tafeln aufeinander. Ein Kloß saß Heinrich im Hals, und er umkrampfte die Tafeln mit einer Hand, rieb mit dem Daumen der anderen darüber, als wollte er das Holz schleifen. Worauf hatte er gehofft? Daß er sich nochmals mit der mächtigen Familie Elisabeths verbinden könnte? Er wußte schließlich, daß er niemals Dispens erhalten hätte, um die Witwe seines Bruders zu heiraten, Ekbert würde niemals auf diesen Gedanken kommen, und Heinrich selbst hatte etwas anderes im Sinn gehabt, er wollte Elisabeth im Kloster der heiligen Katharina wissen, nicht auf der Burg des Bischofs von Bamberg.

✠

Sie lag ausgestreckt vor dem aufgebahrten Schrein, die bloßen, wund gelaufenen Füße lugten mit dem ungebleichten Hemd aus der aschgrauen Cotte, das Nesseltuch war selbst gesponnen, gewebt und genäht, nur von einer rohen Kordel um ihre Mitte gehalten. Der Schleier breitete sich in glatten Falten zu beiden Seiten ihres Kopfes aus. Sogar als fromme Büßerin, die dünnen Fesseln und Fußsohlen bedeckt mit Schrammen, verkrusteten Blasen und dunklen Malen, konnte sie trotz der abgeschabten und ausgefransten Säume ihre höfische Erziehung nicht verbergen. Einer der Wachhunde schlug an, einige Dachschindeln klapperten im Wind, während das Licht der Kerzen über den Boden huschte und über die Kutten der Mönche, die bei Ludwigs Gebeinen stumme Totenwache hielten, eingehüllt in schwingende Wolken von Weihrauch, in dessen Duft sich ein Hauch frischer Veilchen mischte.

Beinahe lautlos hatte sich Heinrich auf leisen Sohlen genähert, war in der Nähe stehengeblieben und wartete. Nein, zögerte. Der Wind kam zur Ruhe, den Hund brachte ein scharfer Befehl zum Schweigen, so daß vollkommene Stille einkehrte, durchweht vom schnaufenden Atem einiger Mönche. Heinrich hob den Blick zum Altar, vor dem der Schrein aufgebahrt worden war, eine Kiste aus dunklem, goldbeschlagenen Holz, verpunzt. Das flackernde Kerzenlicht erweckte Reliefs und Schnitzereien zum Leben, ließ Ranken wachsen und die Augen der Propheten und Engel, die Ludwigs Gebeine beschützten, blitzen.

Die Ritter und Gefolgsmänner, die ihn gebracht hatten, allen voran Friedrich von Treffurt, hatten berichtet, daß der Kasten aus kostbarem Ebenholz sei, innen gepolstert und mit feinstem Samt ausgeschlagen, um Ludwigs Gebeine aufzunehmen. Zurückgekehrt aus dem Heiligen Land, hatten sie in Otranto das Grab geöffnet und die kostbaren Überreste ihres toten Landgrafen in Wein gekocht, bis das verfaulte Fleisch von den Knochen gefallen war und diese rein und weiß zurückblieben.

Heinrich ließ sich neben der ausgestreckt am Boden liegenden Elisabeth auf die Knie, bekreuzigte sich, legte die Hände vor der Brust zusammen und murmelte ein *Pater noster*. Wiederum bekreuzigte er sich und warf einen Blick auf Elisabeth, die noch immer reglos neben ihm auf dem kalten Stein lag. Sie hatte den Ring eines Kaisers ausgeschlagen.

Bischof Ekbert hatte dem Staufer tatsächlich die Hand der Witwe des Landgrafen von Thüringen angetragen, der Papst selbst, als ihr Vormund, hatte Dispens versprochen, erhoffte er sich doch, daß die schöne, fromme Frau seinen Einfluß auf den eigensinnigen Friedrich mehren würde. Doch Elisabeth hielt starrsinnig daran fest, als Witwe, Christus nacheifernd, in Armut und Keuschheit leben zu wollen.

Vor Bamberg war sie dem Trauerzug entgegengelaufen und hatte ihn seither begleitet. Bis hierher war sie gegangen, ebenso wie auf ihrem Weg nach Kitzingen barfuß und im Nesselhemd. Das Bild ihrer zerschundenen Füße vor Augen, wurde Heinrichs Brust eng und warm. Sacht schüttelte er den Kopf, da knirschten die Türzapfen, ein Licht näherte sich von hinten und mit ihm ein Schatten. Jemand zupfte an Heinrichs Ärmel, und als er sich umwandte, fiel sein Blick auf dunkles Haar mit einer Scheiteltonsur von der Größe eines Pfennigs. Der Novize wagte den Kopf nicht zu heben, räusperte sich unterdrückt.

»Herr Graf, die Herren erwarten Euch.«

Mit einem leisen Seufzer trat Heinrich vorsichtig beiseite und verließ die Kirche. Draußen ordnete er an, Mägde und Zofen aus dem nahen Fronhof zu rufen und der Landgräfin ein Bad zu bereiten.

In einem Gebäude außerhalb der Klausur war für Heinrich ein kleiner Gewölbesaal hergerichtet worden, um die heimgekehrten Kreuzritter zu empfangen. Er stieg die Stufen zu dem gepolsterten Sessel hinauf und prüfte, nachdem er sich niedergelassen hatte, ob das Podest hoch genug war, daß er die Männer, die gleich vor ihm erscheinen würden, zumindest um Haupteslänge überragte. Während sich das kleine Gefolge von Burgmannen, das ihn hierher begleitet hatte, um ihn versammelte, schob ein Edelknabe behutsam seine Grafenkrone zurecht und ordnete die Falten des Mantels, stieg dann vom Podest und winkte zur Tür, die von einem der beiden bereitstehenden Reisigen geöffnet wurde.

Herein traten mit dem Abt des Klosters, in dem sie zu Gast waren, die Herren in ihren farbenfrohen Waffenröcken, begleitet von Edelknaben, die ihre Schilde trugen, und Knappen, an deren Gürteln kurze Schwerter hingen. Voran ging Berto von Schlotheim, dessen Vater im Heiligen Land geblieben war, dicht gefolgt von Ludolf von Berlstedt, dem greisen Walther von Vargula und dessen Sohn Rudolf, die den dürren Capellanus Berthold bei sich führten. Bald drängten die Ritter sich mit ihrem Gefolge im Saal, boten ein prächtiges Bild in dem getünchten, mit frommen Szenen und Laubgirlanden ausgeschmückten Raum, von dem sich die wenigen Mönche in ihren hellen Kutten deutlich abhoben. Sie grüßten den Landgrafen ehrerbietig, trugen alle das vornehme Lächeln auf den Lippen, das ihrem Stand zukam. Der Abt sprach ein Gebet, spendete seinen Segen, während zwei junge Mönche die Weihrauchampel schwenkten. Erst danach begrüßte Heinrich die Herren, hieß sie willkommen, wie es Rittern zukam, die das Kreuz genommen hatten und heimgekehrt waren aus dem Heiligen Land; er erhob sich, stieg von seinem Platz hinunter, reichte ihnen die Hände und umarmte die, mit denen er seit jeher Gut Freund war.

Der Treffurter berichtete neuerlich von ihrem Kriegszug unter dem Staufer, von der Rückkehr nach Otranto, und während er schilderte, wie sie Ludwigs Leichnam aus dem Grab gehoben, in kochendem Wein das faulende Fleisch von den Gebeinen gelöst hatten, kam ihm Elisabeth in den Sinn, die sicherlich noch immer ausgestreckt vor dem kostbaren Schrein lag. Betete sie für den Verstorbenen? Für sich selbst? Er schrak zusammen, als in der Stille sein Name, seine Titel verhallten, und starrte auf die harte Miene des alten von Vargula.

»Die Hohe Frau empfing uns vor Bamberg, wo sie Klage führte gegen Euch und den Burggrafen der Wartburg«, sagte Walther. »Landgraf Ludwig hat euch geheißen, Frau Elisabeth alles zu bewilligen, was nicht den Bestand von Wartburg und Neuenburg gefährdet. Ihr Wittum Marburg unterliegt also ganz allein ihrem Willen, und wenn Frau Elisabeth in ihrer Mildtätigkeit davon Almosen spenden will, so müßt Ihr sie darin gewähren lassen. Wie uns berichtet wurde, war Frau Elisabeth genötigt, im Hause der Minderbrüder zu Eisenach Zuflucht zu suchen, um weiterhin ein gottgefälliges Leben führen zu können, seitdem

Ihr ihr die Verfügungsgewalt über ihre Güter entzogen habt.«

Verdutzt ließ Heinrich die Anklage im Raum verhallen. »Worauf wollt Ihr hinaus, Herr Walther?«

»Daß Ihr durch Euren Beschluß, der Witwe Eures Bruders das Wittum zu entziehen, diese in die bitterste Not getrieben und von ihren Kindern getrennt habt. Weil Frau Elisabeth durch Euren Beschluß in Ungnade gefallen war, fielen auch ihre Kinder in Ungnade, und anstatt ihnen, die doch ebenso die Kinder Eures Bruders sind, Eure Liebe zu schenken und sie in Ehren aufzuziehen, wie sie es verdienen, wurden sie in die Fremde gegeben, damit sie nicht Hungers stürben wegen der Hilflosigkeit ihrer Mutter, die Ihr verschuldet habt.

Womit hat Frau Elisabeth, die frommer und tugendhafter ist als jede andere Frau in eurer Landgrafschaft, Euren Zorn erregt, daß Ihr so an ihr handeltet? Welchen Schaden hätte sie Euch zufügen, welche Schande Euch machen können, der Ihr gesegnet wart mit der Huld des Herrn und angesehen bei den Menschen? Besudelt habt Ihr Eure Ehre und den Ruhm Eures mächtigen Hauses durch Eure Willkür, und Gott hat sich zornig von Euch abgewandt, schützt Euch nicht vor der Schmach, die Ihr damit über Euch brachtet. Doch er straft nicht nur Euch, sondern auch das Land und alle Menschen, die von ihm leben, werden diese Strafe spüren müssen, wenn Ihr Frau Elisabeth nicht aus ihrem Elend, in das Ihr sie geworfen habt, befreit und mit brüderlicher Liebe entschädigt.«

Hoch aufgerichtet saß Heinrich auf seinem Sessel und lauschte in die Stille hinein, die den Saal füllte. Niemand regte sich, niemand schien zu atmen außer ihm selbst. Mit klebrigen Händen umklammerte er die Armlehnen, während ihm das Blut heiß in Wangen und Ohren stieg. Der alte Walther blickte ihm offen ins Gesicht, während viele andere von unten her aufsahen. Capellanus Berthold, der die Hände in den Ärmeln seiner Kutte versteckte, schien in tiefes Nachdenken versunken, doch seine gespitzten Lippen ließen Häme erahnen.

Schon längst hatte Heinrich erkannt, daß seine Entscheidung, Elisabeth die Verfügungsgewalt über ihr Wittum zu entziehen, ein Fehler gewesen war, schon als sie stehenden Fußes die Wartburg verlassen hatte – eine Antwort, mit der er nicht gerechnet hatte. Ihm war klar, daß das nur der letzte Anstoß für ihren Weggang gewesen war, nachdem sie so lange den Sticheleien der Burgmannen und ihrer Frauen ausgesetzt gewesen war. Alles hatte ihr besser erscheinen müssen als der beißende Hohn der Edelfrauen.

Heinrich straffte sich, nachdem er sich entschieden hatte, seine Schuld vor diesen Männern frei zuzugeben, und stand von seinem Sitz auf, um die wenigen Stufen hinabzugehen bis er sie gerade noch um Haupteslänge überragte.

»Ich gestehe es unumwunden, ich habe Schuld auf mich geladen durch eine falsche Entscheidung, meiner Schwester unrecht getan und ihr Leid und Schande zugefügt.«

Ein leises Zischen verriet die Überraschung ringsum, so daß sein Lächeln sich entspannte. »Gott ist mein Zeuge, daß ich ihr das Wittum zurückgeben, ihr und den Kindern Schutz und Heimstatt bieten und ihr gewähren werde, was immer sie begehrt. Und Ihr, Herr Walther von Vargula, sollt die Buße bestimmen, die ich ihr darüber hinaus leisten soll, um den erlittenen Schaden wiedergutzumachen.«

Als er bemerkte, daß Walther offenbar vergessen hatte,

den Mund zu schließen, neigte er den Kopf und blinzelte. Walther räusperte sich angestrengt.

»Ihr solltet Euch mit dem Prediger Konrad von Marburg besprechen, den Papst Innozenz zum Vormund der Frau Elisabeth ernannte«, sagte dieser.

Mattes Licht erfüllte die Kammer, und die beiseite gezogenen Vorhänge blähten sich im leisen Abendwind. Im geöffneten Fenster zeigte sich ein regelmäßiger Ausschnitt des leuchtenden Himmels, dessen Blau von einem zarten Fliederton übertüncht wurde. Fröstelnd rieb Heinrich sich die Hände unter den schweren Decken. Elisabeth hatte bei allen Krankheiten stets frische Luft empfohlen, hatte in den muffigen Stuben und Kammern Fenster und Türen aufgerissen und das Wehgeschrei der Leidenden mit fröhlichem Lachen zum Schweigen gebracht.

Heinrich drehte den Kopf zur Seite, um die kleine hölzerne Statue zu betrachten, seine Elisabeth, eine Elle hoch, mit blauem Gewand und weißem Schleier, die Grafenkrone auf dem Haupt. Ihr helles Gesicht trug ein feines Lächeln, und die Rechte hielt sie segnend erhoben. Lautlos bewegte Heinrich die Lippen zu einem Gebet. Ein Wildfang war sie gewesen, die kleine Ungarin. Schon als sie im zarten Alter von kaum vier Jahren auf dem landgräflichen Hof eingetroffen war, hatte sie alle mit ihrem munteren Wesen überrascht; man hatte sie in einer silberbeschlagenen und mit seidenen Kissen und Decken gepolsterten Wiege liegend übergeben wollen. Doch indes alle steif und feierlich an den ihnen zugewiesenen Plätzen verharrten, war das Mädchen in der

Wiege aufgestanden, hatte sich auf den Rand gestützt und einen nach dem anderen mit ihrem hübschen, von schwarzen Locken umrahmten Gesicht angelacht. Während langsam die prächtigen Geschenke vor der Familie ihres zukünftigen Schwiegervaters ausgebreitet worden waren und sich Laute des Erstaunens erhoben, war Gräfin Sophia vorgetreten, hatte die strengen Sitten gebrochen und das Kind auf den Arm genommen.

Erzsébet nannte sie sich, bald plapperte sie in der melodischen Mundart ihrer Mutter, bald sprudelten ungarische Worte über ihre roten Lippen, und es dauerte eine Weile, bis sie sich an das ihr fremde weiche Thüringisch gewöhnt hatte. Sie tollte über den Hof, mit den Kindern der Edelleute und denen des Gesindes gleichermaßen, und so entdeckte sie schon zu Beginn ihres ersten Aufenthaltes auf der Wartburg den Drachen.

Heinrich hatte sie vor der Tür der Kapelle stehen sehen, sie hatte hinaufgestarrt zu dem Drachen, die dunklen Augen geweitet, ihre Lippen formten Worte. Indessen eilte die Kinderfrau herbei, doch das Kind erwehrte sich ihrer Hände. Erst als seine Mutter zu ihr trat und die Kinderfrau sich zurückzog, hob sie einen Arm, deutete mit einem Finger auf den Drachen, machte Miene, als wollte sie etwas sagen. Das sei ein Drache, sagte seine Mutter langsam, ehe sie das Wort nochmals wiederholte, und dann sprach die Kleine es ihr nach. Langsam. Zögernd. Heinrich spürte dem Gefühl nach, das er als Siebenjähriger bei ihrem Anblick empfunden hatte, den Gedanken, die ihm im Kopf und im Herzen umgegangen waren, doch da war nur kindliche Neugier, ohne Wohlwollen. Sophia hatte das kleine Mädchen an der Hand genommen, die Tür zur Kapelle geöffnet und war mit ihr unter dem steinernen Drachen hindurch gegangen.

Hatte es dort begonnen? War der vertraute Klang der lateinischen Gebete, der Psalmen, waren Kyrie und Halleluja damals so tief in ihre junge Seele eingebrannt worden, daß ihr Weg seither vorgezeichnet war? Bei aller Wildheit hatte sie die Burgkapellen häufig aufgesucht, war bei jeder Gelegenheit zum Beten niedergekniet, obwohl sie ihrem Wesen nach weitaus wilder war, als es einem Mädchen wohl zu Gesicht stand.

Damit war sie ihm und Konrad aufgefallen. Die älteren Brüder Ludwig und Hermann hatten sich mit den Kleinen nicht mehr abgegeben, obwohl Ludwig als Verlobter des Mädchens sich manchmal darin hervortat, sie in Schutz zu nehmen. Doch nachdem sein Vater, bezaubert von dem hübschen Kind, ihr selbst das Reiten beigebracht hatte, hatte sie unter den Brüdern schon bald Begleiter für ihre Ausritte gesucht, Ausritte, die sie immer weiter von den Burgen wegführten. Die sie eines Tages auch in eine der kotig stinkenden Gassen der Armen führten, die vor den Mauern Eisenachs hausten. Damals vollzog sich eine Wandlung in diesem Kind, das sich jeden Abend satt und glücklich unter feinen, weichen Decken zur Ruhe legte und einem gütigen, väterlichen Gott für seine verschwenderisch ausgeschütteten Gaben dankte.

Hell läutete die kleine Glocke der Kapelle herauf. Heinrich drehte erschöpft den Kopf, blickte zur Decke hinauf. Trotz der Kälte rannen Schweißtropfen über seine Schläfen, versickerten in seinem Haar. Das Licht war matter geworden. Im Hof hallten Stimmen, er glaubte Befehle zu hören, der ferne Schall einer Busine verkündete den Wachtwechsel zur Vesperstunde. Dann trappelten Schritte über den Flur, und die Tür wurde leise aufgeschoben. Bei geschlossenen Augen erkannte Heinrich Wigos Gang, Wigos

Stimme, als dieser einen Schreckenslaut ausstieß. Der Pfaffe bewegte sich zum Fenster, schloß die knirschenden Läden und Fensterflügel, sperrte das milde Abendlicht aus. Tuch flatterte, hastiges Trippeln verriet die umhereilenden Mägde, die Lichter brachten, Vorhänge zuzogen, mit Gefäßen klapperten, daß Heinrich die Stirn runzelte.

»Mein Herr, wenn Ihr wollt, feiere ich die Vesper hier mit Euch«, sagte Wigo neben ihm.

Heinrich nickte, hörte den leichten Schritt junger Füße, lauschte der Eröffnung, dem Psalm. Wigos hohe, weiche Stimme erfüllte den Raum, und sogar der Schmerz, der wie ein Raubtier beständig in Heinrichs Leib lauerte, schien sich zu einem pelzigen Knäuel einzurollen. Als warme, trockene Fingerspitzen seine Stirn berührten, erwachte er aus dem angenehmen Dämmern, verfolgte die letzten Worte, mit denen Wigo die beiden Novizen entließ, die ihm singend geantwortet hatten.

»Herr Friedrich von Treffurt möchte Euch sehen, mein Herr«, flüsterte der Pater.

Das Lächeln wärmte Heinrichs Gesicht, während Wigo ihn behutsam aufsetzte und mit der Hilfe zweier herbeigeeilter Mägde Kissen und Polster hinter ihm zurechtstopfte, damit er halbwegs aufrecht sitzen konnte. Erst dann ließen sie den Treffurter eintreten.

»Ich hoffte, daß du kommen würdest«, brachte Heinrich hervor; seine brüchige Stimme versagte beinahe den Dienst.

»Sie ließ mich nicht«, erwiderte Friedrich, nachdem er Heinrichs Hände wie zwei wertvolle Gegenstände wieder auf die Decke gelegt hatte. »Sie behütet und bewacht dich bei Tag und bei Nacht.«

»Das muß sie, Friedrich. Ihr Leben hängt womöglich davon ab.«

»Auf wessen Nachricht wartest du dringender, auf die deines herzoglichen Schwagers oder die des Erzbischofs von Mainz?«

Verblüfft hob Heinrich die Brauen. »Hat sie mit dir gesprochen?«

»Auf dem Rückweg von Schwaben hatte ich genug Zeit zum Nachdenken, was dich zu deiner Flucht bewogen haben mochte. Deine Verletzung war zu schwer für einen langen Ritt – andererseits hast du dich nie feige gezeigt. Als ich jedoch erfuhr, daß du Boten nach Leuwen und Mainz entsandt hattest, dämmerte mir, was du beabsichtigst.«

Während ein dünnes Grinsen Heinrichs Lippen fast gegen dessen Willen krümmte, ließ der Treffurter sich auf dem Stuhl nieder, den ein Edelknabe für ihn herbeitrug, und verschränkte entspannt die Unterarme. Heinrich schluckte unter dem wachsamen Blick seines treuesten Beraters.

»Sie sind alle tot, Friedrich – Ludwig, Elisabeth, Konrad, Hermann, und ich habe weder einen Sohn, der mein Werk fortführen wird, noch eine Tochter, die einem tüchtigen Mann unser Erbe zubringen kann. Wenn ich sterbe, fällt Thüringen an meinen Neffen und ist für mein Geschlecht verloren. Gertrud ist dem Herrn geweiht, aber Sophia hat einen Sohn, der ein Nachkomme Ludwigs und Elisabeths ist. Ihr will ich den Anspruch sichern und damit auch Beatrix' Ansprüche. Ich kann meine Frau doch nicht hilflos dem Zorn der Staufer überlassen?«

Pfeifend ließ der Treffurter den Atem entweichen. »Du gabst den Kampf verloren, ehe er entschieden war.«

»Ach, Friedrich, der Kampf war längst verloren. Er war schon in Nürnberg verloren. Er war verloren, als die Tochter des Herzogs der Bayern dem Sohn des Staufers die Hand reichte. Den vereinten Heerscharen König Konrads und Herzog Ottos hatten wir nichts entgegenzusetzen.«

»Das hast du gewußt und bist dennoch in den Krieg gezogen?«

»Nein, gewußt habe ich es damals nicht. Ich fühlte mich sicher, rechnete mit der Hilfe der Kurfürsten, der Unterstützung des Heiligen Vaters Innozenz und glaubte Gott auf meiner Seite.«

Es wurde still zwischen ihnen, schweigend sahen sie sich an. Friedrich hatte seinen Herren stets zur Seite gestanden, zuerst Konrad, der mit dem früheren Mainzer Erzbischof in Fehde lag, dann dem jungen Hermann und schließlich Heinrich als einer seiner engsten Ratgeber. Er war längst ergraut und der Kupferglanz seiner Haare verblaßt, der Bart wuchs struppig, und die Haut spannte sich nicht mehr straff über fleischige Muskeln, sondern umhüllte sonnengegerbt einen sehnigen Körper wie ein mit den Jahren aus der Form geratenes Kleid. In seinem von einem feinen Netz aus Falten bedeckten Gesicht mit den scharfen Kerben zwischen Nase und Mundwinkel funkelten die hellen Augen.

»Ein gewagtes Vorhaben ist das, mit dem du deinen Erben bestimmen willst«, erwiderte Friedrich nach einer Weile. »Woher willst du wissen, daß Sophia und vor allem ihr Mann darauf eingehen?«

»Sophia ist ehrgeizig, wie du weißt. Sie herrscht an der Seite ihres Mannes in Brabant, als Tochter der heiligen Elisabeth steht sie in hohen Ehren. Doch ihr Mann hat schon einen Erbsohn von seiner ersten Frau, also braucht sie den Anspruch auf Thüringen.«

Friedrich schloß die Augen, seine Schultern hoben sich unter einem tiefen, rasselnden Atemzug und sanken langsam wieder herab. Der Herr von Treffurt hatte sich aufgezehrt in seinem Dienst, in seiner Zuneigung zu dem stolzen Ludwig, zu Konrad, der diesem noch am ähnlichsten war, zu Elisabeth, der wilden Königstochter, die der Anblick des Elends Barmherzigkeit und Sanftmut gelehrt hatte, ohne ihr die Hartnäckigkeit zu nehmen, und sogar zu ihm, Heinrich.

IV

Über Gandersheim und Göttingen war Heinrichs Hofstaat nach Kassel gezogen, nachdem ihn der Bischof von Hildesheim mit seiner Verlobten, der brandenburgischen Markgrafentochter Elisabeth, getraut hatte. Als sich das Wesertal öffnete und sie die Mauern und Türme über dem Fluß aufragen sahen, erschienen die Vorboten eines Zuges aus Gauklern und Schaustellern auf dem Weg, die Räder schlugen und Feuer spien, tanzten und sangen.

Friedrich von Treffurt lenkte sein Roß neben das des Landgrafen und das stolz einhertrabende Pferdchen des Knaben Herrmann und beugte sich zu seinem Herrn.

»Die schlauen Bürger schicken die Gaukler hinaus, damit wir das Pack durchfüttern«, flüsterte er. »So haben sie mit denen schon mal keine Kosten.«

»Es kommt sie teuer genug, meinen Hofstaat aufzunehmen«, erwiderte Heinrich, der sich mit dem Ärmel den Schweiß von Stirn und Schläfen wischte. Es war ein heißer Tag im Wonnemonat, und der lange Ritt tat ein übriges. Wie mußte es erst der frischgebackenen Landgräfin gehen, die mit ihren Edelfrauen auf ihrem Wagen saß, nur von einer Plane geschützt.

»Hoher Herr, Ihr solltet vor dem Abendmahl im Kreise der Stadtoberen ein Bad nehmen!«

Heinrich schickte einen flehenden Blick gen Himmel. »Darum kümmert sich der Fahnersche.« Mit einem knappen Nicken wies er auf den hinter ihnen reitenden landgräflichen Kämmerer.

Kurz vor ihrer Stadt empfingen die Kasseler den Landgrafen und seine junge Frau mit grünen Zweigen, Blumen und lautem Jubel und flankierten seinen Hochzeitszug zum Tor, wo Schultheiß und Schöffen ihn feierlich begrüßten und durch die engen Straßen in den Hof der Burg geleiteten. Dies war die erste hessische Stadt, die Heinrich nach seiner Hochzeit betrat, und die offenkundige Zuneigung der Menschen tat ihm wohl.

Wenige Meilen vor Kassel hatte Heinrich den Zug anhalten und das Schutzzelt vom Wagen der Gräfin entfernen lassen, was sie ihm mit einem scharfen Blick gedankt hatte. Elisabeth von Brandenburg war eine große, kräftige junge Frau, der das Haar in dunklen Wellen fast bis zu den Hüften fiel. Wie sie da auf dem Wagen saß, steif aufgerichtet zwischen ihren Edelfrauen, dabei blaß und schmallippig, schien der Jubel der Bürger an ihr abzutropfen wie Wasser an gewachstem Tuch. Auch als sie umringt von ihren Frauen zur Tür des gemauerten Wohnhauses schritt, wo Heinrich sie erwartete, zeigte sie keinerlei Anteilnahme an dem, was um sie herum geschah, sondern ging nach kurzem Gruß mit angespannter Miene an seiner Seite hinein. Aus dem Schlafgemach schlüpfte sie eilig mit ihren Frauen in die angrenzende Kammer, in der die Bediensteten bereits ihre Kisten und Kästen stapelten. Der Dampf, der aus der Kammer drang, verriet, daß dort ein Zuber mit warmem Wasser bereitstand, damit die junge Landgräfin sich von Schweiß und Staub reinigen konnte. Ebenso wartete in der auf der anderen Seite des großen, mit Atlasstoffen ausgekleideten

Gemachs liegenden Kammer auf Heinrich ein Bad. Doch er blieb stehen. Sein Blick hing an dem hohen vierpfostigen Bett mit seinen bunten, glänzenden Vorhängen, die jetzt aufgezogen waren, so daß er die ganze Pracht der wollenen und seidenen Decken, Polster und Kissen betrachten konnte. Man hatte dem gräflichen Paar ein herrliches Beilager bereitet.

Heinrich verzog den Mund zu einem dünnen, schiefen Grinsen. Am Tage ihrer Hochzeit, als der Bischof von Hildesheim vor dem Brautportal seines Domes ihre Hände verbunden und Heinrich den goldenen Ring an die Hand seiner großen, prachtvoll gekleideten Braut gesteckt hatte, war es ihm schwergefallen, ihren Schleier zu heben. Als Kind war sie ihm vorgestellt worden, damals war ihr deutlich anzusehen gewesen, daß jeder Schritt, jede Bewegung des Halses eingeübt worden waren, als habe man für die Werber eine Marktposse aufführen wollen. Damals hatte der alte Kämmerer von Fahner, sein Begleiter, gesagt, dieser Mißmut werde sich schon noch auswachsen. Doch als er sie vor dem Kirchenportal schließlich wiedergesehen hatte, schmallippig, mit scharfen Kerben in den Mundwinkeln, hatte er erkannt, daß es ein Wesenszug von ihr war. Deshalb war es kein Ärgernis für ihn gewesen, als ihre Mutterschwester Agnes, die edle Pfalzgräfin von Rhein, ihn beim Hochzeitsmahl beiseite genommen hatte, um ihn zu bitten, er möge ihre Nichte in dieser Nacht schonen, da sie unpäßlich sei. Seither waren fünf Tage vergangen.

Heinrich trat zum Fenster, öffnete einen Flügel und blickte in den Hof hinunter, wo das Gesinde noch immer damit beschäftigt war, die Wagen zu entladen und die Pferde und Maultiere auszuspannen oder abzusatteln und in die Stallungen zu führen. Hermann tobte mit zwei Knappen um den Brunnen, und die herrische Haltung, die Ludwigs Sohn inzwischen an den Tag legte, machte Heinrich schmunzeln. Irgendwie würde er die Nacht in diesem Bett überstehen, würde seine Schuldigkeit tun, um die Ehe zu vollziehen, und seine Anstrengungen darauf richten, daß sich so bald als möglich ein Erbe einstellte.

Als eine Tür hinter ihm zuklappte, schrak er zusammen, bemerkte ein leises Summen, eine Mädchenstimme, das Rascheln eines Kleides und das feine Schaben lederner Sohlen auf dem Holzboden. Vom Vorhang geschützt, wandte er sich um und sah ein blondes, hellhäutiges Mädchen, vierzehn, vielleicht fünfzehn Jahre alt, das sich jetzt leise singend im Tanz drehte. Sie schien ihn nicht zu bemerken, so versunken war sie in ihre kleinen Schritte und den Schwung ihrer Hände, sogar als er lautlos hinter dem Stoff hervortrat, fuhr sie fort, sich zu wiegen und umherzuwirbeln, als sei ihr Körper eine Feder, die gespannt und losgelassen wurde.

Plötzlich hielt sie mit einem erstickten Schrei inne und sank so ungeschickt vor ihm auf die Knie, daß sie beinahe hingefallen wäre. Er trat vor, nahm sachte ihren Arm und half ihr wieder auf die Füße. Eine feine Röte überzog ihre Wangen, und er mochte sich nicht entscheiden, ob diese vom Tanz herrührte oder von ihrer sichtlichen Verlegenheit.

»Mein Herr …«

»Nun … zumindest kennt Ihr mich«, erwiderte Heinrich. »Aber wer seid Ihr?«

»Adelheid, Tochter des Johann Gans zu Putlitz. Auf Wunsch meines Vaters diene ich der Herrin Elisabeth, Eurer Gemahlin.«

Diesmal gelang ihr der Kniefall.

»Ich will dich nicht hindern an dem, wozu die Herrin dich geschickt hat.«

»Ehrlich gesagt«, stammelte das Mädchen, »habe ich mich fortgeschlichen. Wenn mir ohnehin nur das von den ranghöheren Frauen schon benutzte Badewasser bleibt, hole ich mir lieber frisches Wasser zum Waschen in der Küche.«

Selbst als sie erschrocken die Hand vor den Mund schlug, lockte so viel erfrischende Offenheit ein Lächeln auf Heinrichs Züge. »Dann werde ich dich nicht länger aufhalten, mein Kind.«

Auf seinen Wink hin schnellte sie zur Tür und schlüpfte hinaus, während er sich mit einem leichten Kopfschütteln auf den Weg in die Nebenkammer machte, wo ein unruhig umherlaufender Heinrich von Fahner ein paar Edelknaben scheuchte, um aus Truhen und Kästen seinem Herrn eine Robe zusammenzutragen, die seinem Stand und dem Festmahl angemessen sein würde.

Gräfin Elisabeth errötete und kniff die Lippen zusammen, als Heinrich ihre Hand nahm und sie wortlos, nur mit sachtem Druck aufforderte, sich zu erheben. Ihre Frauen folgten ihr unaufgefordert, als er sie die schmale Treppe zu ihrem Gemach hinaufführte, umschwärmten sie, als sie an ihre Seite des Bettes trat, lösten die Spangen, nahmen ihr Schmuck und Gürtel ab, zogen die spitzen Schuhe von ihren Füßen, hoben das schwere weinrote Obergewand über ihren Kopf, dann die weizengelbe Cotte, bis sie nur noch im dünnen weißen Unterkleid inmitten des schnatternden Ringes ihrer Frauen und Zofen stand. Indessen hatte Heinrich den Kämmerer samt seinen Edelknaben und Dienern längst hinausgeschickt und sich kurzerhand selbst bis auf Hemd und Bruche entkleidet. Mit schräg gelegtem

Kopf wartete er neben dem Bett, dessen Decken bereits bis zum schneeweißen Laken zurückgeschlagen waren. Gräfin Elisabeth wandte ihm den Rücken zu.

In den vergangenen Nächten hatten sie in getrennten Kammern geschlafen, jetzt standen die Frauen plappernd um sie herum, ihre Amme drückte sie auf das Bett, nahm ihre Hand, tätschelte diese und flüsterte dem Nährkind allerlei ins Ohr, wischte ihr Kreuzzeichen auf Stirn, Brust und Bauch. Nur die kleine Putlitzerin hielt sich schweigend im Hintergrund, und ihr höfliches Lächeln verbarg ihre Gedanken.

Das Geschwätz und Gemurmel wollte nicht enden. Augenrollend legte Heinrich den Kopf zurück, klatschte dann kurz in die Hände. Zögernd bewegte sich ein Teil der Frauen zur Tür, am zügigsten verließ die von Putlitz das Gemach, während eine noch nach der Kaminglut schaute, eine andere ihrer Herrin das Haar aus dem Gesicht strich. Erst ein gebieterisches Räuspern vertrieb die Schar – bis auf die Amme, die ihn böse anstarrte, bevor die Leidensmiene wieder über ihr Gesicht fiel und sie ihren Liebling in die Kissen bettete, sorgsam zudeckte und die Decke an allen Seiten feststopfte; dann legte sie die Hände der jungen Frau zum Gebet zusammen und pflanzte mit der Hand einen segnenden Kuß auf ihre Stirn.

»Möchtest du sie vielleicht auch noch stillen?« blaffte Heinrich, und die Alte fuhr zusammen. Der Schrecken auf ihrem Gesicht spiegelte den Zorn, der in ihm aufgewallt war. Er stemmte die Fäuste in die Seiten und machte zwei, drei Schritte auf sie zu, bis sie hastig hinauswatschelte und die Tür hinter sich schloß.

Heinrich umrundete eilig das Bett und legte den kleinen Riegel vor, um das lästige Weibervolk auszusperren. Das

Herz schlug ihm im Hals, doch er hätte nicht sagen können, ob es Ärger war oder Scheu, die ihn angesichts der unter den schweren Steppdecken aufgebahrten Braut befallen hatte. Er löschte die Lampen an den Kandelabern zu beiden Seiten des Bettes und kletterte in der Dunkelheit zwischen die Kissen.

Ratlos lag er neben diesem Mädchen und starrte in die Dunkelheit. Gisila hatte sich bereitwillig an ihn geschmiegt, leise gegurrt, Koseworte und oft auch höchst Unanständiges gewispert, während ihre Hände zielstrebig über seine Haut geglitten waren. Oder gar ihr Mund. Ein warmer Schauer durchlief ihn. Mit ihren straffen Brüsten und den runden Pobacken hatte die Magd, die in seinem Bett Zuflucht gesucht hatte, um sich vor anderen zudringlichen Ministerialen und Mannen beschützt zu wissen, ihn mühelos verführt und war nach dem ersten Jahr beim Spiel der Frau Venus immer verwegener geworden. Heinrichs Ohren und Wangen wurden heiß, als er sich daran erinnerte, wie sie ihn nach Ludwigs Abreise im November des vorletzten Jahres in den Palas der Wartburg gelockt und ihm just in dem kleinen Saal aufgelauert hatte, wo der erhöhte Grafenthron stand.

Er schob sich näher an das fremde Mädchen in seinem Bett, stahl eine Hand unter ihre Decke. Als sie unter seiner Berührung zusammenzuckte, zwang er sich, nicht nachzugeben, sondern strich mit den Fingern über das feine Nesseltuch ihres Hemdes. Sie atmete flach, er glaubte ihre Angst riechen zu können. Er legte den Arm um ihre Mitte und zog sie an sich. Die Dunkelheit gestattete ihm die Bilder der Erinnerung, Gisila, die ihr schlichtes Kleid abstreifte wie eine lästige Haut und sich im dünnen Hemd vor ihm drehte, die Arme über dem Kopf. Lachte und die schönen, weißen Zähne bleckte. Ihm einen Kuß stahl, wobei ihre Zunge sich zwischen seine Zähne schob und seine streifte, ehe sie tänzelnd vor ihm floh. Seine Hand glitt an der Flanke seiner Braut hinab über die Hüfte bis zum Oberschenkel, und sie zitterte merklich, während er flink das glatte Unterkleid raffte, bis er die seidige Haut spürte. Er schmiegte sich an sie, glaubte die Magd zu sehen, deren bloße Füße die Stufen zum Grafenthron hinaufhüpften, bis sie oben herumwirbelte und sich breitbeinig auf dem Sitz niederließ. Seufzend bahnte er sich mit der Hand einen Weg über den Bauch der Brandenburgerin, die ihre Schenkel zusammenpreßte, fand eine große, feste Brust.

Der Treffurter hatte ihm gesagt, er dürfe auf keinen Fall in der Hochzeitsnacht auf sein männliches Recht verzichten, daraus entstehe nur Ärger; verschone er sie einmal, werde sie sich ihm auf ewig mit Ausflüchten verweigern. Aber ihre Unpäßlichkeit war ihm widerwärtig erschienen, er wußte nichts darüber, nur daß die Frauen launisch wurden, daß sie unter Leibkrämpfen und oft auch Kopfschmerzen litten und daß sie bluteten. Aber das dauerte höchstens vier, fünf Tage an. In dieser Nacht gab es keine Ausrede mehr. Die Brandenburgerin Elisabeth war nicht keck wie die reizvolle Gisila, nicht schön, aber sie gehörte ihm. Sie war seine Frau.

Er warf die Decken zurück, sprang aus dem Bett, um sich hastig von Hemd und Bruche zu befreien. Ein matter Lichtstrahl fiel zwischen den Vorhängen herein. Es war Vollmond. Rasch zog er die Vorhänge beiseite, und weil das Pergament auf den Rahmen nur einen schwachen Schein hereinließ, öffnete er die Fensterflügel. Milde Luft schwebte ins Zimmer, als er zurück auf das Bett stieg, wo seine Braut sich inzwischen wieder zugedeckt hatte. In einem stummen Ringen entwand er ihr das schwere Tuch, und als sie sich seiner erwehrte, zerriß er den feinen Stoff ihres Hemdes, zerrte es ihr vom Leib.

Im Widerschein des silbernen Mondlichts lag sie auf dem weißen Laken, die Arme vor der Brust verschränkt, die Beine ineinander verdreht, als könne sie sich so schützen. Übermächtig wurde das Bild Gisilas auf dem Thron, Gisila, die aufsprang, als er zu ihr hinaufstieg, die sich des dünnen Hemdes entledigte. Zwischen deren nackte Schenkel er drängte, während sie an seinen Hosenbändern nestelte. Er wußte nicht mehr, ob es wirklich geschehen oder nur ein Traum gewesen war, zog sanft, aber beharrlich die Arme des Mädchens, das angststarr vor ihm lag, auseinander, um seine Hände auf ihre Brüste zu legen, die seidige, kühle Haut zu streicheln, bis er das Blut darunter pochen fühlte. Sein Mund fand ihre Lippen, saugte sich daran fest, die Zunge suchte sich einen Weg in ihren sandelholzduftenden Mund. Erstaunt bemerkte er, wie sich ihr Körper entspannte, nahm den stoßweisen Atem entgegen, ließ die Finger über ihren Bauch wandern, hinunter zu den noch unberührten Winkeln warmer, faltiger Haut, die sich anfühlte wie das Fleisch überreifer Pfirsiche. Zügig kletterte er zwischen ihre Beine, winkelte ihre Schenkel an, drückte sie gegen ihren Bauch. Sein straffes Glied führte er mit der Hand zu der Spalte, die er blind fand, drückte es hinein in den Körper seiner Braut, verspürte Widerstand, hörte ein ersticktes Wimmern unter den Seufzern und lächelte. Noch war der Handschuh zu klein.

✠

Zwei Tage zog Heinrichs Hofstaat von Kassel südwärts gen Marburg, bis eine Wachmannschaft einen Reitertrupp meldete, der ihnen rasch entgegeneile. Heinrich rief den kleinen Hermann zu sich und trieb sein Pferd voraus, um die Staubwolke selbst in Augenschein zu nehmen; kein anderer als sein Bruder Konrad ritt ihm mit seinem Gefolge unter den Augen der Dienstmannen auf der Amöneburg entgegen.

Ein Reisiger trug Konrad den blauen Wappenschild voran, auf dem der rot und weiß gestreifte Löwe prangte, aufrecht schreitend mit erhobenen Tatzen, auf dem Haupt die Grafenkrone. Als Konrad, Graf von Gudensburg und Landgraf von Hessen, sein Pferd zügelte und absprang, verspürte Heinrich einen Stich in der Brust beim Anblick des feinen, schelmischen Lächelns, das dieser auf den Lippen trug. Sein kleiner Bruder war in wenigen Monaten zu einem stolzen jungen Grafen geworden, dem das fast schulterlange Haar in weichen Wellen um den Kopf flog. Er hatte ja auch in dem Erzbischof von Mainz einen landhungrigen Widersacher, an dem er sich messen konnte, während Heinrich sich nur über dessen Lehnsmänner, die sich in thüringischem Land einnisteten, ärgerte, aber keine Gelegenheit fand, die Fehde auszutragen. Lachend eilte Konrad zu Hermanns kleinem Pferd, hob den Jungen aus dem Sattel und drückte ihn an sich, stellte ihn auf den Boden und ließ sich vor ihm auf ein Knie nieder, um ihn genau in Augenschein zu nehmen.

»Prächtig seht Ihr aus, Herr Landgraf«, sagte er mit einer tiefen Verbeugung, bei der seine Stirn das aufgestellte Bein berührte.

»Ich kann jetzt Mühle spielen und Schach!« rief Hermann strahlend. »Wigo sagt, ich sei wirklich gut darin.«

»Dann sollten wir heute abend gegeneinander antreten, kleiner Mann.«

Schmunzelnd erhob Konrad sich und strich dem Jungen

übers Haar, bevor er sich Heinrich zuwandte, der inzwischen abgestiegen war. Als sie einander umarmten, sah Heinrich über Konrads Schulter hinweg den Vogt von Marburg, neben ihm den örtlichen Villicus und beider Gefolge, dazu eine Schar berittener Soldaten, die ihnen durch dieses umstrittene Gebiet Geleitschutz gab.

»Es tut gut, dich wiederzusehen«, flüsterte Konrad und hielt Heinrich an den Armen von sich.

»Wie geht es Elisabeth?« fragte Heinrich, als sie wieder auf ihren Pferden saßen, die sich auf einem aufgewühlten Pfad neben dem unbefestigten Karrenweg den Bergen näherten, hinter denen sich die Marburg versteckte.

Seufzend hob Konrad die Schultern, ließ eine Hand auf den Oberschenkel fallen. »Du wirst es ohnehin erfahren: Sie haust in einer verfallenen Hofstatt im Dorf Wehrda, nördlich der Stadt. Ihre Begleiterin Guda, die mit ihr das graue Kleid annahm, erzählte mir unter Tränen, daß Elisabeth sich unter der Stiege mit Tannenwedeln einen Wetterschutz errichtet habe. Guda ist bei ihr, außerdem eine Dienerin, und sie spinnen Wolle ... für das Kloster Altenberg bei Wetzlar ...«

Heinrich verspürte einen Schmerz, der ihm die Kehle zuschnürte.

»Was tut sie?« preßte er mühsam hervor.

Nach einem Räuspern antwortete Konrad: »Sie und die Frauen, die sie um sich gesammelt hat, leben nach der Regel des Dritten Ordens der Minoriten, nach den Vorschriften des Franziskus von Assisi. Sie halten Keuschheit, kennen keinen Besitz, ernähren sich nur von ihrer Hände Arbeit und vom Betteln –«

»Vom Betteln?« rief Heinrich. »Willst du sagen, daß Elisabeth von Tür zu Tür zieht und um Almosen bittet?«

»Nein, nicht Elisabeth«, sagte Konrad kleinlaut. »Magister Konrad hat es ihr strengstens verboten, wie er ihr auch verboten hat, ihr Witwengut vollständig herzuschenken. Ihm schuldet sie Gehorsam, das verlangt schon die Anordnung des Heiligen Vaters.«

»Und an die hält sie sich?«

Konrad nickte langsam und straffte sich dann. »Heinrich, ich habe ein andere, eine wirklich gute Nachricht. Wir haben die Schulden der Herren von Battenberg auslösen können. Sie haben sich damit von Erzbischof Siegfried losgesagt.«

»Gut gemacht«, sagte Heinrich bissig. »Aber ich habe nichts anderes erwartet. Ich wäre dir böse gewesen, wenn du mir einen Mißerfolg gestanden hättest, nachdem du aus genau diesem Grund meiner Hochzeit ferngeblieben bist.«

»Ich hatte keine andere Wahl. Die Zeit drängte. Der Mainzer rückte mit Truppen an, um das Lehen einzuziehen. Aber Villicus Bruno konnte das nötige Geld bereitstellen.« Grinsend wandte Konrad sich Heinrich zu. »Und deine Frau werde ich heute abend beim Willkommensschmaus kennenlernen.«

Ruhelos ging Heinrich in der schwach erleuchteten Schreibstube auf und ab, während er auf den Burgvogt und den Cancellarius der Marburg wartete, die ihn mit dem vertraut machen sollten, was er hier in den nächsten Tagen zu besorgen hatte, damit die Streitigkeiten um Elisabeths Wittum endlich völlig beigelegt werden konnten. Er hatte die Finger hinter dem Rücken miteinander verhakt, weil er nicht wußte, was er sonst tun sollte, um zu verhindern, daß sie sich unwillkürlich ballten und streckten.

Das Scharren und Quietschen in den Gängen verriet die

Vorbereitungen im Saal; Tische wurden aufgestellt, Bänke und Stühle gerückt. Im Hof hallten die Rufe des Gesindes wider, eine dicke Köchin stand im Schein zweier Fackeln breitbeinig vor der Tür zur Küche und schimpfte mit den Mägden. Heinrich trat vom Fenster zurück. Ihm war nicht nach einem Festmahl zumute, selbst nach dem Bad machte die Erschöpfung der Reise ihm noch die Glieder schwer, und bittere Galle stieg ihm in den Hals bei der Vorstellung fetttriefender Fleischspieße. Er schämte sich.

Er schämte sich, weil sich ein weiteres Bild vor seine Augen schob, wie hauchdünnes Pergament, und die mit Bergen von Speisen bedeckte Tafel verhüllte. Ein Fachwerkhaus mit schmutziggrauen Wänden, vor der Tür eine zierliche Frau im dunklen, vielfach geflickten Mantel, die barfuß zwischen den sprießenden Frühbeeten umherging, in der Hand einen Wollflocken, aus dem sie ein Büschel zupfte. Die Spindel sank wirbelnd zu Boden, wurde aufgehoben und fiel wieder. Heinrich kniff seine Augen zusammen, horchte auf das Klappern und die Schritte der Bediensteten und bemerkte einen schweren Gang, der sich, von ärgerlichem Murmeln begleitet, der Schreibstube näherte. Die Tür wurde aufgestoßen, und ein großer, ungeschlachter Mönch stampfte herein, an beiden Schultern prall gefüllte Ledertaschen und auf den Armen einen Stapel hölzerner, der Größe nach aufgeschichteter Tafeln, der ihm bis unters Kinn reichte.

Als er Heinrich erblickte, blieb er so abrupt stehen, daß der Stapel aus dem Gleichgewicht geriet und die Tafeln auf den Boden regneten. Einen Atemzug lang stierte der Mönch, der kaum zwanzig Jahre alt war, Heinrich an, dann schlug er die Hände vor der Brust wie zum Gebet zusammen und verneigte sich, bevor er stumm einige Handzeichen machte, aus denen Heinrich nicht schlau wurde.

»Es tut mir leid, Bruder, aber ich war nie auf einer Klosterschule.«

Der Mönch nickte, rieb sich die Nase und griente dabei, als sei er erleichtert. Dennoch brauchte er eine Weile, ehe er die Worte herausbrachte: »Hoher Herr, der Bruder Cancellarius hat sich soeben in die Kammer zurückgezogen, um seinen Bußübungen nachzugehen.«

»Dann wollen wir ihn nicht dabei stören«, erwiderte Heinrich, ohne die Stimme zu senken, und musterte den Mönch fragend, bis dieser rot wurde und den Kopf neigte.

»Verzeiht, hoher Herr, Peregrinus ... mein Name, ich bin ... ein Gehilfe des Bruders Cancellarius.«

Seine Sohlen scharrten leise über den Boden, während das Lärmen im Untergeschoß abebbte. Businenschall tönte von jenseits der Mauern, wurde von diesen herab beantwortet.

»Die Battenberger, hoher Herr«, erläuterte der Mönch, ohne den Blick zu heben.

»Du hast ein gutes Ohr, Bruder Peregrinus.«

»Ich kenne den Ton.«

»Dann will ich die Herren nicht warten lassen«, sagte Heinrich und schickte sich nach einem kurzen Gruß an, die Schreibstube zu verlassen.

»Hoher Herr ...?«

In der Tür blieb Heinrich stehen und sah über die Schulter zurück zu dem jungen Mönch, der auf die Knie gesunken war, aber nicht um die auf dem Boden verstreuten Tafeln aufzuheben, sondern um bittend die Hände zu erheben.

»Ich möchte um Milde und Nachsicht bitten für Frau Elisabeth«, flüsterte er rauh, »bevor Vogt Ludwig und Herr Guntram mit Euch sprechen.«

Heinrich legte den Kopf schräg. »Worum geht es?«

»Vogt Ludwig und Herr Guntram mißbilligen Frau Elisabeths Tun, das ihrer Meinung nach viel faules und grindiges Volk nach Marburg lockt, nur um eine Frau von solch hohem Adel wie Frau Elisabeth betteln und Tagelöhnerdienste verrichten zu sehen.«

Staunend vernahm Heinrich diesen langen, wohlgebildeten Satz, der ihm geradezu auswendig gelernt erschien, aus dem Mund des Bruders Peregrinus. »Du kannst dir doch denken, daß ich und mein Bruder das ebenso mißbilligen.«

»Frau Elisabeth lebt nach der Regel des heiligen Franziskus von Assisi, wie sie es am Altar der Minoriten zu Wehrda geschworen hat.«

»*Was* hat sie?« platzte Heinrich heraus.

Bruder Peregrinus schlug sich die Hand vor den Mund und riß die Augen auf, während Heinrich mit dem Zorn kämpfte, der in ihm aufwallte wie kochendes Wasser.

»*Was* hat sie getan?«

Der Mönch schien zu schrumpfen, er saß auf den Fersen und zog den Kopf ein, als erwartete er Schläge. Daß ein solcher Klotz vor ihm zusammensank wie ein ausgeleerter Weinschlauch, nahm Heinrich wunder, doch er ließ es sich nicht anmerken und straffte sich.

»Hoher Herr ... Herr Graf ... es ist nicht meine Absicht, Euch zu hintergehen ... aber es wäre besser, wenn Ihr Euch morgen zu einer der Gebetsstunden im Kirchlein der Minoriten einstellt ... um mit Frau Elisabeth zu sprechen. Ich flehe Euch an ...« Abermals hob er die Hände. »Zwingt mich nicht, Zeugnis abzulegen wider Frau Elisabeth.«

»Wann wird Magister Konrad hier eintreffen?« fragte Heinrich kalt.

»Wir erwarten seine Ankunft morgen abend«, erwiderte der Mönch hastig.

Mit einer wegwerfenden Geste riß Heinrich den Mantel vom Haken hinter der Tür, schloß die Tassel über der Brust und hastete hinunter auf den Hof, wo sich schon die ersten Männer versammelt hatten, Vogt Ludwig und sein Sohn Guntram, die sich vor ihm verneigten, just bevor die Reiter aus Battenberg durch das Tor kamen und das Klappern der Hufe und das Rasseln der Waffen und Beschläge von den Mauern ringsum widerhallten.

Lange vor dem Morgengrauen trabte Heinrichs Brauner auf einem schmalen, unbefestigten Pfad an der Lahn entlang durch Nebelschwaden, vorbei an Weiden und Erlen, die das träge dahinfließende Gewässer säumten, das sich hier ungehindert breitmachte und in mehreren Armen kleine Wörthen umspülte, die wie Schiffe geformt waren. Heinrich genoß die erfrischende Kälte, den lauten, melodischen Sang der Amseln und das sanfte Schaukeln seines liebsten Renners. Als die Aue breiter wurde, weil der Fluß einen Bogen machte, hielt sich Heinrich an den steilen Hang zur Linken.

Er hatte nicht geschlafen, war noch in tiefer Nacht aufgestanden und hatte sich, mit einigen schlichten Kleidungsstücken und einem unauffälligen dunklen Umhang angetan, aus den Gemächern geschlichen, hinunter in den Stall, um seinen Braunen zu satteln. Er wollte vor Elisabeth bei der Kirche der Minoritenbrüder in Wehrda eintreffen. Immer wieder hatte er in den langen Stunden dieser Nacht ihre Begegnung durchgespielt, immer wieder war er sich sicher gewesen, sie von ihrer Narrheit abbringen zu können, und immer wieder verrannte er sich in diesem Gespräch, überwand sie ihn sogar in seinen Überlegungen mit ihren Argumenten.

Gen Sonnenaufgang hellte sich das samtige Dunkel des Himmels auf, aber noch verblaßten die Sterne nicht. In diesem Zwielicht, das der Halbmond erhellte, war der Weg leicht zu erkennen. Hütten duckten sich finster am Wegrand, kaum mehr als Verschläge; manche davon waren wohl auch nur Unterstand für weidendes Vieh, das der muffige Geruch nach Dung verriet. Wo der Hang sich senkte, wendete Heinrich den Braunen und ließ ihn hinauftraben zum Dorf, einer Ansiedlung unterschiedlich großer Gebäude. Das Dorf gehörte den Herren der Burg, letztendlich also ihm, und seine Bewohner schuldeten den Burgherren als seinen Vertretern neben den Abgaben Hand- und Spanndienste. Hunde schlugen an, ein leiser Fluch durchbrach die Stille, während Heinrich die zum Fluß gewandte Kuppe suchte, hinter der der Hang weicher zu den Bergen anstieg. Dort fand er auch die kleine Kirche, eine Fachwerkkapelle auf roh gemauertem Fundament, mit Holz gedeckt, und im Fenster des niedrigen Turmes erkannte er den Schatten einer kleinen Glocke.

Am Waldrand hinter den Weiden, die das Dorf umgaben, pflockte er den Braunen lose bei einer Hürde an. Dort waren frisches Gras und ein Rinnsal, und das Pferd schnaubte zufrieden, als Heinrich ihm über die Nüstern strich, ehe er es verließ, um zu dem Kirchlein zurückzukehren.

Wie er erwartet hatte, fand er die schmale Pforte offen; für die Minderbrüder war das Haus Gottes auch ein Zufluchtsort, der Verzweifelten stets zugänglich bleiben mußte. Innen war es finster bis auf das schwache Lämpchen, das vor dem Hostienschrein hing, und den fahlen Schein, der durch die wenigen kleinen Fenster fiel. Heinrich tastete nach der Weihwasserschale, berührte mit dem Knie den Boden und bekreuzigte sich mit den benetzten

Fingern. Nachdem seine Augen sich auch an diese Finsternis gewöhnt hatten, fand er einen Platz in einem hinteren Winkel und setzte sich auf die Bank, die das steinerne Fundament an den Wänden der Kirche entlang bildete. Dort zog er den Mantel enger um die Schultern und wartete.

Offenbar war es früher, als er gedacht hatte, denn das Glöckchen schwieg beharrlich, und niemand betrat das kleine Gotteshaus. Draußen bellte ein Hund, ein Gockel krähte und erhielt Antwort von einem zweiten, dann brüllte eine Kuh. Aus Gewohnheit hatte Heinrich begonnen, Gebete vor sich hin zu murmeln, doch als er einzunicken drohte, verlegte er sich lieber darauf, sich die Abrechnungen, die ihm Vogt Ludwig gestern abend noch vorgelegt hatte, ins Gedächtnis zu rufen. Vogt Ludwig hatte ihn gebeten, das Amt seinem Sohn zu übertragen; er fühlte sich nach einem schweren Fieber, das er im Winter nur mühsam überstanden hatte, alt und gebrechlich, und sein Augenlicht hatte merklich nachgelassen.

Heinrich fuhr zusammen, als die Glocke schlug, einen schrillen Ton durch das Tal sandte. Ein buckliger und deshalb zwergenhaft wirkender Mönch in grauer Kutte war lautlos durch eine unsichtbare Tür gekommen und mit einer Kerze in der Hand vor den Altar getreten, hatte innegehalten und sich argwöhnisch zur Haupttür umgedreht. Heinrich saß totenstill in seinem Winkel und schickte ein Stoßgebet gen Himmel, er möge unentdeckt bleiben. Schließlich wandte sich der Mönch wieder dem Altar zu, küßte das Tuch, das darüber gebreitet war, und fiel kurz auf die Knie, ehe er begann, die Kerzen anzuzünden. Im wachsenden Licht schälte sich an der Wand über dem Altar ein rohes Kruzifix aus der Dunkelheit, kein Weltenherrscher breitete dort seine Arme aus, sondern ein Sterbender hing am Holz, blutüberströmt und von Krämpfen geschüttelt. Betreten senkte Heinrich den Blick.

Im Gänsemarsch erschienen nun weitere Brüder, reihten sich rechts und links des Altares auf, dann öffnete sich die Hauptpforte, durch die Heinrich eingetreten war, und einige Menschen schlichen herein, Männer, die ihre Mützen abgenommen hatten, und verschleierte Frauen, die ihre Kinder an den Händen führten. Heinrich bemerkte zwei Soldaten seiner eigenen Wachmannschaft, von denen bekannt war, daß sie die Ansichten der Minderbrüder teilten. Einen Augenblick lang dachte er, sie seien auf der Suche nach ihm, doch sie machten keine Anstalten, sich umzusehen, sondern mischten sich mit gesenkten Häuptern unter das Volk, das die Kirche füllte. Den Schluß des Zuges bildete eine Gruppe von Frauen. Als die letzte von ihnen kaum drei Schritt von ihm entfernt vorüberging, den Kopf demütig gesenkt, und hinter allen anderen auf die Knie sank, fröstelte Heinrich. Diesen Gang hätte er unter Tausenden erkannt. Eine Welle von Geflüster ging durch die Menge, die Menschen bildeten vor ihr eine Gasse bis zum Altar, über dem ein matter Schein die wenigen Fenster der Apsis erhellte und das Kruzifix wie einen dunklen Schatten über den Anwesenden hängen ließ.

Nachdem die kleine Kirche sich gefüllt hatte, herrschte eine Weile Schweigen, hier und da raschelte Leinen, hustete jemand, und ein anderer räusperte sich leise. Ein Kind quäkte, wurde murmelnd beruhigt. Lautlos erhob sich Heinrich und stellte sich neben die Pforte, durch die er hereingekommen war.

Schließlich trat aus den Reihen der Mönche einer vor den Altar, verbeugte sich tief, küßte den Saum des Altartuchs, ehe er sich bekreuzigte und mit ihm alle Anwesenden. Die

Mönche stimmten ein Lied an, einen Hymnus, den Heinrich als die *Laudes Creaturae* erkannte, jenen Lobgesang, den die Minderbrüder aus Italien mitgebracht hatten, als sein Bruder Ludwig sie vor einigen Jahren an seinem Hof gastlich empfangen hatte.

Mit zunehmender Ungeduld erwartete Heinrich das Ende der Andacht, während es heller wurde und eine dünne Lichtspur, Strahlen der aufgehenden Sonne, die Rückwand der kleinen Kirche traf. Vor dem Segen zog er sich zurück in den noch immer dunklen Winkel, wo er sich zu demütiger Gebetshaltung niederkniete und über die Hände hinweg nach den Menschen schielte, die in den sonnigen Frühlingsmorgen hinausgingen. Elisabeth verließ als letzte und nur zögernd die Kirche.

Heinrich war den Frauen an den Rand des Dorfes gefolgt, bis in die Nähe des Hauses, in dem sie verschwanden. Es war kaum mehr als eine windschiefe, halb verfallene Hütte dicht am Waldrand; die Zäune ringsum waren notdürftig geflickt, damit die buntscheckigen Ziegen nicht flüchten konnten.

Elisabeth kehrte in den schäbigen Garten zurück, setzte sich auf die notdürftig zusammengezimmerte Bank, holte Wolle und Spindel aus den Falten ihres Mantels und begann ihr Tagwerk. Von zwei Holunderbüschen, die an einem Schuppen wuchsen, verdeckt, beobachtete Heinrich sie und zwei weitere Frauen, in denen er Isentrud erkannte, die allzu fromme Witwe des von Hörselgau, und Guda, ihre Jugendgespielin, die ebenfalls das Kleid des Dritten Ordens empfangen und sich von allem losgesagt hatte, um ihrer Herrin hierher folgen zu können; sie schlichen mit Holzkübeln in das Gehege, und bald darauf hörte er am fröhlichen Meckern, daß die Ziegen gefüttert und gemolken wurden. Hier stand er wie ein Dieb, belauschte Elisabeth, die leise zu summen begonnen hatte, und erkannte den Hymnus wieder, den die grauen Mönche soeben erst hatten erschallen lassen. Unwillkürlich formten seine Lippen die Worte, während er ihr aus dem Schutz der weißblühenden Büsche zusah.

Plötzlich hielt sie inne, horchte auf, sie legte Wolle und Spindel auf die Bank und erhob sich, um suchend umherzuspähen. Er wich zur Seite aus, hinter den Schuppen, als er ihre Stimme vernahm, die fragend seinen Namen rief, und schickte ein Stoßgebet gen Himmel, sie möge einen anderen Heinrich meinen. Wie konnte sie ihn bemerkt haben? Hatte der Wind seine Stimme an ihr Ohr getragen? Oder hatte ein Engel …?

Ohne recht zu wissen, was er tat, eilte er den Weg hinunter, durch das Dorf bis zur Kirche, wo einige graugewandete Brüder beieinanderstanden. Dort bog er ab, wollte zum Waldrand gehen, wo er seinen Braunen gelassen hatte, und stutzte, als er das Pferd in der Obhut der beiden Männer fand, die er in der kleinen Kirche gesehen hatte. Sie hatten ihn bereits bemerkt und erkannt, beugten ehrfürchtig die Knie, hielten die Köpfe gesenkt, musterten ihn von unten her. Er straffte sich, näherte sich ihnen mit federnden Schritten. Sie würden keine Fragen stellen. Er war der Landgraf und Frau Elisabeth immerhin seine Schwägerin.

✠

Magister Konrad ritt am Abend auf einem Esel durch das Tor zum Burghof, und nur ein Füllen fehlte, um das Bild zu vervollständigen, das er offenbar zu bieten gedachte. Er war hager wie nie zuvor, die Augen lagen tief in den Höhlen, und Haar und Bart starrten von Staub und Schmutz. Heinrich beobachtete die Ankunft des Magisters vom Fenster der Kammer aus, während zwei Edelknaben unter Anleitung des Kämmerers an seiner prachtvollen Kleidung herumzupften. Als sie ihm die Grafenkrone aufsetzen wollten, wehrte er ab. Magister Konrad würde dieses Attribut weltlicher Herrschaft wohl kaum beeindrucken, immerhin war der Mann mit einer Vollmacht des Papstes ausgestattet, um gegen das Ketzerwesen in allen deutschen Landen vorzugehen, und von dieser machte er eifrigen Gebrauch.

Es hatte sich herumgesprochen, daß Angst und Schrekken ihm vorauseilten, wohin immer er sich wandte, denn er scheute nicht davor zurück, anstelle des üblichen Verfahrens der Inquisition ein Gesetz Kaiser Friedrichs anzuwenden, das, weltliches und kirchliches Recht vermischend, es gestattete, das Verfahren abzukürzen und einen Henker hinzuzuziehen, wenn der Beschuldigte sich verstockt zeigte, und ihn nach dem Geständnis dem Henker zu überlassen. Für Ketzerei hatte Kaiser Friedrich – ausgerechnet jener Friedrich, der sich mit Ungläubigen umgab, einen Harem unterhielt wie ein orientalischer Potentat und Schriften häretischen Inhalts studierte – die Strafe des Feuertodes bestimmt, und überall, wo Magister Konrad, seines Zeichens Großinquisitor im Auftrag des Papstes und des Kaisers, seinen Esel also festband, wetzten die Henker ihre Instrumente und ließen ihre Gehilfen trockenes Holz zusammentragen.

Heinrich spürte den prüfenden Blick seines Kämmerers auf sich. Der Fahnersche hatte diesen Hofdienst schon für seinen Vater und seinen Bruder verrichtet und viele Edelknaben in diesen Pflichten ausgebildet. Als er nun nickte und die beiden Knaben mit einem freundlichen Schulterklopfen vor die Tür schickte, entspannte sich Heinrich.

»Ihr seid zu früh fertig«, begann der Fahnersche, als die Knaben die Tür hinter sich geschlossen hatten. »Der Magister wird zuerst ein Bad nehmen wollen.«

»Das hast du ihm umsonst vorbereitet«, entgegnete Heinrich mit einem schiefen Grinsen. »Magister Konrad hat sich noch nie mit der Pflege des Leibes aufgehalten. Er wird ein Gebet sprechen und dann sogleich ...«

Ein Klopfen ließ ihn verstummen. Einer der beiden Knaben trat ein und verkündete, daß der Inquisitor, Magister Konrad von Marburg, den Grafen im Saal erwarte. Mit hochgezogenen Brauen und einem dünnen Grinsen quittierte Heinrich die verblüffte Miene des Kämmerers und verließ das Zimmer.

Auf dem Gang, gefolgt vom Fahnerschen, der das Gefolge der Edelknaben herbeiwinkte, traf Heinrich den Treffurter, der offenbar auf ihn gewartet hatte und sich ihm nach kurzem Gruß anschloß.

Mitten in einem der Räume neben dem Saal der Stadtburg stand Magister Konrad, die Hände in den Ärmeln der schäbigen Kutte verborgen, und blickte Heinrich unter buschigen, ergrauten Brauen entgegen. Seine Augen funkelten hell in dem sonnenverbrannten Gesicht, dessen pergamentartige Haut ein dichtes Faltennetz bedeckte. Die Winkel des lippenlosen Mundes unter dem schütteren Bart waren tief herabgezogen.

Heinrich spürte, daß die Gegenwart dieses verbitterten Mannes seine Treue zu Kaiser und Papst einer schweren Prüfung unterzog. Seine Hände wurden feucht, und er kämpfte mit dem Unwohlsein, das ihn im Bewußtsein der Macht des Inquisitors befiel, während er zu dem hohen, mit Kissen gepolsterten Stuhl trat, auf dem er sich niederließ, wobei die Edelknaben seinen Mantel geschickt hielten, damit er nicht mit einem verzogenen Faltenwurf unwürdig dasäße oder sich gar darin verfinge.

Der Magister war indessen ungebeten vorgetreten und verneigte sich so knapp, daß Heinrich einen Augenblick lang stutzte und Friedrich von Treffurt einen Blick zuwarf. Der Ministeriale runzelte die Stirn, doch er schwieg.

»Hoher Herr, wir sollten ohne Umschweife die Besitzverhältnisse der Frau Elisabeth regeln«, begann der Magister. »In Thüringen haben sich Dinge ereignet, die meine Anwesenheit dort erfordern. Ich habe mich deshalb erboten, diese Einigung vorzubereiten.«

Er griff in die große Tasche an seiner Seite und zog einige Tafeln und Pergamentrollen hervor. Auf Heinrichs Nikken hin rückten die beiden Knaben den schweren Tisch von der Wand in die Mitte des Raumes, so daß der Magister die Schriftstücke dort ablegen konnte. In diesem Augenblick trat Konrad ein, dem Vogt Ludwig, Herr Guntram und Bruno, der Villicus des hiesigen Fronhofes, auf dem Fuß folgten.

»Wir sollten Frau Elisabeth rufen lassen«, begann Konrad, nachdem die Herren Heinrich begrüßt hatten. »Immerhin geht es um ihr Wittum.«

»Es ist vollkommen unnötig, sie in ihrer Andacht zu stören«, entgegnete der Magister streng. »Papst Gregor hat mich zu ihrem Defensor bestellt, und sie hat mir Gehorsam geschworen. Ich verkörpere damit ihren Willen, und sie wird alles befolgen, was ich hier für sie beschließe.«

»Und wie ist es um Eure Liebe und Sorge bestellt?« wandte Heinrich ein. »Immerhin ist sie die Witwe meines verstorbenen Bruders, und sie ist mit uns aufgewachsen, als wäre sie unsere leibliche Schwester.«

Der Magister reckte das Kinn mit dem dünnen grauen

Bart. »Meine Liebe und Sorge gelten Frau Elisabeths Seelenheil, nicht dem Wohl ihres Leibes.«

»Dann wird es an uns liegen, das im Auge zu behalten.«

»So wie ich die Sorgen der Landgrafen von Thüringen und Hessen berücksichtigt habe. Ich glaube nicht, daß es Euch recht wäre, wenn durch Frau Elisabeths heiligen Eifer, ihre weltlichen Güter in den Werken der Barmherzigkeit zu verausgaben, diese Burg und das dazugehörige Land in die Hände des Erzbischofs von Mainz fielen.«

Während Vogt Ludwig hörbar aufstöhnte, schluckte Heinrich zwar, bemühte sich jedoch um Haltung. Daß sich ausgerechnet diese überfromme Krämerseele um seinen und Konrads Besitz Gedanken machte, stimmte ihn argwöhnisch.

»Wie lautet Euer Vorschlag?« fragte er gepreßt und unterdrückte ein Räuspern.

»Frau Elisabeth verzehrt sich danach, die Kranken und Aussätzigen zu pflegen, gemäß dem Auftrag des Herrn, der da heißt: *infirmos curate, mortuos suscitate, leprosos mundate, daemones eicite, gratis accepistis, gratis date.* Überlaßt ihr das Stück Land zwischen Mühlbach und Marbach am Fuße der Stadt, wo die Armen, die Bettler und die Landlosen hausen. Dort mag sie ihr Hospital gründen, dessen Bau Ihr gnädig bestreiten möget. Außerdem bitte ich um eine jährliche Rente von dreihundert Silbertalern und Frau Elisabeth zu erlauben, diese nach ihrem Gutdünken zu verwenden. Seid versichert, daß dieses Geld als Almosen unter das Volk gebracht und nicht von ihr verpraßt wird, wie geschrieben steht: *gratis accepistis, gratis date, nolite possidere aurum neque argentum neque pecuniam in zonis vestris.*«

Als er geendet hatte, herrschte Stille im Raum, bis auf das

unverhohlene Aufatmen des Villicus, der den tadelnden Blick des Landgrafen mit einem Lächeln hinnahm. Vogt Ludwig schien stirnrunzelnd auf etwas herumzukauen; sicherlich trieb ihn die Sorge, Elisabeths Freigebigkeit gegenüber den Armen könne fahrendes Gesindel, Vogelfreie, Bettler, Krüppel und all die Gestrandeten dieses Jahrhunderts anlocken, die sie um des Herrn willen liebte, während er, der Stellvertreter des Landgrafen, mehr an all die Missetäter dachte, welche bestohlene und mißhandelte oder einfach durch den Anblick der grindigen Bettler beleidigte Bürger klagend vor seinen Richterstuhl zerren würden.

»Was will sie mit dem Sumpf?« knurrte Vogt Ludwig. »Dort unten wütet sommers wie winters das Fieber.«

»Ebendeshalb und weil sie dort inmitten der Armen in der Nachfolge Christi leben und ihnen dienen kann«, erwiderte der Magister ruhig, und seine Miene wirkte nun auffallend entspannt, es lag ihm sogar ein feines Lächeln auf den Lippen, das Heinrich verwirrte.

»Frau Elisabeth verzichtet also auf all ihre Ansprüche aus der Villication und der Marburg zugunsten einer Rente und dieses unfruchtbaren Winkels am Fuße des Berges?«

»Wir wollen die Baukosten nicht vergessen, Heinrich«, schmunzelte Konrad mit hochgezogener Braue. »Magister, das ist doch wohl nicht Euer Ernst?«

Der Angesprochene nickte langsam, breitete die Tafeln auf dem Tisch aus, entrollte das Pergament und beschwerte die Enden mit weiteren kleinen Holztafeln. »Ich sehe keine andere Möglichkeit, um Eure Rechte an Burg, Markt und Villication zu Marburg zu erhalten und zugleich Frau Elisabeths heiligem Eifer Genüge zu tun.«

Vogt Ludwig schneuzte sich vernehmlich. »Es wäre

leichter, Frau Elisabeth richtete ihren heiligen Eifer nach dem einer Kaiserin Kunigunde oder nach dem ihrer Tante, Herzogin Hedwigs, und nicht nach einem italischen Bettler.«

Langsam wandte Magister Konrad dem Vogt sein Gesicht zu, und Heinrich sah, wie seine Miene sich dabei verhärtete, wie sie die Züge eines Raubvogels annahm. Der Vormund Elisabeths verwandelte sich in den Inquisitor. »Papst Innozenz, der dritte dieses Namens, gestattete den Mönchen um Franziskus von Assisi, nach dessen Regel zu leben und bestätigte dies nochmals auf dem bald folgenden Konzil. Frau Elisabeth tat nichts anderes, als dem Dritten Orden des Franziskus beizutreten, um nach eben dieser Regel ihr Leben in Keuschheit und Armut und vor allem«, seine Stimme wurde scharf wie ein Dolch, »in Gehorsam zu beschließen.«

»Niemand würde das bezweifeln«, fuhr ihm Heinrich ins Wort. »Wir wollen hier zu einer Entscheidung kommen, die alle befriedigt. Mir scheint nur eines fragwürdig: die Höhe der jährlichen Rente.«

Der Magister zeigte ihm sein lauerndes Raubvogelgesicht, schwieg jedoch.

»Ich halte eine Summe von fünfhundert Silbertalern für angemessen«, fuhr Heinrich fort und lächelte huldvoll, während der Magister die Augen aufriß.

Vogt Ludwig beugte sich vor. »Das wird nur noch mehr –«

Ein scharfer Blick brachte ihn zum Schweigen. Er senkte den Kopf und nickte sichtlich widerwillig.

»Dann wollen wir den Cancellarius eine Urkunde aufsetzen lassen, um die Sache zu einem guten Ende zu bringen.«

Zwei Tage hatte Heinrich sich Zeit genommen, um Gericht zu halten über die aufgelaufenen Streitigkeiten, die Vogt Ludwig und Konrad nicht hatten lösen können. Zwei Brüder, die das väterliche Erbe entzweite, kleine Fehden zwischen ansässigen Edlen, Ministeriale, die sich über den Besitz einer Mühle stritten – es war eine Aneinanderreihung von Zänkereien, eine Perlenkette der Zwietracht, die vor ihm abrollte, und immer ging es um etwas, auf das man Anspruch erhob, um Besitz, Land, Vieh, Hörige. Während ein untersetzter Burgmann seinen Hader vortrug, verschwamm dessen Bild vor seinen Augen, sah er Elisabeth vor der windschiefen Hütte mit ihrer Spindel, lächelnd, summend. Hörte er die Worte des Capellanus, wenn er die Predigt des Herrn verkündigte: *»beati pauperes spiritu quoniam ipsorum est regnum caelorum, beati mites quoniam ipsi possidebunt terram, beati qui lugent quoniam ipsi consolabuntur.«* War es nicht das, was auch den heiligen Franziskus umgetrieben hatte: die Ruhelosigkeit derer, die nach Besitz jagen und nach Ruhm? Franziskus hatte sich losgesagt von allem, was ihn an die Welt band, von seinen Eltern, von Besitz und Rang. Er wollte im Herzen ein Armer sein, um frei zu sein von dieser sinnlosen Plackerei.

»... Herr?«

Heinrich schrak auf, erkannte Vogt Ludwigs Stimme und blinzelte. Die Menge im Hof wurde unruhig, Stimmen erhoben sich, jemand rief, alle sollten hinsehen, Landgraf Heinrich sei entrückt. Heinrich fuhr sich mit der Hand übers Gesicht.

»Was ist nun mit der Mühle?« fragte einer der beiden Männer, die vor seinem Richterstuhl standen und ihn befremdet musterten. »Wer von uns hat nun ein Anrecht darauf?«

Als Heinrich sich zu Vogt Ludwig wandte, riß dieser hilflos die Augen auf und deutete ein Schulterzucken an. Von ihm war keine Hilfe zu erwarten.

»Wenn ihr euch nicht einig werdet«, begann Heinrich gedehnt, »solltet ihr in Erwägung ziehen, gemeinsam die umstrittene Mühle einem Kloster zu stiften, um nicht so sehr auf eure Kästen und Börsen zu schauen, sondern auf das Heil eurer Seelen.«

Mit offenen Mündern standen die Streitenden vor dem Richterstuhl und starrten Heinrich an, als wäre er just vor ihnen aus dem Boden gewachsen. Vogt Ludwig runzelte schweigend die Stirn.

»Herr«, einer der beiden Streitenden trat vor, »ist das Euer Schiedsspruch?«

»Ihr habt euch untereinander nicht einigen können, wart mit dem Schiedsspruch des Vogtes unzufrieden, und nun erwartet jeder von euch beiden von mir, daß ich ihm die Mühle zuspreche.« Heinrich lehnte sich zurück. »Eine Mühle! Dabei hat jeder von euch schon eine Mühle zu eigen. Und keiner von euch hat diese geerbt oder durch Zuschlagung zu seinem Lehen erworben, wenn ich das richtig verstanden habe. Wozu braucht einer von euch eine weitere Mühle, wenn es nicht darum geht, den Nachbarn an weltlichen Gütern zu übertrumpfen?«

»Herr, erlaubt, daß ich spreche«, wandte sich der eine der beiden Widersacher an Heinrich. »Ist es nicht so, daß auch Ihr frei werdendes Land lieber selbst beansprucht, als es dem Erzbischof von Mainz zu überlassen, dessen Besitzungen Eure Landgrafschaft übersäen wie Flicken einen alten Rock?«

Einen Atemzug lang stutzte Heinrich, dann lachte er, und während er lachte, nahm er undeutlich wahr, daß die Anwesenden sichtlich erleichtert darin einfielen.

»Eine mutige Antwort«, erwiderte er. »Eine, die nach einer Ehrung verlangt. Wenn es euch gelingt, euren Zwist beizulegen, gewähre ich euch die Gunst, von euren Kindern jeweils eines auf meinem Hof erziehen zu lassen. Und nun geht und besinnt euch!«

Mit einem Wink entließ er die beiden Männer, die ihn mit offenem Mund anstarrten, und wandte sich dem nächsten Fall zu.

Die Kirche, in der Heinrich an diesem Tag die Vesper hörte, war im Gegensatz zu dem kleinen Gotteshaus der Franziskaner zu Wehrda ein gedrungener Steinbau mit kleinen Fenstern, dunkel und zu eng für die vielen Menschen, die sich hier versammelt hatten, nicht zuletzt um den Landgrafen zu sehen. Als Heinrich nach Sonnenuntergang wieder den steilen Weg am Marktplatz vorbei zur Burg hinaufritt, fühlte er sich wie befreit von der stickigen Luft und dem Gedränge während des Gebets, den Hochrufen und Glückwünschen, die in den engen, von Fackeln erleuchteten Gassen auf ihn herabgeregnet waren.

Im Hof der Burg warteten drei Frauen in grauen, vielfach geflickten Umhängen, von deren Schultern große, leere Korbtaschen hingen. Heinrich straffte sich, als er Elisabeth erkannte, stieg ab und ging mit einem Lächeln auf sie zu, das er selbst als Maske empfand, während sie über das ganze Gesicht strahlte.

»Heinrich, mein lieber Bruder! Ich freue mich, dich wohlbehalten zu sehen.«

Sie streckte ihre Hände nach ihm aus, legte diese um seine Wangen und strich mit den Daumen sachte darüber.

»Der Herr möge seinen Segen über dir ausbreiten«, flüsterte sie. »Er, der mächtige Könige fällte und viele Völker schlug, möge seine Gnade über dich ergießen wie Salböl.«

Verlegen tätschelte Heinrich Elisabeths Arme und schluckte, weil er kein Wort hervorbrachte, bis sie zurücktrat. Der dünne Veilchenduft, der sie umwehte, trieb ihm schier Tränen in die Augen.

»Du hast vorgestern die Laudes bei den Minderbrüdern besucht, nicht wahr?«

Er stutzte. »Wer …?«

»Niemand, lieber Bruder. Als ich wieder zu Hause war, hörte ich deine Stimme. Aber du zeigtest dich nicht – warum?«

Rasch befeuchtete er die Lippen, ließ die Zähne darübergleiten. »Es war die falsche Zeit«, brachte er rauh hervor. »Ich fürchtete, dich zu stören.«

Ihr Lächeln gewann einen nachsichtigen Zug, so daß er sich wie ein Edelknabe vor einer Hohen Frau fühlte, verlegen und ein wenig gemaßregelt, obwohl sie schwieg.

»Ich reise morgen ab …«, murmelte er.

Nickend stand sie vor ihm, der Wind fuhr durch ihren schäbigen Umhang und ihr staubiges, stumpfes Haar, verwehte den feinen Duft.

»Konrad bleibt hier. An ihn kannst du dich wenden, wenn dir jemand ein Leid tun will.«

»Das wird nicht nötig sein. Wer sollte mir Böses wollen?«

»Du weißt, wie die Menschen sind, Elisabeth.«

»Sie sind besser als ihr Ruf, lieber Bruder. Ich fürchte sie nicht. Alles, was ich fürchte, sind Gott und die Strafen, die mich treffen, wenn ich ungehorsam bin.«

»Warum solltest du ungehorsam sein?«

»Magister Konrad verbietet mir vieles, um mich von der Welt weg auf den rechten Weg zu lenken. Manchmal handle ich seinen Verboten zuwider, wenn mein Herz es mir gebietet.« Sie legte eine Hand auf ihre Brust. »Dann bestraft er mich – und das mit gutem Recht, denn ich habe ihm Gehorsam geschworen, und er hat in allem recht.«

»Elisabeth ...« Heinrich biß sich auf die Unterlippe. »Liebe Schwester, wenn er ... wenn er es wagt, dir weh zu tun –«

Sie nahm ihre Hand, schob sie auf seine Brust, eine beinahe zarte Berührung. »Ungehorsam ist eine schwere Sünde, zumal wenn dabei ein Schwur gebrochen wird. Ich werde jetzt zur Küche gehen und um die Reste der Abendtafel bitten, damit die Armen, die vor der Stadt hausen müssen, etwas zu essen haben.«

»Laß mich dafür sorgen!« Heinrich winkte einen seiner Begleiter zu sich, und schon bald eilten mehrere Knechte Richtung Küchenhaus.

»Das ist nicht nötig. Sie kennen mich hier bereits.«

»Bitte laß es zu, daß ich dir helfe, liebe Schwester! Es ist nicht viel, was ich tun kann.«

»Der Herr möge es dir vergelten. Ich danke dir von Herzen für deine Barmherzigkeit.« Sie strich ihm über die Schultern, küßte ihn flüchtig auf die Wange, bevor sie zwei, drei Schritte rückwärts machte. »Reise in Frieden und mit dem Segen des Himmels, lieber Bruder.«

Heinrich verneigte sich. »Möge dein Hospital dir und deinen Bestrebungen zur Ehre gereichen.«

Ungeachtet der Bestürzung, die sich auf ihrem Gesicht ausbreitete, verharrte er mit gesenktem Kopf, obwohl ihm der Gedanke kam, welche Bußübungen sie sich würde antun müssen, um ihrer Angst vor der Sünde der Hoffart zu begegnen. Was trieb sie? Was spornte sie an, weiter zu gehen als die Kaiserin Adelheid, die Klöster stiftete und

Almosen gab, weiter als ihre Tante, Herzogin Hedwig, die sich darüber hinaus bescheiden kleidete und barfuß ging? Warum hatte sie ihre Hände auf den Altar jenes bedeutungslosen Kirchleins gelegt und allem abgeschworen, was sie einst gewesen war?

ZWEITER TEIL

In der Finsternis erstehen die Dämonen, schemenhaft schälen sich Fratzen aus der Schwärze, schweben lautlos umher. Heinrich tastete hastig durch den Vorhang nach dem Schränkchen neben seinem Bett, nach der kleinen Figur, dem Bildnis Elisabeths. Seine Finger berührten Holz, stießen daran, zu fest. Er fühlte, wie die Figur ins Wanken geriet, hörte sie kreiseln, kippen und dumpf auf dem Teppich aufschlagen. Er stieß einen heiseren Schrei aus, und im nächsten Augenblick flog die Tür auf, schoß ein gelber Lichtstrahl durchs Zimmer, vertrieb die Dämonen, die sich ins Dunkel zurückzogen.

Während Heinrich nach Luft rang, der Alp ihm den Leib zusammenpreßte, hasteten Schritte zum Bett. Der Vorhang wurde beiseite gerissen. Heiß trafen Schläge seine Wangen, Stimmen versuchten, ihn ins Diesseits zurückzuholen. Er erkannte Wigo, dann Beatrix und einen der Heilkundigen, dessen Instrumententasche klapperte, vernahm mit Schrekken das Wort Aderlaß. Seine Zunge füllte ihm den Mund aus, klebte am Gaumen, schien ihn ersticken zu wollen.

»Das kommt überhaupt nicht in Frage!« fuhr Wigo dazwischen. »Herrin Beatrix, Ihr solltet den heilkundigen Bruder aus dem Hospital an Fuße des Berges holen lassen.«

»Was?« blaffte der Arzt. »Das ist nicht Euer Ernst!«

»Doch, das ist mein Ernst«, entgegnete Wigo milde. »Der Bruder hat in Chartres und Montpellier gelernt. Er ist sehr jung für einen Magister der Medizin, und als Minorit hat er sich der Pflege der Armen verschrieben, aber er wird Eurem Ruf Folge leisten, Herrin.«

Blinzelnd bemerkte Heinrich, daß Beatrix sich über ihn beugte und ihn mit Tränen in den Augen ansah, während Wigo lautlos zurücktrat; sie atmete schwer, dann nickte sie.

»Herrin, habe ich Euer Vertrauen verloren?«

Ihre warmen Finger fanden unter der schweren Decke Heinrichs Hand, umschlossen sie, strichen sanft darüber, dann hoben sie das Bettzeug von ihm, schlugen es über seine Beine zurück, so daß die Kälte der Nacht ihn überfiel wie ein bissiges Tier.

»Herrin, seine Wunden nässen wieder. Laßt mich ihn zur Ader lassen, damit das Blut gereinigt wird!«

Heinrich spürte, wie jemand die Decke von seinen Knien herabschob, erinnerte sich, daß zur Zeit des Aquarius die Unterschenkel die bevorzugten Ziele der ärztlichen Skalpelle waren. Hart umklammerte er Beatrix' Arm, stemmte sich hoch.

»Er wird mich nicht stechen!« keuchte er, spürte, daß sie innehielt und sich auf den Boden kauerte. Er schlug die Augen auf, als sie ihm das Bildnis Elisabeths in die Hände drückte.

»Er wird dich nicht stechen«, sagte sie leise.

Der Arzt zog sich zurück, während Beatrix gemeinsam mit einer herbeigeeilten Dienerin die Polster in Heinrichs Rücken zurechtstopfte. Ein weiteres Mädchen brachte ein Tablett mit Krug und Becher und entzündete einige Lampen; Beatrix füllte den Becher und setzte ihn an Heinrichs

Lippen, kippte das Gefäß, bis das Wasser ihm in den ausgedörrten Mund rann. Er schluckte mühsam.

Leise schlurfte Wigo wieder in die Kammer, trug einen Schemel zum Bett, wo Beatrix saß, die den Becher in der Hand behielt.

»Es ist ein Bote unterwegs zum Hospital«, sagte Wigo. »Bruder Johann wird zu den Laudes hier sein, das verspreche ich.«

Bruder Johann. Heinrich schloß die Augen. Johann hieß einer seiner Schwäger, einer der beiden Markgrafen von Brandenburg, der Brüder seiner ersten Frau, die einträchtig ihr Lehen verwalteten. Sie hatten ihn unterstützt, als er in Höchheim von den Kurfürsten zum König gewählt worden war, hatten ihn als ihren Herrscher geehrt und ihm als Schwager gratuliert. Sie hatten ihm den frühen Tod ihrer Schwester niemals vorgeworfen. Er holte nochmals tief Luft.

»Ich werde für Euch beten, Herr«, flüsterte Wigo und sank augenblicklich auf die Knie.

Verwundert sah Heinrich zu, wie der Capellanus bei geschlossenen Augen die Hände zusammenlegte, sich bekreuzigte, wiederum die Hände faltete und lautlos die Lippen bewegte. In den letzten Tagen hatte er sich wohl gefühlt, war umhergegangen, einmal war er Beatrix entkommen und hatte den Saal des Palas aufgesucht, in dem er dereinst die Huldigungen seiner Lehnsmänner entgegengenommen, Fehden geschlichtet und Treue belohnt hatte. Friedrich von Treffurt hatte ihn auf seinem Grafensitz vorgefunden und ins Schlafgemach zurückgebracht.

Beatrix wischte ihm eine Strähne aus der Stirn, gab ihm abermals zu trinken, strich ein wenig Salbe auf seine rissigen Lippen, während Wigo den Herrn und dessen Herrlichkeit lobte und um Erbarmen bat.

Auf dem Gang näherten sich Schritte, die Tür wurde ein weiteres Mal aufgeschoben. Wigo, dessen Stirn und Nasenwurzel auf den zusammengelegten Händen ruhten, schrak auf und stierte geistesabwesend vor sich hin. Heinrich lächelte – der Capellanus war während seiner frommen Andacht eingenickt.

Beatrix erhob sich vom Bett, um sich dem Eintretenden zuzuwenden, der offenbar an der Tür stehengeblieben war, wo ihn der Vorhang am Fußende des Bettes verbarg, bis er auf Beatrix' nachdrücklichen Wink hin näher kam, zögernd und ohne den Kopf zu heben. Nach einem hastigen Blick sank er sofort auf die Knie und stammelte kaum verständliche Worte tiefer Ehrfurcht. In der Tat war dieser Bruder Johann ein sehr junger Mann, hatte sicherlich noch keine fünfundzwanzig Sommer gesehen. Seine schmale, feingliedrige Gestalt verriet eine asketische Lebensweise, wie sie bei den Minderbrüdern üblich war.

»Sei wohlgemut und erhebe dich«, sagte Heinrich. »Ich brauche deine Dienste als Arzt.«

Der Mönch bekundete hastig seine Beflissenheit, wobei ein melodischer Tonfall seine schwäbische Herkunft verriet, bat dann um abgekochtes Wasser und saubere und geplättete weiße Tücher. Erst nachdem er lange seine Hände ebenso wie die Instrumente gewaschen und alles gründlich abgetrocknet hatte, trug er die in frisches Tuch eingeschlagenen Werkzeuge seiner Zunft ans Bett, wandte sich mit noch immer furchtsam hochgezogenen Schultern dem Capellanus zu und bat ihn, die Decken und Laken vom Körper des Königs zu heben und das Hemd bis zu dessen Brust hochzuschieben. Doch ehe Wigo zugreifen konnte, hatte Beatrix schon die Anweisungen befolgt. Der junge Mönch dankte ihr stumm.

Als er den durchnäßten Verband sah, schien er zu überlegen; er hielt dabei die Hände noch immer leicht erhoben, um nichts zu berühren. Schließlich griff er nach einem Skalpell.

»Bitte, hebt den Verband etwas an, ich muß ihn aufschneiden.«

Beim Anblick der Wunde legte Bruder Johann die Stirn in Falten. Das Skalpell reichte er Beatrix mit einem Wink, es in die Wasserschüssel zu werfen. Dann berührten seine Hände Heinrichs Bauch, strichen behutsam darüber.

»Hoher Herr, sagt mir, wenn Euch etwas weh tut, und bitte beschreibt mir genau, wo es schmerzt und wie.«

»Es tut überall weh, Bruder. Es ist ein leiser, dumpfer und pochender Schmerz tief drinnen im Leib.«

Die Miene des jungen Mönchs hatte sich verändert, seine anfängliche Unsicherheit und Scheu waren einer tiefen Aufmerksamkeit gewichen, und sein schmaler Hals verschwand nicht mehr zwischen den Schultern. Er drängte sich an Beatrix vorbei zum Kopfende des Bettes, betastete Heinrichs Gesicht, zog die Augenlider hoch. Sein Atem streifte Heinrichs Wange, der frische Atem eines jungen, gesunden Menschen.

Heinrich drückte das Bildnis Elisabeths fester an sich. Der Blick des Mönchs verfolgte die Bewegung, und ein Lächeln stahl sich auf sein Gesicht.

»Ihr verehrt die Heilige sehr, nicht wahr?« Jetzt sprach nur der Arzt zum Kranken. »Ihr habt gemeinsam mit Eurem Bruder dafür gesorgt, daß Frau Elisabeth auch auf Erden die Verehrung zuteil wird, die ihr aufgrund ihrer Wohltaten zusteht.«

Heinrich verzog die Lippen zu einem bitteren Lächeln, während der Arzt sich wieder seinem Leib zuwandte und den Bund der Bruche ein wenig hinunterschob. Geduldig betastete er durch die Haut die Eingeweide, drückte bald hier bald dort und musterte dabei Heinrichs Züge. Der bemühte sich vergeblich, jegliche Regung zurückzuhalten, denn rings um die Verletzung in seinem Rumpf befand sich ein Quell des Schmerzes, den die kundigen Hände des jungen Arztes auf unterschiedliche Weise noch zu steigern wußten.

»Hoher Herr, Ihr solltet mir sagen, welche Berührung Euch wo welchen Schmerz bereitet. Ansonsten werde ich nicht imstande sein, Euch zu helfen.«

»Junger Freund, ich wüßte gar nicht wo ich anfangen und wo ich enden sollte, wenn ich Euch erklären wollte, was ich fühle.«

Bruder Johann senkte den Kopf, nagte sichtbar an der Oberlippe; seine Hände umschlossen einander vor der Brust, dann trat er zurück, überließ es Beatrix, den Leib des Königs wieder zu bedecken.

»Ich empfehle, keinen Aderlaß vorzunehmen, sondern erst für eine Stärkung zu sorgen. Ich werde in der Küche Anweisungen geben, welche Speisen zuzubereiten sind, und werde Medikamente und Bäder vorbereiten.«

Mit einem weiteren Kniefall wollte er sich verabschieden, doch Heinrich hob den Arm, um ihn zurückzuhalten.

»Und wie jeder Arzt möchtest du dem Kranken die Erkenntnis der drohenden Gefahr ersparen, obwohl es gerade die Zurückhaltung ist, die eine drohende Gefahr um so lauter verkündet.«

»Ihr meint, *cum tacent, clamant?*« Die hellen Augen des jungen Mönchs flackerten auf. »Hoher Herr, ich weiß, daß ich Euch nicht über die Gefahr, in der Euer Leben ist, aufklären muß. Das erkannte ich allein schon daran, wie tapfer Ihr versucht habt, den Schmerz, den meine Hände Euch zufügten, zu verhehlen. Ihr seid vor kurzem mit dieser schweren Verletzung von einem Feldzug zurückgekehrt, den Ihr ohne eine Entscheidung abgebrochen habt. Ihr«, er stockte, blickte kurz zu Boden, straffte sich dann wieder, »habt Euch auf diese Burg zurückgezogen, um Eure Verhältnisse zu regeln, bevor der Herr – Lob sei ihm allezeit! – Euch zu sich ruft. Meine Aufgabe, ebenso wie die der anderen Ärzte auf dieser Burg, ist es, Euch die nötige Zahl von Tagen am Leben zu erhalten, damit Ihr in Würde Abschied nehmen könnt, und ich versichere Euch, daß ich mein Bestes tun werde, diese Aufgabe zu erfüllen.«

Heinrich lächelte schief. »Woher stammt Ihr?«

Bruder Johann zögerte, verneigte sich dann nochmals. »Von Geburt her bin ich Untertan des Herzogs von Schwaben, ich stamme aus Faurndau zu Füßen der Burg Stauf. Mein Vater ging nach dem frühen Tod meiner Mutter als Laienbruder ins Kloster, so daß für meine Erziehung gesorgt war.«

»Ein Schwabe bist du und ein, so vermute ich, Leibeigener eines Lehnsmannes des Herzogs von Schwaben.«

Langsam nickte der Mönch, während Heinrich eine unerwartete Leichtigkeit in der Brust verspürte. »Und so bringt dich dein Wunsch, das Leben der Minderen Brüder zu führen und der heiligen Elisabeth nachzueifern, an das Krankenbett des Feindes deines Landesherrn?«

»Hoher Herr ... ich unterstehe meinem Abt und dem König – also Euch. Sonst niemandem. Ich mische mich nicht in weltliche Händel. Mein Dienst gilt den Armen, den Leidenden – also auch Euch, jetzt, da Ihr leidend seid.«

Wieder verneigte sich Bruder Johann und schlüpfte dann hinaus.

»Ein kluger Junge.«

Verlegen grinsend stand Wigo hinter der Gebetsbank und rieb sich die Hände vor dem Bauch. Wie ein Stich durchfuhr Heinrich der Gedanke, er würde in diesem Bett sterben, ohne je wieder aufgestanden zu sein. Niemals mehr würde er neben Beatrix liegen, ihre warme, glatte Haut unter seinen Händen spüren. Niemals mehr die Speisen eines üppigen Gastmahls schmecken, weder Wachteln vom Spieß, die er so schätzte, noch Honigkuchen. Niemals mehr den Duft der Rosen atmen, die laue Luft eines Sommertages auf dem Weg durch den Wald, hinunter nach Eisenach, und auch niemals mehr die Vögel hören, die dort ihre Lieder sangen, oder die Hymnen und Psalmen in der Kirche zum heiligen Georg. Ja, sogar der Anblick der Burgen seines Herrschaftsgebietes bliebe ihm verwehrt, der stolz aufragenden Wartburg, die er sich zum Königssitz erkoren hätte.

Beatrix nahm seine Rechte und setzte sich auf den Rand des Bettes; sie mußte ihm die trübseligen Gedanken angesehen haben. Ihr fürsorgliches Lächeln verstimmte ihn.

»Wer führt eigentlich die Grafschaft?« fragte er.

»Heinrich, es ist früh am Morgen, zu früh, um die anwesenden Herren zu begrüßen.«

Als Beatrix ihm einige feuchte Strähnen aus der Stirn strich, schob er ihre Hand beiseite.

»Laßt mich allein!« rief er.

»Das geht nicht, Herr, und das wißt Ihr!« entgegnete Wigo.

»In der Nacht war niemand hier – also wird es auch jetzt gehen.«

»Nein, Herr, Ihr wart niemals allein. In der Nacht haben zwei Diener bei der Tür geschlafen, wie immer. Eure

Gemahlin ruhte in der Kammer nebenan, und ich blieb vor Eurem Gemach.«

Ergeben ließ Heinrich sich in die Kissen sinken und spürte die schwarze Galle unter seinem Herzen brodeln. Zwanzig Winter hatte er als Landgraf von Thüringen und Pfalzgraf Sachsens erlebt. Zu Beginn des ersten hatte er den Besuch des damaligen Erzbischofs von Mainz in dessen Stadt Erfurt genutzt, um von ihm die Anerkennung als Erbe seines Bruders zu erlangen, wie seine Mutter ihn geheißen hatte. Während er selbst noch nicht hatte begreifen können, daß Ludwig tot war und nur seine Gebeine in die Heimat zurückkehren würden, hatte die frühere Landgräfin Sophia überlegt und besonnen die ersten Entscheidungen ihres nachgerückten Sohnes, als der Heinrich sich damals empfunden hatte, begleitet, ihn aber stets selbst die Entscheidung treffen lassen. Sie war auch an der Seite Ludwigs und seines Vaters eine kluge Gräfin gewesen, die sich in Zurückhaltung übte, aber nie um einen Rat verlegen war. Sie hatte die Verwandlung des althergebrachten landgräflichen Hofstaats mit seinen steifen Umgangsformen unter ihres Mannes Führung klaglos mitgetragen, obwohl sie als fromme Frau den rauschenden Festen, die ihr Mann so häufig abhielt, mit argwöhnischer Zurückhaltung beiwohnte. Stets hatte sie nur am Eröffnungsreigen teilgenommen und den Darbietungen der Artisten, Musiker und Tänzer, vor allem aber denen der Dichter weitaus zurückhaltender Beifall gespendet als die ausgelassenen Höflinge.

Heinrich vermißte seine Mutter. Ihr Tod, wenige Monate nach seiner zweiten Hochzeit, im Jahr des Herrn 1238, hatte eine Lücke hinterlassen, obwohl die Nonnen ihn in den letzten Monaten ihres irdischen Lebens nicht mehr zu ihr gelassen hatten, da sie bettlägerig gewesen war.

Bettlägerig wie jetzt er selbst.

In diesen Monaten war er einige Male, als er nicht mehr weiterwußte, zum Kloster hinuntergeritten und hatte sich in den Besucherraum begeben; allein sich vorzustellen, er beriete sich mit ihr, hatte ihm genügt, eine Lösung zu finden. Doch nach ihrem Tod war ihm das nicht mehr gelungen, als hätte ihre Seele die Welt hinter sich gelassen.

Was geschah, wenn man starb? Stand unsichtbar der Tod neben dem Bett und befahl der Seele, den Leib zu verlassen? Warteten Engel darauf, die Seelen der Gerechten und Heiligen gen Himmel zu führen? Und Dämonen auf die Sünder? Halfen Gebete, wie Wigo sie neben ihm sprach, diese Dämonen von ihm fernzuhalten? Aber was, wenn dann keine Engel kämen? Fände die Seele allein ihren Weg? Oder ginge sie irre und versuchte dann verzweifelt, wieder in den Leib zurückzukehren? Oder in einen anderen?

Der Schrecken, der Heinrich beutelte, störte auch den Schmerz in seinem Inneren auf, bis der sich aufbäumte wie ein wildes Tier. Kalter Schweiß perlte ihm über Stirn und Schläfen, versickerte im Haar, im Saum des Hemdes und in den Kissen. Ein feuchtes Tuch kühlte sein Gesicht.

»Soll ich Bruder Johann holen?« – Wigos Stimme.

»Es geht schon«, ächzte Heinrich.

Er nippte an dem Becher, den Wigo ihm an die Lippen hielt, atmete flach und vorsichtig, während sich das Tier in seinem Inneren argwöhnisch wieder einrollte. Solange er flach atmete, würde es sich zwischen den wund geschlagenen und entzündeten Eingeweiden beruhigen.

»Pater Wigo, sag mir, was geschieht, wenn wir sterben?«

Stille war die Antwort, eine lange Stille, in der das feine Scheuern der ledernen Sohlen und das Rascheln der Kutte beinahe laut erschienen. Wigo war vom Bett zurückgetreten und hatte sich auf dem Schemel niedergelassen.

»Die Seele scheidet vom Leib, und wenn der Verstorbene getauft ist, fällt sie nicht in die Ketten des Todes, sondern erhebt sich. Dann ringen Engel und Dämonen um sie. Ist es die Seele eines guten Christen, werden die Engel sie auf ihren Schwingen siegreich vor Gottes Thron tragen – hat sich einer mit schweren Sünden beladen, zerren ihn die Dämonen in die Tiefen des Purgatoriums. Aber da wir alle Sünder sind, wird es für jeden von uns ein Kampf zwischen Engeln und Dämonen sein. Vor langer Zeit schrieb ein heidnischer Philosoph, die Seele durchliefe nach der Trennung vom Leib eine Läuterung, die um so länger andauere, je fester die Seele durch Hinwendung zu den Begierden mit dem Leib verhaftet sei. Erst müßten alle Bindungen an den toten Körper zerschnitten und ausgebrannt werden, ehe die Seele vollkommen rein sei. Und manche Seele, die zu fest an den alten Leib gekettet sei, verharre in der Umgebung des Ortes, an dem die Leiche liegt, und schrecke die Menschen, und sie könne nicht geläutert werden, ehe der Leib vollständig zu Staub zerfallen ist.«

»Und woher wußte der Weise das?«

»Er nannte es ein Gleichnis.«

V

»Heinrich!« Lächelnd und mit offenen Armen trat seine Mutter in das Parlatorium des Klosters. »Du bist ein Stümper!« Ihre Stimme klang spöttisch, als sie seine Hände ergriff, ihn umarmte, wieder einen Schritt Abstand nahm und ihn kopfschüttelnd musterte.

»Was habe ich dir gesagt?« unterbrach sie seine kaum angesetzte Begrüßung. »Jedes Mädchen, jede Frau will zumindest gefragt werden, wem man ihre Hand und ihren Leib anvertraut. Wie kommst du dazu, deine Schwester zu behandeln wie eine Hörige oder die vaterlose Tochter irgendeines Ministerialen? Agnes verdient deine Hochachtung!«

Sophias überraschender Tadel traf ihn bis ins Mark. Er hatte seine Schwester am vergangenen Tag in ihren Gemächern aufgesucht, deren Luft getränkt war mit schweren süßen Düften, wie es am österreichischen Hof, den griechische und ungarische Fürstinnen beherrschten, üblich war. Als eine verbitterte Dame in golddurchwirkten Gewändern hatte er Agnes dort vorgefunden, umgeben von einer Schar buntgekleideter junger Edelfrauen. Schminke übertünchte ihre Züge, machte daraus eine Maske von würdiger Blässe mit dunkelroten Lippen und schwarzumflorten Augen, über die sich statt der natürlichen Brauen zwei dünne Linien wölbten. Sie war ein Jahr jünger als er selbst und versuchte, verlorene Jugendschönheit durch die Kunstfertigkeit einer griechischen Zofe wiederherzustellen.

Heinrich kannte sie als stilles Mädchen, das ihm weit weniger Schwester gewesen war als Elisabeth. Agnes saß gerne abseits, bestickte Schleier, flocht Bänder, lauschte dabei mit Vorliebe dem Lautenspiel. Fügsam, so war es Heinrich erschienen, hatte sie sich von ihrem Bruder im Festzug nach Nürnberg führen lassen, wo sie während der Hochzeit König Heinrichs dem älteren Sohn des Herzogs von Österreich, dem Bruder der zukünftigen Königin, angetraut wurde.

Als Heinrich ihr jedoch am vorangegangenen Abend eröffnet hatte, er habe den Herzog der Sachsen als ihren künftigen Gemahl ausgewählt, war sie für einige Atemzüge erstarrt, hatte sich dann brüsk umgedreht und ohne ein Wort mit schnellen Schritten den Raum verlassen.

»Sie war gestern noch bei mir, Heinrich«, riß Sophias Stimme ihn aus seinen Gedanken. »Während der gesamten Todesstunde des Herrn überschüttete sie mich mit ihren Klagen über deine Grausamkeit, ihr stilles Witwendasein zu stören.«

Heinrich bemerkte einen scharfen Zug in den Mundwinkeln seiner Mutter. Er wollte mit ihr über die anstehenden Gespräche mit dem Mainzer Erzbischof, der sich derzeit in Erfurt aufhielt, beraten, doch solange sie ihm wegen seiner Ungeschicklichkeit grollte, zog er es vor, sich zurückzuhalten.

»Sie beklagte, ihr hartherziger Bruder wolle sie einem tattrigen Greis ins Bett legen, um sich den Zugriff auf Meißen zu sichern.« Sophia schob die Hände in die Ärmel ihrer schlichten Cotte, wandte sich ab und gab ein leises, falsch klingendes Lachen von sich. »Heinrich, du bist wirklich ein Stümper.«

Ergeben senkte er den Kopf. »Du hast recht: Ich hätte sie zu dir schicken sollen.«

»Ich habe ihr versprochen, mit dir darüber zu reden – aber zugleich erklärt, daß ich diese Verbindung befürworte.« Sie blickte über die Schulter zurück. »Der kleine Meißner, dessen Vormund der Sachsenherzog ist, zählt jetzt dreizehn Jahre, und seine treusorgende Mutter wird ihn sicherlich baldmöglichst für mündig erklären lassen.«

»Meinst du immer noch, ihr müßt euch gegenseitig zu Tode beißen, du und Juditha?«

Hart fuhr Sophia herum, ihre Augen flackerten. »Dieses Monstrum hat Ludwig belogen und betrogen, um die Mark Meißen einem ihrer schäbigen kleinen Sprößlinge zu sichern. Aber ich kann bis heute nicht glauben, daß auch nur eines dieser niedlichen Kinder aus ihrem Leib gezogen wurde.«

Der Haß, der seine Mutter schüttelte, sooft von ihrer ältesten Stieftochter die Rede war, befremdete Heinrich seit jeher. Anläßlich von Ludwigs Schwertleite hatte er Juditha als Fremde kennengelernt, als Gemahlin des Markgrafen von Meißen, eines stattlichen Mannsbildes, der eine tief verschleierte Frau am Arm geführt hatte. Sie war ihm gebrechlich erschienen, eine Schulter hatte herabgehangen, und sie hatte gehinkt wie eine uralte Frau. Ihre Hände, deren eine sie in der Kordel ihres Tasselmantels eingehakt hatte, während sie mit der andern im Gehen den Saum so weit hob, daß man gerade die Fußspitzen sehen konnte, waren schmal und feingliedrig und paßten nicht zum Rest des Körpers.

In kindlicher Neugier hatten Heinrich und sein Bruder

Konrad versucht, hinter den geheimnisvollen Schleier zu blicken. Elisabeth war es nicht gelungen, sie davon abzubringen, Konrad war während des Fests mit seiner Stieftante zusammengeprallt, hatte sich an ihrem Schleier festgehalten und ihn heruntergerissen. Ein erstickter Schrei war durch die Menge der Umstehenden gegangen, Konrad war entwischt. Dann herrschte Stille. Juditha hatte sogleich ihr vom Gebände eingerahmtes Gesicht mit den schönen, feingliedrigen Händen bedeckt, aber dennoch hatten viele Neugierige einen Blick auf das geworfen, was sie hatte verbergen wollen: eine Fratze, schiefmäulig mit Triefaugen und eingedrückter Nase, die Folgen der schweren Geburt, bei der die Hebammen sie aus dem Leib ihrer Mutter gerissen hatten.

Für den Rest des Tages hatte Elisabeth den Brüdern weinend Vorhaltungen gemacht, bis die sich bereit erklärten, ihre Sünde zu beichten, was wiederum dem Capellanus Berthold Gelegenheit zur Verordnung peinlichster Bußübungen gegeben hatte.

»Wo bist du mit deinen Gedanken?« fragte Sophia und riß Heinrich aus der Flut der Erinnerungen. »Du mußt mit Agnes reden. Sie hat viel durchgemacht in Wien. Als ihr Mann im dritten Jahr ihrer Ehe seinem Vater trotzte und seine Mutter gefangensetzte, war sie den Angriffen des gesamten Hofstaates ausgesetzt. Und daß es ihr nicht gefällt, nach dem Tod ihres ersten Gemahls die Stelle ihrer verstorbenen Schwägerin einzunehmen, kann ich ihr nicht verdenken.«

»Mutter ...«

»Heinrich, sie hat vom byzantinischen Pomp genascht, doch der ist ihr nicht bekommen«, fuhr Sophia eindringlich fort. »Sie möchte Frieden finden – zeige ihr, daß sie den an der Seite des Sachsenherzogs haben kann, dann wird sie einwilligen.«

Verdrießlich verzog Heinrich das Gesicht, ärgerte sich, daß seine Mutter sich derart lange bei dieser Nebensächlichkeit aufhielt. Frauen mit ihren zarten Gemütern schienen alles zu mißverstehen, was sie selbst betraf. Schließlich müßte Agnes wissen, daß er ihr nichts Schlechtes wollte. Diese Verbindung würde die Gebiete von der Mark Brandenburg über Thüringen und die Mark Meißen bis nach Sachsen in einem starken Bündnis zusammenführen.

»Du solltest deine Landgräfin einmal zu mir herunterschicken«, unterbrach Sophia seine Gedanken.

»Fühlst du dich einsam?« blaffte er, doch kaum ausgesprochen, tat ihm seine Grobheit leid.

»Nein, Heinrich, aber du brauchst einen Sohn. Es wird Zeit.«

»Der Herr läßt sich Zeit mit seiner Gnade«, entgegnete Heinrich und ließ den Blick über die Wandgemälde schweifen, die er inzwischen auswendig kannte: Schöpfung, Paradies, Sündenfall, Vertreibung. Immer wieder fing seine Mutter damit an, immer wieder wies sie ihn darauf hin, es sei an der Zeit für einen Erben. Ludwig und alle seine Schwestern hätten sich als fruchtbar erwiesen, gesegnet mit der Gnade reicher Nachkommenschaft.

»Wenn man die Gnade des Herrn erlangen will, muß man sich ihm zunächst zuwenden«, schloß sie und ließ sich seufzend in einer der Fensternischen nieder. »Wohnst du der Landgräfin oft genug bei?«

»Mutter! Ich weiß selbst, was zu tun ist.«

»Nun, wenn es nicht daran liegt, wird es Zeit, nach den üblichen ... Dingen zu suchen.«

»Das ist albern! Ich werde nicht unter meinem Bett herumkriechen, alle Teppiche umdrehen und die Schwellen aufreißen, weil da vielleicht ein paar schwarze Bohnen oder bekritzelte Zettelchen liegen könnten.«

»Bezweifelst du, daß jemand einen Schadenszauber über dich werfen kann?«

»Nein, Mutter, aber ich halte es für abwegig. Wer hätte einen Nutzen davon?«

»Irgend etwas steht zwischen dir und der Gnade des Herrn, ob es nun ein Fluch ist oder Lüsternheit.«

Ein schiefes Grinsen fraß sich in Heinrichs Mundwinkel, während das schreckliche Wort im Raum verhallte. Der Brandenburgerin gegenüber Lüsternheit zu empfinden erschien ihm aberwitzig, kühl und abweisend, wie sie war. Kaum daß sie seine Nähe als ihre Pflicht erduldete, von einer Hinwendung, von Leidenschaft oder gar Begierde keine Spur. Als er bemerkte, daß Sophia ihn musterte, winkte er heftig ab.

»Letztendlich bin ich Landgraf an Hermanns Stelle. Ludwig hatte seinen Sohn zu seinem Nachfolger bestimmt.«

Sophia schüttelte langsam den Kopf. »Du bist keineswegs nur Hermanns Vormund und Regent an seiner Stelle. Hermann ist ein Kind, es werden noch Jahre vergehen, bis er das Lehen übernehmen kann, und es ist durchaus möglich, daß ihm während dieser Zeit etwas zustößt –«

»Was redest du? Er ist kein schwaches Kind mehr, in seinem Alter stirbt man nicht so leicht.«

»Das mag sein, Heinrich, dennoch bist du der Herr über die Gebiete Thüringens und Hessens, du sitzt den Landgerichten vor. Das ist der Wille Gottes, und nun hör auf, diese Gnade von dir wegzuhalten, als wolltest du sie so schnell wie möglich einem anderen übergeben – nimm sie an!«

Gemächlich trottete der Braune auf einem dünnen Teppich dürren Laubs die Straße zur Wartburg hinauf, während Heinrich seinen Gedanken nachhing. Seine Mutter war während des letzten Sommers gealtert, ein Fieber hatte sie aufs Lager geworfen, vier Wochen, in denen er ihren Rat hatte schmerzlich missen müssen. Als sie sich von der ungepolsterten Bank in der Fensternische hochgestemmt hatte, um sich von ihm zu verabschieden, war ihm aufgefallen, wie hölzern ihre Glieder geworden waren, obwohl sie noch keine sechzig Sommer gesehen hatte. Gelobt hatte sie ihn, daß er es geschafft habe, das fürstliche Lehen zu sichern, es zusammenzuhalten und die Unruhen an seinen Grenzen zu beruhigen. Daß er mit seiner Stiefschwester ein Auskommen gefunden habe, was ihr niemals möglich gewesen sei.

Als Heinrich die Schreibstube betrat, verbeugte sich Bruder Thomas, der dicke Cancellarius, die Arme wie immer voller Dokumente. Er wirkte gehetzt.

»Was gibt es Neues?«

»Der Erzbischof von Mainz ist gestern in Erfurt verstorben.«

Heinrich erstarrte, dann krampfte er die Hände hinter dem Rücken zusammen und straffte sich. »Soll die Bestattung in Erfurt erfolgen?«

Bruder Thomas nickte langsam. »Wenn Ihr es wünscht, werde ich alle nötigen Vorbereitungen treffen lassen.«

»Ich wünsche es«, erwiderte Heinrich geistesabwesend.

✠

Die Kirche der Seligen Jungfrau Maria hallte wider von den Stimmen der Chorherren und Mönche, während der Leichnam des Bischofs, umhüllt von Weihrauchschwaden, ins Grab gesenkt und dieses mit einer schweren Platte bedeckt wurde. Erst jetzt verließen die Domherren in langer Prozession geordnet das Gebäude. An der Spitze der weltlichen Herren schritt Heinrich hinter seinen Bannerträgern ins Mittelschiff und reichte seiner Gemahlin, die sich in Begleitung ihrer nächsten Edelfrauen von der anderen Seite genähert hatte, den Arm.

Inzwischen hatte sie gelernt, ihre Launen hinter einem Lächeln zu verbergen, das nur wenige als maskenhaft erkannten. Heinrich führte sie an der Hand zum Portal, wo bereits der Baldachin auf sie wartete. Schwere Tropfen prasselten vom dunkel verhangenen Himmel, der Scheiding, den die Pfaffen September nannten, zeigte sich von seiner spröden Seite.

Das Volk von Erfurt hatte sich trotz des Regens vor dem Portal versammelt, um dem Herrn der Stadt schweigend die letzte Ehre zu erweisen, und die Menschen schienen zwischen dem der Gottesmutter geweihten Dom und der Kirche des heiligen Severus hervorzuquellen. Gemessenen Schrittes folgte Heinrich dem Zug der Chorherren, die sich den an die Kirche angehängten Bauten der Klausur zuwandten, während seine Gemahlin mit ihren Edelfrauen zum Benediktinerinnenstift auf der anderen Seite des Hügels geleitet wurde.

Im Refektorium war ein prächtiges Mahl vorbereitet worden, die Tische bogen sich unter der Last der Schüsseln, was Heinrich beinahe lästerlich erschien angesichts des Anlasses, andererseits hatte er Grund zur Erleichterung. Der Tod des Erzbischofs, der während der vergangenen Jahre in den hessischen und thüringischen Gebieten etliche Burgen erworben hatte und damit zu einem Stachel im Fleisch der Landgrafen geworden war, würde Heinrich über den Winter Ruhe vor den mächtigen Nachbarn verschaffen.

Dennoch hielt er sich vorsichtig zurück, obwohl Truchseß Bertho von Schlotheim, Schenk Rudolf von Vargula und Kämmerer Hermann von Fahner an seinem Tisch tüchtig schmausten.

Heinrich war nicht entgangen, daß man ihn aufmerksam beobachtete; der Mann, der ebenfalls am Tisch des Probstes saß, ihm schräg gegenüber, trug ein makellos weißes Habit, sorgfältig vom Gürtel drapiert, und seine Tischsitten waren von ausgesuchter Feinheit. Die Rezitation aus der Bibel, die an den Tafeln zwar keine Stille bewirkte, zumindest aber dafür sorgte, daß die Gäste nur gedämpft miteinander plauderten, schien der Mann nicht zu beachten. Seine jugendlichen, beinahe knabenhaften Gesichtszüge zogen Heinrichs Blick an, bis er in einem unbeobachteten Augenblick von dem Novizen, der ihm anstelle eines Edelknaben zugeteilt war, Namen und Stellung des Fremden erfragte und staunte, als er erfuhr, daß er den Neffen des Verstorbenen vor sich hatte, Siegfried von Eppstein, Probst zum heiligen Bartholmaeus in Frankfurt und zu den heiligen Peter und Paul in Aschaffenburg, zugleich Neffe des Erzbischofs von Trier. Die Familien, denen dieser Siegfried entstammte, hatten schon einige kirchliche Fürsten gestellt, und ihre Stimmen wogen bei Hoftagen schwer.

Der Probst von Erfurt trat zu Heinrich, verneigte sich vor ihm und bat um Gehör; er verwickelte ihn in ein Gespräch über ausstehende Beurkundungen, dem Heinrich nur unwillig folgte. Als der Geistliche sich zurückzog, räumte er den Platz für den Mann im blendend weißen Habit, der, mit den Händen in den Ärmeln, vor dem Landgrafen den Nacken beugte, aber nicht das Knie.

»Ihr seid Siegfried von Eppstein?« begann Heinrich kühl.

Der Mann neigte den Kopf zur Bestätigung. »*Dominus*

vobiscum, Herr Landgraf. Der Verstorbene sprach oft und voller Achtung von Euch.« Die sanfte Stimme übertönte kaum die Lesung des Mönchs auf der Empore.

»So?« entgegnete Heinrich gedehnt und hob die Brauen.

Ein Lächeln hellte die Miene des Geistlichen auf, ein ungewöhnlich offenes Lächeln.

»Ich bedaure, daß Ihr getrennt von Eurer jungen Gemahlin nächtigen müßt, aber es erschien uns wichtig, daß Ihr, Herr Landgraf, in diesem Hause weilt, damit Ihr mit uns, wie vorgesehen, die Gespräche führen könnt, die Ihr mit meinem Onkel führen wolltet.«

»Euer Onkel, Probst Siegfried, ist tot. Mit wem sollte ich reden, bevor die Wahl des nächsten Mainzer Kirchenfürsten durchgeführt worden ist?«

»Mit mir, Herr Landgraf, und Ihr könnt sicher sein, daß Eure Worte nicht an einen unwichtigen Mann gerichtet sind.«

Heinrich blickte den Mann, der sich ihm so dreist als Stellvertreter des Verstorbenen anbot, streng an, doch dieser wandte sich nicht ab, blinzelte nicht einmal, während der dem Landgrafen zugeteilte Schüler ihnen Wein nachgoß, dann mit einem Wink weggeschickt wurde. Zögernd hob Heinrich seinen Kelch, neigte anerkennend den Kopf und trank Siegfried zu, der es ihm nachtat.

»Ihr wißt also, worum es geht?« fragte Heinrich.

»Durchaus, Herr Landgraf.« Ein feines Schmunzeln huschte über Siegfrieds jugendliche Züge. »Eure Streitigkeiten mit meinem Onkel sind mir oft genug zu Ohren gekommen. Sowohl Eure Herrschaft als auch die des Erzbischofs von Mainz bedecken Hessen und Thüringen mit einem dicht geknüpften Netz. Daß Ihr die Battenberger für Euch gewonnen und zu den Burgherren von Marburg erhoben habt, war ein herber Verlust für meinen Onkel, der erwogen hat, Euch mit dem Bann zu belegen.«

»Er hat schon meinen Bruder mit dem Bann belegt«, knurrte Heinrich.

»Was Euch und die Herren von Reinhardsbrunn nicht daran hinderte, den edlen Ludwig von Thüringen mit allen Ehren in Eurem Hauskloster zu bestatten.« Siegfried schob die Hände in die Ärmel der weißen Kutte. »Und die fromme Witwe dient den Armen mit einem Hospital in ebenjenem Marburg.«

»Auf das schon Euer Onkel ein Auge geworfen hat, aber die Umzingelung durch mainzische Burgen ist ihm nicht gelungen.«

Anerkennend neigte Siegfried den Kopf. »Ihr schlagt Euch gut, Herr Landgraf. Nach dem Tod Eures Bruders rechnete niemand damit, daß Ihr Eure Herrschaft unter solch geringen Mühen aufrichten würdet. Aber man vergißt leicht, daß auch in Euren Adern nicht nur das Blut der thüringischen Landgrafen, sondern auch das der bayerischen Herzöge fließt und Eure Mutter nicht nur eine fromme, sondern vor allem eine kluge Frau ist.«

»Sophia von Thüringen hat sich schon vor langer Zeit in das Kloster zurückgezogen, in dem mein Vater bestattet wurde, und hat ihr Leben dem Gebet um seine Errettung gewidmet.«

»Die Frauen, die in Eure Familie einheiraten, sind offenbar alle auf besondere Weise fromm, sobald ihre Eheherren sterben. Auch die Witwe Eures Bruders widmet sich ja den gottgefälligen Werken der Barmherzigkeit, ihr Ruf hat sich schon weit ausgebreitet in der Christenheit. Ich hörte, daß schon jetzt viele Leidende und Sieche nach Marburg strömen, um von Frau Elisabeth Hilfe zu erlangen.«

Stirnrunzelnd lauschte Heinrich Siegfrieds Ausführungen, dessen leise, sanfte Stimme einen zuerst kaum merklichen scharfen Unterton hatte. Ihm gefiel nicht, daß der Kleriker immer wieder auf diesen wichtigen Ort zu sprechen kam. Noch bevor Elisabeth zu Füßen der Burg in der Flußniederung ihr Hospital errichten ließ, hatte Heinrich die Battenberger Grafen zu den Burgherren von Marburg gemacht und dem früheren Herrn des Ortes gestattet, in Sichtweite der Amöneburg, der wichtigsten mainzischen Befestigung nahe der Stadt, eine trutzige Burg zu errichten. Der verstorbene Erzbischof hatte sein Mißfallen geäußert, und seine glücklose Reise nach Erfurt hatte auch den Umtrieben der Herren dieser Burg gegolten.

»Ich hoffe, daß Ihr und Eure Dienstmannen Euch den Tod meines Onkels nicht zunutze macht«, fügte Siegfried hinzu und verneigte sich nochmals, doch Heinrich schwieg. Wenn er diesen ehrgeizigen Anwärter auf den Stuhl des Erzbischofs jetzt einfach entließe, käme es einer Anerkennung seiner anmaßenden Art gleich.

»Möge der Herr Eurem Anliegen nach Seinem Willen gewogen sein«, sagte er schließlich rauh.

Als Siegfried sich mit federnden Schritten entfernte, rieb Heinrich sich das Kinn und blickte ihm nach.

Der Eppsteiner Grafensohn war zehn Jahre älter als er, ein Mann auf dem Höhepunkt seiner Kraft, stolz und von keiner Familie gebunden. Heinrich krampfte die Hände ineinander. Doch andererseits konnte ein Kirchenfürst keine Bande durch Hochzeiten knüpfen, sondern war allein auf sein Verhandlungsgeschick und den Reichtum seines Bistums angewiesen, um Bündnisse zu bilden.

Sie hatten in Gotha haltgemacht, wo Heinrich im Landgrafenhof einige Stunden seinen Pflichten nachging und Vertreter der dort ansässigen Minoriten empfing, während seine Gemahlin dem Hospital einen Besuch abstattete. All das nötigte sie, in Gotha zu nächtigen, und hier stand dem Landgrafenpaar, anders als auf der Wartburg, nur ein Schlafgemach zur Verfügung. Als Heinrich am späten Abend schließlich diesen Raum betrat, kauerte ein Edelfräulein, Adelheid zu Putlitz, neben dem erleuchteten Kandelaber, sie erhob sich, beugte das Knie und schlüpfte in die Nebenkammer, in der die Frauen aus dem Gefolge schliefen. Gedankenverloren sah Heinrich ihr nach, sogar nachdem sie die Tür hinter sich geschlossen hatte. Die kleine Putlitzerin war ihm schon kurz nach seiner Hochzeit mit der brandenburgischen Markgrafentochter aufgefallen, ein fröhliches, bewegliches Mädchen, das den jungen Männern den Kopf verdrehte. Wenn ihre hellen Fesseln im Reigen unter dem wirbelnden Kleid aufblitzten und ihr goldenes Haar über ihren Rücken floß, zog sie auch Heinrichs Aufmerksamkeit auf sich.

Ein tiefer Atemzug verriet ihm, daß seine Gemahlin wach lag und ihn beobachtete. Er hatte ihr nie einen Grund zur Eifersucht gegeben, hatte sogar die Zofe Gisila mit einer hübschen Abfindung wieder auf den elterlichen Hof geschickt und für eine standesgemäße Ehe sorgen lassen.

Seine junge Frau hob den Kopf aus den Kissen und blickte ihn an. »Mein Herr, wir sollten darüber nachdenken, wie wir die Gnade Gottes wiedergewinnen können.«

Heinrich stutzte, legte den Kopf schief, was ein seltenes Lächeln auf ihr Gesicht lockte. Es gab also etwas, das sie an ihm mochte trotz all der Fremdheit, die zwischen ihnen stand.

»Ich habe wieder vergebens gehofft.« Sie senkte den Kopf, als bitte sie um Verzeihung. »Die Mittel meiner Amme und der Hebammen, die ich um Hilfe bat, sind erschöpft, meine Gebete wurden nicht erhört, und meine Bußen fruchteten nichts.«

Ein Lächeln stahl sich in Heinrichs Züge, als er sie betrachtete, diese junge Frau, die weder anmutig war noch reizvoll, aber sich manchmal auf eine wenn auch spröde Weise angenehm zeigte. Lüge und Täuschung waren ihr so fremd wie federleichte Tanzschritte.

»Was schlagt ihr vor, Frau Elisabeth?«

Er fragte sich, ob sie jemals das kurze Zögern, bevor er ihren Namen aussprach, bemerkt hatte. Daß er sich seiner Schwägerin tief verbunden fühlte, konnte ihr nicht entgangen sein, aber wie er von seiner Schwester erfahren hatte, hielt sie es für eine geschwisterliche Zuneigung, für die Erfüllung familiärer Bindungen, eine vom verstorbenen Bruder ererbte Verpflichtung, und bewunderte ihn dafür.

»Habt Ihr die Leuchterfigur gesehen, die den Dom zu Erfurt schmückt?« fragte sie und blickte ihn unter den schweren Lidern hinweg an.

Heinrich nickte langsam. Auch er hatte gebetet, jeden Monat darauf gehofft, daß seine Frau ihn mit gutem Grund abwiese, doch der dritte Sommer war ins Land gezogen, ohne daß sie schwanger geworden war.

»Und welche Kirche möchtet Ihr schmücken, wenn unsere Gebete erhört werden?«

»Die Armen Brüder vom Orden des heiligen Franziskus bedürfen unseres Wohlwollens, mein Herr«, erwiderte sie. »Auch wenn ich dieser Lehre nicht anhänge, wie Ihr wißt, denn die Nachahmung der Armut Christi überfordert meine Kräfte.«

Er bemerkte, daß ihre Wangen sich dunkelrot färbten und sie an der Oberlippe nagte, verspürte plötzlich Zuneigung zu dieser unscheinbaren jungen Frau, die eigentlich noch ein Mädchen war, das sich fürchtete. Elisabeth krampfte die Hände auf der Decke zusammen, als er zu ihr trat, sich auf den Bettrand setzte und sie auf die Wange küßte. Es verdroß Heinrich ein wenig, daß die höfliche Anrede zwischen ihnen stand, doch er wußte nicht, wie er das ändern sollte, da sie ihm fremd blieb.

»Auch die Minderbrüder haben ihren Stolz«, sagte er. »Sie werden es bevorzugen, Unterstützung für ihre Arbeit zu erhalten. Oder einen Betrag für die Errichtung einer Kirche.«

Sie hob das Kinn ein wenig, sah ihn nochmals an. »Danke, mein Herr. Wenn Ihr es wünscht, soll es so sein.«

VI

Die abgeernteten Felder lagen dunkel zu beiden Seiten des breiten Wegs, auf dem Heinrich und sein Bruder Konrad ihre Pferde Richtung Marburg trotten ließen. Die Burg krönte den vorspringenden Berg mit Turm und Mauerring, darunter krochen die von einer Stadtmauer sicher umschlossenen Straßenzüge den Hang hinauf. Am Fuß des Berges hockte der Fronhof hinter der Brücke über die Lahn wie eine Glucke inmitten ihrer Küken. Am diesseitigen Ende der Brücke, wo Weiden und Erlen deutlich den Flußlauf markierten, duckten sich die Hütten der Gerber und Färber.

Konrad saß fest im Sattel, streckte die Beine aus und ließ seinen hellen Fuchs vorauslaufen; er wirkte entspannt und gut gelaunt, wie Heinrich aufmerksam beobachtete. Er hatte diesen Ausritt schon am Vorabend vorgeschlagen, hatte Begleitung abgelehnt, weil er für das Gespräch, das er suchte, keine Zeugen wünschte. Doch dann war es für Konrad nur ein heiteres Vergnügen gewesen, sie hatten Neuigkeiten ausgetauscht und Erinnerungen aufgefrischt. Über ihre Schwägerin Elisabeth waren nur wenige Worte gefallen, und die peinliche Stille, die dabei entstanden war, hatte Konrad mit dem Vorschlag zu einem Wettrennen beendet, das er erwartungsgemäß gewann. Auf dem Weg ins Tal hinunter, vorbei an Hirtenjungen mit ihren Schafen und Ziegen, an Mädchen, die Gänse hüteten, und Frauen, die letzte Rüben aus dem Boden gruben und flüchteten, sobald die Reiter sich näherten, waren sie in Schweigen gefallen. Die Hänge im Westen und Norden leuchteten golden und rot, und durch das Schwemmland schlängelten sich die silbrigen Arme des Flusses im Schatten von Bäumen und Büschen.

Auf halber Strecke zwischen Hang und Fluß wendete Konrad sein Pferd und stellte sich Heinrich in den Weg.

»Du solltest mir dein Anliegen nennen, bevor wir die Burg wieder erreichen.«

Um unbeteiligter zu wirken, nahm der ältere Bruder die Zügel in die linke Hand, legte die rechte auf den Oberschenkel und krümmte die Lippen zu einem wohleinstudierten Lächeln, was Konrad sogleich mit einem Zucken der Brauen beantwortete.

»Unser Vater und Ludwig haben die Herrschaft über diese ausgedehnten Gebiete jeweils allein geführt, aber wir wissen beide, daß das nicht immer so gehandhabt wurde. Über die Gebiete Hessens hat mehrmals ein jüngerer Bruder geherrscht, der dafür das Lehen Gudensberg erhielt.« Heinrich straffte sich. »Ich möchte noch weiter gehen, Konrad. Ich will, daß wir die Herrschaft wahrhaft brüderlich teilen. Ich will, daß du ebenso wie ich den Titel eines Landgrafen trägst.«

Er sah, daß Konrad die Augen aufriß, kein Wort herausbrachte, und es dauerte eine Weile, bis er den Mund wieder schloß und kurz nickte.

»Graf Konrad von Gudensberg bin ich ja bereits«, sagte er leise.

»Landgraf Konrad«, entgegnete Heinrich. »Landgraf von Hessen.«

»Willst du die beiden Gebiete trennen?«

»Keineswegs. Nur die Höfe, Burgen und Gerichte, aber über das, was du und ich von jeher gemeinsam hatten, wollen wir auch gemeinsam richten und herrschen.«

Konrad musterte ihn eine Weile aufmerksam; er schien nachzudenken, rieb sich das Kinn, ließ seinem Pferd die Zügel, als es den Hals streckte nach dem dürren Gras.

»Weil du noch kein Kind hast?«

Ein bitteres Lachen bahnte sich einen Weg durch Heinrichs Kehle.

»Kaiser Friedrich ist jenseits der Alpen beschäftigt, sein königlicher Sohn hat eigene Ansichten darüber, wie er seine Herrschaft über die deutschen Fürsten gestalten will, und – ja, meine Frau hat mir immer noch kein Kind geschenkt, nicht einmal eine Tochter. Wir haben ein Gelöbnis abgelegt, und sie tut, was sie kann, aber sie ist von all den Mittelchen und den Bußen, denen sie sich inzwischen unterzieht, krank und schwach geworden.«

Er senkte den Kopf, weil er Konrads Blick nicht länger standhielt.

»Jetzt verstehe ich, warum ich das Wettrennen gewonnen habe – du hattest es verloren gegeben, bevor es begann!«

Stockender Hufschlag verriet, daß Konrad seinen Fuchs näher führte. Schließlich standen ihre Pferde dicht nebeneinander, schnaubten, und Konrad legte seine behandschuhten Finger auf Heinrichs Unterarm.

»Auch ich wollte dir etwas eröffnen, lieber Bruder«, begann er. »Ich hatte die Absicht, dir von dem jüngeren Sohn der Battenberger zu erzählen, Wernher, der sich entschlossen hat, in den Orden der Johanniter einzutreten, dem sein Vater ein Haus unweit von hier einrichten will.«

»Du willst ebenfalls zu den Johannitern?«

»Nein, nicht zu den Johannitern. Ich habe nicht vor, dem Erzbischof von Mainz zuzuarbeiten. Ich dachte an den Orden der Deutschen. Schon um Vaters Andenken zu ehren.«

»Und ich war bereits auf der Suche nach einer Frau für dich ...«

»Damit ich für die Nachkommen sorge, die dir nicht vergönnt sind? Geduld, Heinrich! Der Herr läßt sich manchmal Zeit mit seiner Gnade.«

Brüsk nahm Heinrich die Zügel auf und wendete sein Pferd. »Zeit, die wir nicht haben!« blaffte er, dem Konrads vorwitzige Antwort einen Stich versetzt hatte. »Selbst wenn ich im nächsten Jahr einen Sohn habe, ist das zu spät, um damit unsere Stellung im Reich zu sichern. Der Streit zwischen Kaiser und Papst wird irgendwann beigelegt sein, der junge König wird stärker werden, und bis dahin müssen wir dafür sorgen, daß unsere Macht uns schützt. Vor allem müssen wir den Mainzer in seine Schranken weisen.«

»Bei all deinen Plänen vergißt du Ludwigs Sohn«, warf Konrad ein.

»Hermann? Der Kleine ist acht Jahre alt, und bis er wirklich herrschen kann, wird es noch lange dauern – sieh dir unseren König an! Als Neunjähriger wurde er gewählt, an seiner Stelle regierten zuerst der Erzbischof von Köln, dann der Bruder unserer Mutter. Aber kaum ist der Bengel trokken hinter den Ohren, schickt er seinen Vormund nach Hause und überzieht ihn gar mit Krieg!«

»Heinrich! Du sprichst von unserem König, dem Sohn des Kaisers.«

Unwillig schnaubend nahm Heinrich die Zügel auf und trieb seinen Schimmel den Weg hinunter. »Es ist ein Fehler, Kinder zu Herrschern zu erwählen. Ich brauche jemanden an meiner Seite, dem ich wirklich vertrauen kann.«

Ohne das Pferd anzuhalten, drehte er sich im Sattel um. »Ich brauche *dich*!«

Zurück auf der Burg, überließ Heinrich sein Roß einem der Knechte, bevor er zu Konrad trat, der aufmerksam über die Schulter seines hellen Fuchses strich, dann über das Vorderbein bis hinab zur Fessel tastete.

»Fehlt ihm etwas?«

»Das Rennen hat ihn angestrengt«, erwiderte Konrad. »Er ist nicht mehr der Jüngste. Ich werde mir das genauer ansehen.«

Heinrich blickte dem Bruder nach, der das leicht kurztretende Pferd vor den Stall führte; daß Konrad die Neigung verspürte, in ein Kloster oder einen Orden einzutreten, hatte er stets für einen Kinderwunsch gehalten. Konrad war ihm nie sonderlich fromm erschienen, obwohl er schon als Kind gemeinsam mit Elisabeth eine tiefe Verehrung für den Evangelisten Johannes gepflegt hatte. Als jüngster hatte er die gleiche Erziehung genossen, war allerdings stets stiller und überlegter erschienen als seine Brüder; daß er kein Interesse an den gröberen Vergnügungen äußerte, hatten sie seiner Jugend zugeschrieben. Anstatt Mägde beim Bad zu belauschen, war er in schwärmerischer Bewunderung dem stattlichen Friedrich von Treffurt überallhin gefolgt, was ihm von seiten seines Erziehers, des damaligen Burgcapellanus Berthold, Mißbilligung eingetragen hatte.

Während Heinrich, mitten auf dem Hof stehend, seinen Bruder dabei beobachtete, wie dieser gemeinsam mit einem älteren Pferdeknecht seinen Hengst untersuchte und sich offenbar beriet, was zu tun sei, ging das Leben auf der Burg den gewohnten Gang. Wachen flankierten das Tor und scherzten mit dem Gesinde, das mit gefüllten Körben und Kiepen von der Stadt heraufkam. Einige Edelknaben umstanden Heinrich in ehrfürchtigem Abstand, als warteten sie auf Anweisungen – ihre Aufgabe war es, ihn innerhalb der Burg zu begleiten, um ihm zu Diensten zu sein.

Er verspürte einen Ruck, jemand hatte seinen Ärmel ergriffen und war neben ihm auf die Knie gesunken. Er erkannte den Mantel einer Terziarin, die, ohne zu ihm aufzusehen, eine Hand flehend nach ihm ausstreckte und unter leisem Schluchzen kaum verständliche Worte stammelte. Ihre Kleidung verriet ihm, daß es um Elisabeth ging, und als sie seiner Aufforderung, sich zu erheben, mit unbeholfener Hast nachkam, erkannte Heinrich in der verhärmten, ältlichen Frau, die noch immer nicht wagte, den Kopf zu heben, Isentrud von Hörselgau, die verwitwete Edelfrau, die Elisabeth fast überallhin wie ein Schatten folgte. Überrascht begrüßte er sie, fragte nach ihrem Befinden, erhielt jedoch nur Kopfschütteln und fortgesetztes Weinen zur Antwort. Schließlich ging ein Ruck durch ihren mageren Leib, sie bedeckte das Gesicht mit den Händen und wurde still, bevor sie ihm in die Augen blickte.

»Herr, verzeiht einer unwürdigen alten Frau, einer Witwe ohne Schutz und Schirm, daß sie sich Euch nähert, um für jemanden zu bitten, für eine liebe Vertraute, die in schlimme Fänge geraten ist.«

Um sein Erstaunen zu verbergen, schenkte Heinrich ihr ein unverbindliches Lächeln. »Wovon sprecht Ihr, Frau Isentrud?«

Dicke Tränen rollten über ihre Wangen. »Von Frau Elisabeth, der edlen, guten und frommen Landgräfin, von der ich gegen meinen Willen und mit Gewalt getrennt wurde.«

Daß Isentrud, die Heinrich bis zu diesem Augenblick bei

seiner Schwägerin geglaubt hatte, nicht im Hospital weilte, überraschte ihn.

»Wie kam das?«

Die Frau ließ den Kopf auf die Brust sinken, wiegte ihn zögernd hin und her.

»Ich lebte bei der Herrin Elisabeth in dem Dorf Wehrda gemeinsam mit Guda und anderen Frauen, die sie um sich geschart hatte. Eines Tages, kurz bevor das Hospital fertiggestellt war, erschien ein häßliches altes Weib, das behauptete, der Magister habe sie geschickt. Damals bereiteten wir gerade unsere Übersiedelung vor. Die Neue mischte sich in alles ein, schwärzte mich bei Frau Elisabeth an, die mir daraufhin harte Bußen auferlegte. Andererseits hintertrug mir diese böse Vettel harte Worte, von denen ich niemals glauben kann, daß Frau Elisabeth sie gesagt haben könnte. Das gleiche böse Spiel trieb dieses schlechte Weib mit Guda. Wir hatten unsere liebe Not und klagten viel, obwohl Frau Elisabeth uns stets tröstete, irdisches Leid sei noch immer angenehmer als ein Aufenthalt im Purgatorium oder gar in der Verdammnis, da könne man schon eine unverdiente Buße auf sich nehmen.«

Ihre Stimme erstickte in einem Schluchzen, und sie rang die Hände vor der Brust. In der Tür des Palas erschien Wigo gemeinsam mit dem Treffurter und dem Burgherrn, dem alten Battenberger, denen Heinrich durch einen Wink zu verstehen gab, sich nicht zu nähern, während Isentrud sich geräuschvoll schneuzte.

»Schließlich kam der Magister, und wir klagten ihm unser Leid«, fuhr sie fort. »Doch anstatt das böse Weib davonzujagen, tadelte er uns, wir seien verstockt und unbußfertig. Er brachte damals eine Einladung der Äbtissin des Klosters Altenberg und befahl Elisabeth, dieser Einladung zu folgen.

Er wollte sie dazu bringen, in diesen Orden, dem er verbunden ist, einzutreten – welchen Ruhm hätte es ihm eingebracht, wenn eine Königstochter und Landgrafenwitwe sich dorthin zurückgezogen hätte! Aber sie stattete der Äbtissin in meiner Begleitung nur den geschuldeten Besuch ab, und wir verließen das Kloster wieder. Da mußte der Magister uns wieder nach Marburg folgen, doch unterwegs vergalt er uns dies mit grausamer Strafe. Laut betend verprügelte er uns mit unseren eigenen Wanderstäben, bis diese zerbrachen.«

Heinrich schnappte nach Luft, sah Isentrud zurückzucken, sich wegducken und das Gesicht in den Händen bergen.

»Er hat ... sie geschlagen? Er hat es gewagt, die Landgräfin zu schlagen?«

Ihr hastiges Nicken nahm er kaum wahr, so tobte der Zorn in ihm. Grob faßte er sie unter dem Arm, zog sie mit sich zu einer Bank an der Wand des Küchenhauses. Die Mägde, die dort mit ihrer Spinnarbeit gesessen hatten, waren auf einen knappen Wink hin auseinandergestoben wie ein Vogelschwarm.

»Hat er sie wirklich geschlagen?« forschte er nach.

Die Frau, die noch immer ihr Gesicht versteckte, während lautlose Schluchzer ihren Körper erschütterten, blinzelte über die Finger hinweg, nickte dann ein einziges Mal. Wie betäubt lehnte Heinrich sich zurück an die kühle Wand. All das erschien ihm, als träumte er. Als hätte ihn selbst ein Schlag auf den Kopf benommen gemacht, ein Schlag wie die, welche Elisabeth hatte erdulden müssen von den Händen dieses letzten Abkömmlings eines unbedeutenden Ministerialengeschlechts, der von Kindheit an so begabt und strebsam gewesen war, daß er schließlich in Paris zum Magister der Theologie erhoben wurde. Dessen Ruf als frommer und eifernder Prediger bis zum Heiligen Vater vorgedrungen war, der ihn in die deutschen Marken schickte, damit er dort zum Kreuzzug aufriefe. Bitter entsann Heinrich sich des Tages, an dem Ludwig den Prediger an seinen Hof gebracht hatte, wo er nicht zuletzt durch die Hochachtung, die Ludwig ihm entgegenbrachte, Elisabeths Vertrauen gewann. Noch bevor Ludwig zum Kreuzzug aufgebrochen war, hatte der Magister sie überzeugen können, vor den Augen ihrer gesamten Schwägerschaft im Kloster der heiligen Katharina bei Eisenach zu geloben, niemals wieder zu heiraten, sollte ihr Gemahl vor ihr sterben.

Heinrich ballte die Fäuste auf den Oberschenkeln und verfluchte den Tag, an dem die Minderbrüder den Hof des Landgrafen verlassen hatten, um sich in Erfurt niederzulassen, und damit in Elisabeths Herz Platz gemacht hatten für den Eiferer, dessen funkelnde Augen nur sie nicht schreckten. Ihn hatte sie zu ihrem Lehrer gemacht, ihn, der sich zutraute, den Blinden ein Führer zu sein und denen im Dunkeln ein Licht, Erzieher der Unvernünftigen und Lehrer der Unmündigen, für den Erkenntnis und Wahrheit im Gesetz Gestalt besaßen. Einer, der andere Menschen lehrte, sich selbst jedoch nicht.

Eine Berührung ließ ihn zusammenzucken. Isentrud, die mit hochgezogenen Schultern neben ihm saß, sah scheu zu ihm auf.

»Herr Heinrich, ich falle Euch zur Last mit meinem Jammern, ich sollte schweigen und –«

»Nein … nein.« Er rang nach Worten. »Erzähle ohne Furcht, was du mir zu erzählen hast! Wenn ich es von anderen erfahre, werden die es mir so erzählen, wie es ihnen richtig oder, was schlimmer wäre, nützlich erscheint.«

Isentrud fuhr fort, zuerst zögernd, legte dann aber ihre Zurückhaltung ab, während sie berichtete, wie Konrad den Umzug in das Hospital zu vereiteln versucht habe. Heinrich ließ sie reden und kämpfte gegen den Zorn, den das, was geschehen war, in ihm auflodern ließ. Da der Heilige Vater Magister Konrad mit der Aufspürung der Anhänger ketzerischer Lehren beauftragt hatte, war er zur Erleichterung der Frauen oft auf Reisen gewesen, doch seine Besuche hatten sie gefürchtet wie das Purgatorium, weil er dann strafte, was Elisabeth gegen seinen Willen aus Barmherzigkeit getan hatte. Jede Münze, jedes Stück Brot hatte er mit Schlägen vergolten und auch an den anderen Frauen die Duldung dieses Ungehorsams streng geahndet. Schließlich hatte er zuerst die arme Guda fortgeschickt, weil sie Elisabeth angeblich in ihrer Unbotmäßigkeit bestärkte. Dann habe er sie, Isentrud, von Elisabeths Seite gerissen, ohne der Tränen zu achten, die die beiden Frauen vergossen. Und auch jetzt rann das Naß über Isentruds Wangen, während Heinrich glaubte, sein Herz schlage so laut, daß es jeder hören müsse.

»Ich weiß ja, daß es Sünde ist zu hassen«, klagte sie, »und daß man sein Kreuz geduldig tragen muß, weil Gott selbst für uns das Kreuz getragen hat. Aber, Herr Heinrich, ich kann nicht mehr mit ansehen, wie Frau Elisabeth unter den Strafen und Bußen, die der Magister ihr auferlegt, leiden muß um ihrer Barmherzigkeit willen.«

Verstört bemerkte Heinrich, daß er die Zähne hart aufeinanderbiß. Er konnte die Schläge förmlich spüren. Schläge, wie dieser verdammte Prediger sie seinem Bruder Konrad verabreicht hatte, wie er sie selbst hatte spüren müssen, als er sich einmal dazwischenwarf. Was half es, daß der Magister sich in der Nacht selbst geißelte um der Folgen seiner Strenge willen?

»Herr Heinrich, verzeiht mir!« Die Alte hatte sich ihm laut weinend zu Füßen geworfen. »Ich hätte Euch schon vor langer Zeit rufen sollen. Mag das Geißeln auch zu den Bußübungen gehören – so wie der Magister schlägt, so schlägt nur einer, der besessen ist.«

Ruckartig erhob sich Heinrich, blieb nach wenigen Schritten stehen, um blind vor sich hin zu starren.

»Wo ist der Magister jetzt?«

»Im Rheinland. Er verfolgt die Abtrünnigen im Glauben in den Landen des Erzbischofs von Mainz.«

Heinrich schnitt eine bittere Grimasse. In Thüringen hatte der Magister als Inquisitor bereits für Unruhe gesorgt. Er ging gegen einfaches Volk, Hörige, Stadtbürger, Freie und Edle gleichermaßen vor, als schere es ihn nicht, daß man ihn haßte, solange man ihn nur fürchtete. Eine Anzeige, ein bloßer Verdacht reichte aus, daß er den Beschuldigten nicht nur aufsuchte, um ihn zu mahnen und zu belehren – nein, er ließ ihn gleich verhaften und ohne Prüfung der Aussage den Vögten übergeben, die in der Angst, andernfalls selbst in Verdacht zu geraten, viele Verurteilte sofort den Henkern auslieferten.

Das Edikt des Kaisers trug schreckliche Früchte.

Aber noch schmerzhafter traf Heinrich, daß diese Pest von einem Inquisitor mit einem Stock auf Elisabeth einschlug, weil sie ihm nicht unbedingten Gehorsam zeigte. Heinrich ballte die Fäuste, verschränkte die Unterarme und preßte sie gegen seinen Leib. Eine Träne zeichnete eine brennende Spur auf sein Gesicht.

»Das wird er mir mit dem Leben büßen!«

✠

Mit einer kleinen berittenen Eskorte, der auch Wernher von Battenberg angehörte, verließ Heinrich die Burg und folgte dem Bannerträger auf dem breiten Weg, der sich zum Markt wand. Zum Grenzbach hinunter hielt er seinen Schimmel am Zügel, denn vom nächtlichen Regen war der Boden schlammig, und lehmige Rinnsale strömten aus allen Winkeln des Berges herab. In der gerodeten Aue erhob sich hinter einem Zaun ein einzelnes Gebäude, getünchtes Fachwerk, Elisabeths Hospital.

Rings um den Zaun standen niedrige, strohgedeckte Hütten, wild zusammengewürfelt, Menschen kauerten davor, eingehüllt in schmierige Lumpen, streckten knochige Klauen zu den Reitern empor, aus den lippenlosen Mündern, die sie öffneten, ragten einzelne schwarze Stümpfe. Ein tonloses Wimmern erhob sich, die Litanei des Elends.

Heinrich krampfte es die Brust zusammen. Er umklammerte die Zügel und starrte geradeaus, heftete den Blick auf das roh gezimmerte Kreuz über dem Tor, vor dem Elisabeth sie bereits erwartete. Sie hatte einen dunklen Mantel über ihr schäbiges Schwesternkleid geworfen. Die Kapuze bedeckte ihr schwarzes Haar, und ihre Augen leuchteten aus dem Schatten, aus dem man ihre Züge kaum erahnen konnte. Kaum waren die Reiter abgestiegen, begrüßte Wernher von Battenberg sie kniefällig, doch sie wich schnell zurück, wandte sich ab und streckte abwehrend die Hände aus. Als Heinrich auf sie zu trat, verneigte sie sich tief. Er nahm ihren Arm und gebot ihr, sich zu erheben.

»Ich kann Euch nichts anbieten, Ihr Herren«, sagte sie leise. »Dies bescheidene Haus ist ein Hospital, es dient ausschließlich der Pflege der Armen und Siechen, und da wir Menschen mit Aussatz beherbergen, darf ich Euch eigentlich nicht einmal hineinbitten.«

Die Eskorte blieb mit den Pferden an der Straße zurück, nur Heinrich und Wernher folgten Elisabeth durch das kleine Tor ins Haus. Der Geruch, der ihm entgegenschlug, betäubte ihn schier, süß, säuerlich und gallig zugleich, eine Mischung aus menschlichen Ausscheidungen, Blut und schlechtem Atem. Dumpfes Ächzen und Wimmern erfüllten den Raum. Betten standen aufgereiht, in jedem lagen wenigstens zwei Kranke, und drei Frauen in den grauen Gewändern der Armen Schwestern in der Welt gingen umher, verteilten Becher; eine saß auf dem Rand einer Schlafstatt und wusch die grindigen Beine einer Greisin, die leblos zur Decke starrte.

Heinrich preßte die Hand auf den Magen und setzte einen Fuß vor den anderen, folgte Elisabeth, während er mit dem Ekel rang. Wernher hielt sich neben ihm, doch ihm schien all das vertraut – kein Wunder, der junge Kerl wollte ja auch ein Johanniter werden, einer der Brüder, die sich ebenfalls der Krankenpflege verschrieben hatten.

Abrupt blieb Elisabeth stehen, schob einen Vorhang beiseite und leuchtete mit dem brennenden Span, den sie von einem der Pfosten genommen hatte, hinein. In der winzigen, dunklen Kammer, die nur durch schweres, ungebleichtes Tuch vom Rest des Gebäudes abgetrennt war, erkannte Heinrich im matten Schein des Spans einen kleinen Tisch mit Bank und Schemel; an der Wand hing ein Regal, und in dem viel zu kleinen Bett lugte ein verfilzter Schopf zwischen Kissen und Decke hervor. Hier war das Jammern gedämpft, aber der Gestank um so beißender, und dennoch glaubte Heinrich darin eine feine Veilchennote auszumachen. Er stand in Elisabeths Schlafkammer.

Schrilles Husten gellte auf. Elisabeth eilte mit beruhigenden Worten an das Bett, strich über das wirre Haar, nahm ein Tuch aus dem Wasserbecken und betupfte damit das Gesicht des Kranken. Getrieben von einer Mischung aus Neugier und Widerwillen, trat Heinrich näher, sah von Narben und Krusten entstellte Haut, doch da war kein Gesicht mehr erkennbar. Alles schien wie zertrümmert, nur die Augen funkelten wild aus der Verwüstung, bis sie sich unter Elisabeths Händen, die das streichelten, was einmal Wangen gewesen sein mochten, schlossen und der Körper unter den Decken still wurde.

»Ich kann jetzt nicht fort von ihr«, flüsterte Elisabeth und entzündete die heruntergebrannte Kerze an dem flakkernden Span, wobei ihre Finger mit den kurzen Nägeln, kaum mehr als Haut und Knochen, leicht zitterten. »Sie leidet furchtbare Schmerzen. Wir können sie nicht heilen, deshalb beten wir für sie und pflegen ihre Wunden, hoffend, daß sie bald die Herrlichkeit Gottes schauen darf.«

Schweigend ließen sie sich auf den ärmlichen Sitzen nieder. Als Elisabeth die Kapuze ein wenig zurückschob, erschrak Heinrich über die hohlen Wangen, die grauen Schatten zu beiden Seiten des scharf geschnittenen Nasenrückens und die schmalen, blassen Lippen. Daß auf ihrem Mund ein Lächeln lag und ihre von dunklen Wimpern umrahmten Augen strahlten, verschlug ihm schier die Sprache. Sie nahm seine Rechte, die er geistesabwesend auf den Tisch gelegt hatte, in ihre Hände, sonderbar zarte Hände, die er sich spröder gedacht hatte vom unermüdlichen Spinnen. Dann fielen ihm die Aufgüsse ein, mit denen sie die Kranken wusch, und die vielen Salben, die sie auftrug. Sacht strich sie mit den Daumen über seinen Handrücken, und winzige Tropfen lösten sich von ihren Wimpern, während ihre Lippen die Worte formten, mit denen sie ihn so oft angesprochen hatte – »lieber Bruder« –, ihn ebenso wie

Konrad und Ludwig. Zerstreut tätschelte Heinrich ihre Hände.

»Der Herr gebe, daß du ein gottesfürchtiger und barmherziger Herrscher bist«, flüsterte sie.

»Ich bemühe mich«, erwiderte er tonlos. Er hatte diesen Besuch bis zum letzten Tag vor seiner Abreise vor sich hergeschoben und fühlte sich in ihrer Gegenwart wie gelähmt. Bevor Isentrud ihm von den Mißhandlungen erzählt hatte, war es eine bittersüße, ein wenig schmerzliche Sehnsucht gewesen, die ihn immer wieder auf den Wehrgang der Burg gezogen und seinen Blick ins Tal zwischen den Bergen gelenkt hatte, dorthin, wo auf einem gerodeten Flecken mitten in der Aue sich das Hospital erhob, das auf Elisabeths Wunsch hin dem heiligen Franziskus geweiht worden war. Sie hatte eine kleine Glocke anbringen lassen, um die Gebetsstunden auch auf dieser Seite des Berges verkünden zu lassen. Am Ausgang dieses Tals vor dem Zusammenfluß des Mühlenbachs und des Grenzbachs, der aus einem Hochtal zwischen den Bergen herabsprudelt, sammelte sich alles, was die Bewohner des befestigten Ortes nicht mehr brauchen konnten: Abfälle, zerbrochene Gefäße, gebrechliche Bettler und mittellose Landflüchtige. In einer schmutzigen Hütte im Tal, so hatte man ihm erzählt, hatten sogar ein paar Aussätzige gehaust, ehe Elisabeth sie sanft, aber nachdrücklich in ihr Hospital geholt hatte. Drei der Siechen seien auf wundersame Weise geheilt worden, erzählte man sich. Seither versiegten die Mittel des Hospitals nicht mehr, und sogar die Bewohner Marburgs brachten ihre Kranken ins Tal und baten Elisabeth, sie zu segnen.

Heinrich räusperte sich, fragte unbeholfen, wie es ihr gehe. Elisabeths verwunderter Blick beschämte ihn. Er, der in den vergangenen Tagen hofiert worden war, dem sich

Ministeriale, Edelfreie und Grafen mit tiefen Verbeugungen bittend genähert hatten, der Briefe der mächtigsten Fürsten des Reiches empfangen hatte, Briefe voller bedeutungsschwerer, oft schwülstiger Worte, voller Schmeicheleien – er fühlte sich dieser Frau in ihrem schäbigen, grauen Rock unterlegen wie ein Knabe einer Königin.

»Ich vermisse die Belehrungen des Magister Konrad«, erwiderte sie. »Es fällt mir schwer, das Aufbegehren meines Stolzes, meine Unbußfertigkeit allein zu bezwingen.«

»Elisabeth, ich bitte dich!« Allein der Name war wie ein Donnerschlag durch seinen Körper gefahren.

»Nein, nein, es ist wahr. Ich verschwende die Güter, die doch dem Wohle der Armen dienen sollen, an Verworfene, und meine Schwestern strafen mich nicht hart genug.«

»Strafen? Warum sollte man dich strafen, wo du ohnehin schon die schwerste Buße und die niedrigste Arbeit auf dich nimmst.«

»Ungehorsam, lieber Bruder! Magister Konrad hat mir strengstens verboten, Geld zu verschenken, doch wenn ich Not sehe, tu ich es trotzdem. Und selbst wenn es aus Barmherzigkeit geschieht, ist es Ungehorsam und muß bestraft werden.«

»Es ist *dein* Geld, Elisabeth, es steht *dir* zu, darüber zu befinden!«

»Ich habe allem abgeschworen«, sagte sie. »So wie Franziskus es dereinst tat. Ich habe mich von meinen Eltern losgesagt, meinen Geschwistern, meinen Schwägern und meinen Kindern. Ich habe mich von allen weltlichen Dingen und allem Besitz losgesagt und Magister Konrad unbedingten Gehorsam geschworen. Wenn ich den Armen Geld gebe, dann mag das aus Barmherzigkeit geschehen, aber es ist und bleibt Ungehorsam.«

Rasch entzog Heinrich ihr seine Hände. Ein hastiger Blick enthüllte ihm Wernhers unverhohlene Bewunderung für Elisabeth, Eifer und tiefe Sehnsucht, es dieser Frau gleichtun zu können.

»Ich habe etwas mit dir zu bereden, das keinen Aufschub duldet«, sagte Heinrich hart. »Wernher von Battenberg wird solange bei der Kranken bleiben und dich rufen, wenn es not tut. Immerhin hat er beschlossen, in den Orden der Johanniter einzutreten.«

Sichtlich widerstrebend folgte Elisabeth ihm hinaus, wo es zu regnen begonnen hatte, ein feiner, kühler Regen, der auf ihren Umhängen winzige Perlen bildete. Heinrich suchte den Schutz der Weiden am Ufer des Mühlenbachs auf, der hier breit und träge dahinfloß. Auf einer dicken Wurzel ließ er sich nieder und winkte Elisabeth zu sich. Daß sie sich die unbequemste Stelle suchte, verdroß ihn.

»Ich habe von der Art der Strafen erfahren, die Magister Konrad an dir übt.«

Ihre Brauen hüpften, aber sie schwieg; dennoch hatte er den Eindruck, daß ihre Lippen ein wenig schmaler wurden, das Lächeln dünner.

»Sag mir, Elisabeth, dürfen die Landgrafen von Thüringen und Hessen dulden, daß ihre Schwester, die Tochter des Königs von Ungarn und Witwe eines auf dem Kreuzzug gestorbenen Fürsten, schmählich verprügelt wird wie eine unbotmäßige Magd?«

»Heinrich, ich bin eine unbotmäßige Magd. Ich habe am Altar des Herrn Gehorsam geschworen und diesen Schwur dennoch immer wieder gebrochen.«

»Diese Grausamkeit ist ohne Maß!« platzte er heraus. »Du mußt dich von Magister Konrad trennen!«

»Das darf ich nicht, und das kann ich nicht. Der Heilige

Vater hat ihn mir als Vormund gestellt. Wie kann ein einfaches Weib dem Wort des Papstes trotzen?«

»Du mußt es! Weißt du eigentlich, welche Schande du mit deinem Verhalten über dich und damit über uns bringst?«

»Ich habe mich von allem losgesagt, wie es Christus selbst fordert von denen, die ihm nachfolgen – auch von meinem eigenen Willen.«

»Aber wir können uns nicht von dir lossagen!« entgegnete Heinrich. »In den Augen der Welt bist und bleibst du Frau Elisabeth, Landgräfin von Thüringen, Witwe Ludwigs des Frommen, Tochter König Andreas' von Ungarn. Und wenn dir Schändliches widerfährt, glaubt die Welt, wir ließen es zu, und tadelt uns deshalb.« Er deutete auf das zwischen den Bäumen weiß hindurchblitzende Fachwerkhaus, das das Hospital beherbergte. »Warum genügt es dir nicht, Siechenhäuser zu stiften und mit den Mitteln deines Wittums zu unterhalten? Warum glaubst du diese Mittel verachten, in völliger Armut leben und selbst die Kranken pflegen und die Armen speisen zu müssen? Ganz zu schweigen davon, daß du das Hospital den Landstreichern öffnest und dir Zutritt zu Gefangenen im Kerker verschaffst – letzteres, Elisabeth, ist dir nur möglich, weil man dich noch immer als Königstochter und Landgräfin ansieht, denn es ist Teil deines Leibes. Du magst dich von deinem Willen lossagen können, aber nicht von deinem Leib.«

Heinrichs Wangen brannten, als er verstummte und sie anstarrte in Erwartung einer Verteidigung; doch Elisabeth schwieg und blickte ihn an mit ihrem befremdlichen Lächeln. Hatte er zuvor gedacht, dieses Lächeln sei ermattet, so mußte er sich jetzt eingestehen, daß all seine Wut bei ihr nichts erreichte. Als hätte man ein loderndes Scheit in einen ruhig dahinfließenden Bach geschleudert, so erstarb der Zorn in seiner Brust, auch wenn im Kern des Holzes die Glut weiterschwelte. Er stieß den Atem zwischen den Zähnen aus und ließ die Schultern hängen.

Reiser knackten, Schritte raschelten im Laub, dann hörte Heinrich Stimmen, die sich aus der Aue näherten, das Kichern eines Kindes. Eingehüllt in einen vielmals geflickten dunklen Umhang trat eine Frau ans Ufer des Flusses, die zwei kleine Kinder in losen Kitteln bei sich hatte; sie fiel vor Elisabeth auf die Knie und stammelte eine kaum verständliche Begrüßung. Dann zog sie die beiden Kleinen zu sich und bat um einen Segen. Elisabeth legte ihre Hände zuerst auf den Scheitel des einen Kindes, strich ihm zärtlich über die Wangen und segnete dann das andere auf die gleiche Weise, bevor die Frau dankte und sich zu Heinrich umdrehte.

»Mein Herr, Gott gewährt Euch eine besondere Gnade: Ihr dürft bei der heiligen Frau sein. Seid dankbar und gedenkt der Armen, damit sie für Eure Seele beten.«

Als sie ihm die geöffnete Hand hinstreckte, stutzte er kurz, tastete dann unter dem Mantel nach dem Beutel an seinem Gürtel, fand darin ein paar Münzen, die er ihr gab, gutes Silber. Die Frau machte große Augen und errötete.

»Vergelt Euch Gott Eure Güte, mein Herr«, flüsterte sie erstickt unter vielen kleinen Verbeugungen. »Sagt mir noch, in wessen Namen soll ich die Gebete sprechen und für was?«

Heinrich zögerte, wechselte einen langen Blick mit Elisabeth.

»Dieses Almosen ist nicht als Bezahlung für Gebete gedacht, gute Frau. Aber wenn du meinst, ein Gebet sprechen zu müssen, dann richte deinen Dank an Gott, und stimme den Psalm vom guten Hirten an.«

»Mein Herr, für dieses Geld könnt Ihr mehr als einen so bescheidenen Wunsch verlangen.«

»Es heißt, man solle nicht schachern und nicht feilschen – schon gar nicht um Gebete. Jetzt geh und tu, was dir richtig dünkt!«

Verwirrt sah sie ihn an, stopfte die Münzen in eine Tasche, die wohl unter ihren Röcken verborgen war, knickste und beugte immer wieder den Nacken, während sie nach den Armen ihrer Kinder tastete, und rannte dann hastig davon.

»Du hast sie erschreckt«, sagte Elisabeth leise. Ihre Augen schimmerten auffällig. »Solch verschwenderische Gaben kennen sie nicht einmal mehr von mir, seitdem es mir verboten ist, etwas anderes als Stücke von Brot zu geben.«

»Hältst du dich daran?« fragte Heinrich vorsichtig.

Sie musterte ihn schweigend, was jedes Wort überflüssig machte.

»Sag mir, liebe Schwester, warum hast du dem Magister Konrad, einem Prämonstratenser und Kreuzzugsprediger, Gehorsam gelobt? Warum ausgerechnet ihm?«

»Weil er in Armut lebt, wie auch ich leben will. Er würde niemals versuchen, mich in ein Kloster zu drängen, wenn ich dafür meinen Wunsch, in Armut zu leben, aufgeben müßte. Denn das widerspräche seinen eigenen Grundsätzen.«

»Also war es nur eine List?«

»Nein, Heinrich, es war nie eine List, es war der einzige gangbare Weg. Ich will im Dienst an den Armen das ärmste und verachtetste Leben führen, und gäbe es eines, das noch ärmer und verachteter ist als das der Schwestern in der Welt, dann würde ich dieses aufgeben, um jenes zu leben.«

»Du *willst*? Hattest du deinem eigenen Willen nicht abgeschworen?«

»Als ich mich von meiner Familie, meinen Kindern und von allen Dingen der Welt lossprach und gelobte, dem Magister gehorsam zu sein, da schwor ich nicht in seine Hand, sondern legte meine Hand auf den Altar in der Kirche der Minderbrüder. Ich legte meinen Willen in Gottes Hand, um nicht Werkzeug eines Menschen zu werden. Ich habe mich und den Magister zu schützen versucht.«

»Warum, Elisabeth? Warum?«

Wieder schaute sie ihn eine Weile an, ihre Miene war sanft.

»Heinrich, Christus sagt, man müsse alles hinter sich lassen, wolle man ihm nachfolgen. Nichts anderes habe ich getan. *Qui amat patrem aut matrem plus quam me, non est me dignus, et –*«

»Ich kenne den Vers«, unterbrach er sie schroff. »Verzeih mir, Elisabeth, aber der Gedanke, Christi Nachfolge bedeute, in bitterster Armut zu leben, klingt nach Ketzerei.«

Sie lachte leise. »Wie kann das, was als Christi Worte geschrieben steht, Ketzerei sein? Es ist doch nicht das Leben in Armut oder die Hinwendung zu den Leidenden, was den Ketzern vorgeworfen wird, sondern Irrlehren, denen sie anhängen. Irrlehren, die in der Heiligen Schrift nirgends zu finden sind, sondern Einflüsterungen der Dämonen entstammen. Lehrt etwa die Heilige Schrift, daß die Welt die Schöpfung des Teufels ist, wie die Katharer behaupten? Oder verbietet sie die Verehrung Mariens und der Apostel oder die rettende Taufe der Kinder, obwohl der Herr selbst seinen Jüngern verbot, die Kinder von ihm fernzuhalten, und er selbst die Apostel aussandte, damit diese in der Welt Sünden vergeben und Krankheiten heilen?«

Zögernd schüttelte der Landgraf den Kopf, doch seine

Schwägerin fuhr fort, ohne darauf zu achten. »Heinrich, ich glaube, was der heilige Franziskus gelehrt hat und vor ihm Norbert von Xanten und viele andere, nämlich daß wir dieser Welt entsagen müssen, um ins Reich Gottes eingehen zu können. Und diese Lehren wurden vom Papst anerkannt, denn sie befolgen die Worte Christi.«

»Nun … dann wird jemand für mich beten müssen, damit ich ins Reich Gottes eingehen kann, wie meine Mutter für meinen Vater betet, um ihm das Purgatorium leicht zu machen. Denn würde ich deinen Spuren folgen und der Welt entsagen und mit mir Konrad und alle, die dir und mir teuer sind, dann würde das Land von Kriegen überzogen werden, und außer uns würden zahllose Unschuldige Opfer eines sinnlosen Schlachtens.«

»Jeder muß seinen Weg gehen, denn kein Mensch gleicht dem anderen. Deshalb muß es verschiedene Wege der Anbetung geben, vereint im Gehorsam zu der einen Kirche. Auch die Äbtissin Hildegard von Rubertsberg fragte einmal die Leiterin eines anderen Stifts, welcher Mensch denn all sein Vieh – Ochsen, Esel, Schafe, Böcke – in einem Stall zusammentreibe, gerade so, als ob es dann keine Mißtöne unter ihnen gäbe? Doch letztendlich ist unsere einzige Aufgabe auf Erden, die Menschen fröhlich zu machen.«

Seufzend ließ Heinrich die Schultern sinken. »Mit dir ist kein Reden. Was hat das eine mit dem anderen zu tun?«

Er sah, daß sie sich auf die Zunge biß. »Verzeih mir! Das ist wegen dem Magister. Ihn kann ich nur mit den Worten Gottes und der Gelehrten überzeugen, und was ich aus Barmherzigkeit durchsetze, ist dennoch Ungehorsam, für den ich Buße tun muß.«

»Also sitzt du ebenso wie ich in einer Falle«, sagte Heinrich leise.

»Wir sind Menschen, Heinrich, wir sind sterbliche, fehlbare Wesen. Vollkommen ist das Reich Gottes, und wir, die wir uns bemühen, dorthin zu gelangen, wissen, daß dessen Tore eng sind und kaum zu finden, während die breiten, hohen Tore in die Verdammnis führen.«

Ein Geräusch lenkte sie ab; auch Heinrich blickte auf, erkannte Wernher, der sich mit schnellen Schritten durch das Gestrüpp näherte, dann mit wenigen Worten Elisabeth bat, nach der Kranken zu sehen, die sich von den anderen Schwestern nicht beruhigen lasse. Sie erhoben sich gleichzeitig.

»Ich muß gehen, Heinrich. Vielleicht kann ich noch helfen, ihr Leid zu lindern.« Sie trat auf ihn zu, faßte ihn bei den Schultern, ihre Lippen berührten seine Wangen, links, rechts, dann ließ sie ihn stehen und eilte davon.

Tagelang hatte Heinrich sich einer umständlichen Kur unterziehen müssen. Bruder Johann hatte ihn jeden Morgen und jeden Abend gebadet und die offenen Wunden mit Salben und Honig eingerieben, dazu eine stärkende Kost zubereiten lassen und allerlei Kräuteraufgüsse, die mit Honig genießbar gemacht wurden. Wenn Bruder Johann behandelte, summte er leise eine traurige Melodie, und manchmal glaubte Heinrich ein paar lateinische Worte zu erkennen. Es war sicherlich keine Hymne und auch kein Psalm, vielleicht ein Lied, das der junge Minorit von seinen Reisen kannte.

»Ich kann es Euch nicht sagen, mein Herr«, erwiderte Wigo, als Heinrich ihn fragte, was für ein Lied Bruder Johann so oft auf den Lippen trage.

»Könnt Ihr es nicht? Wollt Ihr es nicht? Oder dürft Ihr es nicht?«

Aus dem weich gepolsterten Stuhl musterte Heinrich das Spiel widerstreitender Gedanken auf der Miene des Capellanus, während dieser den Fensterflügel schloß. Die Flämmchen der Lampen kamen sogleich zur Ruhe. Heinrich genoß es, nicht im Bett liegen zu müssen, auch wenn Bruder Johann ihm geraten hatte, das Gemach nicht zu verlassen. Schließlich wandte Wigo sich wieder zu ihm um.

»Herr Heinrich, würdet Ihr einen Freund in Not bringen?«

»Ihr macht mich neugierig, Pater.«

»Es ist die Liebe zur Armut und zu den Armen, die den Minoriten das teuerste ist nach der Liebe zu Gott. Und diese Liebe zu den Armen läßt sie die Welt in einem anderen Licht sehen als wir Chorherren und die Brüder aus dem Orden der Benediktiner oder gar die geistlichen Fürsten.«

Ein Lächeln stahl sich in Heinrichs Züge. »Erst recht anders als die weltlichen Fürsten, nicht wahr?«

Wigo räusperte sich unterdrückt und knetete die Hände vor dem Bauch. »So mag es scheinen, mein Herr. Dennoch gibt es zahlreiche Fürsten, welche die Not erkennen und zu lindern versuchen, indem sie Almosen verteilen und Hospitäler stiften. Aber die meisten bedrücken das ihnen anvertraute Volk, bedrängen die Armen, verschließen ihr Herz und sprechen mit stolzem Mund.«

Die Augen des Chorherrn funkelten, und seine Stimme war bei den letzten Worten scharf geworden. Verwundert lehnte sich Heinrich zurück, während Wigo das Lied anstimmte, dessen Weise Bruder Johann auf den Lippen zu tragen pflegte.

»Regnat avaritia,
regnant et avari;
mente quivis anxia
nititur ditari,
cum sit summa gloria
censu gloriari.
Omnes iura ledunt
et ad prava quaelibet
impie recedunt.«

Als die klare, geübte Stimme des Chorherrn verklang, blieb auch Heinrich stumm. Er spürte verletzten Stolz aufbegehren gegen den Vorwurf der Habgier, der ihm aus diesem Vagantenlied entgegenschlug, gegen die Art und Weise, wie sein eigener Beichtvater diesen Schmutz, der sich aus dem Straßenkot erhoben hatte, frech und frei vortrug. Eine federleichte Berührung ließ ihn zusammenzucken, ein Bild tief in seinem Inneren, dunkle, glänzende Augen, umrahmt vom Strahlenkranz schwarzer Wimpern, und eine Stimme, fein und hell wie die eines Vogels. Sie wolle die Menschen fröhlich machen, sagte sie und meinte vor allen anderen diejenigen, die unter den Toren der Stadt im Schatten der beiden Berge zusammengepfercht hausten, die Armen und Kranken, Aussätzige, die man für tot erklärt hatte, und Landflüchtige, die kein Geld hatten, um sich als Bürger in der Stadt einzukaufen.

»Wo habt Ihr das Lied gelernt?«

»Im Land Eures Schwagers, Herzog Friedrichs von Österreich, auf dem Weg ins Heilige Land. Bei meinen Brüdern in Seckau, die sich besonders der Musik widmen und von denen mehrere auch Lieder fahrender Sänger sammeln. Ihr wißt, mein Herr, daß geschrieben steht, weil etwas des Volkes Stimme sei, sei es Gottes Stimme.«

»Daß also etwas dran ist, wenn solche Lieder sich verbreiten, und Gott uns auf diese Weise zu ermahnen sucht?«

Wigo nickte. »Die fahrenden Sänger sind Ohr, Auge und Mund des Volkes, sie fassen in Lieder, was sie hören und sehen, und wenn ihre Lieder die Billigung des Volkes finden, verbreiten sie sich. Die Herren sollten auf diese Stimme hören, anstatt fahrende Sänger zu bedrängen, ihnen schmeichelnde Lieder zu singen, oder diese zu vertreiben.«

Heinrich nickte wortlos, während er an seines Vaters Hof dachte, an die Dichter und Sänger, die in seiner Kindheit dort verkehrt hatten. Alle hatten sie in der Halle das Lob des stolzen Landgrafen gesungen, nur wenige hatten ihm nicht ständig nach dem Munde geredet, sich allerdings nie für das einfache Bauernvolk, die Hörigen und Handwerker interessiert. Wolfram von Eschenbach, der sich vor den Herren stets als Verächter pfäffischer Belesenheit gegeben hatte, hatte mit Landgräfin Sophia oft über die Ethik eines Christenmenschen gesprochen, und der Vogelweider hatte eines Tages die Wartburg verlassen, um fortan gegen den Landgrafen zu wettern, weil er sich schlecht behandelt dünkte.

»Warum erzählt Ihr das einem sterbenden König, der keine Macht mehr hat, Pater Wigo?«

»Herr, Ihr seid noch immer der König der Deutschen«, erwiderte Wigo. »Ihr seid Herr und Richter über die Fürsten, deren Ungerechtigkeit dieses Lied beklagt. Ich hoffte, daß Ihr, der Ihr mit Eurem Bruder die Kanonisation der heiligen Elisabeth betrieben habt, als gerechter König lange herrschen würdet. Doch Gottes Ratschluß ist ein anderer.«

»Etwa weil ich kein gerechter König bin?«

»Nein, Herr, Gott urteilt nicht kleinlich. Aber ich hoffe darauf, daß Ihr noch die Kraft findet, die Fürsten, die an Eurer Seite stehen, an ihre Treue zu erinnern und damit auch an ihre Pflichten sowohl Euch gegenüber als auch gegenüber den Völkern.«

Heinrich lächelte matt und legte die Hände zusammen, die ihm bleischwer erschienen. Seit seiner Rückkehr auf die Wartburg hatte man ihm Briefe vorgelesen, die seine Getreuen geschickt hatten. Von Grafen, die gelobten, ihm unverbrüchlich zur Seite zu stehen, fragten, wann er den Feldzug gegen die schwäbischen Fürsten zu Ende führen werde. Zweifellos hatte sich die Kunde von seiner Verletzung längst verbreitet, das Schweigen über sein Befinden sprach Bände.

»Pater, glaubt Ihr wirklich, daß ich noch König bin – und das nicht nur dem Namen nach? Glaubt Ihr wirklich, daß ein einziger der deutschen Fürsten noch darauf hört, was ich sage?«

»Sie müssen es, mein Herr. Ihr seid der gewählte König, selbst wenn Ihr noch nicht gekrönt seid.«

Neben dem Kopfteil des Bettes hatte Wigo einen Tisch aufstellen lassen, der ihm als Ambo und Altar zugleich diente, wenn er mit Heinrich die Stundengebete vollzog. Seitdem Heinrich von den Dämonen heimgesucht worden war – und er war felsenfest davon überzeugt, daß es wirkliche Dämonen waren und keine Traumbilder –, bestand er darauf, die Zeiten einzuhalten. Er schlief ohnehin schlecht, an den Hüften und im Rücken waren schmerzhafte Geschwüre aufgebrochen, gegen die kein Mittel half.

Der Winter war mit eisigen Winden zurückgekehrt, die durch die Flure heulten und an den Fensterläden rüttelten. Schwer hing die Kälte in den Bettvorhängen und Teppichen, ließ sich durch Kohlebecken nicht vertreiben, und die Dunkelheit der langen Nächte überschattete das Gemüt. Heinrich verzehrte sich nach dem Frühjahr, nach dem Licht und der Wärme der Sonne, nach dem Geruch von frischem Gras, nach den hellen Stimmen der leichtfüßig auf dem Anger tanzenden Mädchen, die von duftenden Blüten, von süßen Küssen und brennender Sehnsucht sangen. Statt dessen beherrschte bleierne Stille die Burg, zerrissen von seltenen Befehlen, dem Schall der Businen und vom Klappern der Fensterläden.

Seit zwei Tagen fiel Heinrich das Atmen wieder schwerer; es hatte damit begonnen, daß seine Kehle wie zugeschnürt war, dann lastete ein Gewicht auf seiner Brust, das von Stunde zu Stunde schwerer wurde. Nun sah er zu, wie Wigo, wie so oft, vor dem Tisch kniend betete, während der Überrest eines Bolzens, der tief in Heinrichs Leib steckte, ihn langsam tötete, und alles, was er tun konnte, war, die Gebete nachzumurmeln, mit den Lippen die Worte der Psalmen, der Lesungen, der Hymnen nachzuformen, in der Hoffnung, damit die Gnade des Herrn zu erwirken.

Leise scharrend näherten sich Schritte; Heinrich blinzelte, erkannte seinen Kämmerer. Er versuchte sich zu erheben, doch der Schmerz warf ihn zurück in die Kissen, wo er nach Luft rang. Überaus klar hörte er, daß Dietrich und Wigo flüsterten, daß sich eilige Füße näherten. Wasser plätscherte, dann wurde ein kühles nasses Tuch auf seine Stirn gelegt, und der Duft von Minze und Rosmarin stieg ihm in die Nase. Die Schatten vor seinen Augen verblaßten.

»Die Herren von Gleichen sind gekommen, mein Herr«, sagte Wigo leise.

Heinrich spürte, wie ein Bild in ihm aufschien, ein Name erklang, das Gesicht eines Mädchens mit blonden Locken, das, halblaut summend, Tanzschritte übte, sich im Kreis drehte. »Adelheid?« stieß er hervor.

Er ahnte, daß Wigo nickte. »Sie ist bei ihnen.«

»Bringt sie zu mir!« krächzte Heinrich, und er stemmte die Unterarme auf das Lager, obwohl ihm die Kraft fehlte, sich aufzusetzen. Wigo war behilflich, geduldig hob er ihn, gemeinsam mit dem Kämmerer, hoch, schob ein weiteres Kissen in seinen Rücken. Ihre Mienen verrieten ihm, wie schrecklich er aussah. Er betastete sein Gesicht, das sich fremd anfühlte, kühl, trocken und schlaff, wie das eines anderen. Er ließ die Arme auf die Bettdecke fallen und blickte erwartungsvoll zur Tür, von wo Stimmen tönten. Kinderstimmen. Also hatte auch Adelheid ihre Kinder mitgebracht, aber sie durften nicht herein.

Fast lautlos erschienen die beiden Grafen von Gleichen vor ihm, ein weiterer Heinrich und Ernst, der Mann, dem er Adelheid nach einer schrecklichen Fehde einst übergeben hatte, die fröhliche Tochter des Edlen zu Putlitz. Als sie von ihrem Kniefall aufblickte, erstarrte ihr Gesicht, sie legte die Hände wie zum Gebet zusammen und bedeckte damit Mund und Kinn.

»Verzeiht, mein Herr ...«, stammelte sie. »Ich wußte ja nicht ...«

»Es ist schon gut«, krächzte Heinrich mühsam. »Ihr seid mir willkommen. So vieles ist geschehen, soviel Unrecht. Aber der Tod ist wohl bereits in dieses Gemach eingetreten und wartet auf seine Stunde.«

Ihr Mann machte einen kleinen Schritt auf das Bett zu. »Zwischen uns steht kein Unrecht mehr, die Fehde ist beigelegt, und Ihr habt mir das kostbarste Geschenk gemacht, das ich je erhielt.« Er legte den Arm um seine Frau, deren Augen in Tränen schwammen, während sie hilflos die kleinen Fäuste ballte und öffnete. Wie kam es, daß diejenigen, die an der Schwelle des Todes standen, so oft ihre Angehörigen und Freunde trösten mußten? Heinrich wußte, wie sie sich fühlten, kannte den Schmerz, zurückgelassen zu werden, jemanden zu verlieren. Für die Hinterbliebenen schien der Tod schlimmer zu sein als für den, der durch dieses Tor schritt. So hatte es auch Epicurus gemeint, als er sagte, der Tod gehe ihn nichts an, denn solange er da sei, sei der Tod nicht da, und sei der Tod da, dann er selbst nicht mehr.

»Holt Eure Kinder«, sagte er rauh. »Ich möchte sie gesehen haben, bevor ich gehe.«

Er schloß die Augen für ein paar Atemzüge, bis das feine Getrappel von Kinderfüßen ihn lächeln machte. Vor ihm standen zwei Knaben, Adelheid führte sie näher, hob einen nach dem anderen auf die Bettkante, wo sie saßen und ihn stumm aus großen Augen anstaunten, nachdem ihre Mutter ihnen zugeflüstert hatte, brav zu sein, denn das sei der König.

»Habt keine Angst«, sagte Heinrich leise. Er hob mühsam die schwere Rechte von der Bettdecke, legte sie erst dem Kleineren, dann dem Größeren auf den Scheitel und wunderte sich, daß das Gewicht seines Armes die Kinder nicht niederdrückte. »Euer Vater und dessen Bruder sind treue Lehnsmänner. Wir haben gestritten, als sie noch in Diensten eines anderen standen, sie haben schwere Strafe erlitten, und dennoch unterstützten sie mich und brachten in Höchheim viel Volk zusammen, das mir nach der Wahl huldigte. Seid gehorsame Söhne, besonnen, tapfer und klug, damit Gott gebe, daß ihr gerecht werdet.«

VII

Gegen Ende des Sommers im Jahre des Herrn 1231 hatte Heinrich seine Burgen im Osten der Landgrafschaft und das thüringische Landgericht Mittelhausen bei Erfurt besucht, Recht gesprochen und die Ehrung so mancher Stadt über sich ergehen lassen. Seine Gemahlin hatte er auf der Wartburg zurückgelassen, weil sie sich unwohl gefühlt hatte; sie hatte geglaubt, in der Hoffnung zu sein. Am Morgen des Aufbruchs von Erfurt erreichte ihn der Bote, der in der Nacht von Berthold, dem alten Capellanus, geschickt worden war. Ein Bote mit einer schlimmen Nachricht, die in wenigen Worten besagte, daß seine Gemahlin Elisabeth, Schwester der Markgrafen von Brandenburg, auf den Tod liege. Am Vortag habe ein Fieber sie befallen, und die Ärzte wüßten keinen Rat.

Auf dem schnellsten Weg begab er sich zur Wartburg, wechselte die Pferde, wo immer es ging, so daß er dort am frühen Nachmittag eintraf – um zu erfahren, daß seine Gemahlin soeben dem Fieber erlegen war, getröstet von Bertholds Gegenwart, der Stärkung im Geiste und einer letzten Kommunion.

Betäubt, als hätte jemand eine riesige eherne Glocke über ihn gestülpt und dann angeschlagen, betrat Heinrich die Kapelle, unter dem Tympanon hindurch, das ihn jetzt nicht mehr nur an Ludwigs Tod erinnerte. Berthold hatte die Landgräfin in der Kapelle aufbahren lassen; ihr lebloser Körper lag schmal wie der eines Kindes vor dem Altar, angetan mit dem rauhen Hemd einer Büßerin, die Hände auf der Brust zusammengelegt, umgeben von hohen goldenen Kerzen aus Bienenwachs, die einen betäubenden Duft verströmten. Kissen stützten die Haltung der Toten.

Zögernd näherte Heinrich sich ihr, ging um die Bahre herum, betrachtete ihre derben Züge, ihre ein wenig gedrungene, zu große Gestalt. Der Leib unter dem grauen Rock war vollkommen flach, so flach, daß er seine Hand darauf legen wollte, um sich zu vergewissern, daß da überhaupt etwas war. Er fühlte sich dumpf, als hätte er zuviel Bier getrunken. Die Arme hingen ihm schwer von den Schultern. Er stand neben seiner verstorbenen Gemahlin wie ein Maulesel vor dem Pfosten, an den er gebunden war.

Lange verharrte er reglos, blickte sie an, ohne sie zu sehen, hörte nur den Klang ihres Namens.

Elisabeth.

Irgendwann erfaßte ihn Erleichterung, atmete er auf. Elisabeth war in Marburg. Tat Gutes in ihrem Hospital. Diente den Armen. Pflegte die Kranken. Elisabeth lebte. Atmete. Ihr Herz pochte. Er stieß einen Klagelaut aus und setzte sich auf den Boden. Warm rannen Tränen über seine Wangen. Er schluchzte leise. Spürte eine Hand auf seiner Wange. Einen Arm, der sich um seine Schultern schob. Hörte den sanften Zischlaut, mit dem Frauen kleine Kinder beruhigen – Schschsch –, spürte die Wärme einer Mutter.

»Es ist gut, mein Kind, es ist gut.«

Friedrich Secundus Roger rief in diesem elften Jahr nach seiner Kaiserkrönung die Fürsten des Reiches für das Fest der Geburt des Herrn zum Reichstag nach Ravenna. Die Zeit war gekommen, da Heinrichs und Konrads brüderliche Herrschaft Früchte tragen sollte, indem Heinrich dem Ruf des Kaisers folgte, während Konrad, ausgestattet mit der Machtfülle eines Landgrafen, dafür sorgte, daß kein neidischer Nachbar die Abwesenheit seines Bruders für eine widerrechtliche Landnahme, für die Abwerbung von Dienstmännern oder den Bau oder Kauf von Burgen nutzte.

Heinrich lehnte an einem geöffneten Fenster im Obergeschoß des Palas der Kasseler Stadtburg und starrte hinunter auf den Hof, wo die Knechte Vorbereitungen für die morgige Abreise trafen. Zuvor würde er sich mit seinem Bruder abstimmen, um weitere Landgewinne gegenüber dem neuen Erzbischof von Mainz durchzusetzen. Mehrere Burgen hatte Konrad seit Beginn der Fehde eingenommen und eine Stadt bis auf die Grundmauern zerstört. Erzbischof Siegfried, ohnehin durch die Umtriebe einiger thüringischer Grafen bedrängt, saß in Mainz und pflegte seinen verletzten Stolz, wie Heinrich den bitteren Beschwerdebriefen, in denen der Pfaffe sich über Konrads Übergriffe beklagte, entnommen hatte.

Heinrich empfand eine kalte Genugtuung, aber keine Freude, und die Gefahren der Reise waren ihm gleichgültig. Er würde allein reisen. Seine verstorbene Gemahlin hatte ihre letzte Ruhestätte im Kloster Reinhardsbrunn an der Seite Ludwigs, des unglücklichen Kreuzfahrers, gefunden. Nun erwartete neben seinem Bruder eine Elisabeth den Tag des Gerichts, allerdings nicht diejenige, die er geliebt hatte wie seinen Augapfel, die ebenso schöne wie eigensinnige ungarische Königstochter. Deren Sohn Hermann hatte Heinrich im Sommer auf die Wartburg bringen lassen, damit der Junge allmählich auf seine zukünftige Stellung vorbereitet wurde. Hermann war neun Jahre alt, in wenigen Jahren würde er mündig sein. Noch wußte Heinrich nicht, welche Begabung in dem hübschen, lebhaften Knaben steckte.

Bei seiner Abreise nach Italien hatte Ludwig zwar Heinrich die Regentschaft über sein unruhiges kleines Reich überlassen, kurz vor seinem Tod jedoch dafür gesorgt, daß Kaiser Friedrich dem unmündigen Hermann das thüringische Reichslehen übertrug. Doch ihre Mutter Sophia hatte darauf verwiesen, daß auch Ludwigs und Heinrichs Vater die Landgrafschaft von seinem älteren Bruder ererbt habe und Hermann viel zu jung sei. Vielleicht hätte alles anders kommen können, wenn Elisabeth bereit gewesen wäre, die Regentschaft für ihren Sohn mitzutragen. Als Heinrich zum ersten Mal eine Urkunde als Landgraf von Thüringen und Hessen zeichnete, maßte er sich damit die Lehnsherrschaft an, ohne daß sie ihm zustand. Aber der Kaiser war damals zu sehr mit den Auseinandersetzungen in Italien beschäftigt gewesen, der König war ein Kind und Sophias Bruder, der Herzog der Bayern, dessen Vormund.

Sophias Bruder, der vor kurzem ermordet worden war. Niemand wußte, wer der Mann gewesen war, der den Herzog mitten auf der Brücke erstochen hatte, bevor er im Handgemenge selbst getötet wurde. Sophia hatte die Nachricht gefaßt aufgenommen und sprach nicht darüber, sondern zog sich seither völlig ins Gebet zurück.

Ein Edelknabe überbrachte Heinrich die Nachricht, Landgraf Konrad erwarte ihn im Saal und geleitete ihn hinunter. Dort empfingen ihn außer seinem angespannt wirkenden Bruder einige Lehnsmänner, darunter Friedrich von Treffurt, den Heinrich an den Hof von Konrad geschickt hatte, und Wigo von Fritzlar, der Geistliche, dem Hermann anvertraut gewesen war; als der junge Chorherr nach der Rückkehr auf die Wartburg um die Gunst gebeten hatte, eine Pilgerreise nach Rom unternehmen zu dürfen, hatte Heinrich kurzerhand entschieden, daß Wigo ihn als geistlicher Beistand bis Ravenna begleiten müsse. Der dritte gute Bekannte war der alte Graf von Schwarzburg, ein Lehnsmann der Erzbischöfe von Mainz, der einige Zeit nach Siegfried von Eppsteins Wahl und Weihe mit diesem in Fehde geraten und bald darauf an Heinrichs Hof erschienen war, um ihm seine Unterstützung gegen den Mainzer anzubieten.

Gemessenen Schrittes näherte Heinrich sich den Männern, die vor der Bühne mit den beiden erhöht aufgestellten Sesseln versammelt standen. Zu einem öffentlichen Anlaß wären Konrad und er in farbigen Waffenröcken und prächtigen Umhängen, mit den Schwertern gegürtet und die Grafenkronen auf dem Kopf, erschienen, um von diesen Stühlen aus Recht zu sprechen; aber dies war nur eine Besprechung.

»Es geht um Fritzlar«, platzte Konrad heraus. »Der Mainzer läßt die Besatzung verstärken.«

»Was hast du denn erwartet?« erwiderte Heinrich. »Daß der Erzbischof tatenlos zuschaut, während du die Städte und Burgen seiner treuen Lehnsmänner zerstören läßt?«

»Er soll sich auf das Gebiet jenseits der Lahn zurückziehen. Jede seiner Burgen und Vogteien ist ein Stachel zuviel in unserem Fleisch!«

»Das mag sein, mein Herr«, wandte der Schwarzburger nach einer steifen Verbeugung ein. »Trotzdem wäre es nicht klug, Fritzlar jetzt anzugreifen. Die Stadt hat Euch keinen Grund gegeben.«

Verblüfft die Brauen hochziehend, wandte Heinrich sich seinem Bruder zu. »Du hast die Absicht, Fritzlar zu belagern?«

Stirnrunzelnd warf Konrad dem Schwarzburger einen finsteren Blick zu, den Heinrich auffing.

»Und das sollte ich wohl nicht erfahren«, fuhr er fort. »Du solltest diesem Mann dankbar sein, denn von derart hochfliegenden Absichten möchte ich wissen, bevor sie in die Tat umgesetzt werden.«

Am verhaltenen Grinsen des Treffurters erkannte er, daß auch dieser heilfroh war, während Konrad sichtlich grollte. Aber Heinrich ging nicht weiter darauf ein, besprach mit den Männern ihr weiteres Vorgehen und mahnte, sich bis zu seiner Rückkehr in Zurückhaltung zu üben. Als sie gemeinsam den Raum verließen, um sich einem Mahl mit den Stadtoberen zuzugesellen, spürte Heinrich, daß er am Ärmel zurückgehalten wurde. Als er sich umwandte, blickte er in Konrads verdrießliche Miene.

»War es nötig, mich vor unseren Gefolgsleuten zu tadeln, Heinrich?«

»War es nötig, daß du versucht hast, mich zu hintergehen? Wolltest du allen Ernstes deine Auseinandersetzungen mit den Leuten des Mainzers fortsetzen, während ich am Hof des Kaisers bin? Erzbischof Siegfried könnte eine geharnischte Klage verfassen, die den Kaiser erreicht, ehe ich dort eintreffe. In einem solchen Fall möchte ich keine bösen Überraschungen erleben und mich für Handlungen rechtfertigen müssen, von deren Planung ich nichts ahnte.«

Konrad ließ den Kopf hängen, deutlich war ihm anzumerken, daß sein jugendliches Ungestüm scharf gezügelt worden war. »Ich hatte gehofft, meine Fehde mit dem Mainzer allein zu Ende führen zu können.«

»Und ich habe noch immer nicht die Absicht, mich einzumischen. Du bist Landgraf von Hessen, vergiß das nicht!«

✠

Der Regen klatschte Heinrich ins Gesicht und mischte sich mit dem Schweiß, durchnäßte seinen Mantel, der ihm schwer auf den Schultern lag. Die Beine seines Pferdes griffen weit aus, das Tier schnaubte mit jedem Sprung, versprühte kleine Schaumflocken. Hart spürte Heinrich den Schlag seines Herzens, hart und lebendig, seine Ohren rauschten, und vor seinen Augen verschwamm alles in dem Schleier, den der Regen auf seinem Gesicht bildete. Oder waren es Tränen?

Am Mittag hatte ein Bote auf einem keuchenden Reittier seine Schar erreicht, hustend und mit sich überschlagender Stimme verkündet, daß die Landgräfin Elisabeth in ihrem Hospital auf den Tod liege. Seit dem Morgen war der Junge unterwegs gewesen. Sofort ließ Heinrich die Schar teilen, schickte den Hauptteil mit den Packtieren weiter Richtung Süden, nur wenigen Männern erlaubte er seine Begleitung, und Chorherr Wigo beharrte darauf, ihm zu folgen.

Heinrich wischte sich mit den behandschuhten Fingern über die Augen, zügelte den Braunen auf dem steil abfallenden Weg, den sie nur in leichtem Trab bewältigen konnten. Es kostete ihn alle Kraft, dem tänzelnden Pferd nicht die Sporen zu geben, bis sie endlich die Talsohle erreichten. Bald darauf teilten sich vor ihnen die Hänge, und im Nebelgrau erkannte er den vorspringenden Burgberg, an dessen Hänge sich die Stadt klammerte.

Die Brücke überschritten sie beim hellen Vespergeläut und trennten sich an der Kreuzung unter dem Lahntor. Heinrich schickte die Wachmannschaft zur Burg hinauf und machte sich dann mit nur zwei Reisigen auf den Weg, um am Berg entlang zum Hospital zu reiten. Der Braune, den sein Gastgeber ihm für diesen harten Ritt überlassen hatte, keuchte, Schaumflocken hingen am Gebiß und klebten auf Brust und Schultern. Wo der Hang sich absenkte, drängten sich winzige, windschiefe Hütten aneinander. Eine Menschentraube drängte sich vor der Tür des Hospitals, als er das Tor erreichte; er sprang vom Pferd, ließ das Tier einfach stehen und näherte sich rasch den Neugierigen. Unterwegs zog er die Handschuhe aus, wedelte damit gebieterisch die Menschen beiseite, die tuschelnd eine Gasse bildeten.

Drinnen war es stickig, säuerlicher Geruch umhüllte ihn. Einige Kranke lagen wimmernd in den Betten, andere standen auf unsicheren Beinen in ihren dünnen Hemden mitten im Haus. Hinter dem dunklen Vorhang, der Elisabeths Bett vom Rest des Hauses trennte, war es still. Schnell fand Heinrich den Zugang, schob das schwere Tuch beiseite und trat ein.

Der Gestank des Todes stieß ihn vor die Brust. Zwei graugekleidete Frauen, die neben dem Bett gekniet hatten, sprangen auf. Er sah Elisabeth dort liegen, ihr Kopf ruhte auf einem Kissen, die Haut schien so grau wie das Hemd, das sie trug. Jemand hatte ihr die Hände wie zum Gebet auf der Brust gefaltet und dazu die Arme mit Polstern gestützt, denen man ansah, daß das grobe Tuch mit ebenso grobem Stroh gefüllt war. Als er leise näher trat, eröffnete sich ihm, daß der goldene Schein, den das Licht der Späne auf ihre Züge legte, Trug war; ihre Haut war fahl, spröde und flekkig wie billiges Pergament. Die Augen schienen ihr aus dem Schädel zu quellen, und zwischen den dürren Lippen lugten gelblich die Zahnreihen hervor.

»Ihr dürft hier nicht sein, Herr!« rief eine der Frauen.

Heinrich blickte in ein griesgrämiges, finsteres Gesicht, seine Hand stieß vor, er deutete auf die Frau.

»Keine von euch befiehlt mir«, zischte er. »Ganz gleich, was es ist – in dieser Welt bin ich euer Herr!«

Als er auf den dunklen Vorhang wies, hastete die andere Frau hinaus, die erste, ältere, zögerte jedoch, stierte ihn böse an, als läge ein Fluch auf ihrer Zunge und sie wagte nur nicht, ihn laut auszusprechen.

»Raus mit euch! Alle!« Ein schroffer Wink scheuchte auch sie hinaus, und das Geräusch schlurfender Schritte verstummte zugleich mit dem Rauschen des schäbigen Vorhangs. Nur das dünne Ächzen einiger Leidender drang herein, während sich die blakenden Flämmchen der Späne beruhigten.

Elisabeths Lider flatterten, ihr Kinn bebte, als wollte sie sprechen, doch ihr fehlte die Kraft. Zögernd legte Heinrich seine Hände auf den Rand der schäbigen Matratze, spürte das rohe Stroh, den groben Stoff, auf dem sie lag. Selbst das war ihr oft zuviel Annehmlichkeit gewesen; sie hatte ihr schlechtes Bett anderen überlassen, Kranken, Sterbenden, und auf dem harten, kalten Boden geschlafen.

Ein trockenes Schluchzen holperte über ihre zersprungenen Lippen, dann stammelte sie seinen Namen. Ihre Augen waren stumpf, als wären die Tränen versiegt.

»Brauchst du Hilfe? Mein Arzt ist auf dem Weg hierher.«

»Eitler Wunsch«, flüsterte sie. »Meine Stunde ist gekommen. Ich sollte Gott danken und jubeln.«

Ein Kloß verlegte ihm die Kehle, daß er schwer schluckte. Mit der Linken tastete er nach dem Polster, berührte ihren Arm, strich mit den Fingern darüber. Ein dünnes Lächeln zuckte in ihren Mundwinkeln.

»Bete für mich, lieber Bruder, denn ich bin schwach. Mein Blick ist trüb, mein Herz erkennt nicht mehr den Weg.«

Er zog seine Hand zurück. »Was meinst du damit? Du bist die Reinste von allen in der Welt.«

»Ach, Heinrich …« Sie blinzelte, ihre Blicke irrten umher,

bis sie ihn fanden. »Ich habe ihn verloren, den Stecken und Stab. Habe ich mich nicht auch erniedrigt, um mich zu erhöhen? Habe ich diesen Weg gewählt, um Gott nachzufolgen oder um nicht länger von Ludwig getrennt zu sein, der bei Gott ist?«

Verstört hockte sich Heinrich auf die Fersen, fuhr sich durchs Haar. Irgendwo in diesem Raum lauerten die Dämonen, nährten sich von Elisabeths Zweifeln und von seinen, und niemand war hier, dessen Gebet diese Ausgeburten der Hölle abwehrte.

»Elisabeth ... ich hole die Schwestern.«

Hart umkrampften ihre Finger sein Handgelenk, mit ungeahnter Kraft hielt sie ihn fest. Ein fiebriger Blick bohrte sich in seine Augen.

»Nein«, stieß sie heiser hervor. »Verlaß mich nicht! Nicht du!«

Ihre Arme erschlafften, mit flatternden Lidern und zitternden Lippen sank sie zurück auf das Kissen. Vom Kinn bis zur Schulter spannte sich ein Speichelfaden, den er behutsam abtupfte.

»Du kennst mich nicht, Heinrich. Niemand kennt mich, vielleicht nicht einmal Gott selbst. Ich habe euch immer nur mein Lächeln gezeigt. Ihr solltet mich nicht abbringen von meinem Weg. Ihr wißt nichts von den bitteren Stunden. Davon, all das Elend und Leid zu sehen und hilflos zu sein. Zu sehen, wie Menschen Gott lästern, wie sie einander quälen und kein Blitz dreinfährt, kein Donner ihnen wehrt. Was, wenn mich all meine Hoffnung trog, wenn aller Glaube nichtig ist, weil da nichts ist, worauf er baut? Was, wenn die Ungläubigen recht haben? Oder die Heiden? Oder vielleicht sogar die, die Gott leugnen?«

»Bitte, Elisabeth ... liebe Schwester ...« Heinrich löste

ihre Finger von seinem Arm, doch ihre Hände widerstrebten seinem Bemühen, sie zusammenzulegen, und er mußte sie dazu energisch festhalten, während ihre Augen, die ihm in dem fahlen, ausgemergelten Gesicht riesig erschienen, ihn anstarrten.

»Es ist nichts, Elisabeth, es sind nur die Einflüsterungen der Dämonen. Ich kann sie nicht fernhalten, ich trage zu schwere Schuld mit mir herum.«

»Kannst du die Dämonen sehen, Heinrich? Was, wenn sie nur Einbildung sind? Was, wenn alles Zufall ist, weil Staubkörner aufeinanderprallen, sich zusammenballen? Wenn es keine Seele gibt und mit dem letzten Atemzug alles verweht wird?«

Er riß sie aus den Kissen, umschlang sie, drückte den leichten, viel zu leichten Körper an seine Brust. Er konnte die Tränen nicht mehr zurückhalten, die ihm über die Wangen rannen, in das Tuch sickerten, das um ihren Kopf gewickelt war, das verrutschte, so daß ein Teil ihres geschorenen Schädels entblößt wurde. Er würgte an dem Kloß in seiner Kehle. Was, wenn diejenigen recht haben, die Gott leugnen? Was, wenn alles Zufall ist? Er weigerte sich, den Gedanken zuzulassen, der ihm wie die Fratze eines bösen Geistes vor Augen trat. Er kniff die Lider zusammen, umklammerte Elisabeth fester, seine Hände strichen über ihre Schulter.

»*Dominus pascit me*«, preßte er mühsam hervor, »*nihil mihi deerit, in pascuis herbarum adclinavit me, super aquas refectionis enutrivit me, animam meam refecit, duxit me per semitas iustitiae propter nomen suum.*«

Er spürte ihre Hand auf seinem Arm, ihren Atem an seinem Hals, der nach frischer Erde roch, die Bewegung ihrer Lippen auf seiner Haut, als sie die Worte leise mitsprach.

»Sed et si ambulavero in valle mortis, non timebo malum, quoniam tu mecum es, virga tua et baculus tuus ipsa consolabuntur me.«

Leicht wie eine Feder lag sie in seinen Armen, leichter als das Mädchen, das er vor vielen Jahren gehalten hatte, in einem anderen Leben. Eine Ahnung von Veilchenduft, verschüttet unter dem Gestank von Schweiß und Urin, schlich sich in seine Nase, während er über die verklebten Stoppeln auf ihrem Kopf strich. Sie war ruhig geworden, ihr Körper weich, und als ihre Arme an ihm herabglitten, schien sie ein klein wenig schwerer zu werden. Er bettete sie auf das harte Kissen, bei dessen Knistern sie matt blinzelte, küßte sie auf die Stirn.

Der Vorhang raschelte hinter ihm, ein spitzer Schrei, dann rauschte jemand in grobem Tuch heran. »Wie könnt Ihr es wagen, die heilige Frau mit Euren schmutzigen Händen zu besudeln?«

Heinrich wandte sich um, da stieß ihn die Frau im grauen Habit schon beiseite, bedeckte Elisabeths Körper mit dem Laken, stopfte es ringsum fest. Breitete eine Decke über sie.

»Weißt du eigentlich, mit wem du sprichst?« herrschte er die Frau an.

Sie drehte sich ihm zu, schob die Hände in die Ärmel ihres schäbigen Kleides. »Gegen jeden und alle Anfechtungen des Bösen würde ich die heilige Frau verteidigen. Mit meinem Leib und meinem Leben.«

Heinrich ließ die Schultern hängen, während die Frau ihn anfunkelte wie eine Katze, die sich vor ihr Junges stellt. Hinter ihr röchelte Elisabeth leise, jemand mußte sich um sie kümmern in diesem düsteren, zugigen Gemach, in dem sie bald ihre Seele aushauchen würde.

»Geht!« schrie die Frau, machte ein paar entschlossene Schritte auf ihn zu. »Geht! Die heilige Frau benötigt Beistand!«

Verdutzt stolperte er rückwärts, während einige verschleierte Schwestern rechts und links an ihm vorbeihuschten, sich um das Bett versammelten wie Vögel, auf die Knie sanken, mit gesenkten Köpfen Gebete murmelten. Niemand berührte Elisabeth, die unter der groben Decke nach Atem rang.

Als ihn jemand an der Schulter berührte, zuckte er zusammen; ein Mönch im Habit der Minoriten beugte den Nacken vor ihm. »Ich bitte Euch zu gehen, Hoher Herr. Wir lassen Euch rufen, wenn die Herrin sich anschickt, von uns zu gehen.«

Inmitten zahlloser Menschen, die von den umliegenden Feldern in den befestigten Ort zurückkehrten, fand Heinrich sich auf der Straße wieder, auf dem schlammigen Weg, der in die Stadt hinaufführte. Die Hütten und Zelte der Hilfesuchenden hatte er in der Aue hinter sich gelassen. Er war allein, und er dankte Gott, daß er unbemerkt davongekommen war, denn er wollte niemanden sehen und unbemerkt hinauf auf die Burg gelangen, in die Gemächer, die er bewohnte. Unter die angewärmten Decken des großen Pfostenbettes kriechen und die Augen schließen, die Welt aussperren und auf die Nachricht warten, die ihn wieder in das schäbige Hospital in der morastigen Aue des Mühlenbachs rufen würde.

Als ihm die Wachen am Tor in den Weg traten, stieß er mit der Faust nach ihnen, zeigte den Ring, bei dessen Anblick sie zurückprallten, ehrerbietig die Häupter senkten und sich zurückzogen. Sie boten ihm an, ihn zu begleiten, doch er winkte schroff ab und stapfte weiter, während andere Menschen lamentierten, weil sie festgehalten wurden. Vom Tor an ging es sanft bergab, flankiert von den Fronten der Fachwerkhäuser, die sich Stockwerk für Stockwerk weiter über die Straße neigten und vom rosig matten Abendhimmel nur einen schmalen Streifen ließen. Kinder spielten in den Hauseingängen, schoben dicke Käfer mit Strohhalmen herum, suhlten trotz der Kälte mit den Zehen im stinkenden Schlamm, der zwischen den Häusern hervorquoll und in schmalen Gräben die Straße durchschnitt.

Die Kinder waren ihr das liebste gewesen. Die Schwachen. Eltern waren von weither gekommen, hatten ihre Kinder zu ihr gebracht, damit sie sie pflegte und segnete.

Es dunkelte rasch zwischen den Häusern, die Schatten wuchsen. Heinrich hörte Gelächter, rohe Stimmen. Ein Mann taumelte aus einer Tür auf die Straße, drehte sich um die eigene Achse, plumpste mitten in eines der stinkenden Rinnsale, wo er brummend in sich zusammensackte. Um ihm auszuweichen, war Heinrich stehengeblieben; nun starrte er den Betrunkenen an, der den Brodem von Kot und Urin mit einer Ahnung billigsten Fusels übertönte. Über der Tür hing ein Brett, auf das eine unsichere Hand mit dikken Pinselstrichen einen Hahn gemalt hatte, schwarz mit rotem Kamm und Kinnlappen.

Heinrich warf noch einen Blick auf den Trinker, welcher der Länge nach in der Spalte zwischen den beiden Häusern lag. Der Dämon der Völlerei zeigte sein feistes Grinsen, lockte mit Vergessen, mit Lachen und Leichtigkeit, und ehe Heinrich sich versah, war er schon unter der niedrigen Tür hindurchgegangen und suchte sich in dem gedrückten Schankraum einen Platz in einem Winkel, einen Schemel vor einem angeschlagenen Faß.

Kaum saß er, fiel ein Schatten über seine Schulter, er fuhr herum, die Hand am Griff des Dolches. Eine Frau sprang kreischend zurück, und der Inhalt des Kruges, den sie hielt, klatschte hellrot auf ihr Kleid. Als Heinrich sich erhob, mit dem Kopf gegen einen Deckenbalken stieß, lachte sie schrill, stopfte einen brennenden Span in ein Loch des Pfostens und stemmte die Fäuste in die Seiten.

»Schon gut. Sag mir lieber, was du willst!«

Verblüfft starrte er sie an. Man erkannte ihn nicht. Man erkannte nicht einmal, daß er ein Edler war, ihn tarnte die derbe Reisekleidung. Sein Blick glitt an ihr herab, blieb auf der Brust hängen, die sich unter der Tunika hob und senkte. Rasch befeuchtete er die Lippen, öffnete den Mund, ratlos, was er sagen sollte, murmelte das Wort Wein, als sie noch einen Schritt näher trat.

»Aber den Guten«, flüsterte sie, als sie sich über ihn beugte, um den Faßboden abzuwischen, der als Tisch diente. Sie roch nach abgestandenem Wein und Bier, nach verfaulten Zähnen und Schweiß, aber die Brust, die sie an seine Schulter schmiegte, war weiß und verströmte Wärme. Nicht wie der knochige Körper im härenen Hemd. Sie gab ein leises Seufzen von sich, das im Lärm der Schenke fast unterging, flüsterte: »Ich bin gleich wieder bei dir«, und hinterließ einen kalten Luftzug, als sie wie ein Schiff in den Wellen davonschaukelte, ein runder Hintern auf kräftigen Beinen.

Hastig zog Heinrich den Grafenring vom Finger und fummelte ihn an einen Riemen, den er sich um den Hals band. Wüste Flüche dröhnten, dann Gelächter. An einem Tisch ganz in der Nähe flogen die Würfel, ließ Fortuna ihr Rad kreisen. Was, wenn alles nur Zufall war? Was, wenn diejenigen recht hatten, die Gott leugneten? Einer der Kerle packte ein anderes Schankmädchen, zog sie auf seinen Schoß, hielt ihr eine Münze vor den Mund, als wollte er sie damit füttern, und sie schnappte gehorsam mit den Lippen danach, quietschte, während seine Pranken ihre Brüste unter dem dünnen Kleid kneteten. Angewidert wandte Heinrich sich ab, fuhr sich mit beiden Händen durchs Haar. Was tat er hier?

Das dralle Mädchen kehrte mit zwei Bechern und einem bauchigen Krug zurück, schenkte ein und setzte sich ungefragt zu ihm. Immer wieder glänzte die Zungenspitze zwischen ihren Lippen, während sie durch den leicht geöffneten Mund atmete. Die Augenlider gesenkt, blinzelte sie unter hellen Wimpern. Er durfte das nicht einmal denken, Elisabeth starb in diesen Stunden! Ihr hageres Gesicht erschien vor ihm, die riesigen Augen wie Wunden darin. Was, wenn … mit dem Tod alles endete?

Hastig stürzte Heinrich den Inhalt seines Bechers hinunter, sein Blick hing an den Augen des Schankmädchens, lebendigen, feucht schimmernden Tieraugen. Sie schenkte nach, er griff nach dem Becher, ihre Hand legte sich auf sein Knie. Er trank den Becher in einem Zug leer, sie nippte nur, lächelte, zeigte wieder die glänzende Zungenspitze. Wie eine Blume, die sich am Morgen der Sonne öffnet. Ihre Hand schlich sich an der Innenseite seines Oberschenkels hinauf. Unter den Waffenrock. Wie ein hungriges Tier pochte sein Glied gegen den Stoff. Der Dämon der Wollust trübte seine Sinne. Sie flüsterte. Zahlen, Worte, die er nicht verstand, weil seine Ohren rauschten. Alles, was du magst. Kammer. Treppe. Ihre Finger so warm. Mit ihrer süßen Stimme drang der böse Geist in ihn ein. Alles strömte in ihm zusammen, strömte in den Unterleib, in das Glied, wo der Dämon die Herrschaft übernahm. Die Augen des Tieres, des Weibes.

Venus. Lilith. Als sie ihn bei der Hand nahm, erhob er sich und folgte ihr gehorsam.

Die Kammer war ernüchternd kalt und finster. Ein Haufen Stroh, ein Laken darüber, neben dem sie die Laterne abstellte. Sie kreuzte die Arme und zog sich die Tunika über den Kopf, und der Geruch, der darunter hervorquoll, betäubte ihn. Wie kleine Melonen schaukelten die Brüste mit ihren dunklen Spitzen, als sie sich ihm entgegenstreckte. Flüsternd. Die Hände in den Nacken schob, um das Band zu lösen, das ihr Haar hielt.

Unter das Rauschen in seinen Ohren mischte sich eine Stimme, die nicht ihre war. *Dominus pascit me.* Elisabeths Stimme. *Nihil me deerit.* Er faßte nach den Brüsten, als sie den Kopf schüttelte und die Strähnen um ihre Schultern flogen. Federleicht ihr Haar, stark und süß ihr Duft, der den Dunst der Schenke übertönte. Sie machte einen Schritt auf ihn zu, daß sich ihre Brüste fester in seine Hände schmiegten, leckte sich über die Lippen, blinzelte im fahlen Zwielicht kaum sichtbar. Dann ging sie vor ihm in die Knie, teilte und hob die Tunika, nestelte an dem Band, das die Beinlinge hielt, dann am dünneren der Bruche, gegen deren Stoff das vom Dämon besessene Tier drängte; es machte einen Satz, als sie den Stoff unter dem Band hervorzog, es sprang hervor in ihr Gesicht, begrüßt von ihren Lippen, ihrer Zunge, die daran spielten und züngelnde Flammen entfachten, als peitschten ihn zahllose winzige Dämonen. Jedes Haar sträubte sich im kühlen Luftzug, als ihr Mund von ihm abließ. Kaum verstand er die Worte, er solle sich setzen, sie zog an seinen Händen, deutete auf den Sessel, über den sie ihr Kleid geworfen hatte und seinen Mantel.

Gehorsam ließ er sich nieder, ihren Kopf auf seinem Schoß, ihren Mund über sein Geschlecht gestülpt, das schmerzte, zu bersten schien, so prall war es, als sie sich erhob. Ihre aufwärts gebogene Zungenspitze glitt über ihre Zähne, ihre Oberlippe. Sie spreizte die Schenkel, um über seine Knie zu steigen, und gab einen viehischen Laut von sich. Die Lampe bestrich ihre Haut mit goldenem Schein, ihre Rechte glitt über ihre Brüste, Zeigefinger und Daumen zupften und rieben die dunklen Warzen, während die Linke ihre haarlose Scham öffnete, eine fleischige Blüte, eine Wunde, Siegel der Sterblichkeit, das sie auf seinen Schoß senkte. Das warm und feucht die Spitze seines pochenden Gliedes küßte, umfing, schluckte. Sich darum zusammenzog und wieder löste. Sie nahm seine zögernd ausgestreckten Hände, führte ihre Brüste dahin, die goldenen Brüste der Frau im Sonnengewand, als legte sie überreifes Obst in kostbare Schalen, drückte seine Finger darum, trieb ihn an. Sie griff sich zwischen die Beine, zwischen ihren und seinen Schoß, befingerte sein Geschlecht und ihres. Schob die schlammigen Hände um seine Hinterbacken und schmiegte ihre Schenkel um seine Hüften, wiegte sich auf ihm, streckte sich, beugte sich vor, der Zunge entgegen, die nach den dunklen Warzen hungerte. Er hörte sich leise ächzen, sie seufzen und wispern. Spüre, wie gut ich bin. Die Beste. Gut für die Männer bei euch oben. Für die Männer der Burg.

Er erstarrte. Die Burg. Sie glaubte mit einem der Burgmannen zu huren, der ihr für ihre lüsterne Gunst Zugang zur Burg verschaffen würde. Eine kleine Hure für die Männer dort, vom Vogt bis hinunter zum Hauptmann. Willig würde sie die Schenkel spreizen, die fleischige Blüte darbieten, den schlammigen, schlüpfrigen Weg zur Hölle.

Hart stieß er sie von sich, daß sie rücklings über den Strohsack rollte und sie mit weit geöffneter Scham vor ihm lag, als er aufsprang. Ihn schwindelte angesichts der purpurnen Wunde im matten Licht, der Dämon hämmerte in seiner Brust, in seinen Schläfen. Hände tasteten schmeichelnd nach dem harten Schaft, der troff vom Saft ihres Leibes. Er rammte die fleischige Waffe in ihren Schoß, badete in ihrem weinseligen Atem, als ihre Zunge sich um seine schlang, als wollte sie ihn hinabziehen. Rammte sich tief in den schwitzenden, keuchenden Leib, der ihn umklammerte, in den Sumpf, die Straße zur Hölle. Ein Name. Ich rufe dich bei deinem Namen. Flammen schlugen über ihm zusammen, zuckten in Wellen durch seinen Leib in ihren und ließen ihn entleert zurück.

Dumpf trommelte es gegen die Wand und ebenso dumpf schimpfte eine tiefe Stimme aus dem Nebenraum. Der Dämon tobte weiter in seiner Brust. Heinrich lag auf dem schwitzigen, schmierigen Leib der Hure, die sich unter ihm rekelte und seufzte, während Elisabeth auf den Tod lag. Umringt von Schwestern und Minderbrüdern, die für sie beteten und sangen, schickte sie sich an, den letzten Gang zu tun, und er konnte nicht zu ihr gehen, weil das teuflische Weib ihn mit seinen Schenkeln umklammert hielt. Durfte nicht gehen, um nicht den unreinen, lüsternen Dämon, der in ihm tanzte und jauchzte, zu ihr zu tragen.

Der Geruch der Säfte verlegte ihm die Nase, er hustete, sein Kopf schmerzte und drohte zu platzen, er versuchte sich zu befreien, doch sie hielt ihn fest, begann zu summen, murmelte, bleib, bleib liegen, lähmte ihn mit ihrem fauligen Atem. Der Schleier ihrer Haare verhüllte ihr Gesicht, das wollüstige Grinsen des Dämons, der sie beide durchtanzte.

Heinrich stemmte sich hoch, rang mit der Frau, die sich wand und an ihn klammerte, ihn nicht entließ. Mühsam kam er frei, richtete sich auf. Taumelte. Tastete nach der Wand. Die Lampe war erloschen. Die Frau hatte sich rasch erhoben, stand nun zwischen ihm und dem Schatten, in dem er die Tür vermutete, nackt wie er und mit offenem Haar, eine Furie. Wieder leckte sie sich die Lippen und reckte ihm die Brüste entgegen, schob sich ein wenig näher. Ob er etwa schon gehen wolle. Sie blinzelte mit schräg gelegtem Kopf. Ob er nicht zufrieden sei, ob er sie wiedersehen wolle. Und ob er sie auch in die Burg rufen werde. Sie streckte die Hände aus, berührte seinen Bauch, strich mit den Fingerspitzen zu seinen Lenden hinunter. Wenn er ein Bad nehmen wolle, würde sie ihn gerne mit ihrer Gunst erfreuen, flüsterte sie. Sie könne ja noch einmal den Schwengel in ein Eisen verwandeln nannte ihn ihren harten Schmied und ihre Hand umschloß sein nur halb ermattetes Glied. Als er stumm blieb ob soviel dreister Lüsternheit, fuhr sie mit der anderen Hand an ihren Hals, strich langsam über ihre Brust hinab zu der haarlosen Scham, trat näher, teilte die Spalte, die, als sie sich zurücklehnte, die glutrote Spitze umfing wie ein speichelnasser Mund. Er spürte die Lippen, zwischen die der Schaft glitt, während ihr nach den Säften der Venus duftender Leib näher kam, die runden Brüste mit ihren harten Spitzen, fleischgewordene Wollust, die sich gierig den Weg auf die Burg erhurte. Sie schob ihren Hintern ein Stück vor, so daß das Glied sachte umfangen wurde, wieder legten sich seine Hände auf ihre Brüste, und der Teufel kitzelte ihn in seinem Leib, lockte Bilder hervor, die sich wie Schleier über das legten, was er sah, das Gesicht der Hure verwandelten in das Elisabeths.

Mit einem satten Stöhnen tauchte er ein in den weichen Schlund, preßte die Brüste mit der einen, den Hintern mit der anderen, dann mit beiden, atmete die Säfte, nach denen die Dämonen dürsteten. Dämonen, die in seiner Brust tanzten.

Kalt fuhr ihm der Schrecken durch den Leib, dröhnte in seinen Ohren. Er schlug der Frau ins Gesicht, rechts und links, schleuderte sie beiseite. Hastig suchte er im Dunkeln nach seiner verstreuten Kleidung, schlüpfte hinein, während die Frau schluchzend hinter dem Strohsack kauerte und winselte, ein Tier, das seine Wunden leckte. Er ballte kurz die Fäuste, knotete dann die Bänder zusammen, die die Beinlinge am Hosenbund hielten, schlüpfte in die Schuhe.

»*Pater noster*«, murmelte er, weiter kam er nicht, die Worte verbargen sich vor ihm und seinem Leib, den noch immer winzige Flammen überzogen. Als wäre er eingenäht in die Haut der Dämonen.

Er stürzte aus der Kammer, die knarrende Treppe hinunter, hastete durch die niedrige Schankstube, wo hinter ihm derbes Johlen aufklang. Draußen umfingen ihn Kälte und Finsternis. Unsicher taumelte er die Straße hinunter, rutschte im Schlamm aus. Die Häuser drehten sich, drohten auf ihn herabzustürzen. Was hatte er getrunken? Was hatte die Hure in seinen Wein getan? Nein, nein, er war ihr gefolgt, er hatte es gar nicht erwarten können, hörte er sich schimpfen, er hatte die Teufel gesucht, war ihnen nachgelaufen wie ein Maultier der Mohrrübe. Er stolperte gegen einen Torpfosten, hielt sich fest, als sein Magen einen Satz machte und er sich in einem Schwall erbrach. Hustete, nochmals würgte und einen weiteren Schwall ausspie. Ein Hund schlug hinter dem Tor an, daß er rückwärts strauchelte, sich mühsam fing. Ein heißes Band zog sich um seine Stirn, und sein Magen krampfte sich zu einem Stein zusammen.

Schwindel und Dunkelheit ließen ihn irregehen, was er für den Weg zur Burg hielt, führte ihn nur an weiteren Häuserfronten entlang. Bald fürchtete er sich davor, den Wächtern in die Arme zu laufen, bald erhoffte er es, doch als er ihnen beinahe begegnete, wich er lautlos in einen dunklen Winkel zurück.

Unversehens stand er vor der Kirche, die sich neben dem Marktplatz erhob. Silbriges Mondlicht strich über den runden Bogen des Portals, als er nach den Türflügeln tastete, die Fingernägel in den Spalt grub und daran zerrte, das Tor offen fand und hineinschlüpfte in das weihrauchatmende Zwielicht. Wenige kräftige Kerzenflammen schälten die Schattenrisse eines Priesters und der ihm zugehörigen niederen Geistlichen und Ministranten, die den Altar verdeckten, aus dem warmen Licht. Der Priester hatte die Arme ausgebreitet, die anderen standen mit demütig gesenkten Häuptern im Halbkreis davor.

Heinrich ließ leise die Tür zuklappen und tappte in die steinerne Halle, als die Betenden ihre Stimmen erhoben. *Confiteor Deo omnipotenti et vos fratres* – er zählte seine Schritte, vier, fünf, sechs, sieben, die dröhnend in ihm widerhallten, während sich das heiße Band straffer um seinen Kopf zog, spürte die Flammenhaut, die ihn einhüllte, die Erinnerung an die glosende Wollust in den Armen der Hure wie eine Vorahnung auf die Feuer des Purgatoriums – *quia pecavi nimis cogitatione, verbo, opere et omissione* – Mit diesem unreinen Leib hatte er Elisabeth berührt in den Stunden, in denen die Dämonen nur darauf lauerten, eine so reine Seele in den Abgrund zu zerren. Er blieb stehen, hob den Blick zur Decke. *Mea culpa, mea culpa, mea maxima culpa.*

Hastig holte er das Kreuzzeichen nach, streckte die Arme

nach dem matten Licht aus. Strauchelte und fand sich auf allen vieren wieder wie ein Tier. Ein Tier.

In der Stille würgte er am Ekel, an den Tränen, die plötzlich in ihm aufquollen, schluchzte, stemmte sich auf die Beine und taumelte weiter. Auf den Altar zu, auf die Geistlichen in ihren langen Gewändern, die rauschend zurückwichen, ein Schwarm großer, heller Vögel. Im Licht der Kerzen erkannte er das Bild des Gekreuzigten in der Apsis. König des Himmels und der Erde, zur Rechten des Vaters. Mit einem erstickten Aufschrei stürzte Heinrich zu Boden. Sein Gesicht schlug hart auf Stein. Er roch Blut, schmeckte es warm und wie Eisen auf den Lippen. An keinen von den hundertundfünfzig Psalmen konnte er sich erinnern, an keines der zahllosen Gebete und Hymnen, die man ihm eingebleut hatte. In seinen Gedanken purzelten die Worte durcheinander wie sich balgende Kinder, ihm zum Spott, der auf dem kalten Boden lag und die Finger in den Staub krallte. *Mea culpa, mea culpa, mea maxima culpa.*

Lärm erhob sich vor dem Portal, die Türflügel knirschten, und flackerndes Licht brach sich Bahn in die Halle. Eilige Schritte näherten sich, verärgerte Stimmen. Heinrich hielt den Atem an, fürchtete, sie könnten das Asyl brechen, weil er sich nicht sicher war, ob sie ihn erkennen würden, wenn schon die Kerle in der Schankstube nicht bemerkt hatten, wer er war. Aber sie blieben in geringem Abstand stehen, nur einer näherte sich, ließ sich schwer auf die Knie herab, schnappte nach Luft.

»Im Namen Gottes, schert euch raus!« stieß der Mann halblaut hervor.

Es war Wigos Stimme, die Heinrich neben sich erkannte, während feste Stiefel und weiche Sohlen sich rasch entfernten. Eine Nebentür knirschte leise, doch als die Portalflügel zuschlugen, raste ein donnerndes Echo durch die Halle, dröhnte quälend in Heinrichs Kopf. Mühsam stemmte er sich auf die Unterarme, setzte sich auf und preßte die Fingerspitzen auf Stirn und Schläfen.

»Wir haben Euch gesucht, mein Herr.«

»Ich will die Beichte ablegen – sofort!« stöhnte Heinrich und kämpfte gegen Schwindel und Übelkeit an, während Wigo neben ihm schwieg. »Pater?«

Zwei, drei Atemzüge, dann öffnete er die Augen und suchte Wigos Gesicht. Dieser betrachtete ihn mit einem Ausdruck tiefer Besorgnis, der Heinrich erbitterte.

»Mein Herr, in dieser Erregung –«

»Denkst du, daß ich meine Sünden nicht bereue? Blöder Pfaffe, der du nichts ahnst vom Leiden an der Welt. Du stehst all dem gleichgültig gegenüber, glaubst, die kriegen alle ihren verdienten Lohn, nicht wahr? Die Guten an den Tisch des Herr, die Schlechten ins Feuer, nicht wahr? So einfach ist das! Verflucht sei Eure Sicherheit!«

»Was ist geschehen?«

»Ich war bei Elisabeth, ich habe sie angefaßt. Mit diesen Händen! Mit diesen Händen, die sich der schändlichsten Sünde schuldig gemacht haben! Ich habe sie beschmutzt, habe zugelassen, daß die Dämonen nach ihrer heiligen Seele greifen können!«

»Herr Heinrich, ich bitte Euch … Ihr seid nicht bei Sinnen! Wie könnt Ihr da glauben, Buße tun zu können?«

»Verflucht sollt Ihr sein!« schrie Heinrich. »Ich würde mein Leben dafür geben, könnte ich nur rückgängig machen, was ich getan habe!«

»Und das haltet Ihr für Reue?«

Sie blickten sich an, Heinrich glaubte hören zu können, was der Pfaffe noch sagen wollte, nämlich daß er betrunken sei, so kräftig dünstete er billigen Wein und Erbrochenes aus. Obwohl Wigo ehrerbietig den Nacken beugte, argwöhnte Heinrich angesichts seines feinen Lächelns, dem Pfaffen könnte auch der Duft der Hure in die Nase steigen. Er sprang auf, geriet ins Wanken, drehte sich auf einem Bein und wurde von Wigo aufgefangen.

»Werdet Ihr mich morgen anhören, Pater?«

»Seid unbesorgt, Herr Heinrich, heute nacht werdet Ihr nicht sterben – ich dagegen sorge mich, wie ich Euch unbemerkt auf die Burg bringe.«

»Warum habt Ihr Euch an der Suche beteiligt?«

»Nun … als ich in Paris meinen Studien nachging, besuchte ich dort gerne die Vorlesungen eines Angehörigen des Predigerordens, der sagte, ein Beichtvater müsse stets auch der Wachhund seines Beichtkinds sein.«

»Ihr seid nicht mein Beichtvater«, entgegnete Heinrich.

»Nein, ich bin der Eures Neffen, aber Ihr habt mich mitgenommen, weil der alte Berthold mit der Lebensbeschreibung Eures Bruders vollauf beschäftigt ist und seine Unternehmungslust dank seiner zahllosen kleinen Gebrechen ohnehin geschwunden ist.«

Langsam, aber nachdrücklich führte Wigo Heinrich zum Portal, aber bevor er die Tür öffnete, hielt er nochmals inne. Ein dünner Ton ging durch das Holz, der Ton einer kleinen Glocke, die einsam durch die Nacht rief. Als Wigo die Tür öffnete, traf Heinrich ein Schwall kalter Nachtluft, der modrige Duft des späten Herbstes, durchzittert vom hellen Glockenruf. Er blickte den Geistlichen hilfesuchend an, doch der ließ nur die Schultern hängen.

»Das ist ein Totengeläut«, beschwor ihn Heinrich.

»Herr Heinrich, wir müssen auf die Burg! In diesem Zustand könnt Ihr nicht in das Hospital.«

»Aber wenn ich mich schnell wasche? Am Markt ist ein Brunnen!«

»Ich bitte Euch! Ihr habt genug Unheil angerichtet.«

Wie in einem Traum beobachtete Heinrich, daß die Bewohner der Stadt, Bürger und Gesinde, ihre Häuser verließen und zum nördlichen Tor gingen und mit ihnen die Wachen. Betäubt folgte er Wigo, der ihn den steilen Weg zur Burg hinaufführte, ihn an den Posten vorbeischob, die nach den Neuigkeiten fragten, nach Frau Elisabeths Befinden. Da hörte Heinrich zum ersten Mal die Worte aus Pater Wigos Mund – »Frau Elisabeth ist von uns gegangen« – und verstand sie nicht.

VIII

Ravenna ragte als steinerner Hügel hinter dem fahlen Schilfmeer und den feinen Dunstschwaden der Lagune auf, ein Gebirge aus Stein, erbaut auf einem schmalen Landsaum, der dieses brackige Gewässer vom Meer trennte. Zwischen endlosen Folgen von Beratungen, Verhandlungen und Gerichtssitzungen hielt Kaiser Friedrich seine Gäste mit Jagden und sogar mit winterlichen Bootsausflügen bei Laune. Er hatte eigens für diese Feierlichkeiten in Venedig große Gondeln fertigen lassen, von denen aus sie mit Falken gejagt hatten.

Die Gondel lag still im Wasser, das gelegentlich an den Planken gluckerte. Heinrich stand mit vor der Brust verschränkten Armen am Bug und betrachtete die fernen Türme der Stadt, deren hohe, lichtdurchflutete Kirchen mit ihren farbenprächtigen Mosaiken er immer wieder aufsuchte, um einen Teil der Buße zu leisten, die Pater Wigo ihm auferlegt hatte. Es erleichterte ihn. Daß Wigo sogar während der Reise nach Ravenna streng auf die Einhaltung des Stundengebets gepocht hatte, war ebenso beruhigend gewesen wie die Anstrengung, die die gebotene Eile mit sich gebracht hatte. Heinrich klammerte sich an diesen seidenen Faden, der ihn vor dem Abgrund rettete, in den er sich beinahe gestürzt hätte.

»Heinrich Raspe.«

Dunkel und angenehm erklang hinter ihm die Stimme Friedrichs, des Kaisers, und dennoch straffte er sich augenblicklich und schluckte.

»Euer Name allein beweist, daß Ihr von Geburt an nicht zum Herrscher bestimmt wart«, fuhr der Kaiser fort. »Die Raspes in Eurer Familie wurden alle mit kleinen Brosamen gefüttert, die bei Tisch abfielen – hier eine kleine Grafschaft, dort ein kleines Reichsamt, nichts von Bedeutung.«

Der Kaiser sprach in einem weichen italienischen Singsang, was seinen Worten ein besonderes Gift verlieh.

»Als wir Euch vor ... fünf Jahren zum ersten Mal sahen, erschient Ihr uns blaß und gering, ganz anders als Euer strahlender Bruder, der den vollkommenen jungen Herrscher verkörperte. Aber wir haben uns gewaltig getäuscht, und es stimmt uns besorgt, daß wir uns in unserem Urteil so sehr geirrt haben.«

Heinrich drehte sich um, ließ die Hände sinken und beugte ehrerbietig den Nacken.

»Herr, ich habe mich in die Notwendigkeiten gefügt, weiter nichts.«

»Und Ihr seid in die Röcke, die euch anfangs viel zu groß waren, hineingewachsen. Euer Mut versetzt uns in Erstaunen, Graf Heinrich. Ihr habt Euch nicht nur über den Willen Eures verstorbenen Bruders Ludwig hinweggesetzt, als Ihr Euch selbst anstelle Eures dafür vorgesehenen Neffen zum Landgrafen machtet.«

»Hermann war fünf Jahre alt, und seine Mutter wollte nie eine Regentin sein«, entgegnete Heinrich nach einer Weile.

»Hermanns Mutter, Ludwigs Gemahlin, die ungarische Königstochter ...« Die hellen Augen des Kaisers funkelten. »Ihr Onkel, Bischof Ekbert, wechselte damals einige Briefe mit meinen engsten Vertrauten. Wußtet Ihr damals, daß wir Eure Schwägerin zur Kaiserin machen wollten?«

Heinrich mußte nicht antworten, da Kaiser Friedrich schwärmerisch die Arme ausbreitete und gen Himmel blickte. Sein rötliches Haar schimmerte im Licht der Wintersonne. »Sie war standhaft, sie wäre eine vollkommene Kaiserin gewesen – nun ist sie tot, und dennoch ist sie die herrlichste Blüte, die in den deutschen Landen blühte.«

Heinrich spürte den Stachel deutlich, schloß einen kurzen Atemzug lang die Augen, nahm Zuflucht zu den Gebeten, die sich wie von selbst einstellten. Auf den jungenhaften Zügen des Kaisers lag ein Lächeln, das Heinrich nicht zu deuten vermochte, also zog er es vor zu schweigen.

»Ich hoffe, daß ihr Beichtvater, der eifrige Inquisitor, ihrer nicht vergißt, obwohl der Papst ihn kürzlich erst mit noch weiter reichenden Rechten ausgestattet hat.«

Überrumpelt von dieser Nachricht, hob Heinrich den Kopf. Als hätte jemand dem Stachel einen Stoß versetzt, bohrte sich der feine Schmerz tiefer in sein Fleisch. »Davon wußte ich noch nichts.«

»Auch unsere eigenen Notare und Justitiare arbeiten an einer weiteren Verordnung, die den Inquisitoren weitere Freiheiten verleihen werden, um noch strenger gegen das Ketzerunwesen vorzugehen. Wir haben ja schon während des Kreuzzugs gegen die Albigenser gesehen, daß diese Seuche selbst die Edlen, ja sogar treueste Lehnsmänner erfaßt, die dann uns bekämpfen. Mein Sohn braucht harte Gesetze, um sich gegen die deutschen Fürsten durchzusetzen, und ebenso brauchen wir sie gegen die aufsässigen lombardischen Städte.«

»Nicht jeder Fürst, der sich Eurer Macht entgegenstellt,

ist zugleich ein Ketzer«, wandte Heinrich ein, doch das kurze Aufblitzen in den Augen des Kaisers warnte ihn.

»Als gottesfürchtiger Fürst wißt Ihr sicher, daß Gott die Welt nach seinem Willen geordnet hat, wie es geschrieben steht. Der Mensch soll dem Kaiser geben, was des Kaisers ist, und Gott, was Gottes ist. Das Schicksal des Menschensohnes erfüllte sich, weil er beiden den schuldigen Gehorsam zollte.«

Ein kalter Wind streifte Heinrichs Nacken, als er bemerkte, daß die Miene des Kaisers sich verändert hatte, eine Braue sich kaum merklich hob, ein Mundwinkel zuckte. Er schwieg, auch wenn ihm die Belehrung sonderbar erschien, und er sich fragte, ob dieser Mann tatsächlich derselbe war, der die gelehrtesten Männer aus Abendland und Morgenland an seinen Hof lud, um sie anzuhören und ihnen Fragen zu stellen, auf die selbst die weisesten nicht mehr zu antworten wußten. Friedrich von Sizilien, römischer Kaiser von Gottes Gnaden durch die Hand des Papstes, stand hochaufgerichtet vor ihm, kalt und unnahbar, auch ohne seine Insignien strahlte er Macht aus, Macht genug, um Heinrich die Reichslehen zu entziehen und ihn zu ächten. Heinrich kämpfte mit einem Kloß im Hals. Hätte der Kaiser Elisabeth geheiratet, wäre ihm der kleine Hermann, der von Ludwig vorgesehene Erbe der Landgrafschaft, in die Hände gefallen. Und Kinder sterben häufig vorzeitig. Was für eine Gelegenheit, einen anderen Günstling mit den Reichslehen zu belohnen.

Fröstelnd rieb Heinrich seine Hände, fürchtete, daß ihm der Schrecken deutlicher ins Gesicht geschrieben stand, als gut für ihn war. In die starre Miene des Kaisers kehrte das warme Leben zurück, den harten Blick weichte ein Lächeln auf. Eine leichte Berührung streifte Heinrichs Arm.

»Graf Heinrich, anders als Ihr bin ich kein frommer Mann, auch wenn ich mir Mühe gebe, ein gottgefälliges Leben zu führen. Ich lasse ganze Klöster für mich beten, bezahle Messen, aber im Grunde weiß ich, daß all das nur eine Beruhigung des Gewissens ist. Ich hätte Gräfin Elisabeth gerne eine prächtige Umgebung geboten, in der sie sich den Werken der Barmherzigkeit hätte widmen können – aber ich vermute, sie wollte gar keine prächtige Umgebung.«

»Nein, mein Kaiser, sie suchte die Armut. Sie sagte, sie habe das ärmste Leben gewählt, das sie sich denken könnte, und hätte sie ein noch ärmeres gefunden, sie hätte sich diesem zugewandt.«

Der Kaiser ließ den Kopf sinken, nickte und wirkte dabei sogar ein wenig müde. »Das dachte ich mir.« Er hob den Kopf, sein Blick traf Heinrichs Augen. »Nichtsdestotrotz habe ich einen Traum, Graf Heinrich.« Seine Hände formten Gedanken in der Luft. »Ebenso wie das Kreuz vier Enden hat und die Welt vier Himmelsrichtungen, ebenso sollte es vier Stätten der Wallfahrt geben – Jerusalem im Osten und Santiago im Westen, Rom im Süden, doch es fehlte noch eine Stätte im Norden.« Er blinzelte schelmisch. »Ihr solltet mit Hermann von Salza sprechen, Graf Heinrich. Immerhin war es Euer Vater, der im Heiligen Land ein Mitgründer des Ordens der Deutschen wurde, dessen Hochmeister dieser Euer Ministeriale heute ist. Ihr braucht einen Verbündeten, damit am Ende nicht alles in die Hände des Mainzers fällt.«

Verwirrt wollte Heinrich nachfragen, doch der Kaiser legte ihm vertraulich die Hand auf die Schulter. »Ich brauche Eure Stimme, um die lombardischen Städte zu bändigen.« Er tätschelte Heinrich. »Und nun wollen wir meine kaiserlichen Falken zurückbringen in ihre kleinen Paläste.«

Im Palast des Erzbischofs von Ravenna war ein Saal für das feierliche Mahl hergerichtet worden, zu dem Ekbert von Bamberg geladen hatte. Obwohl sie sich im Hause eines Geistlichen befanden, trugen in einer Ecke des Saales einige Musiker zur Unterhaltung der Gäste heitere Lieder vor, begleitet von Laute und Flöte. Edelknaben kredenzten Becher mit gewässertem Wein und reichten knuspriges Gebäck dazu.

»Herr Heinrich, Ihr seid ein seltener Gast an den Höfen des Kaisers und des Königs, um so mehr freut es mich, zu sehen, daß Ihr längere Zeit hier verweilt.« Der Hochmeister des Ordens der Deutschen war ein großer Mann, vom Alter und vielen Reisen steifbeinig. Seine strenge Miene schien auf jeden in seiner Umgebung herabzusehen, und doch lag in seinen Augen, deren Farbe mit dem Licht zu wechseln schien, und den leicht aufwärts gekrümmten Mundwinkeln so viel von seinem einnehmenden Wesen, daß man ihn schwerlich für hoffärtig halten konnte.

»Meine Pflichten haben es mir während der ersten Jahre nach dem Tod meines Bruders nicht gestattet, mich für längere Zeit aus den Gebieten Thüringens und Hessens zu entfernen. Aber nun, da mein Bruder Konrad imstande ist, selbständig unsere Ansprüche zu vertreten, war es mir möglich, der Einladung des Kaisers Folge zu leisten.«

Hermann von Salza schob den weißen, mit zwei schwarzen Kreuzen benähten Umhang über die Schulter zurück, und sein Lächeln breitete sich über das ganze Gesicht aus. »Bescheidene Worte, wenn man bedenkt, daß Euer Bruder dieses Ziel in den zehn Jahren seiner Herrschaft nicht erreichte. Vielleicht liegt es auch daran, daß Ihr ebenso einträchtig gemeinsam mit Eurem Bruder Konrad herrscht wie Eure Schwäger, die beiden Markgrafen von Brandenburg.«

Er neigte den Kopf in Richtung der beiden Brüder, die gerade den Saal betreten hatten und den anwesenden Bischöfen ihre Aufwartung machten. Auch der ältliche Herzog Albrecht von Sachsen, der zwei Jahre zuvor Heinrichs verwitwete Schwester Agnes zur Frau genommen hatte, war gekommen. Allmählich teilten sich die Gäste in Gruppen auf, die, wie Heinrich interessiert beobachtete, den Parteiungen des Reichstages entsprachen; des Kaisers Anhänger sammelten sich um den Bamberger Bischof und seine Brüder, die brandenburgischen Markgrafen und der Sachsenherzog gesellten sich zu denen, die sich des Kaisers Macht nicht widerspruchslos fügten, und zwischen beiden pendelten diejenigen, die sich keiner Seite endgültig anschließen wollten. All dies bildete durch die Waffenröcke der Herren einen langsamen, farbenprächtigen Reigen, der sich erst auflöste, als zur Tafel gerufen wurde und jeder zu dem ihm zugewiesenen Platz geleitet wurde.

Nachdem Heinrich sich zwischen Bischof Ekbert und dem Hochmeister am oberen Teil der Tafel wiederfand und sich umsah, bemerkte er die besondere Begabung des Bambergers, der geschickt Beziehungen knüpfte, die sich für ihn als vorteilhaft erweisen könnten. Hermann von Salza beherrschte die Kunst, mit vielen Worte nichts zu sagen, in Vollendung, würzte das Plaudern mit Fragen, die unverfänglich erschienen, als wolle er Heinrich damit nur Gelegenheit geben, auch etwas zu erzählen. Doch Heinrich blieb wachsam. Die Erkundigungen nach dem jungen Battenberger, dessen Eintritt in der Orden der Johanniter mit der Schenkung eines Anwesens in der Umgebung von Marburg verbunden war, ließen ihn hellhörig werden. Die Deutschen Herren suchten offenbar einen geeigneten Ort, um sich auch in Hessen niederzulassen. Heinrich tauchte die fetttriefenden Hände in das hingehaltene kleine Waschbecken, trocknete sie gründlich ab, griff nach dem Kelch und lehnte sich zurück, doch dann wurde der Hochmeister von einem anderen Tischnachbarn abgelenkt.

Ein wenig enttäuscht ließ Heinrich den Blick über die Gäste schweifen, den illustren Kreis mächtiger Grafen und Herzöge, Patriarchen, Bischöfe und Erzbischöfe, die sich glänzende Fleischstücke und Brot vorlegen ließen, in saftige Brocken bissen, die Tunke aufstippten, gleichzeitig kauten und redeten, so daß man zuschauen konnte, wie sie die Masse mit den Zähnen zermalmten und in großen Schlucken mit Wein hinunterspülten. Heinrich schob den Teller von sich, tupfte die Lippen ab und legte das Mundtuch auf den Tisch. Vor den Kirchen lungerten die Armen herum, schwangere, hohlwangige Frauen wankten mit flehend geöffneten Händen von einem zum andern, Kinder lehnten am Gemäuer, starrten ins Leere, Krüppel humpelten auf Holzbeinen herum oder trieben ihre winzigen Wägelchen mit lederumwickelten Fäusten an. Armut war ein Gewerbe; diese Menschen vergalten Almosen mit Gebeten – zumindest versprachen sie es. Das wirkliche Elend sammelte sich außerhalb der Städte, unter den Mauern, durfte nicht herein. Nur selbstvergessene Barmherzigkeit nahm sich der Siechen und Aussätzigen an, die niemand brauchen konnte, niemand sehen wollte.

»Wer trägt nun das Hospital?« fragte jemand von der Seite.

Heinrich wachte mühsam aus den Gedanken auf. Es war der Hochmeister, der ihn angesprochen hatte. Zerstreut versuchte Heinrich, seine Gedanken zu ordnen.

»Gebäude und Grund gehören zu Konrads Lehen, Elisabeth hatte nur den Nießbrauch«, sagte er. »Die anderen

Schwestern werden das Hospital wohl weiterhin führen, bis eine Lösung gefunden ist.«

»Ich hörte, daß viele Menschen zum Grab Eurer Schwägerin pilgern und dort Kranke auf wundersame Weise geheilt würden.«

»Dann wißt Ihr mehr als ich.«

Der Hochmeister ließ die Hände auf den Tisch sinken und beugte sich leicht vor, um Heinrich ins Gesicht zu blikken. »Ist Euch etwa gleichgültig, was dort geschieht?«

Heinrich schüttelte den Kopf, formte Teigkügelchen zwischen den Fingern, bevor ihm bewußt wurde, daß er ein Brötchen aus dem Korb genommen hatte. Weiches, weißes Gebäck aus feinstem Mehl, nicht die groben Fladen, die das Gesinde und die einfachen Bauern aßen, die Hörigen und die Armen. Die Elisabeth gegessen hatte. Seine Hand erstarrte, das Kügelchen rollte über den Tisch, kam vor dem Teller seines Gegenübers zur Ruhe.

»Mein Bruder ist Landgraf von Hessen, er wird die richtigen Entscheidungen fällen.« Heinrich sah auf, erwiderte den Blick des Hochmeisters. »Glaubt Ihr mir, wenn ich Euch sage, daß mich Elisabeths Tod noch immer bekümmert?«

»Ich ahnte, daß das der Grund für Eure Zurückhaltung ist«, sagte der Hochmeister. »Solltet Ihr allerdings einen Orden suchen, der das Hospital unter seinen Schutz stellt, dann nehmt hiermit zur Kenntnis, daß der Orden der Deutschen, den Euer Vater mitbegründete, jederzeit willens ist, diese Verpflichtung einzugehen.«

Der Abendhimmel über Aquileia schien das Leuchten des Meeres widerzuspiegeln. Vom einstigen Glanz dieser Stadt war nichts mehr zu sehen, die Gegend schien entvölkert,

Mückenschwärme, die die ausgedehnten Sümpfe beherrschten, hatten die Menschen schon vor langer Zeit ins benachbarte Grado und nach Venetia vertrieben. Der Palast des Patriarchen war ein düsterer Bau, ungastlich und kalt.

Heinrich tauchte die Hände in das klare Wasser des Bekkens und benetzte sein Gesicht. Die Ankunft der deutschen Fürsten wollte er nicht abwarten, Briefe seiner Vertrauten hatten ihm geraten, seinen langen Aufenthalt im Gefolge des Kaisers zu beenden. Konrad befand sich noch immer in Fehde mit dem Erzbischof von Mainz, der diese Streitigkeiten offenbar nach Thüringen hineintragen wollte; denn die Grafen von Gleichen, seine Erfurter Vögte, vergriffen sich an landgräflichem Gut, drangsalierten Bauern. Die Klagen nahmen überhand, und die Ministerialen, denen Heinrich die Sorge um sein Lehen anvertraut hatte, Truchseß Berto von Schlotheim und Schenk Rudolf von Vargula, wurden der Umtriebe nicht Herr. Es wurde wahrhaftig Zeit, daß er zurückkehrte.

Er hatte alles, was Wigo ihm auferlegt hatte, befolgt, alle Stunden beachtet, obwohl ihn das oft von Verhandlungen und Beratungen ferngehalten hatte. Sogar die strengen Regeln der Enthaltsamkeit beim Essen, am dritten und fünften Tag der Woche kein Fleisch zu sich zu nehmen, nicht zu prassen und sich niemals zu betrinken, fielen ihm inzwischen leicht. Was seinen Körper von den unreinen Gedanken und Handlungen reinigen sollte, erfrischte ihn; im Gegensatz zu vielen anderen Herren im Gefolge des Kaisers litt er nicht an Überdruß und den Folgen der Völlerei.

Aus dem dunklen Spiegel des Wassers musterte ihn ein waches, aufmerksames Gesicht, umrahmt von hellbraunen Locken, die bis auf die Schultern fielen. Die Nase erschien ihm ein wenig zu lang, zwischen den Brauen lag ein Schatten, und ein Grübchen teilte das Kinn. Er schmunzelte über seine Eitelkeit, wischte leicht mit der Hand durchs Wasser, und das Bild verwirbelte, löste sich auf.

Während er sich abtrocknete, klopfte es an der Tür. Heinrich hielt nach dem jungen Novizen Ausschau, der sich um seine Bedürfnisse kümmern sollte, als ihm einfiel, daß dieser sich soeben entschuldigt hatte, um sich auf die Nonne vorzubereiten. Also trat er selbst zur Tür und schob den Riegel zurück, zog die Tür auf und erstarrte vor Schreck, denn herein kam mit forschen Schritten Kaiser Friedrich.

»Seid mir gegrüßt, Herr Heinrich Raspe, Landgraf Thüringens und Pfalzgraf Sachsens – störe ich?«

Heinrich, der bestürzt mit offenem Mund vor dem Kaiser stand und kein Wort hervorbrachte, riß sich mit Mühe zusammen und schüttelte den Kopf. Er erwartete, daß das engere Gefolge sich einstellen würde, doch der Kaiser schob selbst die Tür zu und den Riegel vor.

»Das ist gut«, sagte er kühl. »Dann sind wir unter uns.«

Als Heinrich sich anschickte, in die Knie zu sinken, stemmte der Kaiser eine Hand in die Seite und wiegelte ab. »Lassen wir die Förmlichkeiten! Abgesehen von den Herzögen von Schwaben, Bayern und Braunschweig seid Ihr derzeit der mächtigste unter den deutschen Fürsten. Und während die anderen es noch immer nicht fertiggebracht haben hierherzukommen, weil die aufmüpfigen Lombarden seit dem vergangenen Herbst das Etschtal gesperrt halten, habt Ihr einen Weg gefunden.«

»Dank eines findigen Begleiters, der ein eifriger Pilger ist«, erwiderte Heinrich schnell.

»Und wer ist dieser eifrige Pilger?«

»Ein Chorherr aus dem Orden des heiligen Augustinus, Wigo von Fritzlar.«

»Ein Chorherr, der dem Stift Eures Widersachers entstammt?«

»Er hat Ludwigs Sohn Hermann bislang betreut. Auch mein Bruder hat einen Chorherrn aus diesem Stift zu seinem Cancellarius ernannt. Pater Wigo war, seiner Jugend zum Trotz, bereits in Jerusalem und in Santiago de Compostela.«

»Dann ist er in der Tat ein eifriger Pilger, denn da er sich nicht in Eurem Gefolge befindet, nehmen wir an, daß er sich nach Rom begeben hat?«

Heinrich zögerte, nickte dann gehorsam.

»Einen derart tüchtigen und weitgereisten Mann solltet Ihr zum Beichtvater wählen – vorausgesetzt, er verfügt über ein gerüttelt Maß an Bildung. Es gibt viel zu viele plappernde Pfaffen, die eigentlich nichts von dem verstehen, was sie daherreden.«

Der Kaiser schaute sich sichtlich neugierig im Gemach um, ein wohlwollendes Lächeln auf den Lippen. Nur auf den Lippen. Heinrich atmete tief durch und hoffte, daß dieser Besuch bald ein Ende fände.

»Herr Heinrich Raspe, was denkt Ihr über unsere Verordnung über das Ketzerunwesen?«

»Es steht mir nicht zu, Eure Verordnungen zu beurteilen, erhabener Kaiser.« Heinrich verneigte sich tief und verharrte einige Atemzüge lang in dieser Haltung. Der erstaunliche Staufer mochte gelegentlich zu ungewöhnlichen Handlungen neigen, aber jeder wußte, daß er auf höfischen Formen bestand.

»Die Fürsten sind damit gehalten, das Wirken der Inquisitoren nach ihren Kräften zu unterstützen und alle gemeldeten Ketzer der gebührenden Strafe zuzuführen.«

Während die klare Stimme Friedrichs, gedämpft von Teppichen und Wandbehängen, verklang, schloß Heinrich seine Bedenken in einem Winkel seines Herzens ein, er würde genug Sorge damit haben, wenn er zurückgekehrt war.

»Werdet Ihr dafür Sorge tragen, daß dies Gesetz auch in Eurem Land durchgeführt wird?«

»Ewig erhabener Kaiser ... wozu diese Frage?« Der Titel war Heinrich nur schwer von den Lippen gegangen, doch weil der Mund des Kaisers eine scharfe, dünne Linie bildete, hielt er es für angemessen. »Wenn Ihr wissen wollt, ob der Landgraf von Thüringen auf Eurer Seite steht oder nicht, werdet Ihr das auf diese Weise wohl kaum erfahren. Ich könnte lügen oder die Wahrheit sagen – wer sollte das prüfen?«

»Herr Heinrich Raspe, Ihr lügt nicht«, entgegnete Kaiser Friedrich hart. »Zumindest zur Zeit nicht. Ihr steht unter einem Bußgelöbnis, das ist deutlich zu sehen, und dazu gehört, daß Ihr kein falsches Zeugnis ablegen dürft.«

»Das darf ohnehin kein Mensch.«

»Und doch tun die Menschen es – auch wir, wenn es sich als notwendig erweist.« Wieder erhellte das anziehende, ein wenig schelmische Lächeln sein Gesicht. »Heinrich Raspe, Ihr habt keinen Sohn. Ihr kennt die Enttäuschung nicht, wenn das eigene Kind sich gegen den Vater wendet und Verbündete um sich schart, um seine Absichten zu durchkreuzen.«

»Und deshalb benötigt Ihr die Unterstützung aller deutschen Fürsten und sucht den Ausgleich mit dem Heiligen Vater.«

»Das ist nichts Neues. Ein Kaiser braucht Rat und Hilfe, ansonsten geht das Reich zugrunde. Den Ausgleich mit Papst Gregor handelten Euer Landsmann Hermann von Salza und einige kluge Kirchenfürsten aus. Was unseren

Sohn betrifft, sind wir auf die Treue unserer Fürsten angewiesen. Auch auf die Eure. Oder sollte ich sagen, auf die Eures Neffen?«

Mit einem kalten Blick faßte der Kaiser Heinrich ins Auge.

»Da der Herr mir nicht die Gnade gewährte, Kinder zu haben, wird Ludwigs Sohn das Lehen ohnehin erben.«

»Und aus diesem Grunde raten wir Euch, keine weitere Hochzeit zu feiern und gut achtzugeben auf den Jungen – wie alt ist er eigentlich?«

»Er wird zehn Jahre alt.«

»Habt Ihr bereits eine Braut für ihn bestimmt?«

Heinrich spürte, wie sein Magen sich zusammenkrampfte; seine Mutter hatte in ihrer Verbitterung über die Ermordung ihres herzoglichen Bruders die neugeborene Tochter des Herzogs von Braunschweig als zukünftige Gemahlin vorgeschlagen. Als Welfe war Herzog Otto ein Gegner des Stauferkaisers, den Sophia für den Anschlag auf ihren Bruder verantwortlich machte. Aber obwohl seine brandenburgischen Schwäger Heinrich in den vergangenen Wochen zugeredet hatten, hatte er sich noch nicht entschieden, und so schüttelte er guten Gewissens den Kopf.

»Wir werden uns Gedanken über eine gedeihliche Verbindung machen«, sagte der Kaiser, neigte den Kopf und drehte sich zur Tür um, doch auf halbem Weg blieb er nochmals stehen.

»Ludwigs Witwe ... Ihr seid mit ihr aufgewachsen, Graf Heinrich, habt jahrelang im selben Haus gelebt wie sie. Sagt uns ... warum schlug sie unser Angebot aus?«

»Wollt Ihr das wirklich wissen?«

Der Kaiser platzte mit einem lauten Lachen heraus, schüttelte sich und winkte mit beiden Händen ab. »Das ist eine dumme Frage, Heinrich, Sohn Hermanns von Thüringen! Ist Euch nicht bekannt, daß wir in dem Ruf stehen, Gott in seiner Allwissenheit nachzueifern?«

»Was soll ich Euch anderes sagen, als was Ihr ohnehin schon wißt? Nämlich daß sie, ehe Ludwig sich auf den Weg zu Euch machte, vor den Augen seiner Familie einen Eid ablegte, im Falle seines Todes sich nicht wieder zu verheiraten.«

»War das der eigentliche Grund?«

»Ludwig und Elisabeth waren ein besonderes Paar. Eine solch innige Verbindung werdet Ihr selten finden.«

»Ja, sogar die Dichter besingen sie. Und ich erinnere mich, wie bitter es Ludwig anging, seine Frau nie wiederzusehen. Es erinnerte mich an Constanzes Tod …«

Der Kaiser hatte den Blick gesenkt, und Heinrich hielt den Atem an, weil er im Gedenken an seine erste Frau auf einmal von sich selbst nicht in der Mehrzahl sprach, als böte er unwissentlich einen Blick in sein Herz. Unvermittelt hob Friedrich den Kopf, der träumerische Zug war verschwunden. »Wir haben ihr unsere Krone ins Grab gelegt, um sie zu ehren.«

Erst nachdem Heinrich sich allein im Zimmer fand, spürte er die Anspannung, er ballte kurz die Fäuste, fuhr sich dann mit den Händen übers Gesicht und durchs Haar. Der Besuch des Kaisers machte keinen Sinn, das Gespräch erschien ihm ohne Zusammenhang, wenn man von der Ankündigung absah, Elisabeths und Ludwigs Sohn mit seinem Hause zu verschwägern. Andererseits beunruhigte ihn das Ketzergesetz; Magister Konrad war ein Eiferer, bislang hatte er die duldsame Überzeugungsarbeit anderer Inquisitoren, wie frühere Päpste sie angeordnet hatten, nur widerwillig ertragen. Die Klagen über seine bald spitzfindigen, bald rüden Befragungen häuften sich, und sie würden sich zu Bergen auftürmen, wenn die Kunde von dieser Verfügung ihn erreichte. Auf der Suche nach Verbündeten gegen die Folgen des Gesetzes, das der Kaiser nur dazu erlassen hatte, um seine eigene Macht gegenüber den Fürsten weiter zu festigen, kehrten Heinrichs Gedanken zu Hermann zurück, zu dem Braunschweiger Herzog Otto, der die Schwester seiner ersten Frau geheiratet hatte, und dessen kleinen Töchtern. Es blieb abzuwarten, ob eine der beiden die zarten ersten Jahre überlebte.

Wigo von Fritzlar war gemeinsam mit den Gesandten des Papstes am Nachmittag desselben Tages in Aquileia eingetroffen, doch um ihm Gelegenheit zu bieten, sich den Staub der Reise vom Leib zu waschen, bat Heinrich ihn erst am folgenden Morgen zu sich. Der Chorherr trug ein frisches Habit und auf der Brust eine Pilgermuschel, die ihm gegen die Nase pendelte, als er sich vor Heinrich verneigte.

»Hattest du eine angenehme Reise?« fragte Heinrich vorsichtig.

»Soweit der Ritt auf einem Esel in einer Karawane von Reitern als angenehm bezeichnet werden kann, ja«, erwiderte Wigo. »Aber wer Geleit sucht, muß sich anpassen.«

Dann richtete er seinen Blick auf Heinrichs Augen und schwieg so beredt, daß dieser die freimütige Frage, ob er die Auflagen der Buße befolgt habe, deutlich vernahm und leise lachte.

»Ja, ich war ein guter, frommer Junge und habe mich an deine Anordnungen gehalten, Pater Wigo. Und deshalb halten mich jetzt alle gottesfürchtigen Fürsten des Reiches für einen, der besonders gottesfürchtig ist.« Heinrich legte den

Kopf schräg, während Wigo ihn musterte, und fühlte sich wie ein Knabe, der einen Streich ausgeheckt hatte. »Wenn ich ehrlich bin, möchte ich davonlaufen.«

»Wann wollt Ihr aufbrechen?«

Nach kurzem Stutzen verfiel Heinrich in schallendes Gelächter, ein befreiendes Lachen, das ihm die düsteren Mauern gleich freundlicher erscheinen ließ.

»So bald als möglich«, sagte er schließlich und wischte sich Tränen aus den Augenwinkeln. »Es dürfte viel Arbeit auf mich warten. Mein Bruder liegt in Fehde, um Erfurt herrscht Unruhe – ich sollte mich nicht länger fern von meinen Gütern aufhalten.«

Aus den Augenwinkeln beobachtete Heinrich seinen Beichtiger, der, unentwegt Gebete murmelnd, das Kästchen mit seinen Gerätschaften öffnete, die Stola herausnahm, küßte und über seinen Nacken schob, die Hände vor der Brust zusammenlegte und sich schließlich bekreuzigte. Sie sprachen die üblichen Formeln, Heinrich legte das Schuldbekenntnis ab, dann neigte der Geistliche sich vor, um die Beichte entgegenzunehmen. Heinrich befreite sich von den aus Verzweiflung geborenen bösen Gedanken, bis nur ein einziger, tief eingebrannter zurückblieb. Dann befeuchtete er die spröden Lippen mit der Zunge, zwang die zur Faust geballten Hände, die neben ihm auf der Decke lagen, sich zu öffnen und die Finger zu strecken. In seinem Leib pochte es.

»Pater Wigo … als ich meine erste Beichte vor Euch als meinem Beichtvater ablegte, verschwieg ich Euch etwas und habe es bis heute verschwiegen«, flüsterte er.

Wigo regte sich nicht, sondern blickte unverwandt und schweigend zu Boden, wie er es immer tat, wenn Heinrich ihm seine Sünden bekannte.

»Es steht geschrieben: *Non concupisces domum proximi tui nec desiderabis uxorem eius*. Aber ich habe meines Nächsten, meines Bruders Haus begehrt und seine Frau, konnte mir sogar alles zu eigen machen, was ihm gehörte, nur nicht seine Frau.«

Heinrich atmete flach, um den Schmerz auszuhalten, der ihm Tränen in die Augen trieb, daß sie ihm über die Wangen rannen. Wie ein feines Brennen spürte er Wigos Hand behutsam über seinen Arm streichen.

»Und das habt Ihr all die Jahre mit Euch herumgetragen?« fragte der Pater sanft.

Heinrich, zu schwach, um zu nicken, senkte nur kurz die Lider, ließ sich Schweiß und Tränen vom Gesicht tupfen. Leise sprach Wigo ihn los, segnete ihn, bevor er die Stola abnahm, sorgsam zusammenlegte und in dem Kästchen verstaute.

»Erinnert Ihr euch, wie Ihr mich damals fragtet, ob ich Euer Beichtiger werden wolle?«

Heinrich blinzelte erneut, schluckte trocken. Schweißperlen rannen kühl über seine Schläfen.

»Es war in den Bergen«, fuhr Wigo fort. »Wir hatten das noch immer gesperrte Etschtal umgangen und den Brenner erreicht, wo ein winziges Kirchlein stand. Eines, in dem eine kleine Schar Schutz findet vor dem Wetter und Zuflucht beim Herrn. Ihr folgtet mir hinein, wir verrichteten unsere Gebete, und dann fragtet Ihr mich, ob es mir recht wäre, wenn ich nach unserer Rückkehr nach Thüringen auf der Wartburg bliebe, um für Hermanns und Euer Seelenheil Sorge zu tragen.«

Ein eisiger Wind hatte die kleine Kirche umtost, in den hölzernen Schindeln und den geschnitzten Rahmen der winzigen Luke gepfiffen. Wolken hatten den Himmel verdunkelt, und die ganze Schar hatte ihre Hoffnung darauf gerichtet, auf ihrem Weg ins Tal hinunter würde kein Schnee oder Regen fallen, damit sie nicht in Gefahr gerieten. Wigo hatte Heinrich angestaunt, als hätte er etwas Unmögliches gefordert, bevor sich allmählich ein Lächeln auf seinem Gesicht ausbreitete. Sein Dank war nicht überschwenglich gewesen, sondern still, er hatte die hingestreckte Hand mit warmen Fingern umschlossen, den Kopf erst nach einer Weile wieder gehoben.

»Ihr habt mir damals geholfen, Pater Wigo«, flüsterte Heinrich mühsam. »Ich weiß nicht, was geworden wäre, hättet Ihr mich nicht der Disziplin unterworfen.«

»Das ist nicht mein Verdienst, Herr. Ihr hättet die Regeln jederzeit brechen können.«

»Ja … vielleicht. Ich war nicht Herr meiner selbst.«

»Ihr wart es genug, um nicht der Sünde anheimzufallen.« Wigo beugte sich über ihn, und in dem runden, freundlichen Gesicht mit den Grübchen, den leicht geröteten Wangen und den klaren Augen von unbestimmbarer Farbe erkannte Heinrich, daß er die richtige Wahl getroffen hatte.

»Der Abgrund blieb mir vielleicht erspart – aber nicht einmal das weiß ich sicher.«

Er schloß die Augen und sah vor sich den Altar des windumbrausten Kirchleins, sah den unbeholfen in die Apsis gemalten Christkönig, der auf ihn herabsah, die vergitterte Nische, in der Kelch und Hostien aufbewahrt wurden; Wigo hatte die heruntergebrannten Kerzen auf dem Altar entzündet, einen brennenden Span in die Halterung vor der Nische geklemmt, und das flackernde Licht brachte gespenstisches Leben in das Kirchlein. Er spürte die kalte, abgeschliffene Kante der steinernen Stufe vor dem Altar unter seinen Knien, erinnerte sich an einen gelbbraunen Zweig mit eingerollten, verblichenen Blättern daran, Überreste einer Dankesgabe. Er hatte dort neben Wigo, dem eifrigen Pilger, ein *Pater noster* und ein *Ave Maria* gemurmelt, die

Anrufung beantwortet und sich erhoben, der Hymne gelauscht, die Wigo mit halb ausgebreiteten Armen hatte erklingen lassen.

Während sie den Psalm miteinander im Wechsel gesungen hatten, war der Wind verstummt und nur ein feiner Luftzug durch Heinrichs Haar gefahren wie eine zarte Berührung. Wie eine Hand. Elisabeths Hand, die Grashalme aus seinem Haar zupfte. Nach seinem Sturz.

In diesem Augenblick hatte er sich zum ersten Mal wieder angenommen geglaubt, nachdem alle vorherigen Gebete und Bußübungen bei aller Hingabe unbeantwortet geblieben waren und er manchmal am liebsten zur Geißel gegriffen hätte.

»Pater ... warum habt Ihr mir damals verboten, mich selbst zu züchtigen?«

»Weil ein Mensch sich nicht selbst strafen kann«, erwiderte Wigo. »Entweder macht ihn die Angst vor dem Schmerz zum Heuchler, oder seine Andacht gilt nur noch dem Schmerz und nicht mehr dem Herrn.«

Heinrich verschwieg die Frage, ob nicht spätere Fehler und Sünden ungetan geblieben wären, wenn er sich strenger bestraft hätte, als Wigo die Hand auf seinen Arm legte.

»Die Geißel kann helfen, den Leib abzutöten, sich von ihm zu befreien – sie kann allerdings auch das Werkzeug einer verkehrten Lust sein, die Waffe eines Dämons, der vorgaukelt, man übe sich in Buße, obwohl man sich nur im hoffärtigen Stolz über die Stärke des eigenen Leibes suhlt, in der Lust daran, wieviel Pein man auszuhalten vermag. Ihr mußtet damals erst den Weg zurück finden.«

»Mein Herr, ich möchte Euch nicht beunruhigen, aber ...«

Berto von Schlotheim stand neben dem Bett, als Heinrich wie aus einem Traum erwachte, schief und mit zusammengebissenen Zähnen lächelte.

»Eure Gemahlin will Euch sprechen«, sagte der Truchseß, dann rauschte dünnes Leinen hinter ihm heran, eine feingliedrige Hand schob den Vorhang beiseite, und Beatrix erschien. Berto trat mit einer leichten Verbeugung zurück, so daß es um Heinrich heller wurde.

»Ich habe einen Brief erhalten«, sagte sie leise und streckte ihm ein verschnürtes Paar Wachstafeln hin, »einen Brief des Erzbischofs von Mainz.«

Ihre Brust hob und senkte sich, während ihre blasse Miene, die kaum sichtbaren Flecken auf den Wangen den inneren Widerstreit verrieten. Als Kind einer staufischen Königstochter bewahrte sie Haltung, doch über ihre Augen hatte sie keine Macht.

»Er rät mir, die Wartburg zu verlassen und mich augenblicklich an den Hof meines Vaters zu begeben. Er betrachtet alle hessischen Lehen mit deinem Tod als erledigt.«

Als heiße Welle durchflutete Heinrich der Schmerz, drückte ihn wieder in die Kissen. Er schmeckte Blut von seinen Lippen. Er hatte mit Ausflüchten gerechnet, mit höflichen Floskeln, die Zeit schinden sollten, aber nicht mit kaltem Verrat, den Siegfried von Eppstein nicht einmal ihm selbst mitteilte, als wäre er schon tot. Nach der Schlacht an der Nidda, ein halbes Jahr war es her, als Heinrich den abgesetzten König, den Sohn des entthronten Kaisers, in die Flucht geschlagen hatte, hatte der Mainzer sich damit gebrüstet, daß er es gewesen sei, der Heinrich zum König erhoben und die Macht der Staufer gebrochen habe. Jetzt lag der ungekrönte König auf den Tod, und Siegfried von Eppstein ließ ihn wie einen wurmstichigen Apfel fallen.

Beatrix durfte nichts zustoßen.

»Deine Wittümer …«, flüsterte er.

»Ich soll freiwillig darauf verzichten.«

Heinrich schnappte nach Luft. Sein Blick suchte den Truchseß, der mitten im Gemach stand, halb abgewandt.

»Wir müssen uns beraten, Herr«, sagte Berto. »Wir müssen abwägen, wie wir die Rechte Eurer Gemahlin schützen, ohne mit dem Erzbischof in eine Fehde zu geraten.«

Das Pergament raschelte in Heinrichs Händen, wenn er die Seiten umblätterte. Seit dem frühen Morgen saß er hier mit der Abschrift der Berichte, die Magister Konrad für den Papst zusammengestellt hatte, und mit jedem Wort verblaßte die Erinnerung an Elisabeth noch ein wenig mehr und wurde ersetzt durch das Bild einer Heiligen. Die Zeuginnen, die Konrad befragt hatte, die allzu fromme Guda und die brave Isentrud, logen nicht, aber vieles, woran er sich aus ihrer gemeinsamen Kindheit erinnerte, stand in einem völlig anderen Licht, alle Wildheit schien aus ihr gewichen, aller fröhlicher Eigensinn nur noch dem Zweck gedient zu haben, ihre Frömmigkeit vor der dummen, eitlen Welt zu verbergen.

Als kleine Mädchen hatten Guda und Elisabeth miteinander gewetteifert in kleinen Gesten, um ihre Gottesfürchtigkeit zu beweisen. Heinrichs Mutter Sophia hatte dieses Mädchen aus einem der ärmeren Ministerialengeschlechter zu Elisabeths Spielgefährtin erkoren, um die zukünftige Landgräfin Bescheidenheit zu lehren, damit sie trotz ihrer königlichen Abstammung bei allem Pomp fürstlicher Lebensart nicht hoffärtig würde. Elisabeth hatte auf kleine Vorrechte verzichtet, weil Guda sich vieles nicht hatte erlauben können, später hatte sie Freude daran gefunden, sich zurückzuhalten, denn das lebhafte Mädchen langweilte sich bei den steifen Förmlichkeiten in dieser engen Welt, in der sich die Gedanken nur darum drehten, welche Dame mehr Perlen an ihren Ärmeln trug und welche von mehr jungen Rittern angehimmelt wurde.

Obwohl Elisabeths Weg ebenso vorgezeichnet war wie die Wege der anderen Mädchen und Jungfrauen bei Hofe, fügte sie sich nicht in dieses eintönige Dasein, dessen einziges Ziel darin bestand, dem Gemahl später Söhne zu gebären, um die Besitztümer zu vererben, und Töchter, um feste Bande zu knüpfen, und darüber hinaus, prächtig aufgeputzt, die Macht der durch sie verbundenen Geschlechter glänzen zu lassen. Sie war die Fremde gewesen, Erzsébet, das Mädchen aus Ungarn, eine Königstochter aus altem Hochadel, Nichte von Herzögen und Bischöfen, der die Vasallen des Landgrafen die Abkunft neideten, zumal Landgraf Hermann und seine Gemahlin Sophia das Mädchen ihren eigenen Kindern gleichgestellt hatten.

Ja, sie war ungewöhnlich fromm gewesen, und die kleine Kapelle hatte ihr als Zuflucht gedient, wenn sie drangsaliert worden war, denn die anderen Kinder betraten das weihrauchatmende Gebäude nur, wenn sie mußten. Viel lieber nutzten sie die Gottesdienste in Eisenach, um wie die erwachsenen Damen und Herren mit ihren Gewändern zu prunken. Heinrich erinnerte sich, daß er keines dieser Mädchen hatte ausstehen können, daß er und Konrad sich ständig über die kleinen Schnattergänse lustig gemacht, an ihren Röcken gezerrt und sie verspottet hatten.

Er lehnte sich in die Kissen, die die Fensternische polsterten, blickte aus dem weit geöffneten Fenster über den Giebel des Palas hinweg aufs Land hinaus, auf sanft geschwungene Hügel und dunkle Wälder. Dort unten waren sie um die Wette geritten, Elisabeth, Konrad und er. Die dicken schwarzen Zöpfe flogen hinter ihr her, und der Rock bauschte sich um ihre Beine. Und machten sie Rast, damit ihre Pferde sich erholen konnten, schlug sie Rad und tanzte barfuß im hohen Gras.

Eine helle Stimme tönte herauf, herrische Befehle aus dem Mund eines Knaben, dessen Stimme noch kindlich war. Heinrich kniete auf dem Sitz und lehnte ein wenig aus dem Fenster, gerade genug, um in den Hof hinunterzuschauen, wo Elisabeths Sohn mit anderen Edelknaben ein Gefecht probte. Heinrich wandte sich zu dem Bediensteten, der neben der Tür saß, und ließ den Jungen zu sich rufen.

Bald darauf stand Hermann vor ihm, richtete den Blick auf den Boden, während er in Erwartung eines Tadels die Stirn in Falten legte. Der Junge trug schwer an dem Erbe, das seine Eltern ihm auferlegt hatten – der stolze, kämpferische Vater, dem er bis auf die Farbe von Haar und Augen glich, und die eigensinnige Mutter, die ihn früh verlassen hatte.

»Deine Lehrer sagen, du machst gute Fortschritte.«

Als Hermanns Miene sich weiter verfinsterte, schmunzelte Heinrich über die eigenen Worte, die ewig gleichen Wendungen, die einem Kind nichts bedeuteten.

»Im Herbst wirst du mich zu den Jagden begleiten«, fuhr Heinrich fort. »Es wird Zeit für dich, auch mit deinesgleichen zu verkehren, mehr zu sein als ein bestauntes und verhätscheltes Kind.«

Der Knabe sah Heinrich an mit einem Ausdruck der Überraschung, sein Gesicht glänzte, dann fiel ein Schatten darüber.

»Wird Wigo mein Beichtvater bleiben?«

»Wenn du das wünschst«, erwiderte Heinrich und bemerkte erleichtert das ernsthafte Nicken des Kindes. »In wenigen Jahren wirst du ohnehin mündig sein und deine eigenen Entscheidungen fällen.«

Daß Hermann langsam von einem Fuß auf den anderen trat und seine Finger mit dem Saum des Kittels spielten, erheiterte Heinrich; der Junge hatte Besseres zu tun, als sich mit seinem Oheim und Vormund über noch in weiter Ferne liegende Aufgaben zu unterhalten. Sein Anspruch war unbestritten, schließlich war Heinrichs Gemahlin kinderlos gestorben, und Ludwigs Bruder stand der Sinn nicht nach einer weiteren Ehe. Hermann hatte die gefährlichen Kinderjahre überstanden, er war seines Vaters Erbe.

»Ich möchte um etwas bitten«, sagte der Knabe leise, und als Heinrich aufmunternd nickte, fuhr er fort: »Ich möchte zurück auf die Creuzburg ...«

»Und warum?«

»Es ist wegen Frau Mechthild.«

»Frau Mechthild von Schlotheim?« Verwundert musterte Heinrich den Jungen. Mechthild, die Gemahlin des Truchsessen Berto, unterwies die Edelknaben ebenso wie die jungen Mädchen in höfischem Benehmen.

»Sie ist eine Lügnerin. Sie tut selbst nicht, was sie uns zu tun heißt.«

»Hermann, wenn du Frau Mechthild der Lüge bezichtigst, so ist das ein schwerer Vorwurf, den du begründen mußt.«

Hermann senkte den Kopf und verharrte in trotzigem Schweigen, und in diesem Augenblick erkannte Heinrich, daß das Kind ihm ganz kurz sein Vertrauen geschenkt hatte, bevor es sich scheu und vorsichtig wieder in sein Schnekkenhaus zurückzog. Kindheit bedeutete, die Hände hinzuhalten, um Schläge hinzunehmen. Mal traf eine dünne Weidenrute die Handflächen, die Finger, die Unterarme, ein anderes Mal den schmachvoll entblößten Hintern. Gelegentlich setzte es Ohrfeigen, gab es Schrammen von den scharfen Nägeln der Damen im Gesicht oder einen Hieb, nach dem man sich im nächsten Winkel wiederfand. Dem alten Beringar von Creuzburg, der Heinrich und dessen Brüder das Fechten gelehrt hatte, war kein Anlaß zu gering gewesen, mit den hölzernen Übungswaffen nach ihnen zu schlagen, und sie hatten nie verstanden, ob er das getan hatte, damit sie wendig und flink wurden oder weil er sie einfach gerne verprügelt hätte und nur zu langsam geworden war.

✠

In dürren Worten berichteten die Briefe des Magisters Konrad von Marburg über die Seuche der Ketzerei, die er als Inquisitor im Auftrag des Papstes verfolgte. Die Saat des Teufels, die in der Grafschaft Tolosa auf fruchtbaren Boden gefallen sei, breite sich wie giftiges Kraut in der Christenheit aus und errege Gottes Zorn, lästere sie doch Christus und die Heiligen.

Heinrich wartete auf eine Antwort, während Pater Wigo, der neben Hermann auf dem Rand der Zisterne der Wartburg saß, den neuesten Bericht des Magisters las. Der Geistliche runzelte die Stirn, während sein Blick über die Zeilen lief.

»Was denkt Ihr?« unterbrach Heinrich ihn ungeduldig.

Wigo stieß leise pfeifend den Atem zwischen den Zähnen hervor. »Daß der Magister ein großer Eiferer vor dem Herrn ist.«

»Das sehe ich selbst, Pater. Aber was soll ich davon halten?«

»Da er vom Papst beauftragt ist, könnt Ihr schwerlich etwas gegen ihn unternehmen – aber warum solltet Ihr das tun? Der Magister ist weder in Euren Gebieten tätig noch in denen Eures Bruders, sondern in denen des Erzbischofs von Mainz und seiner Lehnsmänner.«

»Eines Tages wird er sich den hessischen und thüringischen Gebieten zuwenden.«

»Darüber macht Euch Sorgen, wenn es absehbar ist«, entgegnete Wigo.

»Beunruhigen Euch derlei Umtriebe nicht?«

»Die der Ketzer? Sogar der Kaiser spricht von einer Seuche, mit der die kranken Schafe die Herde der Gläubigen anstecken und vor der die Gläubigen nur beschützt werden können, indem die Ungläubigen ausgesondert und von weltlichen Gerichten dem Tode überantwortet werden. Da sollte es mich wohl beunruhigen, daß derlei Umtriebe auch Hessen und Thüringen längst erreicht haben könnten.«

Wigo klappte die Brieftafeln zu und gab sie seinem Herrn zurück.

»Die Minoritenbrüder vom Orden des heiligen Franziskus predigen den Menschen, und ihr Beispiel ist weitaus überzeugender als die Androhung schwerster Strafen.«

»Ohne die Androhung von Strafen entgleiten uns die Menschen, Pater Wigo. Ich habe am eigenen Leib erfahren, welch verführerisches Gift die Einflüsterungen der Dämonen sind und wieviel Buße getan werden muß, um sich davon zu befreien.«

»Mein Herr, Ihr wißt selbst, daß in vielen Klöstern keine Zucht herrscht, daß die Messen lieblos gefeiert, die Stunden von wenigen eingehalten werden. Statt dessen prunken die Gotteshäuser mit Gold und Edelsteinen, während das einfache Volk hungert, wiewohl die von Gott eingerichtete

Ordnung gerecht und gut sein soll. Wie sollen die Menschen das verstehen? Da erscheinen ihnen doch die in freiwilliger Armut lebenden Wanderprediger glaubwürdiger, ganz gleich, ob es sich um Rechtgläubige oder Häretiker handelt.«

»Das einfache Volk hat zu befolgen, was die zu ihnen gesandten Priester lehren. Was gibt es darüber hinaus zu verstehen?«

Wigo erhob sich schwerfällig, bevor er die Schulter des Jungen, der neben ihm saß, tätschelte, was diesen veranlaßte, vom Rand der Zisterne zu hüpfen und nach einer schnellen Verbeugung davonzulaufen.

»Laßt uns einige Schritte gehen, Herr Heinrich. Ich habe die Erfahrung gemacht, daß die Vernunft, die ja selbst in Schritten vorangeht, besser arbeitet, wenn der Leib ihr vormacht, was sie tun soll.«

Verwundert schloß Heinrich sich dem Pfaffen an, musterte ihn von der Seite, das rundliche Gesicht mit der knolligen Nase und dem Doppelkinn; wie viele dicke Mönche hatte Wigo es sich angewöhnt, langsam zu schlendern und die Hände vor dem Bauch in den Ärmeln der Kutte zusammenzulegen. Verstohlen fragte Heinrich sich, wie es ihm wohl gelungen war, bis nach Santiago und Rom, ja sogar bis nach Jerusalem zu pilgern.

»Das Wandern ist eine wundervolle Art und Weise, die Welt zu studieren«, sagte Wigo, als hätte er die stumme Frage vernommen. »Man erlebt Gottes Schöpfung und seine Geschöpfe nicht in der Sicherheit menschlicher Gemeinschaft, sondern so, wie Gott uns schuf, als Wanderer, allein unterwegs. Und ein glücklicher Mensch weiß sich auf dem rechten Weg zu Gott und ins Paradies.« Er wandte sich Heinrich zu. »Was wißt Ihr über die Häretiker, mein Herr?«

»Sie beten den Teufel an.« Heinrich mußte nicht lange nachdenken, so gut erinnerte er sich an einige Lehrstunden, die er früher bei Magister Konrad genossen hatte. »Sie rotten sich in finsteren Löchern zusammen, und auf dem Weg dorthin küssen sie allerlei ekliges Getier. Kröten, Schlangen, Katzen. Bei ihren Zusammenkünften spucken sie auf die Heilige Schrift, beten den Teufel an und verfallen zügelloser Unzucht.«

»Das glaubt Ihr wirklich?«

Verwundert bemerkte Heinrich, daß der Geistliche eine Braue hochzog und seine Mundwinkel sich belustigt kräuselten, und obwohl ihm das Blut in die Wangen stieg, nickte er entschlossen.

Kurz vor dem Torhaus blieben sie stehen, und Wigo wandte sich mit einer ehrerbietigen Neigung des Kopfes Heinrich zu.

»Nähme es Eure Geduld unangemessen in Anspruch, wenn ich Euch bäte, mich hinunterzubegleiten zum Hospital, das die selige Elisabeth stiftete?«

Als Heinrich zwar zögerte, aber nicht ablehnte, dankte Wigo stumm, und sie setzten ihren Weg fort, wobei ihnen in gebührendem Abstand zwei Knappen folgten.

»Also seid Ihr ein rechtgläubiger Graf, der die Lehren der *einen* heiligen katholischen Kirche gehorsam befolgt.«

Der Pfaffe schritt nun kräftiger neben ihm aus, und Heinrich, der stirnrunzelnd genickt hatte, bog neben ihm von der Straße in den schmalen Weg ein, der durch den lichten Sommerwald hinunterführte.

»Also glaubt Ihr an Gott, den allmächtigen Vater, den Schöpfer des Himmels und der Erde.«

»Was fragt Ihr das?«

»Und glaubt auch an den Heiligen Geist, die heilige

katholische Kirche, Gemeinschaft der Heiligen, Vergebung der Sünden, Auferstehung der Toten und das ewige Leben?«

»Ja, und auch an Jesus Christus, seinen eingeborenen Sohn, unsern Herrn, empfangen durch den Heiligen Geist –«

»Dann wohl auch an die Macht des Teufels, des Gottesverleumders, als eines Widersachers des Herrn? An das Purgatorium? An die Seligkeit derer, die alles hinter sich lassen und in Armut, Keuschheit und Gehorsam leben, um dem Herrn nachzufolgen?«

»Worauf wollt Ihr hinaus?«

»Daß all das auch die Häretiker glauben und befolgen, die Armen Christi, die sich auf den Kaufmann Valdes aus Lyon berufen. Zu Häretikern erklärte man sie, weil sie als Ungeweihte das Evangelium verkündigen und predigen.«

»Halten sie ihre Zusammenkünfte nicht geheim ab?«

»Nein, Herr Heinrich, ganz und gar nicht.« Leise lachend blieb Wigo stehen und wandte sich um. »Auf dem Weg nach Santiago habe ich mich einer Reisegesellschaft angeschlossen. Wie sich bald herausstellte, waren es Arme Christi. Von ihnen habe ich sehr viel gelernt, und ich fand nichts, was anstößig gewesen wäre.«

»Ihr habt von Ketzern gelernt?«

»Verzeiht, Herr Heinrich, aber die Armen Christi sind keine Ketzer, denn sie predigen keine Irrlehren wie die Albigenser, die behaupten, die Schöpfung sei das Werk des Teufels.«

Heinrich bekreuzigte sich hastig. Zurückblickend bemerkte er, daß die Knappen mit ihren schweren Rüstungen und sperrigen Waffen weit hinter ihnen zurückgeblieben waren und kein Wort von dem verstehen würden, was Wigo und er besprachen.

»Einen Grund zur Sorge gibt es eigentlich nicht«, sagte Wigo. »Zwar warnte schon der Herr selbst vor den falschen Propheten, aber der Apostel Paulus wußte, daß abweichende Lehren nötig sind, damit sichtbar werde, wer unter den Gläubigen treu und zuverlässig ist. Das schrieb er den Korinthern, die sich uneins waren darüber, wie man in angemessener Weise das Mahl des Herrn begeht.« Er setzte seinen Weg ins Tal fort, ohne im Reden innezuhalten. »Viele von den Lehren der Albigenser gleichen dem, was auch der heilige Augustinus als falsche Lehren anklagte. Sie behaupten, Satan sei der vom Himmel herabgeschleuderte Lucifer und die Seelen nichts als die mit ihm gestürzten Engel, von denen einige böse geworden seien, andere ihren Verrat bereuten und danach strebten, ins Reich Gottes zurückzukehren. Doch sie seien an das stoffliche Reich Satans gebunden und können nur weiterbestehen, indem sie als Seelen die Lebewesen bewohnen. Deshalb seien von den Lebewesen die einen böse und schädlich, die anderen gut und nützlich. So wandern die vormaligen Engel als Seelen von Leib zu Leib, von Leben zu Leben. Doch um ins Reich Gottes zurückzukehren, müssen sie ein menschliches Wesen bewohnen, weil nur der Mensch imstande sei, sich durch Gebet und Askese von seinem Leib zu lösen. Erst wenn dies erreicht sei, können die einst gefallenen Seelen als Engel wieder ins unstoffliche Reich Gottes zurückkehren. Woran wiederum die bösen Dämonen sie beständig zu hindern versuchen.«

»Und weil ihnen das nicht gelingt, huldigen sie dem Teufel?«

»Nein, nein.« Wigo lachte leise. »Es mag sein, daß es einige irregegangene Schafe aus dieser Herde gibt, die das tun, aber die wirklichen Katharer leben so arm und keusch wie die Minoriten des heiligen Franziskus. Doch lehren sie gefährlichen Unsinn. Deshalb sollten sie und ihre Anhänger zur Umkehr bewegt werden. Da aber auch manche rechtgläubige Christen zu Grausamkeit und Eigennutz neigen, kam es zu schlimmen Übergriffen, die nicht im Sinne der Beschlüsse des Vierten Konzils im Lateran waren.«

»Damals wurde allerdings auch beschlossen, daß jeder, der das Kreuz auf sich nimmt, die Ketzerpest auszurotten, dieselben Privilegien genießen soll wie diejenigen, die ausziehen zur Verteidigung des Heiligen Landes.«

»Dennoch sollte nicht der Tod der Häretiker und ihrer Anhänger angestrebt werden«, wandte Wigo ein. »Schon die Väter der Kirche wollten nicht den Tod des Häretikers, sondern seine Einsicht. Tertullian sagte, die Wahrheit müsse freiwillig angenommen werden, und selbst Augustinus, der den Tod des Ketzers als ein geringeres Übel ansah als dessen starrsinniges Beharren auf der falschen Lehre, nahm das nicht um der Beseitigung der Häresie willen in Kauf, sondern um Wahrheit und Disziplin zum Sieg zu verhelfen.«

Als sich der Wald vor ihnen lichtete, blieb Wigo stehen und deutet auf das Gebäude, das unweit von ihnen stand, umgeben von einem Zaun, inmitten schäbiger Hütten und Schuppen. Alles hier erinnerte an das Hospital zu Marburg, in dem Elisabeth die letzten Jahre ihres Lebens gelebt hatte. In dem sie gestorben und begraben war.

»Mein Herr, dieses Hospital bedarf Eurer Fürsorge.«

Heinrich sah zwei Mönche in grauen Kutten, die neben dem Haus das Gras schnitten, ein weiterer kauerte auf dem Boden, um den Weg von wucherndem Grün zu säubern. Als die Männer ihn sahen, richteten sie sich auf, schoben die Hände in die Ärmel und verharrten mit gebeugtem Nakken.

»Ich werde mit dem Cancellarius reden«, sagte er, zu Wigo gewandt. »Wir werden sehen, welche Mittel sich finden.«

✠

Die Fehde in Hessen eskalierte. Fast täglich trafen neue Nachrichten und Briefe ein, während Heinrich an den Grenzen zu den Besitzungen seiner Schwäger, der Markgrafen von Meißen und des Herzogs von Sachsen, Burgen und Klöster besuchte. In dürren Worten berichtete Konrads Cancellarius von den Fortschritten des hessischen Landgrafen im Kampf gegen die Truppen des Erzbischofs von Mainz. Eine mächtige Burg hatte Konrad eingenommen, doch der Mainzer beantwortete das mit der Eroberung einer Stadt, die er niederbrennen ließ.

»Herr Heinrich, ich bitte darum, angehört zu werden.«

Sich umwendend, erkannte Heinrich seinen Schenk, Rudolf von Vargula, der sich verneigte und dann aufrichtete, während die Notare und Schreiber in gebeugter Haltung verharrten.

»Euer Bruder hat seine Stellungen in den hessischen Besitzungen zügig ausgebaut, aber sein Tun erscheint mir gefährlich«, fuhr Rudolf nach Heinrichs einladendem Wink fort. Ein Notar, ein kleiner, verwachsener Mann, reichte Heinrich versiegelte Tafeln.

»Dies ist eine Nachricht des Cancellarius Eures Bruders. Die Burgmannen von Marburg, die Grafen von Battenberg, sind unzufrieden, weil ihnen die Gerichtsbarkeit abgesprochen wurde. Die Gräfin von Ziegenhain, Eure Base, klagt, daß sie widerrechtlich einiger Güter beraubt worden sei. Aber anstatt diese und andere Lehnsleute zu besänftigen, hat Euer Bruder seine Ritter und Soldaten vor den Toren von Fritzlar gesammelt und belagert die Stadt.«

»Ich habe Graf Konrad versichert, daß ich mich in seine Herrschaft nicht einmischen werde«, erwiderte Heinrich. »Ihr wißt selbst, daß der Erzbischof von Mainz ein schwieriger Gegner ist, der alle Finten und Listen kennt.«

Ihm war unwohl bei dem Gedanken an Wigo, der im Untergeschoß der großen Kapelle dieser Burg betete, um nicht gestört zu werden. Der Pater hatte von früher Jugend an im Stift der erzbischöflichen Stadt gelebt, und auch wenn er aus den Besitzungen derer von Kleve stammte, war Fritzlar seine Heimat.

»Seht Ihr keine Möglichkeit, Landgraf Konrad zurückzuhalten?«

»Herr Rudolf, mein Bruder ist sein eigener Herr, darf in seinen Besitztümern nach seinem Gutdünken walten. So haben wir es miteinander vereinbart.«

»Es ist doch gar nicht nötig, gegen den Erzbischof zu wüten. Den Mainzer beschäftigen inzwischen die Unruhen, die die verschärfte Inquisition in seinen Besitztümern heraufbeschwört.«

Nachdenklich rieb Heinrich sein glattrasiertes Kinn. Seit seiner Erhebung zum Landgrafen hatte Konrad sich gewandelt, war beharrlicher geworden, ja geradezu hartnäckig, aber weder ruhiger noch geduldiger. Der Stolz über seinen Rang beherrschte ihn, und seitdem ihre Mutter nach langer Krankheit so geschwächt war, daß sie sich völlig in die Stille des Klosters zurückgezogen hatte, gab es niemanden mehr, auf den er hörte.

»Ich werde ihm schreiben und ihn warnen«, sagte Heinrich. »Aber ob ich ihn aufhalten kann, weiß Gott allein.«

Das bunte Treiben des Turniers füllte die Kasseler Straßen und Gassen mit Volk. Auf den Marktplätzen drängten sich die Stände rund um einen Freiraum, wo Stadtvolk und Landvolk derbe Kampfspiele ausfochten, die immer wieder in Schlägereien ausarteten. Ringsum suchten sich Gaukler, Musiker, Possenreißer, Tänzerinnen, Feuerschlucker ihre Zuschauer, Wanderbarden trugen ihre schaurigen Lieder vor, Puppenspieler ihre skandalösen Geschichten, Bettler und Krüppel gingen ihrem Gewerbe ebenso nach wie langfingrige Taschendiebe. Während sich die einfachen Leute, Bürger und Bauern, diesen derberen Vergnügungen widmeten, hatten sich die Edlen, Freie und Ministerialen, auf dem Platz hinter der Stadtburg versammelt; hier maßen sich die Ritter in Zweikämpfen zu Pferd und zu Fuß. Grell leuchteten die farbenprächtigen Waffenröcke, Pferdedecken und Helmbüsche im sanften Licht des Spätsommers.

Heinrich musterte seinen Bruder, der neben ihm auf der mit Tuch überspannten Tribüne saß und angespannt die Auseinandersetzungen auf dem niedergetrampelten Rasen verfolgte. Es war das erste Mal, daß Konrad nicht selbst an einer solchen Veranstaltung teilnahm, und Heinrich erkannte ihn kaum wieder. Er wirkte verstört, beklommen und suchte beunruhigend häufig die Gegenwart des Magisters Konrad von Marburg, der die Verhandlungen zwischen den streitenden Parteien geführt hatte. Auch jetzt saß er auf einem Schemel hinter dem jungen Landgrafen und wiegte seinen hageren Körper langsam vor und zurück, während er unablässig betete, anstatt die Vorführungen anzuschauen. Heinrich hegte den Argwohn, sein Bruder und der Magister versuchten auf diese Weise, böse Dämonen fernzuhalten.

Er wandte sich dem Erzbischof zu, der an seiner anderen Seite saß, das Kinn auf die Hand stützte und die Darbietungen gebannt verfolgte. Siegfried von Eppstein war prächtig gekleidet in seiner blendend weißen Cotte, über der er einen scharlachroten Mantel mit reichbestickten Borten trug. Auf dem Kopf saß die violette Kappe, den breitkrempigen Bischofshut hatte er auf seine Knie gelegt. Als einer der beiden Reiter auf der Bahn zu Boden ging, lehnte er sich zurück und wandte sich Heinrich zu.

»Ein prächtiges Turnier, Herr Heinrich, so recht geeignet, um den Frieden zwischen uns und Euch und Eurem Bruder zu festigen. Zumal meine Männer sich gar nicht ungeschickt anstellen.« Milde lächelnd verneigte Erzbischof Siegfried sich.

»Zu diesen vielen gewonnenen Zweikämpfen gratulieren wir Euch«, erwiderte Heinrich und zwang sich dabei zu äußerster Höflichkeit.

»Wenn es nach diesem Turnier gegangen wäre und wir noch keinen Frieden geschlossen hätten, wäre ich als Sieger aus der Fehde hervorgegangen. Vielleicht sollte man es erwägen, Fehden allein durch Turniere zu entscheiden, wie es die heidnischen Griechen mit ihren Spielen gehalten haben sollen. Man könnte viel unnützes Blutvergießen verhindern.«

Heinrich bemerkte, daß der Erzbischof einen Blick an ihm vorbei warf, der den Magister streifte, als wollte er damit sagen, daß dieses Turnier ihn nicht von den Umtrieben des von Papst und Kaiser beauftragten Inquisitors ablenken könne. Zwei Edelknaben gingen vorüber und brachten ihnen süße Kuchen und Wein auf einem Tischchen, über das der Erzbischof sich lehnte.

»Der junge Graf von Solms wurde der Häresie beschuldigt, und da er ein Geständnis ablegte, ließ der Ketzerjäger ihm den Kopf scheren und ein Gutteil des Vermögens einziehen. Aber ich kenne den Solmser, er ist ein Rechtgläubiger, dem die eigenen Verwandten das Fell über die Ohren ziehen wollten. Jetzt übt er ein Jahr lang Buße für etwas, das er nie getan hat, um Leib und Gut zu retten.« Augenrollend zermalmte Erzbischof Siegfried den Kuchenteig zwischen den Zähnen. »Ich weiß, daß ihr den Magister und seinen Eifer schätzt«, fuhr er flüsternd fort, »wo er doch fleißig an der Heiligsprechung Eurer verstorbenen Schwägerin arbeitet, was wiederum Euer hübsches Marburg zu einer Wallfahrtsstätte wie Assisi erheben würde. Aber eines Tages wird er meine Besitzungen durchforstet haben und sich den Euren zuwenden. Und dann, werter Herr, wird sich das Glück wenden, und Ihr liegt unter dem Rad, während ich obenauf sitze.«

Ohne die Fechter zu beachten, richtete Heinrich den Blick auf den Turnierplatz, auf die mit farbigen Bändern umwickelten und mit flatternden Wimpeln beschickten Pfosten. Zorn loderte in ihm auf, schnürte ihm die Luft ab, während er die Hände gegen die Oberschenkel preßte, um das Zittern zu verbergen. Er hatte sich einst geschworen, daß Magister Konrad sterben müsse für seine Anmaßung und für das Unrecht, das Elisabeth durch ihn widerfahren war. Sosehr Heinrich die ungestüme Ketzerjagd in den Besitztümern des Erzbischofs nützte, hungerte er dennoch danach, den unaufgeforderten Erfüller seiner Pläne eines Tages zu zermalmen.

Im Burghof scharrten die Besen über den Boden, um die Reste der Festlichkeiten zusammenzufegen. Bis in den kleinen Saal des Palas tönte das taktfeste Rauschen von Reisig auf festgestampfter Erde. Heinrich ging unruhig hin und her, während er auf seinen Bruder und Friedrich von Treffurt wartete, die nacheinander den Saal betraten. Beide trugen zwar ihre Umhänge, darunter jedoch schäbige, rauhe Büßerhemden. Heinrich grüßte seinen Bruder stumm, erleichtert, daß dieser den Magister, der ihm seit den Verhandlungen wie ein Schatten folgte, nicht mitgebracht hatte, wandte sich dann dem Treffurter zu.

»Ein Kloster wollt Ihr also stiften, um Eure Schande zu sühnen?« blaffte Heinrich ihn grußlos an.

Der nickte trotzig. »Unseren Besitz bei Haydau mit der vom heiligen Bonifatius erbauten Kirche will ich dem zisterziensischen Frauenorden schenken und die Kosten für den Bau von Kirche und Klausur übernehmen.«

»Ihr hättet besser daran getan, die Soldaten zurückzuhalten, als Fritzlar erobert war. Nicht nur, daß uns die unschuldigen Toten viel Ansehen kosten werden, auch die Schändung der Reliquien und der Brand des Domes sind kaum wiedergutzumachen. Und alles nur, weil ein paar Huren sich auf die Zinnen gesetzt und ihre nackten Hintern in die Luft gereckt haben!«

Schnell trat Konrad vor. »Du hättest den Zorn der Ritter und Soldaten erleben müssen, als diese kreischenden und kichernden Weiber sich da zur Schau stellten und uns als Feiglinge beleidigten.«

»Im Grunde haben sie dir doch einen Gefallen getan!« entgegnete Heinrich. »Sie haben dein Heer zu solcher Wut angestachelt, daß die Stadt im Handstreich gestürmt wurde. Und dabei hättest du es belassen sollen!«

»Und den Männern sagen, daß diese Schmähung nicht bestraft würde?«

Aufgebracht stemmte Heinrich die Fäuste in die Seiten. »Habe ich das gesagt? Natürlich hätte es eine Strafe geben müssen, hätten die Stadtoberen, Schultheiß und Schöffen ebenso wie der Propst, Sühne leisten, die Bürger ihre

Schande tragen müssen. Aber die Raserei, mit der dein Heer in die Stadt einfiel, mordete, brandschatzte und die heiligen Gerätschaften auf offener Straße beschmutzte und zertrat, wird dich letztendlich den Sieg kosten, den sie dir errungen haben.«

Kleinlaut zog Konrad sich zurück, ließ sich in einer Fensternische nieder und wischte sich mit beiden Händen die Haare aus dem Gesicht.

»Herr Friedrich, wenn Ihr eine Bußwallfahrt unternehmen wollt, entlasse ich Euch für eine Weile aus meinen Diensten. Die Stiftung des Klosters mögt Ihr nach eigenem Gutdünken vornehmen.« Dann wandte er sich nochmals seinem Bruder zu. »Ich habe die Herrschaft mit dir geteilt, weil ich dir vertraut habe, und du hast mein Vertrauen enttäuscht und dich in dieses kriegerische Abenteuer gestürzt, ohne nachzudenken und ohne dich von klugen Ratschlägen leiten zu lassen.«

Kopfschüttelnd wandte Heinrich sich ab, stapfte auf den Gang hinaus und ließ die Tür mit einem Knall hinter sich zufallen. Mochte Konrad ruhig in Sorge geraten, er könnte seine Herrschaft verlieren. Vielleicht käme er dann wieder zu Verstand.

X

Der Frühling lockte gelbe Huflattichblüten, weiße Gänseblümchen und blaue Veilchen aus der dunklen Erde und sprengte die ersten grünen Knospen, während frühes Gras darunter einen zarten Schleier wob. Ein wolkenloser Himmel spannte sich von Sonnenaufgang bis Sonnenuntergang über das weite Tal. Jeder Tag brachte neue Farben in den Wiesen und Auen hervor, die Mädchen tanzten ihre Reigen wieder im Freien, und die Bauersleute arbeiteten auf den Äckern. Es war die Zeit der ersten Spanndienste, wenn der noch winterharte Boden gepflügt wurde.

Heinrich nutzte die Gelegenheit, um seinem Neffen einen Ausflug auf die geliebte Creuzburg zu ermöglichen. Der Junge trabte auf seinem neuen Schimmel fröhlich vorneweg, dicht gefolgt vom Bannerträger und zwei Leibwächtern. Den einzigen Erben des landgräflichen Geschlechtes wollte Heinrich stets beschützt wissen. Noch immer schob sein Bruder Konrad jede Entscheidung über eine Hochzeit vor sich her, obwohl die Vereinbarungen über den Frieden mit dem Erzbischof Siegfried auch die Erbfolge in Hessen zu seinen Gunsten geregelt hatten. Den Winter über hatte Heinrich zu Gesprächen gedrängt, doch Konrad war ihm ausgewichen, hatte Verhandlungen mit diesen und jenen Burgherren und Lehnsmännern vorgeschoben und Gespräche über das ihm offenbar leidige Thema gemieden.

Seitdem die Creuzburg sich in der Ferne über dem weiten Tal erhob, war Hermann nicht mehr zu halten. Heinrich schmunzelte. Der Schimmel würde an diesem Abend guter Pflege bedürfen, und die würde ihm der Junge angedeihen lassen, selbst wenn er dafür die Vesper verpaßte.

Im Innenhof der Burg erwarteten Heinrich der Burggraf und seine Söhne. Berthold von Creuzburg war wie sein Vater ein vierschrötiger Kerl, aber bei aller Strenge fehlte ihm die Schroffheit, die den alten Beringar ausgezeichnet hatte. Hermann war längst im Stall verschwunden, um sich, mit einem Happen Brot und Speck und einigen Möhren versorgt, der Pflege seines geschundenen Pferdes zu widmen. Heinrich genoß einen erholsamen Abend, ließ sich Anfragen vorlegen, erteilte einem Hörigen die Erlaubnis, ein zu einem anderen Fronhof gehörendes Mädchen zu heiraten, und entschied zwei Streitigkeiten über verpachtetes Land. Ein warmes Bad und ein ausgiebiges Mahl beschlossen den Tag.

Als Heinrich am folgenden Morgen nach der Frühmesse auf die Burg zurückkehrte, fing ihn Berthold an der Tür des Wohnturms ab.

»Diesen Brief haben die Wartburger heute hierher weitergeleitet, Herr Heinrich. Es sei dringend.«

Die Tafeln, geformt wie ein Bogenfenster, wiesen das Wappen des Grafen von Sayn auf, mit dem Heinrich entfernt verwandt war, eines mächtigen Lehnsmannes des Erzbischofs von Mainz. Die Schrift, die in das dunkle Wachs geritzt war, wirkte steif und ungelenk, als hätte der Absender selbst die Zeilen verfaßt. Wozu es allen Grund gab, wie Heinrich schon nach wenigen Worten feststellte, denn der von Sayn beklagte sich über die Dreistigkeit des Inquisitors Konrad von Marburg, welcher vor wenigen Tagen Anklage erhoben habe, daß der Graf von Sayn bei Zusammenkünften gotteslästerlicher Ketzer zugegen gewesen sei und greuliche Dinge geäußert habe. Bitter beklagte sich der Graf aus dem Rheinland, daß dieser Eiferer von den Landgrafen Hessens und Thüringens unterstützt und sogar bestärkt werde.

Befremdet ließ Heinrich sich auf einem Sessel nieder und las den Brief nochmals und nochmals. Vor nicht allzu langer Zeit war dieser Ketzerjäger einem Solmser zum Verhängnis geworden. Es war möglich, daß sich der übereifrige Magister zum Werkzeug neidischer Verwandter und Nachbarn machte, schließlich hatte er laut genug verkünden lassen, daß diejenigen, die einen Ketzer anzeigten, mit dem Hab und Gut des Verurteilten belohnt werden sollten.

Inzwischen hatte es sich überall herumgesprochen, daß der Inquisitor eine Spur des Schreckens hinter sich herzog. Anfangs hatte es noch so ausgesehen, als ob die Zunahme der Verurteilungen ihren Grund in einer neuen, seuchenartigen Ausbreitung der Häresie hätte. Die Vögte und Schultheißen zwang das in Ravenna bekräftigte kaiserliche Gesetz, alle Angeklagten, die der Inquisitor ihnen als der Ketzerei schuldig, aber hartnäckig leugnend überstellte, zum Tode zu verurteilen. Doch inzwischen beschuldigten Kinder ihre Eltern und Eltern ihre Kinder, Knechte ihre Herren und Herren ihre Knechte. In den Gebieten, die der Inquisitor aufsuchte, herrschte Unruhe, die Menschen flüchteten vor ihm, ließen all ihr Hab und Gut zurück, um das nackte Leben zu retten.

Heinrich spürte, wie in ihm eine kalte, grimmige Freude wuchs, als umklammere eine Faust seinen Magen. Dieser

Ketzerjäger, dem Elisabeth sich anvertraut hatte, erwies sich als blindwütig. Alles, was er tat, trug das dämonische Mal des Jähzorns. Wie er Elisabeth geschlagen hatte, wenn sie seinen Anordnungen nicht wortgetreu gefolgt war oder sich seinen Absichten hartnäckig entzogen hatte, so verfolgte er jede noch so trügerische Spur der Häresie mit grausamer Entschlossenheit. Der Inquisitor war ebenso gefürchtet wie verhaßt – niemand würde ihn vermissen.

Ratlos starrte Heinrich in die Glut, vermißte Wigo, seinen Vertrauten in Fragen des Glaubens, der zu Elisabeths Grab gepilgert war. Seit jenem Gang zum Eisenacher Hospital war Heinrich argwöhnisch geworden gegenüber Anschuldigungen von Häresie. Insgeheim hatte er Erkundigungen eingeholt über die Armen Christi, deren Lehre sich auch in den deutschen Gebieten unter dem einfachen Volk und in den Städten ausbreitete. Schon früher waren Teile der Heiligen Schrift in die Sprache des Volkes übersetzt worden, hatten Mönche und Weltpriester in der Sprache des Volkes gepredigt und gelehrt. Aber, so beschied Wigo ihn gelegentlich, was diese Übersetzungen und den Inhalt der Predigten angehe, müsse man darauf acht haben, daß die Lehre der *einen* heiligen katholischen Kirche nicht durch häretische Gedanken verfremdet werde. Es sei schwierig genug und erfordere die Geisteskraft vieler Kirchenväter und Doktoren, zu verstehen, welche Lehre aus den oftmals dunklen und kaum verständlichen Worten der Heiligen Schrift aufleuchte.

Wie ihr Vorbild Franziskus hatte Elisabeth sich die einfachen Worte des Herrn, die von den Evangelisten überliefert worden waren, zu Herzen genommen und befolgt. Aber was unterschied diese Hinwendung zu Armut, Keuschheit und Gehorsam, zur Sorge um die Armen und Kranken, von derjenigen, welche die Armen Christi pflegten? War nicht auch das vorbildliche Leben Elisabeths lebendige Predigt und damit Anmaßung?

Ein leises Rauschen riß ihn aus seinen Grübeleien. Gräfin Christina, Bertholds Gemahlin, war eingetreten, begrüßte ihn, wies die beiden nachdrängenden jungen Edelfräulein wortlos an, den Tisch herzurichten und zu decken.

»Ihr werdet uns sonst verhungern, Herr Heinrich«, sagte sie leise. »Und verkümmern in Eurer Zurückgezogenheit. Darf ich Euch Gesellschaft leisten?«

Die rundliche Dame nutzte sein Zögern, um sich an den Tisch zu setzen, den die Frauen näher gerückt hatten. Heinrich legte den Brief beiseite und ließ den Blick über die Körbchen, Töpfe und Schüsseln schweifen, die vor ihm standen. Ein Messer lag bereit, damit er sich ein Bratenstück zurechtschneiden konnte.

»Darf ich Euch helfen?« fragte die Burgherrin schmunzelnd.

»Entschuldigt meine Unhöflichkeit, Frau Christina, ich war in Gedanken.«

Sie reckte den Hals, um das Wappen auf den Tafeln erkennen zu können. »Der Graf von Sayn? Ist er nicht mit einer Enkelin Eures ältesten Oheims verheiratet?«

Als Heinrich nickte, wischte sie sich die Finger ab und streckte eine Hand aus. »Darf ich den Brief sehen?«

»Warum wollt ihr Euch meine Sorgen machen?«

»Verzeiht, Herr Heinrich. Ich bin neugierig.« Errötend senkte Frau Christina den Kopf.

»Ihr werdet es ohnehin erfahren.« Heinrich seufzte ergeben. »Der Graf von Sayn wird der Ketzerei angeklagt.«

Sie schrak hoch. »Und der Ankläger ist Magister Konrad von Marburg?«

»So ist es.«

Schweigend saß sie vor ihrem gefüllten Teller, bedeckte den Mund mit den Händen und schaute ihn an.

»Ich habe diesem Mann nie getraut«, flüsterte sie nach einer Weile. »Ich habe nie verstanden, wie Frau Elisabeth diesen Mann zu ihrem geistlichen Beistand nehmen konnte. Nur zweimal bin ich ihm begegnet, und er hat mir Angst gemacht mit seiner düsteren Strenge, seiner ... Unbarmherzigkeit.«

Heinrich betrachtete sie, er glaubte diese Angst spüren zu können, ein feines Grauen, das ihre hellen Augen weitete. Wieder spürte er das Echo des Zorns, das sich in Wellen heranschob wie die Kielwellen eines Schiffes am Ufer. Er nickte ihr zu, stieß das Messer in eine Bratenscheibe und biß davon ab, kaute bedächtig, aber es dauerte eine Weile, bis ein dünnes Lächeln über ihr rundes Gesicht zuckte und auch sie zugriff.

»Man hört schlimme Dinge aus dem Rheinland«, sagte sie. »Ich wünschte ... jemand würde ihn aufhalten.«

Die Sonne blinzelte zwischen den Zweigen hervor, Hundegebell, Hufgetrappel und brechendes Reisig hallten durch den Wald, vereinzelte Rufe dazwischen. Heinrich zügelte sein Pferd, wandte sich zu seinem Bruder um. »Es wird Zeit, daß wir darüber nachdenken, wie wir dich standesgemäß verheiraten.«

Wie erwartet, verdüsterte sich Konrads Miene, und er schloß einen Atemzug lang die Augen.

»Schlag dir das aus dem Kopf, Heinrich«, sagte er leise. »Ich habe mich bereit erklärt, die Sicherung dieses Gebietes für mich und meine eventuellen Nachkommen in den Friedensvertrag eingehen zu lassen, aber daraus wird nichts.«

Heinrich lenkte seinen Braunen neben Konrads Grauschimmel. »Wie stellst du dir das vor? Wir müssen unsere Gebiete sichern, und das auf lange Zeit.«

»Hermann wird erwachsen werden. Ludwig hatte ohnehin ihn als Erben vorgesehen. Vielleicht geschah alles nur, weil wir Hermann vorenthalten, was ihm zusteht.«

»Sei nicht töricht! Als Ludwig starb, war der Junge kaum fünf Jahre alt. Ein unmündiges Kind kann ohnehin nicht herrschen, und als Vormund wäre ich nicht ernst genommen worden.«

»Und deshalb soll ich heiraten?«

»Wissen wir, ob Hermann in der Lage sein wird, Thüringen und Hessen zu beherrschen? Trotz all der vielen Inseln, die die Besitzungen des Erzbischofs von Mainz bilden und wie ein Keil zwischen Thüringen und Hessen liegen?«

Konrad zuckte die Achseln und blieb eine Antwort schuldig.

»Wenn wir für dich die Erbtochter eines Grafen finden«, setzte Heinrich nach, »dann kannst du dich zurückziehen, sobald Hermann alt genug ist, selbst zu herrschen.«

»Darauf will ich nicht warten, Heinrich«, entgegnete Konrad kopfschüttelnd. »Und ich will mich auch nicht auf ein anderes Lehen zurückziehen. Und schon gar nicht an der Seite einer Frau.«

»Hast du noch immer diese Idee, ins Kloster zu gehen?«

»Seit der Einnahme Fritzlars um so mehr!« Konrads graue Augen schienen zu flehen, verdunkelten sich. »Ich bin kein guter Herrscher, Heinrich. Dafür bin ich zu jähzornig und ungestüm. Ich brauche etwas, das mich hält. Die Regeln eines Klosters.«

»Oder einer Frau.« Lachend tätschelte Heinrich die Schulter seines Bruders, doch als er ihm ins Gesicht sah, blieb ihm das Lachen im Halse stecken.

»Glaub mir, ich brauche die Disziplin eines Ordens. Am liebsten würde ich mich den Kartäusern anschließen und mein Leben in strenger Klausur beschließen. In beständigem Gebet. Fernab der Welt.«

Konrad verstummte, als sei er selbst erschrocken über seine Worte, und senkte den Blick auf den Mähnenkamm seines Rappen. Eine Zeitlang schwiegen sie, während ihre Pferde unruhig schnaubten und sich streckten.

»Was treibt dich dorthin?« fragte Heinrich schließlich.

»Ich brauche eine Zuflucht vor den Dämonen und ihren teuflischen Einflüsterungen.«

»Vor welchen Dämonen? Vor welchen Einflüsterungen?«

Konrad starrte Heinrich an, als wäre dieser ein Raubtier und er dessen Beute. Er bewegte die Lippen, brachte jedoch kein Wort heraus.

»Nagt das Gewissen so hart an dir?« setzte Heinrich hinzu.

»Mich reut der Jähzorn, den ich gezeigt habe«, erwiderte Konrad. »Aber das ist nicht alles.« Sein Blick schien sich zu verschleiern. »Du wirst mich dafür hassen und dir wünschen, ich sei tot.«

»Was für ein Unsinn! Du bist mein Bruder – warum sollte ich deinen Tod wünschen?«

»Ich begehre wider die Natur.«

Es traf Heinrich wie ein plötzlicher Tritt in den Unterleib. Mühsam schluckte er, verschluckte sich dabei, hustete, rang nach Atem.

»Das ist eine Lüge!« stieß er hervor.

Langsam bewegte Konrad seinen Kopf von einer Seite zur

anderen. »Es ist die Wahrheit. Es ist immer wieder geschehen, und ich bin machtlos dagegen.«

»Du hast es geschehen lassen?«

»Nein!« Konrad riß abwehrend die Hände hoch. »Ich habe niemals den Einflüsterungen Folge geleistet – aber sie sind da, sie peinigen mich und lassen mich nicht zur Ruhe kommen.«

Heinrich ließ die Zügel auf den Widerrist fallen, um die Finger gegen Stirn und Schläfen zu pressen. Er kannte Spottverse über Männer, die sich weibisch gaben, wußte, daß so mancher Graf nicht nur von den Bauern als weibisch verhöhnt wurde, wußte auch, daß es tatsächlich Edle gab, die diesem Laster frönten und sich hingaben wie Weiber, und andere, die Knaben schändeten.

»Hinter wem bist du her?« flüsterte Heinrich rauh.

»Ich bitte dich, Heinrich! Denkst du wirklich, ich würde hier den Edelknaben und Knappen nachrennen?«

»Ich weiß nicht, was ich denken soll oder nicht.« Heinrich wischte sich mit den Händen über das Gesicht und nahm die Zügel wieder auf. »Deine Worte ändern alles. Dennoch kann und will ich dich nicht einfach in irgendeinem strengen Orden verstecken. Schließlich kann ich dich nicht vor den Dämonen verstecken, die offenbar erkannt haben, daß du ein willfähriges Opfer werden könntest.«

»Heinrich, ich flehe dich an! Eine straffe Regel und Einsamkeit können mich retten, und ich bin bereit, mich vollkommen von der Welt zurückzuziehen, um die Schmach zu tilgen, ehe sie ans Licht tritt.«

»Und womit soll ich diesen Schritt begründen?«

»Mit der Schuld, die ich während der Einnahme Fritzlars auf mich geladen habe, dem Befehl zur Plünderung, der

Brandschatzung des Münsters, der Schändung der Reliquien. Reicht das nicht?«

»Du erwartest jetzt auf der Stelle eine Entscheidung von mir?«

»Ich hoffe auf deine Zustimmung.«

»Die wirst du nicht erhalten, Konrad. Nicht hier und jetzt, vielleicht nie. Die Flucht in ein Kloster ist kein Weg für einen jungen Landgrafen, der seine Güter tatkräftig gegen alle Widersacher verteidigt.«

✠

Als Heinrich den Dom zu Mainz durch das vom Weltenrichter bewachte Marktportal betrat, schaute er staunend zum Gewölbe des Seitenschiffs auf, den gekreuzten Rippen, die in klaren Farben herableuchteten. Zwischen den dicken Stützpfeilern der Haupthalle blieb er stehen, überwältigt von der lichten Höhe, der ungewohnten Helligkeit. Große Fenster ließen die gestaffelten Scheinbögen der Mauern hervortreten, während unten warmes Kerzenlicht den Weg zum Chor wies.

Die vielköpfige Menge, die sich hier versammelt hatte, raschelte und rauschte. Der Graf von Sayn hatte ein Sendgericht angerufen und Erzbischof Siegfried diesem Begehr entsprochen. Im Chor des Domes versammelten sich hohe Kleriker aus allen Teilen des Bistums, ja sogar darüber hinaus, weltliche Fürsten gesellten sich zu ihnen, bunte Seidengewebe schillerten neben feinem Pelz und Goldstickerei.

Vor dem Hochaltar thronte Erzbischof Siegfried, ihm zur Seite seine erzbischöflichen Brüder derer von Trier und von Köln, Kurfürsten wie er. Auf der linken Seite war ein prachtvoller Sessel aufgestellt, gepolstert mit samtenen

Kissen und dem schwarzgefleckten Fell eines Raubtieres aus dem Morgenland; hier hatte der König, der älteste Sohn des Stauferkaisers Friedrich, Platz genommen, ein feingliedriger, blasser junger Mann mit spitzer Nase. Ihm näherte sich Heinrich durch die von der Menge der Adligen, Geistlichen und Bürger gebildete Gasse, verneigte sich tief und wurde mit einem schmalen Lächeln und einer flüchtigen Handbewegung entlassen.

In dem hageren, geradezu ausgemergelten Mönch, der blicklos vor sich hin starrte, bekleidet mit einer staubigen, abgestoßenen Kutte, erkannte Heinrich den Inquisitor, den Peiniger Elisabeths. Trotzig reckte er das Kinn, als er zwischen dem jungen König und dem Magister, dem Ankläger in diesem Verfahren, vorüberging, um vor den drei kurfürstlichen Erzbischöfen aufs Knie zu sinken. Er küßte Siegfrieds Ring, fühlte sich ihm in diesem Augenblick auf ungewohnte Weise verbunden im Abscheu gegen den anmaßenden Sendboten von Kaiser und Papst, der geschickt war, um der Häresie Einhalt zu gebieten, statt dessen aber ganze Landstriche in Angst und Schrecken versetzte.

Er gesellte sich zu den übrigen Reichsfürsten, die sich zu beiden Seiten des Chores im Gestühl niedergelassen hatten, fand seinen Platz zwischen seinen Schwägern, dem Sachsenherzog Albrecht und Graf Poppo von Henneberg, unweit des brandenburgischen Brüderpaares Johann und Otto, die ihn stumm grüßten.

Der alte Bischof von Straßburg vollzog die Messe, die dem Prozeß voranging, in derart gemessener Feierlichkeit, daß sogar der fromme Herzog Albrecht immer wieder mit den Fingern auf den Oberschenkeln trommelte, während Graf Poppo mit offenen Augen und leerem Lächeln vor sich hin döste und den Bewegungen der übrigen Herren folgte wie eine an Fäden hängende Puppe. Als der Bischof das heilige Brot austeilte, gab Heinrich seinem Schwager der Vorsicht halber einen leichten Stoß. Er selbst kniete lange, während die himmlische Speise auf seiner Zunge zerging. Im Gebet stand ihm, wie so oft, Elisabeths Antlitz vor Augen, die ferne, abwesende Miene der jungen Witwe, die die heimatliche Burg verlassen hatte, um in der Erniedrigung ihrer selbst Vollkommenheit zu erlangen.

Widerstrebend bat er darum, sie möge sich im Angesicht des Herrn für ihren früheren Beschützer und Vormund verwenden, auf daß Gott ihn zur Einsicht führen möge. Viel drängender hallte hinter seinen Schläfen die Stimme eines Dämons oder Engels, der nach Rache schrie für die Peinigungen, die Elisabeth erlitten, und das Unrecht, das schon so vielen durch diesen Eiferer widerfahren war.

Nachdem der kahlköpfige Bischof die Gemeinde in Frieden entlassen hatte, trat ein Mann vor, den jeder in dieser Kirche sofort als Graf Heinrich den Großen von Sayn erkannte; er überragte selbst die stattlichsten Männer um mehr als einen Kopf. Stolz baute er sich vor dem König und den Erzbischöfen auf und begrüßte seine Richter wortlos und mit vollendeter Anmut, ohne den Ankläger eines Blikkes zu würdigen, ehe der Praelatus, der dem Verfahren vorsaß, sein Ansinnen verkündete. Dann hob der Graf von Sayn die rechte Hand, in der er eine abgegriffene Pergamentrolle hielt.

»Ich danke Euch, Ihr Herren, daß Ihr so zahlreich mir die Ehre erweist, Zeugen dieses Sendgerichtes zu sein, obwohl ich unter der Anklage des todeswürdigen Verbrechens der Ketzerei und Gotteslästerung stehe, deren mich mit Berufung auf zwei namenlose Zeugen der hier anwesende Magister Konrad von Marburg beschuldigt. Doch laßt mich

Euch dieses Schreiben vorlesen, damit Ihr die Anklage in des Inquisitors höchsteigenen Worten vernehmt.«

Der von Sayn entrollte das Pergament und hob an, mit seiner warmen, lauten Stimme, welche die in bleischwerem Schweigen liegende Halle erfüllte, den Text der Klageschrift vorzutragen. Sie begann mit der Beschuldigung, der Beklagte habe sich zu ketzerischen Zusammenkünften eingestellt und dort ketzerische Reden geführt, Gott gelästert und die von Gott eingerichtete Ordnung sowie die Autorität der heiligen katholischen Kirche und der weltlichen Fürsten. Dann fuhr er fort, ließ sich mit eindringlich erhobener Stimme auf Kröten und Krebsen zu dem abgeschiedenen Ort reiten, an dem er mit seinen teuflischen Spießgesellen zusammengetroffen sei, und während die Zuhörer in ein atemloses Schweigen verfielen, erschien vor Heinrichs Augen Wigos feines Schmunzeln, das dieser während jenes aufschlußreichen Spazierganges zum Hospital unter der Wartburg auf den Lippen getragen hatte. Er glaubte den hünenhaften Grafen von Sayn zu sehen, der einen Krebs ritt, womöglich einen, der sich durch dämonische Kräfte beflügelt in die Lüfte erhob. Heinrich preßte die Lippen aufeinander, gluckste, entschuldigte sich verstohlen bei seinen Nachbarn, deren entsetzte Gesichter seine närrische Heiterkeit noch befeuerten, daß er die Augen schloß und unter dem Donner der Stimme des Angeklagten seine Atemzüge zählte.

Glaubte wahrhaftig ein einziger in dieser Runde, daß Graf Heinrich der Große von Sayn auf einem Krebs geritten war, um im Kreise ketzerischer Spießgesellen Gott zu lästern, dem Satan zu huldigen und in finsterer Nacht widernatürlicher Wollust zu frönen?

Heinrich zuckte zusammen bei diesem Gedanken, der

ihn an seinen Bruder erinnerte und dessen Ringen mit einem hartnäckigen Dämon. Die Menge der Zuschauer raunte, tuschelte, zischte. Der Angeklagte hatte indessen seinen Vortrag beendet, ließ das Pergament zusammenschnappen.

»Obwohl ich diese Anklage für lächerlich halte, für die Hirngespinste von Wahnsinnigen angesichts der Instrumente peinlicher Befragung, bin ich willens, den Gang eines ordentlichen Verfahrens dieses Sendgerichts einzuhalten mit allen sich daraus ergebenden Folgen.« Er warf das Pergament einem Gerichtsdiener zu und hob die rechte Hand. »Bei Gott, dem Allmächtigen, Allwissenden, Dreifaltigen, schwöre ich, stets die Lehren der *einen* heiligen katholischen Kirche befolgt zu haben, niemals häretischen Lehren gefolgt zu sein und auch niemals Ketzerei oder Teufelsanbeterei betrieben zu haben.«

In die Stille kam Bewegung, schwere Stiefel dröhnten auf dem Steinboden des Doms, als aus den ersten Reihen der Zuschauer mit ebenfalls erhobener Rechter Eideshelfer vortraten, Männer, deren farbenprächtige Kleidung sie dem Ritterstand zuwies, Ministeriale ebenso wie Edelfreie. Binnen weniger Atemzüge füllten sie geräuschvoll den freien Raum zwischen dem Sayner und der Menge. Mit bitterer Freude musterte Heinrich den straffen Rücken des Inquisitors, der sich einer geschlossenen Front gegenübersah, als hätte sich die gesamte Ritterschaft des Erzbistums Mainz gegen ihn gewandt.

Während der Tumult verhallte, wandte sich Erzbischof Siegfried an den Inquisitor, und Heinrich verstand bruchstückhaft, daß er den Kläger aufforderte, seine Zeugen zu benennen und dem Gericht vorzuführen, damit sie ihre Anschuldigungen wiederholten. Doch der Magister – ausgerechnet er! – erklärte, er müsse besagte Zeugen schützen, dürfe sie nicht der Rachsucht der Mächtigen preisgeben. »Im übrigen sind derlei Anschuldigungen wie der Ritt auf einem dämonischen Tier keineswegs lächerlich oder verrückt, sondern in diesem Bilde bringen schlichte Gemüter die teuflischen Abscheulichkeiten zum Ausdruck, Abscheulichkeiten, die ich im Hause Gottes nicht aussprechen darf, um nicht den Zorn des Allmächtigen auf uns alle herabzubeschwören.«

Schallendes Gelächter hallte von den Mauern wider, dann Schreie. Vier Eideshelfer packten den Grafen von Sayn, der sein Schwert gezückt hatte und den Inquisitor wutentbrannt anfunkelte. Auch Erzbischof Siegfried war aufgesprungen, und die beiden Reihen der Edlen, die den Chor füllten, waren wie ein Mann vorgetreten.

»Magister Konrad«, donnerte Erzbischof Siegfried, »ich erwarte, daß Ihr zu dem Vorwurf des Beschuldigten, Eure Verfahren willkürlich und ohne Rücksicht auf Gesetz und Sitte zu führen, Stellung nehmt.«

»Was er Willkür nennt, ist Ausdruck der Liebe Gottes zu seinen Geschöpfen, mit dem strafenden Schwert dreinzufahren, um die Flut der Häresien, welche die Christenheit mit ewiger Verdammnis bedroht, aufzuhalten. Mir bleibt keine Zeit für langwierige Schuldnachweise! Eher mögen hundert Rechtgläubige unschuldig durch Feuer und Schwert zu Tode und vor Gott als Märtyrer in den Genuß ewiger Seligkeit kommen, ehe ein einziger Ketzer seiner gerechten Strafe entgeht! Der Heilige Vater selbst erteilte mir alle Vollmacht dazu!«

»Wollt Ihr damit sagen, daß Seine Heiligkeit Papst Gregor der Neunte höchstselbst Euch die Vollmacht gegeben hat, Euch über die Vorschriften zur Bekehrung und Bekämpfung der Häretiker hinwegzusetzen? Hat er, ohne die Bischöfe einzuberufen, die Beschlüsse des Vierten Konzils im Lateran eigenmächtig aufgehoben? Ausgerechnet Gregor, der Neffe Innozenz' des Dritten, der jenes Konzil einberief?«

»Ich habe diese Vollmacht!« schrie Konrad jetzt, und Heinrich stockte der Atem, so staunte er über die Unbotmäßigkeit des Inquisitors. »Ich habe die ausdrückliche Vollmacht, alle mir notwendig erscheinenden Maßnahmen zur Vernichtung der Häresie in den deutschen Landen zu ergreifen. Der Kaiser selbst fordert strenges und schnelles Vorgehen gegen die Ketzerei, die jegliche Ordnung der Welt zerfrißt, indem sie Gott den Herrn schmäht und das Weltgericht!«

Der Erzbischof stand vor dem Inquisitor, ein wenig vorgebeugt, und ballte und öffnete die Fäuste, atmete so schwer, daß Heinrich es in der entstandenen Stille hören zu können glaubte.

»Ein wahres Wort sprecht Ihr da aus«, stieß Erzbischof Siegfried heiser hervor, »denn nicht nur in diesem Falle handelt Ihr als willfähriges Werkzeug des Kaisers. Und das, obwohl doch inzwischen jeder erkannt haben müßte, wie es um des Kaisers Haltung gegenüber der einen heiligen katholischen Kirche steht!«

Ein Raunen flog in Wellen durch den dreischiffigen Dom, während sich das unvorsichtige Wort des Kirchenfürsten auch in der Menge der Zuhörer verbreitete. Der junge König erhob sich, das Zepter über den rechten Unterarm gelegt, und wandte sich mit verkniffener Miene den im Chor versammelten geistlichen und weltlichen Fürsten zu.

»Gemessen an den Verordnungen der Kirche und den Gesetzen des Kaisers können wir im Vorgehen des Inquisitors nichts Widerrechtliches erkennen. Nach unserem

Ermessen handelt Magister Konrad von Marburg, der uns als ein gebildeter und rechtgläubiger, unbescholtener und strenger Mann bekannt ist, selbstverständlich im Sinne des Kaisers, dessen erste Sorge das Wohl des Reiches ist. Die Worte des Erzbischofs dürfen bei Eurer Entscheidung keine Rolle spielen.«

Erzbischof Siegfried hatte sich wieder auf seinem Stuhl niedergelassen und saß steif und aufrecht da, das Gesicht der Menge im Kirchenschiff zugewandt.

»Was für ein unbeherrschter Kerl«, flüsterte Graf Poppo Heinrich zu. »In dem Augenblick, als dieser aufgeblasene kleine Prediger unters Rad kommt, verliert er die Beherrschung und zwingt den König, zu dessen Gunsten einzugreifen.«

Heinrich nickte, ohne die Augen von dem Inquisitor zu lassen, der ganz ruhig dastand, seine Miene eine Maske asketischer Strenge.

»Da nun dank des Eingreifens unseres verehrten Königs die Rechtslage geklärt ist, stelle ich fest, daß aufgrund der mir durch den Papst übertragenen Vollmacht und des kaiserlichen Befehls an alle weltlichen und geistlichen Fürsten, meine Arbeit in jeglicher Hinsicht zu unterstützen, bei Prozessen wider die Häresie kein weiteres Gericht über meinem steht. Nachdem mein Urteil über die Schuld des Grafen Heinrich von Sayn bereits gefällt ist und ich den Bann über ihn ausgesprochen habe, ist es nun die Pflicht eines weltlichen Richters, den Verurteilten sofort dem Henker zu überantworten, um die Herde der Gläubigen vor der Ansteckung durch das räudige Schaf zu schützen. So sei es!«

Der hünenhafte Graf von Sayn stand stumm vor seinem schäbigen Richter. Was hier geschah, erschien Heinrich vollkommen widersinnig. Der von Sayn war als gottesfürchtiger, rechtgläubiger Mann bekannt; kaum ein anderer hatte den Klöstern im Rheinland und darüber hinaus mehr Wohltaten angedeihen lassen und die Mainzer Lehen treuer besorgt.

»Wir sind nicht davon überzeugt, daß die Schuld des Beklagten eindeutig erwiesen ist«, tönte die sanfte Stimme des Königs, der sich nochmals erhoben hatte. »Statt dessen wollen wir die Angelegenheit auf einem Hoftag nochmals gründlich erörtern und dann entscheiden.«

Als hätte er mit dem König ein Zeichen des Einvernehmens getauscht, beugte der Graf das Knie.

»Ich danke Euch, mein König, aber ein Hoftag wird bei unserem päpstlichen Beauftragten ebensowenig Gehör finden wie dieses Sendgericht. Daher fordere ich, daß mein Fall zur Gänze dem Heiligen Vater in Rom zur endgültigen Entscheidung vorgelegt werde, um mein Heil vertrauensvoll in dessen Hände zu legen.«

In der entstandenen Stille hielt Heinrich den Atem an, blickte zu dem Inquisitor, der den Beschuldigten aus funkelnden Augen anstarrte, den Kopf vorgereckt wie ein Raubvogel. Doch dann richtete sich der hagere Prediger im schäbigen Habit hoch auf, als könne er so den hünenhaften Grafen überragen, und auf seinen bleichen, vom unruhigen Kerzenlicht dämonisch erleuchteten Zügen erschien ein schmales Lächeln.

Der Graf von Sayn verließ den Dom im Kreise seiner aufgeregten Ritter als vorläufig freier Mann, nachdem der Erzbischof von Trier ihn nach langer Besprechung mit seinen bischöflichen Brüdern und dem König als rechtgläubigen, weil keiner Schuld überführten Mann entlassen hatte. Auch

Heinrich hatte seinem entfernten Verwandten gratuliert, hatte dessen Gemahlin, seiner entfernte Base Mathilde, die weinend am Hals ihres Mannes hing, Trost zugesprochen, sich dann jedoch in den Palast des Erzbischofs begeben, wohin er zur Nachtruhe eingeladen worden war.

Heftiges Klopfen riß Heinrich aus dem Schlaf; sein Leibdiener hatte die Tür geöffnet, verstummte nach kurzem Wortwechsel und ließ die Gäste eintreten. Als Heinrich die Männer erkannte, die dem Diener wortlos die Tür wiesen, richtete er sich augenblicklich kerzengerade auf. Vor ihm standen, allein und nur mit einer matten Laterne ausgerüstet, Erzbischof Siegfried und der Graf von Sayn, der den Nacken beugen mußte, um sich nicht den Kopf an den Deckenbalken anzuschlagen.

»Ihr müßt uns helfen«, flüsterte der von Sayn sofort scharf. »Der verdammte Marburger hat noch heute abend auf dem Marktplatz von Mainz – vor dem Dom! – unter dem Jubel des Volkes zum Kreuzzug gegen mich aufgerufen!«

Heinrich stieg das Blut in die Wangen, seine Augen brannten vor Müdigkeit, und sein Zorn loderte über die Dreistigkeit des Erzbischofs, ihm den Schlaf zu rauben.

»Euch helfen? Wie stellt Ihr Euch das vor? Soll ich ihn vielleicht in eine gelehrte Disputation verwickeln und mich als *advocatus diaboli* erst zum Narren machen und dann als Gotteslästerer bannen und verbrennen lassen?«

Erbost griff er nach dem Becher, den Erzbischof Siegfried ihm hinhielt, schmeckte süßen Wein, lehnte auch nicht die kleinen Kuchen ab, die der Kirchenfürst ihm in die Hand drückte.

»Laßt mich offen sprechen, Heinrich Raspe, Landgraf Thüringens«, begann Siegfried mit zitternder Stimme.

»Graf Heinrich von Sayn ist durch seine Gemahlin mit Euch verschwägert. Er ist mein treuester Lehnsmann, glaubensfest, gottesfürchtig, eine Burg wider die Häresie. Gott hat ihm und seiner Gemahlin dennoch die Gnade eines Kindes verweigert, aber die Gründe für diese Prüfung müssen woanders liegen als in der Gesinnung dieses meines Freundes.« Der Erzbischof stand mitten im Raum und schluckte hart, bevor er fortfuhr. »Und ich habe während des heutigen Prozesses bewiesen, daß ich ein eitler Narr bin, der die Schlacht im Augenblick des Sieges noch verliert. Hätte ich mich nicht dazu hinreißen lassen, die Absichten des Kaisers zum Gegenstand dieses Verfahrens zu machen, hätte mein treuer Lehnsmann den Dom heute als Unschuldiger verlassen und der wahnsinnige Ketzerjäger wäre mit Schimpf und Schande aus dem Land gejagt worden – ja, ich hätte ihn meinerseits mit dem Bann belegen können!«

Mühsam verbiß Heinrich sich die Bemerkung, daß ein solcher Ausgang so recht nach seinem Geschmack gewesen wäre.

»Ich habe die Gesandten bereits ausgewählt und alles in die Wege geleitet, damit das Urteil des Papstes nicht gegen den Beklagten fallen kann, sondern die Machenschaften des Marburgers endlich ans Licht kommen. Ich liege dem Heiligen Vater schon seit einem Jahr damit in den Ohren, und mir ist völlig schleierhaft, warum der Sache noch nicht Einhalt geboten wurde. Aber ich fürchte, des Inquisitors Aufruf zum Kreuzzug macht all diese Bemühungen zunichte.«

»Der Pöbel hat den Hof umstellt, in dem meine Gemahlin und ich Quartier bezogen haben. Sie zerrten Mathilde und ihre Edelfrauen von ihren Pferden, beschimpften und schlugen sie. Die Ritter konnten sie nur mit großer Not aus den Händen der aufgehetzten Leute befreien und hierher bringen. Herr Heinrich, wir brauchen Eure Hilfe!«

Heinrich stellte den Becher beiseite, wischte sich die Krümel aus den Mundwinkeln und machte mit beiden Händen eine Geste, die Einhalt gebieten sollte. »Warum sollte ich das tun?«

»Weil er auch Eure Besitzungen in diesen heillosen Aufruhr stürzen wird, sobald er sich von hier abwendet«, knurrte Erzbischof Siegfried. »Mag er Euch jetzt noch von Nutzen sein, um mich zu schwächen, so wird er bald Euch und Euren Bruder ins Auge fassen und Hessen und Thüringen in den gleichen heillosen Aufruhr stürzen, von dem jetzt das Rheinland erschüttert wird.«

Während sie einander anstarrten, wuchs in Heinrich die Befürchtung, daß seines Bruders und seine eigenen Bemühungen, die hessischen und thüringischen Besitzungen zu festigen und auszubauen, zunichte gemacht werden könnten durch Unruhen und Aufstände wie die, die das eifernde Treiben des Inquisitors erregte.

»Was wollt Ihr also von mir?« fragte Heinrich langsam.

»Der Inquisitor ist auf dem Weg zurück nach Marburg«, flüsterte der Erzbischof. »Er reist allein, nur von seinen beiden Gehilfen begleitet. Den Geleitschutz, den der König ihm anbot, hat er ausgeschlagen.«

In schneller Folge spulten sich die Gedanken in Heinrichs Kopf ab. Ein Mordanschlag. Ein warmer Kitzel kroch über seine Arme, sträubte die Haare im Nacken. Konrads Tod rückte in greifbare Nähe.

»Nun, es sollte Euch keine Schwierigkeiten bereiten, dem halsstarrigen Pfaffen eine Falle zu stellen.«

Der Erzbischof beugte sich vor, so daß Heinrich deutlich das Gemisch aus Schweiß und Weihrauch roch, das der

Kirchenmann verströmte. »Ihn auf mainzischem Grund zu richten würde die Lage nur verschlimmern. Es wäre ein Schuldeingeständnis, das der Kaiser persönlich verfolgen müßte.«

»Der besessene Pfaffe muß weg!« stieß der Graf von Sayn hervor. »Ich werde ein paar Getreue aussenden – nennt Ihr einen für einen Hinterhalt geeigneten Ort!«

Heinrich nahm den Becher, den der Erzbischof aus einem mitgebrachten Krug wieder gefüllt hatte. Sie stießen an, leerten gemeinsam die Becher, dann kehrte Heinrich, ein wenig benommen, zum Bett zurück und setzte sich. Guntram von Schweinsberg fiel ihm ein, der ehemalige Burgherr von Marburg; Guntram kannte sich in der Gegend um Marburg aus, und er verabscheute den Bettelpriester, der seiner Ansicht nach die Landgräfin aufgehetzt hatte.

»Ich brauche einen unauffälligen Boten, der morgen eine Nachricht auf die Marburg schafft – nein, nicht auf die Marburg.« Heinrich grinste schief, er spürte, wie häßlich ihn dieses Grinsen machte, das dämonische Grinsen eines Mörders. Rache für die Grausamkeiten, die dieser verrückte Pfaffe begangen hatte. Für die Demütigungen und Schmerzen, die er Elisabeth angetan hatte. Für jeden Schlag, jeden Stockhieb, den er selbst geführt oder einem seiner frömmelnden Handlanger aufgetragen hatte.

»Guntram von Schweinsberg wird Euren Männern Gelegenheit geben, Eure Rache zu vollstrecken.«

Und seine, toste es in seinem Herzen. Und seine.

DRITTER TEIL

»Wie viele dunkle Geheimnisse werde ich von Euch noch erfahren, Herr Heinrich?«

Pater Wigo hatte die Hände voneinander gelöst und auf seine Oberschenkel gelegt. In sichtlicher Mißbilligung zog er die Brauen zusammen.

»Ihr habt mit dieser Schuld mehr als dreizehn Jahre lang in der Welt gelebt und habt die heilige Speise empfangen, obwohl Euer Herz nicht rein war – oder habt Ihr einem anderen gebeichtet?«

Beschämt schloß Heinrich die Augen und verneinte. »Wem gegenüber hätte ich diese Schuld offenbaren können, wenn nicht Euch?«

»Aber Ihr habt es nie gebeichtet, mein Herr.«

»Ich hätte Euch nie wieder unter die Augen treten können.«

»Wie töricht! Habt Ihr doch keinen Augenblick gezögert, nach der Beichte zu verlangen, als Ihr damals zu der Hure gegangen wart.«

»Und Ihr verweigertet mir Euren Dienst, Pater Wigo. habt Ihr das vergessen?«

»Ich habe Euch keinen Dienst verweigert, Herr Heinrich. Das Sakrament der Buße erfordert wahrhaftige Reue – Euch aber trieb nur die Angst vor den Dämonen, die noch in Eurer

Brust tobten, nicht die Liebe zu Gott. Eure Beichte wäre zur Sünde geworden, hätte ich Euch gelassen.«

»Spitzfindigkeiten!« schnaubte Heinrich und zuckte zusammen, als der dumpfe Schmerz in seinem Leib plötzlich seine Schärfe zeigte.

»Die Buße ist kein Geschäft, mein Herr, denn Gott ist kein Krämer.«

Mühsam hob Heinrich die Hand von seiner Brust, deutete auf Krug und Becher, die neben dem Bett bereitstanden. Mit einem Nicken füllte Wigo Wasser in den Becher und setzte diesen an Heinrichs ausgedörrte Lippen. Kühl rann das segensreiche Naß über die pelzige Zunge, den wunden Rachen, füllte den Mund, während Heinrich schluckte. Einzelne Tropfen rannen aus den rissigen Mundwinkeln.

»Ihr habt recht«, flüsterte Heinrich, als der Pater den Becher wieder wegstellte. »Gerade deshalb durfte ich all die Jahre nicht beichten, daß ich mich am Tode des Inquisitors Konrad von Marburg schuldig gemacht hatte.«

»Weil Ihr nicht zur Umkehr bereit wart?«

Erschöpft legte Heinrich den Kopf zurück, sah zur Decke auf. »Der Ketzerjäger ist nicht der einzige Mensch, für dessen Tod ich verantwortlich bin, aber er ist der einzige, bei dem ich überzeugt war, es sei richtig, seinen Tod zu erwirken«, erwiderte Heinrich.

Schweigend verbarg Wigo erneut seine Hände und senkte den Kopf, zeigte so, daß er dem Bekenntnis weiter folgen wollte, das er selbst unterbrochen hatte. Doch Heinrich schwieg. Er hatte nichts mehr zu sagen, wußte nicht, was er noch hätte bekennen sollen. Nach einer Weile erlöste ihn Wigo, indem er ihn lossprach und segnete, ohne ihm Bußübungen auferlegt zu haben. Eine Braue hochziehend, musterte Heinrich ihn wortlos, bis sein Beichtiger, der sorgfältig die Stola einrollte, den Blick erwiderte.

»Mein Herr, wenn Ihr wollt, werde ich Euch die Kommunion reichen.«

»Ihr denkt wohl, das sei jetzt auch schon gleichgültig, nicht wahr?«

»Nein, mein Herr, das wäre für einen Priester eine sehr schwere Sünde. Ich möchte Euch stärken, denn noch ist die Zeit des Wartens nicht vorüber.«

Heinrich zögerte, willigte dann stumm ein, spürte Wigos warme Hand auf seinem Arm, bevor der Geistliche sich erhob und auf den Gang hinauseilte. In der entstandenen Stille schienen ihm die eigenen Atemzüge so laut zu schnarren, als riebe jemand Leder mit einer Bürste ab. Die Brust füllte sich nicht mehr, zu schnell entwich die Luft wieder, und die zunehmende Kälte in seinen Gliedern, die weder warme Wickel oder erhitzte Steine noch die warmen Hände des Arztes vertreiben konnten, verriet die Nähe des Todes. Er war längst um ihn, wartete geduldig an diesem Bett. Heinrich hoffte, daß diese Geduld bis zum Eintreffen einer Antwort seines Schwiegervaters reichte.

Nach einer Weile kehrte Wigo mit vier Ministranten zurück. Sie trugen Kerzen und waren in ihre liturgischen Gewänder gekleidet, wie auch Wigo sich eine violette Kasel umgelegt hatte. Ein Hauch von Weihrauch verteilte sich im Gemach, während die Gehilfen den kleinen Tisch richteten, ihn mit einem reinweißen Leintuch deckten und die geweihten Gefäße darauf stellten. Die beiden jüngeren, Knaben noch, hielten sich mit ihren Kerzen zu beiden Seiten dieses Altars, als Wigo davor niederkniete, das weiße Tuch küßte und fast lautlos die Worte zur Bereitung der Gaben flüsterte.

Schließlich traten die beiden älteren Ministranten an das Bett, richteten Heinrichs Oberkörper auf und hoben ihn behutsam aus den Kissen, richteten ihn auf. Ein dumpfer Schmerz behinderte jede Bewegung; hilflos überließ er sich den Händen der beiden jungen Männer, spürte den Teppich unter den Knien. Wigo stand vor ihm, in der Linken eine goldene Schale, in der Rechten die Hostie, die er, als Heinrich gehorsam den Mund öffnete, ihm behutsam auf die Zunge legte.

Noch während Heinrich kniete und mit geschlossenen Augen dem Nachklang der eigenen Gebete lauschte, hallten schnelle Schritte durch den Gang. Die Tür wurde aufgestoßen, und im Rahmen standen einige Männer, darunter Friedrich von Treffurt und Berto von Schlotheim. Friedrich verneigte sich, bevor er eintrat, gefolgt von den übrigen, seinen treuen alten Mitstreitern.

»Herr Heinrich, wir haben Nachricht, daß Boten des Erzbischofs von Mainz Eure Lehnsmänner in Hessen aufsuchen, um dessen Rechte zu vertreten.« Berto schnaubte die Worte beinahe heraus, Zorn funkelte in seinen Augen.

Als die Ministranten Heinrich auf die Füße hoben, wurde ihm schwindelig, er wankte und tastete nach Halt. Sie setzten ihn auf die Matratze, betteten seine unendlich schweren Glieder darauf und deckten ihn sorgfältig zu.

»Er tut das, was er angekündigt hat«, sagte Heinrich rauh, räusperte sich krampfhaft. Er verspürte nichts als Entmutigung, alle Kraft und Wärme hatten ihn verlassen, als wäre er verblutet, und sogar die heilige Speise hatte daran nichts ändern können.

»Herr Heinrich, Ihr müßt Euch gegen diese Übergriffe zur Wehr setzen! Noch seid Ihr am Leben!«

»Bin ich das?« Müde sah Heinrich seinen Truchseß an, der sich straffte und den Kopf senkte.

An seiner Stelle trat Friedrich von Treffurt vor. »Ich stimme Herrn Berto zu. Ihr dürft das dem Erzbischof nicht durchgehen lassen. Er war es, der vorgeschlagen hat, Euch zum König wählen zu lassen, er setzte die Wahl durch.«

»Nein, Herr Friedrich. Ich werde keinen Krieg um mein Königtum führen. Die Landgrafschaft dürft Ihr verteidigen, aber die wird der Erzbischof nicht angreifen. Er sucht einen neuen Herrn für dieses mächtige Lehen, einen, der schon mächtig ist und dennoch schwach. Einen, den er lenken kann wie eine an Fäden hängende Puppe.«

Kraftlos ließ Heinrich sich fallen und kniff die Lider zusammen, während der Schmerz wie ein alter Bekannter zu rumoren begann. Er spürte seine Zeit zerrinnen.

»Siegfried von Eppstein, der selbst weder König noch Kaiser werden kann, will wenigstens Königsmacher sein«, flüsterte er.

Schweigend standen die Männer im Raum, während Heinrich in sich hineinhorchte, auf das harte, zugleich ohnmächtige Klopfen seines Herzens. Als zerre jemand an einer einzelnen Faser in seiner Brust, fühlte er eine Sehnsucht nach Beatrix, die ihm die Tränen in die Augen trieb.

Leises Scharren und Schleifen verriet, daß die Männer hinausgegangen waren. Jemand drückte die Tür zu, kehrte zurück. Am schleppenden Schritt erkannte Heinrich seinen Beichtiger.

»Pater, sagt mir, ist unser Leben vorbestimmt, wie manche behaupten? Haben wir die Wahl, etwas wirklich frei zu entscheiden? Oder steht alles seit Anbeginn der Zeit im Buch des Schicksals?«

Wigo trat mit einem dünnen Lächeln vom Bett zurück.

»Ihr stellt Fragen wie der Staufer – und der steht im Ruf, ein Häretiker zu sein.«

Ergeben nickend, blickte Heinrich vor sich hin. Müdigkeit und Kälte durchdrangen ihn. Das Herz schlug langsamer, matter.

»Warum fragt Ihr das jetzt?«

Wigos Stimme zerriß das feine Gespinst, das ihn umhüllte wie der Kokon einer Spinne. Blinzelnd suchte Heinrich in der beginnenden Dämmerung nach dem Geistlichen.

»Wenn alles von Anbeginn der Zeit her festgeschrieben ist, macht die Frage nach der freien Entscheidung zwischen Gut und Böse keinen Sinn«, murmelte er mühsam. »Und ebenso, wenn alles nur Zufall ist, nur ungerichtete Bewegung ...«

»Aber woher käme denn dann die Bewegung?« wandte Wigo ein und legte seine warme Hand auf Heinrichs kalte. »Fürchtet Euch nicht, mein Herr.«

»Pater Wigo, ich heiße Euch, dafür zu sorgen, daß mein Leib neben denen meiner Eltern im Kloster der heiligen Katharina beigesetzt wird, mein Herz jedoch einen Platz im Predigerkloster findet.«

»So, wie Ihr es bereits angeordnet habt.« Wigos Hand übte einen leisen Druck aus. »Ihr solltet jetzt ein wenig ruhen, mein Herr.«

Wütend stapfte Heinrich in der Kanzlei des Landgrafenhofes zu Gotha auf und ab. Die beiden Grafen von Gleichen, die er zum Landgericht nach Mittelhausen hatte vorladen lassen, waren ohne eine Begründung ferngeblieben; obendrein hatte sein Bruder Konrad sich wegen des schlechten Wetters um einen Tag verspätet.

Zahlreicher Hufschlag, gedämpft vom Rauschen des Regens, lockte Heinrich zum Fenster. Als er in den Hof hinunterschaute, erkannte er ihr gemeinsames Wappen auf dem Schild, den ein Ritter in völlig durchnäßtem Umhang auf dem Rücken trug, den rot und weiß gestreiften, aufrecht schreitenden und gekrönten Löwen auf blauem Grund. Konrad eilte mit rasselndem Schwertgehänge hinter dem Mann her, blickte hoch zum Fenster, als hätte er geahnt, daß Heinrich dort stand, und hob grüßend die Hand. Kurz darauf stand er in der Kanzlei, ein Edelknabe nahm ihm den triefenden, von der Nässe fast schwarzblauen Umhang ab, während er sich der Handschuhe entledigte. Vorsichtig umarmte er Heinrich, der ihn rasch von sich schob.

»Die Gleichener trotzen meinen Anordnungen.«

»Was hast du erwartet?« erwiderte Konrad. »Sie sind Lehnsmänner des Erzbischofs. Sie werden sich dir nicht fügen.«

»Dann werde ich das tun, was ich bereits angedroht habe, und einige ihrer Nester ausräuchern.«

Heinrich kehrte zum Pult zurück, nahm das Pergament, von dem mehrere Siegel hingen, und reichte es seinem Bruder. »Wann reist du ab?«

»In den nächsten Tagen. Es ist eine weite Reise bis Rieti.«

»Und eine gefährliche dazu«, sagte Heinrich. »Warum wolltest du unbedingt diesen Umweg auf dich nehmen? Zumal bei diesem Wetter?«

Konrad griff nach dem Becher, den der Edelknabe ihm reichte. »Heinrich, ich bin deinem Rat gefolgt, und der Herr hat mir den richtigen Weg gewiesen.«

Ein matter Hoffnungsschimmer hellte Heinrichs Laune auf, als er seinem Bruder in die Augen blickte und kein Unbehagen bemerkte.

»Als ich vor einigen Tagen im Hospital zu Marburg nach dem Rechten sah, fand ich vor dem Tor eine junge Hure. Sie lag dort, völlig entkräftet, und flehte um Hilfe, doch die Schwestern wollten sie nicht hineinlassen. Sogar als ich ihnen vorhielt, was Elisabeth sie immer geheißen hatte, nämlich daß Vollkommenheit nur durch vollkommene Erniedrigung zu erreichen sei, weigerten sie sich, denn sie fürchteten, der Dämon der Wollust könnte sie in Besitz nehmen. Schließlich trug ich das kranke Weib hinein, und weil keine der Kranken sie neben sich duldete, legte ich sie in ein leeres Bett.«

Heiß schäumte Galle in Heinrichs Kehle; um das Pergament nicht zu zerknäueln, ließ er es auf das Pult fallen, während er zuhören mußte, wie sein Bruder von der Pflege der armen Kranken erzählte, davon, daß er auf sie habe einwirken wollen, von der Wollust abzulassen und Buße zu tun. Daß sie erwidert habe, wie er nur glauben könne, daß auch nur irgendeine Frau aus Wollust täte, was schiere Not geboten habe. Heinrich wurde schier übel bei der Erinnerung an eine kalte, zugige Kammer mit einem Strohsack, an einen weichen Körper, der sich vor ihm entblößte.

»Lüge!« rief er. »Diese abscheulichen Weiber lügen mit jedem Wort, das sie von sich geben!«

»Woher willst du das wissen?«

»Weil ... weil es immer so ist mit den schlechten Weibern!«

»Woher willst du das wissen?« wiederholte Konrad eindringlicher als zuvor.

»Sag du mir, was das alles mit dem rechten Weg zu tun hat, den der Herr dir gewiesen haben soll.«

Konrad ließ die Schultern hängen, seine Mundwinkel zuckten verdrießlich, dann wandte er sich ab. »Ich bin gekommen, um einen letzten Versuch zu machen, dich von der Richtigkeit meiner Entscheidung zu überzeugen.«

»Das wird dir nicht gelingen, Konrad. Glaubst du wirklich, daß ich auf dich verzichten kann? Hermann ist ein Kind! Ihn schon jetzt an der Herrschaft zu beteiligen wäre gefährlich, und ich allein bin nicht in der Lage, das gesamte Gebiet zu verwalten und die Reichstage zu besuchen – zumal der Mainzer Erzbischof keine Ruhe gibt und seine Lehnsmänner wie Stacheln in unserem Fleisch sitzen.«

Hastig umklammerte Konrad Heinrichs Schultern, schüttelte ihn leicht. Er verströmte den Duft des Frühlingsregens, unterlegt von nasser Wolle und Schweiß. »Wenn mir alles gelingt, wird meine Entscheidung für dich kein Schaden sein. Früher oder später hättest du Hermann ohnehin an der Macht beteiligen müssen. Verlobe ihn mit der kleinen Braunschweigerin, Heinrich! Und dann nimm dir eine Frau, und zeuge Kinder, die dein Erbe antreten werden!«

✠

Die Gespräche, die Heinrich mit dem Braunschweiger Herzog Otto führen sollte, um die Verlobung zwischen dessen kleiner Tochter und Hermann anzubahnen, hatte seine Mutter Sophia von langer Hand vorbereitet. Heinrich war mit seinem Neffen auf die Welfenburg gereist, um einen Blick auf Helena zu werfen. Sie fanden ein kaum entwöhntes Kind vor, das in prächtige Gewänder gepackt worden war und sich beim Essen gehörig bekleckerte. Hermann war sichtlich erleichtert, als Heinrich und er sich zwei Tage später wieder verabschiedeten.

Das Heer aus Rittern und Knappen, ausgerüstet mit zerlegten Belagerungsmaschinen, hatte bereits unterhalb der Burg Treffurt ein Lager aufgeschlagen. Von hier aus schickte Heinrich Hermann mit Geleit zur Creuzburg, obwohl der Junge sich dem zu widersetzen versuchte. Doch Heinrich blieb hart; die Belagerung einer Burg war kein Platz für einen unmündigen Jungen.

Kundschafter meldeten, der Graf von Gleichen befinde sich mit einer großen Schar auf dem Weg nach Velseck, und er komme schnell voran. In Gewaltmärschen trieb Heinrich seine Männer voran, erreichte die Ebene, über der sich die Burg trotzig erhob. Die Bauern und Hörigen flüchteten aus ihren Dörfern, als sich die Soldaten des Landgrafen näherten. Heinrich untersagte, sie zu verfolgen, ließ die Dörfer unbehelligt; er wollte dem von Gleichen Schaden zufügen, nicht dessen Schandtaten nachahmen.

Die Gleichener hatten in den vergangenen Monaten von ihren Burgen aus Raubzüge auf thüringisches Gebiet verübt, Klöster geplündert, Dörfer niedergebrannt und einige Hörige getötet. Burg Velseck war eines der Nester, von denen die Verwüstungen ausgingen, und nachdem der von Gleichen sich auf dem Landgericht nicht eingestellt hatte, war Heinrich finster entschlossen, diese Schmähung seiner richterlichen Gewalt nicht straflos durchgehen zu lassen.

Ein einzelner Reiter näherte sich in einer Staubwolke von Süden. Mit Friedrich von Treffurt und einigen Dienstmännern löste sich Heinrich von der Spitze seines kleinen Heereszuges und ließ sein Pferd dem Mann entgegentraben, bis sie ihn erreichten. Friedrich von Treffurt erkannte in ihm einen der Kundschafter. Der Mann blutete aus mehreren Wunden an Armen und Beinen, und als ihm zwei Knappen vom Pferd helfen wollten, rutschte er ihnen kraftlos in die Arme, fiel vor Heinrich zu Boden.

»Wir wurden entdeckt und aufgerieben«, keuchte er. »Der von Gleichen hat kehrtgemacht. Er zieht sich auf die Burg seines Bruders zurück.«

Heinrich stieß einen wilden Fluch aus, trat gegen einen Kiesel, der etliche Klafter weit über die Wiese flog.

»Was werden wir jetzt tun?« mischte sich Friedrich von Treffurt ein.

»Was schon?« blaffte Heinrich. »Wir werden diese Burg einnehmen und an den Burgmannen die Strafe vollstrecken, die Räubern und Plünderern zusteht.«

Der Treffurter straffte sich. »Herr Heinrich, wenn Ihr das wünscht, werden wir diese Burg im Handstreich für Euch einnehmen.«

»Dann tut das, damit wir so bald wie möglich wieder die warme Herdglut unserer eigenen Burgen genießen können!«

Das Zeltlager war errichtet, ehe Dunkelheit sich über den Bergrücken senkte. Ringsumher dröhnten Hämmer, wurden Katapulte, Rammböcke und Lauben im Fackelschein zusammengebaut. Von den Mauern der Burg tönten Spottlieder, aber die Stimmen klangen dünn. Drinnen hatte sich eine kleine Besatzung verschanzt, kaum genug Männer, um das alte Gemäuer zu verteidigen. Die Schar, die unter Führung des Grafen von Gleichen das Weite gesucht hatte, hätte sie retten können.

Heinrich saß in seinem sparsam eingerichteten Zelt inmitten von Waffen und Rüstungen, farbenfrohen Wappenröcken und Umhängen, trank gewässerten Wein und knabberte an Brot und Speck. Vor einem Klapptisch kniete der ältliche Dominikaner, der Heinrich derzeit als geistlicher Begleiter diente, wiegte sich leicht vor und zurück, während er kaum hörbar seine Psalmen murmelte.

Mißmutig stand Heinrich auf, warf sich einen Mantel über die Schulter und verließ das Zelt. Kaum hatte er sich auf den Hauptweg des Lagers begeben, nahm er die beiden Knappen wahr, die ihm als Leibwache folgten. Unerkannt nach dem Rechten zu sehen war für ihn nicht möglich. Keine zehn Schritt entfernt erhob sich das Zelt seines Marschalls Kunemund von Vargula, der gemeinsam mit dem Treffurter mitten auf dem Weg stand. Als Heinrich bemerkte, daß sie ihr Gespräch unterbrochen hatten, nickte er nur kurz und ging vorüber, ohne dem Wunsch nachzugeben, sich mit ihnen zu beraten. Statt dessen setzte er seinen Gang bis zu den Pferchen fort, suchte das Gatter, in dem seine Pferde umherlaufen durften, und stieß einen leisen Pfiff aus.

Ein dünnes, zitterndes Schnauben war die Antwort, dann trabten zwei der Hengste näher, der blaßgoldene Falbe, den ihm Herzog Otto von Braunschweig geschenkt hatte, und der Braune, den er am liebsten ritt. Mondlicht ließ das Fell des Falben glänzen wie Gold, und die Muskeln zeichneten sich darunter ab wie herrliche Treibarbeiten. Heinrich strich den Pferden nacheinander über die Nüstern, wobei der Braune prustend ältere Rechte geltend machte. Lächelnd drückte Heinrich die Tiere von sich, gab jedem einen Klaps auf den Hals, so daß sie sich mit wehenden Schweifen trollten. Wie lange war es her, daß er seines Vaters Apfelschimmel geritten hatte? Nur Augenblicke zwar, aber lange genug, daß sich das Gefühl, ein echtes Streitroß unter sich zu haben, in sein Herz eingebrannt hatte. Drei Winter waren seit Elisabeths Tod vergangen, und noch immer glaubte er von einem feinen Veilchenduft umweht zu werden, wenn er nur ihren Namen hörte.

Fröstelnd stieß Heinrich sich vom Gatter ab. *Dominus me pascit, nihil mihi deerit.* Er blickte zum schwarzen Himmel auf, in dem die Sterne wie tröstende Kerzen funkelten; um den Mond verblaßten sie. Von dort leuchtete vielleicht auch ihr Licht.

Mauern und Turm der Burg schoben sich wie ein Schatten vor den Sternenglanz, als wollten sie ihn verschlingen. Elisabeth hätte auch für diese Schurken ihr Wort eingelegt.

Unter dem Brüllen der Männer donnerte der Rammbock immer wieder gegen das Burgtor, Bolzen pfiffen durch die Luft, und die Knappen schlugen unter kurzen, abgehackten Schreien mit den Klingen ihrer Schwerter auf die Schilde. Öl und Pech waren den Verteidigern schnell ausgegangen; nun schütteten sie kochendes Wasser aus Eimern von den Zinnen. Doch die Angreifer schützten sich mit Laubengängen und bildeten Dächer mit ihren Schilden, während weiter hinten aufgestellte Bogenschützen die Männer auf dem Wehrgang unter Beschuß nahmen.

Der ungleiche Kampf endete am Nachmittag. Das Tor zerbarst unter den Stößen des Rammbocks. Johlend strömten die Knappen in den Burghof, um niederzuhauen, was sich ihnen in den Weg stellte. Heinrich durfte die eroberte Burg erst betreten, nachdem alle Gebäude gesichert waren.

Als er auf dem prachtvollen Falben in den Burghof einritt, waren die Verteidiger im Hof zusammengetrieben worden, dreiundzwanzig Ritter und etliche Knappen, die in Diensten des älteren Grafen von Gleichen standen und in den Dörfern und Klöstern an der Unstrut und darüber hinaus gewütet hatten. Man hatte sie entwaffnet, aber nicht gefesselt.

Heinrich trieb sein Pferd über den Hof, ihm folgten Marschall Kunemund von Vargula und der Treffurter. Knappen durchsuchten die Gebäude, zerrten einige Frauen und Mädchen unsanft heraus und schwenkten triumphierend Kelche, Kerzenleuchter, ja sogar silberne Schalen und anderes Altargerät, Beutegut aus den überfallenen Klöstern. Friedrich von Treffurt begutachtete einige Stücke und nickte jedesmal, bevor er sie vorsichtig zurück auf die Decken legte, in die sie verpackt werden sollten.

Daß der aufrührerische Graf von Gleichen entkommen war, ärgerte Heinrich zutiefst, aber zumindest waren ihm dessen Spießgesellen in die Hände gefallen und zugleich genügend Beweise für ihre Schuld.

»Was machen wir mit denen?« fragte der Treffurter schließlich.

Heinrich warf ihm einen eisigen Blick zu. »Du weißt, was die Strafe für Raub, Mord und Brandstiftung ist. Ich werde keine Gnade walten lassen, dafür hat der Herr von Gleichen sich schon zuviel herausgenommen.«

»Sie sollen alle sterben?«

»Die Burgmannen, ja«, erwiderte Heinrich. »Niederes Volk, Frauen und Kinder kannst du laufen lassen. Die Burg allerdings wird zerstört.«

Nach einigen Befehlen machten sich die Knappen an die Arbeit, rückten die Katapulte näher heran, breiteten Teppiche von Reisig, trockenen Stoffen und Stroh in allen Stockwerken aus. Frauen und Kinder wurden auf Karren getrieben und aus der Burg geschickt. Lautes Hämmern und Krachen hallte über den Hof, verriet, daß die Eroberer Türen und Fensterläden zu Brennholz verarbeiteten. Die Scheunen und Stallungen aus Fachwerk brannten als erste. Als schließlich aus den oberen Stockwerken der Türme schwarzer Rauch quoll, kam Bewegung in die Reihen der Gefangenen, sie murrten, drohten ihren Bewachern.

»Bringt es zu Ende«, rief Heinrich. Seine Hand sauste durch die Luft, dann wendete er sein Pferd und trieb es zum Tor, dessen zerbrochene Flügel beiseite geräumt worden waren. Hinter ihm erhob sich Geschrei, die Männer des Grafen von Gleichen würden sich nicht widerstandslos töten lassen.

Heinrich trieb den Falben mit den Sporen an, ließ ihn über die Hochebene dieses Bergrückens rasen, bis er im Takt seiner Galoppsprünge schnaubte und Schaumflocken versprühte. Es gelang ihm nicht, die leise Stimme damit verstummen zu lassen, gegen die er nicht anschreien konnte. Die Stimme, die um Gnade bat.

Der Treffurter hatte nach der schrecklichen Eroberung Fritzlars ein gutes Stück Land, das seiner Familie gehörte, dem Orden der Zisterzienser überschrieben, um dort ein Frauenkloster zu bauen. Er hatte seine Verwegenheit verloren in der Erkenntnis der schweren Verfehlungen, die er sich hatte zuschulden kommen lassen, als Konrad und er die Stadt mit allem, was darinnen war, ihrem Heer preisgaben.

Die Bestrafung mit dem Tod für all die Plünderungen und Morde, die sich die Männer der Grafen von Gleichen hatten zuschulden kommen lassen, war rechtens. Vielleicht hätte er Gnade walten lassen, wenn die beiden Grafen vor dem Landgericht erschienen wären und sich verantwortet hätten. Doch sie hatten sich unverwundbar gewähnt.

In einer großen Kehre wendete Heinrich den Falben. Die Mauern am Sporn des Bergrückens hüllte dichter Qualm ein, vom Turm war kaum etwas zu sehen. Das Zimmerwerk ächzte weithin vernehmbar in der Gluthitze, und als ein Krachen über den Berg heranrollte, scheute das Pferd. Heinrich zügelte es, ließ es tänzeln, während es aufgeregt auf dem Gebiß kaute. Reiter strömten eilig durch das Tor hinaus, und das Gemäuer stöhnte und knirschte im Prasseln des Brandes, war dann plötzlich still. Als hätte es nur Luft geholt, brauste neuer Rauch auf, Flammen wurden sichtbar, leckten an den Mauern des Turms, der erst unter leisem Krachen, dann donnernd in sich zusammenfiel.

✠

Ein rauschendes Fest ließ Herzog Friedrich von Österreich anläßlich der Hochzeit seiner Schwester Constantia in Wien ausrichten. Ein Anger beim Dorf Stadlau war einige Tage zuvor gemäht worden, bunte Zelte in vielerlei Größen errichtet, lange Tafeln für die Speisen aufgestellt und ein Tanzboden abgesteckt worden. An vielen Stellen wurde musiziert, die muntersten Weisen erklangen bei den Tanzenden, eingeladene Minnesänger gaben zärtliche Lieder zum besten, und im größten Zelt trugen Dichter ihre Werke vor. Am Rand des Angers waren Teile der Wiese eingezäunt worden, in denen der junge österreichische Herzog zahme Hirsche und andere Wildtiere zur Schau stellte, Pferde aus den Ländern der Ungläubigen, Hunde mit verwachsenen Körpern; Herzog Friedrich selbst umgab sich mit zwei Geparden aus dem Morgenland, die von zwei kräftigen Knappen an edelsteingeschmückten Leinen geführt wurden, während er über den als weltliches Abbild des Paradieses hergerichteten Anger schlenderte und jeden Gruß huldreich mit einer leichten Neigung des Kopfes beantwortete. Daß er Macht und Reichtum seines Geschlechtes in einem solchen Abklatsch des Gleichnisses von der himmlischen Hochzeit Christi mit der Gemeinde der Gläubigen feierte, entlockte Heinrich ein schiefes Lächeln; seit seinem Besuch auf dem Hoftag in Ravenna hatte er kein derart prachtvolles Fest erlebt. Doch damals, kurz nach Elisabeths Tod, als er selbst dem heißen, stinkenden Schlund der Hölle gefährlich nahe gekommen war, hatte er nichts Weltliches genießen können. Erst die Monate der Buße hatten seinen von Trauer verwirrten Geist beruhigt und seine Wahrnehmung neu geschärft. Viele der Regeln, die Wigo ihm auferlegt hatte, befolgte er noch heute, hielt den Leib als Haus der Seele reinlich, ohne sich zu sehr der Bequemlichkeit zu widmen, betete sogar fünfmal am Tag, wie es die Ungläubigen im Morgenland taten, und widmete sich an jedem Freitag im Gedenken an das Leiden Christi einer stillen Gewissenserforschung.

Strahlender Sonnenschein hatte Edelfrauen und Mädchen dazu gebracht, ihre Umhänge und die weiten, perlenbestickten Ärmel abzulegen, so daß aus den tief ausgeschnitten Ärmelöffnungen an ihren Seiten die feinen Hemden hervorblitzten. Erheitert bemerkte Heinrich die mißbilligende Miene einiger alter Fürstinnen, die miteinander tuschelten, um über die fröhlichen jungen Damen herzuziehen.

Aus einer dieser Gruppen löste sich eine bescheiden gekleidete Frau, deren Kopf von einem hellen Schleier vollständig verhüllt war – nur seine Stiefschwester Juditha,

Markgräfin von Meißen und Mutter des Bräutigams, trug stets einen solchen Schleier. Sie eilte mit weiten Schritten auf Heinrich zu, ergriff seinen Arm und legte zur Begrüßung ihre Wange an seine.

»Heinrich, bitte rette mich!« flüsterte sie an seinem Ohr. »Ich habe meinen Sohn nicht zu seiner Hochzeit begleitet, damit ich unter stumpfnasigen alten Weibern versauere.«

Leise lachend schob er sie von sich, nickte, und Juditha hakte sich bei ihm ein, um ihn sanft vorwärts zu lenken. »Laß uns ein wenig spazierengehen, mir ist übel von dem gehässigen Geschwätz. Da glauben sie fromm zu sein, in Wahrheit ist es nur der Neid, der sie dazu bringt, die Schlitze an den Kleidern der jungen Damen als Teufelsfenster zu bezeichnen.«

»Ein Mann kann bei diesem Anblick schon auf unzüchtige Gedanken kommen.« Schmunzelnd wies er auf ein hübsches Mädchen, dessen leichtes Obergewand sich im Tanz blähte, so daß das schmal gegürtete Kleid darunter die Linien ihres Körpers verriet.

»Ich verstehe, was du meinst. Trotzdem ertrage ich die Tratscherei nicht. Ich bin froh, daß du vorbeigekommen bist und mir die Flucht ermöglicht hast. Jetzt werden sie zwar wieder über mich herziehen, aber das ist mir schon lange gleichgültig. Ich kann es ja ohnehin nicht verhindern.«

Während sie schweigend nebeneinanderher gingen, bemerkte Heinrich, daß Juditha das Fest auf diese Weise genoß. Sie reckte den Kopf ein wenig, als schnuppere sie, dann streifte der Duft von gebratenem Geflügel auch seine Nase.

»Wenn ich nicht schon satt wäre, würde ich das auch noch kosten«, sagte sie, nahm statt dessen zwei silberne Becher von einem hübsch ausstaffierten Edelknaben entgegen, um Heinrich zuzutrinken, deutete dann, eine Zeltgasse entlang, auf ihren Sohn und dessen Braut, die noch immer damit beschäftigt waren, Gäste zu begrüßen.

»Ist sie nicht wunderschön?« schwärmte Juditha. »Ich war heute Zeugin ihrer Einkleidung.«

Sie zog ihn weiter, ließ Feuerschlucker und Gaukler stehen. Gemeinsam grüßten sie vorüberwandelnde Edle, lästerten heimlich hinter deren Rücken, und Heinrich beneidete Juditha um ihren Schleier, der ihr das festgewachsene Lächeln ersparte.

»Schneidest du ihnen eigentlich Grimassen, wenn du dich verneigst?«

»Wo denkst du hin?« kicherte sie. »Das habe ich früher einmal getan, aber obwohl man es wohl nicht sieht, bemerken die Leute es dennoch.« Sie streckte den Arm aus, deutete auf den schattigen Weg, der an der Aue entlangführte. »Laß uns diesen Markt der Laster und Eitelkeiten eine Weile verlassen.«

Der kühle Schatten war eine Wohltat, und anstelle der wild durcheinandergespielten Musik umschmeichelte Vogelsang ihre Ohren. Unversehens sprang ein Mädchen lachend aus dem Unterholz, blieb erschrocken stehen, daß ein junger Mann von hinten gegen sie prallte. Das Mädchen zog sich hastig den Schleier übers Gesicht und stürzte davon, der Junge grinste blöde und folgte ihr. Daß seine Bruche noch immer verrutscht war, bemerkte er offenbar gar nicht.

Juditha schüttelte den Kopf. »Dummes Jungvolk! Sie wissen doch genau, wohin das führt. Ich habe durchgesetzt, daß eine Hebamme meines Vertrauens vor der Hochzeit geprüft hat, ob Constantia eine Jungfrau ist. Freilich haben ihre Frauen gezetert, aber es ist doch zu ihrem eigenen Schutz! Jetzt kann mein Sohn sie nicht einfach wegschicken oder ihr Wittum kleinmachen. Er war nie sonderlich begeistert von dieser Verlobung.« Sie seufzte leise. »Aber aus dem häßlichen Küken ist ein herrlicher Schwan geworden.«

»Über den Herzog wird viel gemunkelt.«

»Vor allem bei den Weibern! Sie langweilen sich bei Spinnen und Lautenspiel, und nichts interessiert das Weibervolk mehr als die Frage, wer mit wem tändele und wie unzüchtig das alles doch sei. Gerade dem Österreicher hängen sie alles Erdenkliche an, daß er Jungfrauen verführe und mit Knaben aus dem Morgenland Unzucht treibe. Dabei ist er eigentlich nur eitel und launisch, und für einen Herzog des Heiligen Römischen Reiches spielt er ein gefährliches Spiel. Der Kaiser könnte ihn beseitigen lassen.«

Sie war stehengeblieben, hielt Heinrich am Arm fest und drehte sich zu ihm um. Durch ihren feinen Schleier schien sie ihn aufmerksam zu mustern.

»Es ist schade, daß du nicht der älteste Sohn der Bayerin bist.« Ihre Hand glitt von seinem Arm, und sie ließ die Schultern hängen. »Ich habe unseren Vater gehaßt, Heinrich! Ich habe ihn mehr als jeden anderen Menschen auf dieser Welt gehaßt! Er war ein schlechter Mann – machtgierig, heimtückisch, niederträchtig.« Ihre Stimme kippte, versagte, sie atmete durch und straffte sich. »Ich erinnere mich noch sehr genau an den Tag, als er mich Dietrich vorführte, um diesem zu zeigen, welchen Preis ein Bündnis mit dem mächtigen Landgrafen von Thüringen hat. Und ich erinnere mich auch, daß Dietrich vor diesem Preis zurückschreckte, als Vater mir den Schleier vom Gesicht riß, den Mutter mir liebevoll umgelegt hatte.«

»Warum hat er dich dennoch geheiratet?«

Sie senkte den Kopf. »Wenn ich das wüßte! Ich war noch ein Kind und Dietrich nicht viel jünger als unser Vater, der froh war, das Monstrum aus dem Haus zu haben.«

Wieder schob sie ihre Hand unter seinen Arm, und sie kehrten auf dem Weg durch die Aue zu der Festgesellschaft zurück. Dämmerung senkte sich mit dem schwindenden Licht der untergehenden Sonne über den Weg.

»Dietrich war gut zu mir«, sagte sie nach einer Weile. »Er sorgte dafür, daß seine Leute mich achteten. Er nahm mich überallhin mit, ja, er ging so weit, daß er mich vor aller Augen um Rat fragte. Aber als er starb, wollten Vater und Ludwig nacheinander mir und den Kindern die Grafschaft Meißen wegnehmen. Erst mit dir konnte ich Frieden schließen.« Sie drehte sich zu ihm um, blieb stehen und umschloß seine Hände mit ihren. »Du solltest wieder heiraten, Heinrich! Du brauchst einen Erben – was rede ich: ein Haus voller Kinder! Eine Frau! Es gibt keinen herrlicheren Segen, wenn man ein weltliches Leben führt.«

»Hermann ist mein Erbe«, erwiderte Heinrich, als sie ihm schon ins Wort fiel.

»Und er ist zweifellos ein kluger und starker Junge geworden, fast schon ein junger Mann. Aber darum geht es nicht!«

Sie hatten den Anger wieder erreicht, wo im Licht der Fackeln die Edlen einen Reigen tanzten, zu dem die Musiker auf ihren Lauten, Flöten und Trommeln eine muntere Weise spielten. Inmitten seines Hofstaats hatte Herzog Friedrich sich bei seinen Schwestern eingehakt, die ältere der beiden, Constantia, wiederum bei ihrem Bräutigam, Judithas Sohn. Die jungen Männer waren bester Laune, ihre Augen schon ein wenig glasig, und sie schwankten, während die Mädchen mühelos im Takt hüpften.

»Gefällt sie dir?« fragte Juditha unvermittelt.

»Wer?«

»Gertrud, die jüngere der beiden.«

Heinrich sah unter dem weißseidenen Schleier wehende goldene Locken herausblitzen. Das Mädchen mit dem Gesicht eines Engels war ihm schon an der Tafel aufgefallen, als ihre strahlenden Augen ihn gelegentlich gestreift hatten. Juditthas Worte, er solle wieder heiraten, hallten in ihm wider. Die Schwester des Herzogs von Österreich könnte seinem Hof so viel Glanz verleihen, wie seine Mutter, die bayerische Herzogstochter Sophia, dem seines Vaters. Er schüttelte den Gedanken ab, als Herzog Friedrich den Reigen auflöste und auf Heinrich und Juditha zuging, die jüngere Schwester galant an der Hand führend.

»Landgraf Heinrich«, der Herzog verneigte sich, »wir hatten seit Eurer Ankunft noch nicht das Vergnügen, uns zu unterhalten.«

»Es tut mir leid, daß ich meinen Bruder gestern abend in Beschlag genommen habe, aber ich hatte ihn sehr lange nicht gesehen.«

»Macht Euch keine Gedanken, liebe Tante. Meine Schwester wird Euch jetzt ein wenig die Zeit vertreiben.«

Während die schöne junge Frau an Heinrich vorüberschwebte, Juditha umarmte und mit sich fortzog, stand Heinrich stumm da, nahm den feinen Hauch von Rose und Zitrus, der sie umwehte, wahr und blickte ihr unwillkürlich nach. Was für ein Narr er war! Hastig wandte er sich zu Herzog Friedrich um, dessen Mundwinkel sich in einer feinen Linie aufwärts bogen, und zwang sich zu einem unverbindlichen Lächeln. Ihm war heiß. Ein Edelknabe bot ihm einen gefüllten Kelch an, den er gerne nahm. Während er an dem Wein nippte, ihm der Duft in die Nase stieg und das Echo von Rose und Zitrus vertrieb, beobachtete er den jungen Herzog, der schnell und in großen Zügen trank, obwohl er bereits angeheitert wirkte.

»Euer Kommen ehrt mich, Herr Heinrich«, sagte Herzog Friedrich mit schwerer Zunge. »Ebenso wie das Eures Schwagers.«

Wachsam blickte Heinrich den Herzog an und nickte einmal leicht. Daß dieser junge Heißsporn dazu neigte, es sich mit all seinen Nachbarn zu verderben, daß er nicht nur mit seinem Schwager, dem König, zerstritten war, sondern auch mit dem Bayernherzog, Heinrichs Vetter, war kein Geheimnis. Herzog Friedrich übte seine Herrschaft mit harter Hand aus, drangsalierte die Hochstifte und Klöster. Insbesondere die rings um sein Herzogtum verteilten Besitzungen des Andechser Grafengeschlechtes schienen ihm ein Dorn im Auge zu sein, obwohl er vor wenigen Jahren eine der Töchter dieses Hauses geheiratet hatte. Das verkniffene Lächeln der jungen Herzogin und ihre unruhig umherirrenden Blicke waren Heinrich nicht entgangen.

»Uns verbindet etwas, Herr Heinrich«, fuhr der Herzog fort. »Euer Vater war ein ebensolcher Förderer der Dichter und Sänger wie meiner. Es ist schade, daß diese hohe Kunst dem thüringischen Hof abhanden gekommen ist.«

»Die Dichter haben andere Höfe gesucht.«

»Ja, einige sind an den meines Vaters gewandert, manche stehen nun auch in meinen Diensten. Constantia wird ein wenig von dieser Pracht nach Meißen und Dresden tragen.«

Constantia war in der Tat eine anmutige Braut, hochgewachsen und schlank, mit lang herabwallendem, hellem Haar und einem zarten Gesicht. Doch einem Vergleich mit ihrer Schwester, die in geringer Entfernung neben der verschleierten Juditha stand und Heinrichs Blick immer wieder anzog wie eine Kerzenflamme nächtliche Falter, hielt sie nicht stand.

»Der Mann, der einmal Eure jüngere Schwester heimführen wird, darf sich ebenfalls glücklich preisen«, murmelte er.

Als er den Herzog lachen hörte, stieg ihm das Blut in die Wangen.

»Das mag wohl sein, wenn sich denn einer findet«, entgegnete Herzog Friedrich belustigt. »Aber bisher hat sich noch keiner bereit erklärt, sich mit dem streitbaren Friedrich zu verbinden. Gertrud wird sich noch die hübschen Augen blind weinen, denn in ein Kloster will sie nicht.« Er lehnte sich ein wenig vor. »Aber vielleicht wollt Ihr das Bündnis erneuern, das die zarten Bande zwischen Eurer Schwester Agnes und meinem verstorbenen Bruder geflochten haben?«

✠

An den Säulen der Kirche waren Lampen angebracht, die im nächtlichen Luftzug leise flackerten. Konrad verharrte kniend und mit gesenktem Kopf in der Mitte vor dem Altar, gekleidet in eine schlichte Albe, die seine schmale Gestalt vor dem dunklen Schatten des Altars und der sanft erleuchteten Apsis beinahe wie einen Engel erscheinen ließ. Er befand sich nicht allein dort; zwei schwarzgekleidete Geistliche und neun Söhne vornehmer Familien bereiteten sich ebenfalls mit Nachtwachen auf die Einkleidung vor.

Eine hellhörige Stille lag in der Halle, jedes Knistern eines Dochtes hallte von den Wänden wider. Heinrich saß auf seinen Fersen, einige Schritte hinter seinem Bruder, der sich schon seit Stunden nicht gerührt hatte. Um nicht zu gähnen, preßte er die Kiefer zusammen. Neben ihm kauerte Hermann, der längst eingenickt war. Seit vier Tagen hatten sie kaum geschlafen, waren hierher geeilt, um zuzusehen, wie einer der Landgrafen von Thüringen Teil eines mächtigen Ordens wurde. Konrad, der vor der Kurie für die Aufnahme seiner Schwägerin in die Liste der verehrungswürdigen Heiligen eingetreten war, hatte das angebotene Kissen ebenso verweigert wie eine Bank, kniete auf dem blanken Boden vor dem Altar, Heinrich in der Mitte der Halle, wo Elisabeths Grab sich befand, nur durch einen flachen steinernen Sockel im Boden gekennzeichnet.

Während der ersten Stunde der Nachtwache hatte Hermann vor dem Grab seiner Mutter gekniet und mit beiden Händen behutsam, ja geradezu zärtlich über den kalten Stein gestrichen, ohne ein einziges Mal aufzuschauen. Heinrich beneidete ihn um seine stille Trauer. Ihm selbst war Elisabeth fern, als hätte sie sich in den Jahren nach ihrem Tod allmählich verflüchtigt, nicht einmal an ihr Gesicht, an ihre Gestalt konnte er sich noch erinnern. Es waren einzelne Bilder, die blieben, verwaschene Bilder eines Mädchens, das ihm mit wehendem schwarzem Haar im wilden Galopp vorausritt, das mit geröteten Wangen auf seine Hand starrte, an die Ludwig einen Ring steckte. Bilder einer jungen Frau, die mit der Spindel in der Hand den Predigten der graugewandeten Minderbrüder lauschte, die Getreide an die hungernden Bauern im Tal verteilen ließ, die Ludwigs Kreuzfahrerheer bis Schmalkalden folgte und erst dort den geliebten Mann unter Tränen ziehen ließ.

Deren schrecklichste Ängste sich noch im selben Jahr bestätigten.

Heinrich legte seine Hände auf den Sockel ihres Grabes, fühlte kalten, von vielen bittenden Händen abgeschliffenen Stein. Menschen waren hier von ihren Leiden geheilt worden. Dem Grab wohnte dieselbe Kraft inne, die Christus den Aposteln verliehen hatte, als er sie aussandte, um Kranke zu heilen, Tote zu erwecken und Sünden zu vergeben.

Heinrich hatte den Bericht des Inquisitors immer wieder gelesen und zweifelte nicht daran, daß die Aussagen der Wahrheit entsprachen. Das Verfahren darüber, Elisabeth in die Listen der verehrungswürdigen Heiligen aufzunehmen, mußte wiederaufgenommen werden.

Konrad hatte seit ihrer Ankunft vor wenigen Tagen jeden Augenblick, der nicht von Vorbereitungen ausgefüllt war, mit Hermann verbracht, hatte mit ihm die Gebetsstunden verrichtet und ihm aus dem Leben seiner Mutter und seines Vaters erzählt, von den Wundern, die sich an ihrem Grab zugetragen hatten, den Heilungen und Bekehrungen, für die dieser häßliche Bau, den der Inquisitor nach Elisabeths Tod in großer Hast hatte errichten lassen, wahrhaftig keine angemessene Umgebung darstellte.

Wolle und Leinen rauschten, als die Brüder des hiesigen Deutschordenshauses eintraten, an ihrer Spitze Hochmeister Hermann von Salza, dem ein Stapel weißes Tuch vorangetragen wurde, und der Bischof von Hildesheim. Die Kirche füllte sich schnell; fast alle hessischen und thüringischen Grafen und hohen Dienstmannen waren gekommen, um Zeuge der Einkleidung Landgraf Konrads zu werden. Draußen drängten sich die Marburger und die Bauern der Umgebung zu Hunderten, aber auch viele, die einen weiten Weg auf sich genommen hatten, um dieses Ereignis zumindest aus der Nähe zu erleben.

Der Hochmeister trat vor, und nachdem ein Bruder ihm den sorgfältig zusammengelegten weißen Mantel gereicht hatte, gebot er Konrad, sich zu erheben. Die Brüder in ihren weißen Röcken und den Mänteln mit den schwarzen Kreuzen vereinten im kleinen Chor der Kirche ihre Stimmen zur Ehre Gottes, während zwei Brüder Konrad den Mantel umlegten.

Als Konrad nach der Messe im Gefolge seiner neuen Ordensbrüder die Kirche verließ, brandete draußen tosender Jubel auf. Hermann riß sich von seinem Platz an Heinrichs Seite an der Spitze der Edlen los, rannte hinaus, und Heinrich beneidete ihn um dieses jugendliche Ungestüm, mit dem er sich über die höfischen Formen hinwegsetzte, um bei seinem Oheim zu sein, mit dem er in den vergangenen Monaten viel Zeit verbracht hatte. Heinrich blinzelte ins Tageslicht, um die Tränen zu unterdrücken; er hatte den Bruder schon vor Jahren verloren. Schon damals, als er ihn ausgesandt hatte, die hessischen Besitzungen zu verwalten und zu schützen. Stürmisch hatte der jüngste Bruder des beliebten und tief betrauerten Landgrafen Ludwig die Herzen erobert, seine Besitzungen ausgedehnt und gesichert. Das würde von nun an Hermanns Aufgabe sein, unterstützt von Schenk Rudolf von Vargula und Guntram von Schweinsberg, den Heinrich in den Rang eines Schenken erhoben hatte.

Hellwach stand Hermann vor der Kirche und strahlte Konrad bewundernd an, als dieser sich endlich von den Brüdern löste und, umweht von seinem schweren weißen Mantel mit den beiden schwarzen Kreuzen, auf sie zu eilte. Nacheinander umarmte Konrad erst den Jungen, dann Heinrich. Blaß und erschöpft von langen Nachtwachen, war er kaum fähig, Heinrich an sich zu drücken, hielt ihn einfach nur fest, flüsterte Dankesworte, die Heinrich abwiegelte, obwohl er noch immer mit dem Kloß in der Kehle kämpfte, während die Marburger ihren früheren Landgrafen und dessen kindlichen Nachfolger bejubelten.

Das Mittagsmahl im Haus der Deutschen Herren fiel zur Feier des Tages reichhaltig aus. Heinrich und Hermann fanden gemeinsam mit Konrad am erhöht stehenden Tisch des Hochmeisters Platz. Während ein junger Bruder aus der Heiligen Schrift vorlas, tafelten die hier wohnhaften Angehörigen des Ordens und ihre Gäste.

Heinrich kaute unbehaglich auf einem Weizenbrötchen und schwieg, während Konrad mit dem Hochmeister und dem Hildesheimer Bischof plauderte und Hermann gebannt lauschte.

»Wir werden ein neues Gotteshaus bauen«, sagte Konrad, »eine himmelstrebende, lichtdurchflutete Kirche, wie man sie jetzt in Frankreich baut. Mit spitzen Bögen, großen Fenstern und einer Halle, die Tausende von Menschen aufnehmen kann, um bei den Gebeinen unserer Schwester Gott den Herrn preisen zu können.«

Heinrich verkniff sich die schroffe Erwiderung, das an die Bedingung zu knüpfen, mit dem Grab des Inquisitors so zu verfahren, wie es im Sommer auf dem Hoftag zu Frankfurt gefordert worden sei, nämlich seine sterblichen Überreste auszugraben, schändlich zu verbrennen und in den schlammigsten Nebenarmen der Lahn zu versenken.

»Der Prior hat Caesarius von Heisterbach dafür gewonnen, eine Vita unserer Elisabeth zu verfassen«, sagte Konrad. »Er ist einer der berühmtesten Chronisten, was er aufschreibt, wird bis zum Tag des Jüngsten Gerichts im Gedächtnis der Menschen bewahrt werden.«

»Wird es die Entscheidung des Papstes voranbringen?«

Nickend tauchte Konrad seine Hände ins Wasserbecken und trocknete sie ab.

»Ich werde im kommenden Frühjahr abermals an den Hof des Papstes reisen. Beten wir dafür, daß ich dann mit guten Nachrichten zurückkehre. Die Baumeister sind schon hierherbefohlen. Wir möchten mit den Planungen so bald wie möglich beginnen.«

»Das wird uns nach all den Schenkungen teuer zu stehen kommen, nicht wahr?« Seufzend nahm Heinrich ein Stück Brot aus dem Korb, der vor ihm stand, pflückte kleine Flokken daraus, die er zu festen Kügelchen rollte. Ihm fehlte die Begeisterung für Konrads Pläne, er haderte auch nicht mehr mit Elisabeths Tod; rückblickend erschien ihm ihr Leben eine folgerichtige Entfaltung ihrer Heiligkeit zu sein. Die schmerzliche Sehnsucht eines Knaben kam darin nicht vor, ja, er schämte sich, irregegangen zu sein, als wäre er das leichtgläubige Werkzeug finsterer Dämonen gewesen, die durch ihn versucht hatten, die Heilige von ihrem Pfad abzubringen. Doch wachsame Augen hatten sie behütet, hatten sie im Augenblick der höchsten Gefährdung von seiner unreinen Gegenwart befreit, woraufhin die teuflischen Geister alles darangesetzt hatten, ihn in den schlüpfrigen Höllenpfuhl zu zerren.

Eine Berührung ließ ihn zusammenzucken. Verstört blickte er in Konrads besorgte Miene.

»Was fehlt dir?«

Heinrich wischte sich über das Gesicht, barg den Kopf in den Händen. »Ich bin wohl erschöpft«, murmelte er. »In den letzten Tagen habe ich kaum geschlafen.«

Man bot ihm eine Kammer an, doch er lehnte ab, verabschiedete sich bis zur Prim des nächsten Morgens, an der teilzunehmen er versprach, und ließ sich sein Pferd bringen, um zur Burg hinaufzureiten. Zwei Ritter sollten ihn begleiten, Hermann wollte die Nacht im Haus des Deutschen Ordens verbringen.

Als Heinrich das Pferd, das vor dem Ordenshaus für ihn bereitstand, besteigen wollte, bemerkte er einen Schatten, der sich schwankend vom Hospital zum Brunnen auf der anderen Seite der Straße bewegte. Er nahm den Fuß wieder aus dem Steigbügel und näherte sich zögernd. Eine Frau im grauen Kittelkleid war mühsam zum Brunnenrund gehumpelt, hängte einen Kübel an das Windenseil und ließ diesen nun langsam in den Schacht hinunter, bis er mit einem dumpfen Klatschen auf Wasser traf. Als Heinrich ihr Gesicht sah, hielt er unwillkürlich inne.

»Herr, geht weg von der!« rief einer der beiden Ritter, die ihn zur Burg hinauf begleiten sollten.

Doch Heinrich, dem war, als griffe eine kalte Hand nach seinem pochenden Herzen, trat noch ein Stück vor und legte den Kopf schräg, um einen weiteren forschenden Blick auf die Frau zu werfen. Die Gewißheit, diejenige vor sich zu haben, die ihm in der Nacht von Elisabeths Tod in jener dunklen Schankstube begegnet war, verwandelte sich in eine Flut von Mitleid. Man hatte ihr offenbar die Nase abgeschnitten und die Augenbrauen versengt. Ein Augenlid hing herab, und die Hand, die auf dem Brunnenrand lag, war zu einer nutzlosen Klaue verwachsen. Und dennoch erkannte er das leichtfertige Weib, durch das er beinahe um sein Seelenheil gekommen wäre.

Rasch griff Heinrich nach der Kurbel, drehte das Seil auf die Winde und zog damit den schweren Kübel hoch, den sie an sich nahm; sie verneigte sich ruckartig und hinkte, so schnell sie konnte, zum Hospital.

»Wer ist sie?« fragte Heinrich, als sie in die steile Straße zum nördlichen Stadttor einbogen.

»Ein schlechtes Weib«, erwiderte einer der beiden Begleiter. »Sie hilft bei den Schwestern im Hospital, vielleicht hofft sie, daß dadurch ihre scheußlichen Sünden vergeben werden.«

»Was hat sie denn angestellt, daß man ihr das Gesicht entstellte?«

Der Ritter atmete tief durch. »So eine Hure geht so lange ihrem schändlichen Gewerbe nach, bis einer sie totschlägt oder die Weiber der Räte sie loswerden wollen. Dann schenkt man sie dem Henker oder einem seiner Knechte. Den hat sie wohl verärgert, denn er hat sie selbst so gezeichnet. Die Schwestern sagen, sie hätten sie nackt und blutend vor ihrer Tür liegend gefunden, mehr tot als lebendig. Besser, man fragt erst gar nicht, was geschehen ist.«

»Die Städter sind ohnehin ein heuchlerisches Volk«, fügte der zweite hinzu. »Laden jeden ein, Stadtluft mache frei. Aber gnade einem Gott, man will eintreten in dieses Heiligtum und hat nichts, was die Städter brauchen können. Dann heißt es nämlich weiterziehen.«

Heinrich nickte müde. In Eisenach, Gotha und Erfurt war es nicht anders; wer Bürger werden wollte, mußte eine eigene Wohnung vorweisen und ein Auskommen. Alles, was sie nicht gerne sahen, sperrten sie aus der Stadt aus wie die Abdecker und Henker, Leineweber und Müller. Die Huren versteckten sich in Winkeln, wo die geilen Ratsherren und Meister sie duldeten, bis deren Weiber dahinterkamen und die Luder nackt aus der Stadt jagten oder an den Henker verschachern ließen. Heinrich hatte sich nie wohl gefühlt unter Stadtvolk, auch wenn der Fleiß der Bürger für Wohlstand sorgte und braches Land erst nutzbar machte.

Bändigte man die Menschen nicht, waren sie hoffärtig und habgierig, wollüstig und grausam, faul, verfressen und neidisch. Der Teufel und seine Spießgesellen würden beim Jüngsten Gericht reiche Ernte einfahren.

XII

Der Haufen Briefe, den der Cancellarius und die Notare bereitgelegt hatten, stimmte Heinrich mißmutig. Das Leben als Landgraf hatte seine verdrießlichen Seiten, und täglich Berge von Pergamentrollen und Wachstafeln abzutragen gehörte zu denen, die mehr Zeit beanspruchten, als man dafür eigentlich aufwenden konnte. Seine Finger glitten über die Siegel an den Pergamenten, bis sie ein kleines, unauffälliges fanden, das vom Hofe des Herzogs Friedrich von Österreich stammte. Lächelnd nahm Heinrich zwei Wachstafeln vom Stapel, zerriß die Verschnürung und ließ sich auf der Bank in der Fensternische nieder. Seine Mutter berichtete ihm, daß Hermann sie um ihre Stimme gebeten habe, sie solle zwischen ihnen vermitteln.

Heinrich legte die Tafeln beiseite. Es war nicht die erste Auseinandersetzung mit Hermann, es würde nicht die letzte sein, und wieder einmal würde Sophia zwischen ihnen ausgleichen, damit der Junge nicht seinen Argwohn nährte, übervorteilt zu werden. Elisabeths Sohn war eigensinnig, er schmollte noch immer wegen des dicklichen Kleinkinds, das man ihm als zukünftige Braut vorgestellt hatte, und verweigerte hartnäckig seine Einwilligung zu einer Verlobung. Zugleich tat der Junge sich schwer, die hessischen Besitztümer gegen den landgierigen Erzbischof von Mainz zusammenzuhalten, da er nicht Konrads entschlossenes, zupackendes Wesen hatte. Weder hörte er auf den Treffurter, den Heinrich nach kurzer Zeit wieder an seinen eigenen Hof berief, noch auf den hessischen Schenken Guntram von Schweinsberg, der in erbosten Briefen mitteilen ließ, daß die Amöneburg stärker befestigt worden sei und man daher seit dem Abfall der Battenberger Marburg als hessische Insel im mainzischen Hinterland ansehen müsse. Eine Insel, die in herrlichster Pracht blühte, seitdem Elisabeth als Heilige verehrt wurde und von überallher Pilger zu ihrem Grab strömten, weil sie sich Rettung davon versprachen, bei den verehrten Gebeinen zu beten.

Was die kleine Braunschweigerin anging, stand Heinrich in regem Briefwechsel mit Herzog Otto. Noch auf der Rückkehr von Wien hatte Hermann darauf bestanden, daß seine zukünftige Braut ebenso schön sein müsse wie die Herzogsschwester Gertrud; der Junge würde ihn zu einer Tjost herausfordern, wenn er erführe, daß die Wienerin Heinrich Briefe schickte. Anmutige Briefe, verziert mit kleinen Zeichnungen, manche davon waren farbig ausgemalt. Briefe, die neben dem Siegel ihres Bruders ein kleines, unauffälliges zweites Wachsbild trugen. Wie das Pergament, das, unter dem Berg anderer Rollen verborgen, auf ihn wartete.

Heinrich hätte darauf wetten mögen, daß Juditha dahintersteckte. Noch im Sommer des vergangenen Jahres hatte Gertrud ihm einen Falken geschickt, weil sie erfahren habe, so schrieb sie, daß er die Jagd mit Vögeln schätze. Seinen freundlichen Dankbrief erwiderte sie mit einem weiteren mädchenhaften Schreiben, und so ging es seither in langen Abständen hin und her.

Er hatte auch wieder mit dem Gedanken gespielt zu heiraten. Hermann und er waren die einzigen verbliebenen männlichen Erben, und wenn die Besitzungen zwischen Lahn und Saale in den Händen ihres Geschlechtes bleiben sollten, mußten sie für Nachkommen sorgen. Er hatte auch an die zarte Wienerin gedacht, besonders dann, wenn er ihre Briefe nach einem langen Tag noch ungelesen mit in sein Schlafgemach genommen hatte.

Gertruds Worte und ihre Bilder spiegelten eine vollkommen unschuldige Mädchenwelt, eine Welt, zu der er nie Zugang gehabt hatte, denn seine erste Frau hatte ihn von ihren Frauensachen ferngehalten, und er hatte sie auch nicht gesucht. Gertrud drängte ihm das alles in spielerischer Freude auf, lenkte ihn auf eine erfreuliche Weise ab von den Widrigkeiten unter seinen Ministerialen und Lehnsmännern, von den Umtrieben des mainzischen Erzbischofs und vom Ringen zwischen Kaiser und König, Vater und Sohn, das unaufhaltsam seinem tragischen Ende entgegeneilte.

Als Heinrich mit einer Tasche voller Pergamentrollen schließlich die Kanzlei verließ, wurde es Abend. Ein Knappe hatte gemeldet, daß alle Vorbereitungen für die morgige Abreise getätigt waren. Heinrich sah den Feierlichkeiten anläßlich der Hochzeit des Kaisers, der inzwischen zum dritten Mal verwitwet war, mit Unbehagen entgegen, aber da Erzbischof Siegfried sich seit Monaten als ständiger Begleiter des Kaisers zeigte, war auch er gezwungen, sich dem Staufer eine Weile anzuschließen. In dieser Zeit würde Hermann sich als Landgraf beweisen können.

In Mainz hatte sich das Stadtvolk auf den Straßen versammelt, um den Kaiser zu sehen und ihm zu huldigen, als die prachtvolle Prozession unter dem hellen Schmettern der Businen endlich durch das Stadttor einzog. An der Spitze ritten paarweise Herolde und Bannerträger in farbenprächtiger Gewandung, gefolgt von Soldaten, Knappen, Rittern, Gruppen von Edelknaben, die Süßigkeiten und Münzen über die Schaulustigen regnen ließen. Junge Männer in morgenländischer Tracht führten fremde Tiere durch die Straßen zum Dom, Kamele, Elefanten, Affen und schließlich Raubkatzen, von denen einige mit bunten Straußenfedern geschmückt waren. Der Kaiser saß auf einem prächtigen Schimmel, umgeben von seiner sarazenischen Leibwache. Er führte die Spitze seines Hofstaats bei sich, die Reichsfürsten dahinter, manche mit ihren Gemahlinnen und älteren Kindern, und am Schluß des Zuges die kaiserlichen Beamten und allerlei Gefolge.

Heinrich, der sich zwischen den Herzögen von Sachsen, Bayern und Braunschweig befand, bemerkte mit Sorge, daß der um den Kaiser aufbrausende Jubel rasch leiser wurde und ein unruhiges Raunen durch die Menge ging.

Als sie den Bischofspalast erreichten, war Friedrichs Miene verfinstert. Der Hochmeister des Deutschen Ordens, Hermann von Salza, begleitete ihn mit dem Erzbischof hinein.

»Die Leute zeigen keine große Begeisterung bei ihren Huldigungen«, sagte der Kaiser, und es klang derart unbeteiligt, daß Heinrich, der hinter ihm ging, hellhörig wurde.

Der Hochmeister neigte sich dem Herrscher zu. »Mein Kaiser, das Volk möchte auch Eurer jungen Gemahlin huldigen«, erwiderte er. »Schließlich ist sie die Königin der Deutschen.«

»Was ist das für ein altertümlicher Wunsch? Sind die Deutschen um so viel rückständiger als meine Apulier, daß sie nicht wissen, wozu eine Frau auf der Welt ist?« Kopfschüttelnd setzte Kaiser Friedrich seinen Weg fort. »Unsere Gemahlin ist dort, wo sie hingehört, in der Pfalz Hagenau, geschützt vor den Augen der Welt, umgeben von Spielzeug und Musikinstrumenten, jeder Wunsch wird ihr erfüllt, und sie erfährt alle erdenkliche Schonung, um das zu tun, wozu sie geboren ist: uns Söhne zu gebären.«

»Alle Frauen Eures Geschlechtes wurden als Königinnen und Kaiserinnen vom Volk umjubelt und ebenso auch die Gemahlin Eures Sohnes. Die Menschen sehen in einer Königin so etwas wie eine Mutter.«

»Richtig. Eine Mutter soll sie sein. Eine Mutter für unsere Söhne. Und im übrigen soll sie uns dabei Vergnügen bereiten – uns allein und nicht den plärrenden Leuten da draußen! Und deshalb lassen wir sie im Verborgenen aufbewahren wie ein kostbares Kleinod. Niemand soll sie begaffen oder gar anfassen.«

»Mein Kaiser, das ist eine ... ungewöhnliche Behandlung«, mischte sich nun der Erzbischof ein.

Friedrich blieb stehen, musterte die beiden Männer streng, aber wortlos. Unversehens fiel sein Blick auf Heinrich, und er lächelte, winkte einladend.

»Heinrich Raspe, Landgraf von Thüringen«, sagte er. »Wir haben nicht erwartet, Euch heute so nahe bei uns zu haben. Ihr habt ja gehört, was die beiden Herren an meiner Seite gesagt haben, nämlich daß das Volk von Mainz mir übelnimmt, daß wir unsere teure Gemahlin nicht vor den Augen der Welt zur Schau stellen. Wie denkt Ihr darüber?«

Unwillkürlich fühlte Heinrich sich geschmeichelt, daß der Kaiser sich ausgerechnet an ihn wandte, während das Gesicht des Erzbischofs einen scharfen Zug annahm. Doch noch im selben Augenblick argwöhnte er, bloßgestellt zu werden. Von draußen schollen fröhliche Tänze und Lärm herein, die Gaukler und Musikanten, die bestellt worden waren, begannen mit ihren Vorführungen für das Volk.

Bevor Heinrich antworten konnte, faßte Kaiser Friedrich den Hochmeister an der Schulter. »Bruder Hermann, wir wollen heute abend ein fröhliches Fest feiern und Gespräche führen wie die Weisen der Heiden. Instruiere den Landgrafen von Thüringen, wie man mit dem Ungeheuer aus Sizilien umgeht, für den Fall, daß er sich nicht mehr erinnert.«

Lachend schritt er davon, wurde vom Erzbischof und einem Schwarm Edelknaben und Novizen zu seinen Gemächern geführt und ließ Heinrich mit dem Hochmeister zurück, die eine Weile schweigend voreinander standen, während auf den Straßen und Plätzen rings um Pfalz und Dom das Volk die gebotenen Vergnügungen genoß.

Der Hochmeister des Deutschen Ordens hatte Heinrich empfohlen, seine Gedanken furchtlos auszusprechen oder für sich zu behalten, allzu bescheidenes Gehabe hasse der Staufer. Nun aber, da Heinrich am erhöht aufgestellten Tisch im großen Saal des erzbischöflichen Palastes unter auserwählten Fürsten saß, kam er nicht zu Wort. Auf den ersten Blick hätte man annehmen können, der Kaiser spräche mit diesen Fürsten wie mit seinesgleichen; aber Heinrich ließ sich nicht täuschen von der scheinbaren Leutseligkeit des Herrschers. Der Staufer schien die übrigen Tischgenossen einschließlich des Hausherrn an unsichtbaren Fäden zu lenken.

Heinrich hatte einen Platz in der Mitte der langen Tafel, gegenüber Kaiser Friedrich, erhalten; neben ihm saß der Herzog von Brabant, ein großer, ungeschlacht wirkender Mann, der schweigend und bedächtig aß, dafür um so hastiger einen Becher Wein nach dem anderen leerte. Obwohl Heinrich des Kaisers Wohlwollen wahrnahm wie die verspielte Zärtlichkeit einer großen Raubkatze, die um ihre scharfen Krallen und Reißzähne nicht wußte, ahnte er, daß dieser bezaubernde Zug das Ergebnis eines Lebens in gefährlicher Lage war, eines Lebens in ständiger Unsicherheit, weil man nicht einmal den allernächsten Verwandten und engsten Freunden trauen konnte.

Im vergangenen Monat hatte Kaiser Friedrich in Worms die Fürsten des Reiches über seinen ältesten Sohn, der sich gegen ihn erhoben hatte, zu Gericht sitzen lassen. Der unglückliche junge Mann, der sich nach einer erfolglosen Fehde, von allen Verbündeten verlassen, ergeben hatte, war noch am Gerichtstag seiner Königswürde enthoben und zu verschärfter Haft verurteilt worden, die er sofort hatte antreten müssen. Kein Wort des Bedauerns über das Schicksal seines Sohnes hatte der Kaiser geäußert. Als oberster Richter hatte er die Schöffen ermahnt, nicht auf die Herkunft des Angeklagten zu achten, sondern auf seine Taten, und niemand hatte gewagt, ihm zu widersprechen. Statt dessen war die unerbittliche Strenge, die der Kaiser seinem Sohn gegenüber geübt hatte, von den meisten geflissentlich nachgeahmt worden, die übrigen hatten sich mit zusammengebissenen Zähnen gefügt.

Es schien, als hätte der Kaiser nach dem Ende dieses Ringens beschlossen, seine Reise durch die deutschen Lande in ein einziges Fest zu verwandeln. Die Empfänge hatten sich wie Perlen auf einer Schnur gereiht, einer so glänzend wie der andere, und die Feierlichkeiten nach der Ankunft seiner neuen Gemahlin, der englischen Königstochter Isabella Plantagenet, wie eine goldene, edelsteinbesetzte Bildkapsel unter diesen Perlen gefunkelt. Das Bankett anläßlich des Reichstages in Mainz, das nicht nur im erzbischöflichen Palast, sondern auch auf den Straßen und Plätzen der Stadt bis tief in die Nacht gefeiert wurde, überstrahlte jedoch alles bisherige.

Zu später Stunde waren Tänzerinnen aus dem Morgenland aufgetreten, schöne Mädchen in unzüchtigen Schleiergewändern, die erahnen ließen, wie es Salome gelungen war, ihrem Vater das Haupt Johannes' des Täufers abzuringen.

»Der Staufer ist und bleibt ein Barbar«, raunte eine wohlbekannte Stimme neben Heinrich, als die Tänzerinnen unter dem johlenden Beifall der Festgesellschaft aus dem Saal stoben. Sich umwendend, blickte Heinrich in das freundlich lächelnde Gesicht des Erzbischofs von Mainz.

»Es ist das normannische Blut seiner Mutter«, fuhr der Pfaffe leise fort. »Sie hatte die Dreistigkeit, das Kind vor den Augen der Welt auf einem Marktplatz zu gebären.«

»Ich hörte, das sei ein Märchen«, erwiderte Heinrich.

Erzbischof Siegfried winkte ab. »Mag sein. Aber daß er seine Gemahlin damit brüskiert, daß er in der ersten Nacht nach ihrer Ankunft eine ihrer Zofen in sein Bett holt, und sie selbst zu zahllosen Konkubinen in einen orientalischen Harem sperrt, ist beileibe keine gute Sitte für einen vom Papst gekrönten christlichen Kaiser des Heiligen Römischen Reiches.«

Stirnrunzelnd musterte Heinrich den Kirchenfürsten. »Mich wundert, daß Ihr ausgerechnet mir gegenüber solche Reden über Euren obersten Herrn führt.«

»Nur Euch gegenüber kann ich es«, erwiderte der Erzbischof mit erhobenem Zeigefinger und verneigte sich lächelnd. »Wenn ich König von England wäre, hätte ich ihm niemals meine Schwester zur Frau gegeben.«

»Wenn ich mich recht entsinne, predigt auch Ihr, daß die Frau im Zaum gehalten werden muß, da durch sie Sünde und Tod in die Welt kamen.«

Der Erzbischof stierte Heinrich finster an. »Was hat das Weib an sich als leichte Beute des Satans damit zu tun, daß der Kaiser die Ehre des englischen Königs beschmutzt, indem er dessen Schwester zwar zur Frau nimmt, aber nicht ehrt, wie es einer Tochter und Gemahlin von Königen gebührt, sondern wie eine seiner sarazenischen Huren wegschließt?« Er blinzelte, fuhr sich mit der Zunge über die Lippen. »Habt Ihr eigentlich die Absicht, Euch wieder zu vermählen, Herr Heinrich?«

Verdutzt erwiderte Heinrich den scharfen Blick des Erzbischofs, doch dann bemerkte er hinter allem Spott in den Augen des Erzbischofs einen schwachen Schimmer; ein dunkles Sehnen schwamm darin, das der Pfaffe vergeblich zu verhehlen suchte.

»Wollt Ihr mir Euren Dom als Ort einer Trauung anbieten?« fragte Heinrich und zog leicht die Brauen hoch.

»Wäre das nicht ein wenig zuviel der Freundschaft, Herr Heinrich? Zumal ich den Bischof von Hildesheim um diese Ehre brächte.« Das matte Leuchten verschwand hinter der Maske höfischen Scherzes. »Allerdings solltet Ihr von einer Verbindung mit dem streitbaren Herzog Friedrich von Österreich Abstand nehmen. Der hat es sich nämlich inzwischen mit allen seinen Nachbarn verdorben.« Unauffällig deutete der Erzbischof auf Herzog Otto von Bayern, der sich mit einigen Fürsten unterhielt. »Euer Vetter ist wahrhaftig nicht gut auf diesen Mann zu sprechen.«

»Das wird sich auf dem Hoftag zeigen. Ich nehme an, Herzog Friedrich ist vorgeladen.«

»Wir werden sehen, ob er bereit ist, sich den Vorwürfen seiner Gegner zu stellen.«

Der Erzbischof verneigte sich knapp und entfernte sich, als ein anderer Mann sich näherte, Heinrichs Tischnachbar, der schwerfällige Herzog von Brabant. Er sah Heinrich aus glasigen Augen an.

»Schmiedet dieser tückische Pfaffe schon wieder seine Ränke?« murmelte er mit schwerer Zunge.

Mit einer leichten Verneigung wandte sich Heinrich an den Betrunkenen, der seinen leeren Kelch gegen einen vollen tauschte. Inzwischen hatte Heinrich erfahren, daß der Brabanter seit dem kürzlichen Tod seiner Gemahlin, einer Cousine des Kaisers, dem Trunke zusprach.

»Nichts, was Euch bekümmern müßte«, erwiderte Heinrich lächelnd.

»Mich bekümmert alles, was ihn betrifft. Erst umschmeichelte er den König, als dessen Felle dahinschwammen, wandte er sich dem Kaiser zu, alles nur, weil er sich bis über den Hals verschuldet hat, um den Dom fertigzustellen – seinen Dom, wie er unermüdlich betont. Das Domkapitel hätte ihn schon längst absetzen müssen.« Er nahm den Kelch an die Lippen, und seine Kehle hüpfte unter großen, glucksenden Schlucken, dann schüttelte der Herzog Heinrichs Hand. »Es freut mich, daß er jetzt einen Widersacher im Rat des Kaisers hat.«

✠

Marburg quoll bereits über von Menschen, als Heinrich eintraf, und der Sohn Guntrams von Schweinsberg, der seit zwei Jahren auf der Burg nach dem Rechten sah, empfing den Landgrafen mit Leichenbittermiene.

»Einen Kaiser unterzubringen ist schlimmer, als einen Schwarm Frauen zu versorgen«, brummte der Burgherr. »Gott sei Dank konnten wir den Palas rechtzeitig fertigstellen. Die Gemächer sind zwar noch ein wenig feucht, und man riecht die Farbe, aber wenn wir Kohlebecken aufstellen und Duftöle versprühen, wird es halbwegs behaglich sein.«

Sie erreichten die Tür des neuen steinernen Gebäudes, das die Mauer überragte. Der Saal war gefegt und geputzt, Teppiche waren ausgelegt worden, im Kamin flackerte ein munteres Feuer. Heinrich nickte befriedigt, wandte sich der Treppe zu, um das obere Stockwerk zu besichtigen, als ein junger Mann in der Kleidung eines Novizen der Deutschen Herren hereinstürzte und bei der Verbeugung fast zusammenbrach.

»Herr Graf, Ihr sollt sofort zum Haus des Ordens kommen«, keuchte er. »Prior Ulrich hat die Gebeine der Heiligen in dieser Nacht aus dem Grab gehoben. Er muß dringend mit Euch über die Erhebung des Leichnams der Heiligen und ihre Überführung in das neue Grab sprechen.«

»Sag ihm, daß ich mich auf den Weg mache, sobald ich kann. Der Leichnam hat keine Eile.«

»Der Leichnam nicht«, wandte der Bote ein, »aber der Kaiser. Er befindet sich bereits vor den Toren der Stadt.«

Heinrich stutzte, dann hastete er zum nächsten Aufgang auf die Mauer, nahm jeweils zwei Stufen und erreichte die Brustwehr, just als die Businen vom Turm ertönten. Das Schwemmland zu beiden Seiten der Lahn war übersät von Dörfern aus Zelten und Hütten, selbst oben auf den Bergen hinter der Burg drängten sich solche vorübergehenden Siedlungen zu dunklen Trauben. Die Stadt selbst summte von menschlichen Stimmen, die Zahl der Bewohner hatte sich im vergangenen Jahr durch die wachsende Zahl der Pilger vervielfacht. Trotz strenger Auflagen waren ganze Straßenzüge entstanden, in denen es von Menschen wimmelte, und sogar in den Gärten waren Verschläge erbaut worden.

Im Süden erhob sich eine feine Staubwolke aus dem Tal.

Heinrich fluchte leise und schlug mit der Faust gegen die Mauer.

»Herr Heinrich, seid unbesorgt!« sagte der Burgherr neben ihm. »Da der kaiserliche Troß durch das Tal gereist ist, anstatt die Weinstraße zu nehmen, müssen sie durch die Stadt, um auf die Burg zu kommen. Das gibt uns ausreichend Zeit.«

Nachdem Heinrich neben Kaiser Friedrich seinen Platz in der Kirche eingenommen hatte, ließ er seine Blicke nochmals über die kahlen Wände schweifen, über schmale Rundbogenfenster und die Pilaster, die die Decke trugen. Konrad hatte ihm von seinen Plänen erzählt und mit lebhaften Händen eine himmelwärts strebende, lichtdurchflutete Halle auf der tristen Baustelle vor ihnen entstehen lassen. Die alte, im Auftrag des Magisters erbaute Kirche erschien ihnen schäbig und finster, ihrer heiligen, hochverehrten Schwägerin nicht würdig.

In der Mitte der Halle lag das Grab Elisabeths, das die Brüder des Deutschen Ordens bereits vorbereitet hatten. Eine dünne Linie verriet, daß die Deckplatte nur lose aufgelegt war. Die langwierige, mühselige Arbeit der Graböffnung hätte man dem Kaiser nicht zumuten können.

Drei Bischöfe hatten sich nach dem Einzug um den Altar versammelt, der von Hildesheim, der Heinrich getraut hatte, würde die Messe feiern, unterstützt von Erzbischof Siegfried, dessen angespannte Miene nichts Gutes verhieß, und seinem Trierer Amtsbruder Dietrich. Eingehüllt in ihre weißen Mäntel, reihten sich die Deutschordensbrüder im Hauptchor, und ihr Gesang erfüllte die Kirche, die bis auf den letzten Platz besetzt war. Draußen drängte sich eine unüberschaubare Menschenmenge, die gerne Zeuge der

Verlegung des Leichnams geworden wäre, aber fremdes Volk hatte man nicht hineingelassen.

Es wurde vollkommen still in der Halle, als der Hildesheimer Bischof das Zeichen gab; dann stimmten die Brüder einen Hymnus an, erhoben sich die Männer, die den Sarg aus dem Grab heben sollten. Der kostbar bestickte Umhang glitt von den Schultern des Kaisers, darunter wurde eine grobgewebte graue Tunika sichtbar; und er schob die spitzen Schuhe von den Füßen, behielt aber die edelsteinbesetzte goldene Krone auf. Mit gesenktem Haupt folgte er den Bischöfen zum alten Grab der Heiligen, wo sie zunächst niederknieten und beteten.

Heinrich krampfte die Hände ineinander und rang vergeblich mit dem Zorn, der ihm die Tränen in die Augen trieb, während er zusehen mußte, wie sein Bruder Konrad, angetan mit dem weißen Rock der Ordensritter, gemeinsam mit dem Kaiser und unterstützt von weiteren Brüdern des Ordens, die Deckplatte des Grabes anhob. Der Kaiser hatte seinen, Heinrichs, Platz beansprucht, schleppte an seiner Stelle den schweren, flachen Stein beiseite, damit die Bischöfe gemeinsam mit Prior Ulrich die kostbaren Überreste der Heiligen an Seilen heraufziehen konnten.

Kaum wurde der mattgraue Sarg sichtbar, sanken die Reihen der Anwesenden nacheinander auf die Knie, Heinrich als einer der ersten. Die Stimmen der Ordensbrüder schwollen zu einem jubelnden Halleluja. Wie durch einen Schleier sah Heinrich die Mantelsäume und Schuhe der Bischöfe an sich vorbeiziehen.

Sie legten den Bleisarg auf eine Altarnische an der Seite des Chores, dann trat wiederum Kaiser Friedrich vor. Einer seiner Edlen hatte ihm den goldenen Kelch gebracht, aus dem er am Vorabend noch getrunken hatte, und die edelsteinbesetzte Krone, die er soeben erst abgesetzt hatte. Als der Hildesheimer Bischof in den geöffneten Sarg griff und diesem einen weißen Schädel entnahm, stockte Heinrich der Atem. Man hatte ihm zwar gesagt, was Friedrich vorhatte, aber auf den Anblick war er dennoch nicht vorbereitet. Kaiser Friedrich, begleitet von den Bischöfen, trug Elisabeths Schädel zum Hauptaltar und legte ihn in den Kelch, um ihn dann unter den Segnungen der hohen Geistlichen mit seinem eigenen Diadem zu krönen.

Heinrich war nach den Feierlichkeiten in die Kirche zurückgekehrt, kniete vor dem Hochaltar, auf dem der gekrönte goldene Kelch mit dem bleichen Schädel der Heiligen darin und der Bleisarg mit ihren verbliebenen sterblichen Überresten aufgestellt waren, bewacht von zwei bewaffneten Ordensbrüdern, wie auch das Portal des Gotteshauses von Rittern und Gefolge flankiert war.

Trotz des Lärms, der von draußen hereindrang, des feiernden Volkshaufens, dem Stunden zuvor die erste Reliquie in einer feierlichen Prozession vorgeführt worden war, versuchte Heinrich, sich ins Gebet zu versenken. Am nächsten Tag würden die drei Bischöfe ihren päpstlichen Auftrag erfüllen und dem Sarg weitere Reliquien entnehmen, Gebeine, die sie auskochen würden. Doch Kaiser Friedrich hatte einen Fürstenrat in Wetzlar einberufen, dem keiner der Geladenen fernbleiben durfte, auch wenn Heinrich einen heftigen Widerwillen gegen diese Reise hegte, die nichts anderes bezweckte, als daß Volk und Nachwelt mit der Erhebung der Gebeine den Namen des Staufers verbinden würden.

Konrad hatte sich der Kinder Elisabeths angenommen, die Zeugen der Erhebung geworden waren. Der Bamberger

Bischof, Elisabeths Onkel Ekbert, hatte das Mädchen Sophia aus dem Kitzinger Kloster mitgebracht, und die Äbtissin von Altenberg hatte Gertrud begleitet, die Jüngste. Inzwischen war sie neun Jahre alt und hatte in ihrem hellen Novizinnenkleid das Geschehen mit ernster Miene verfolgt. Sie war blaß, während ihre ältere Schwester Sophia die dunkle Schönheit der Mutter geerbt hatte; schwarzes Haar floß in Wellen über ihre Schultern hinab, und ihre braunen Augen blickten hellwach in die Welt.

Heinrich betrachtete die runden Augenhöhlen, die über den Rand des Kelches lugten. Die Krone saß ein wenig schief auf dem Schädel. Mochten Elisabeths Gebeine auch auf diesem Altar aufgebahrt sein, sie selbst schien weit fort zu sein. Er hatte ihre Gegenwart zu spüren geglaubt, als Bischof Ekbert ihm Sophia vorstellte, die er an diesem Morgen nach mehr als sechs Jahren wiedersah. Sophia sei eigensinnig und stolz, hatte die Kitzinger Äbtissin Mathilda, in deren Obhut das Mädchen sich befunden hatte, ihm ausrichten lassen. Eigensinnig war auch ihre Mutter gewesen.

Stumm versprach er, sich um das Mädchen zu kümmern, einen Mann zu suchen, dem er sie unbesorgt anvertrauen konnte. Oder ein Kloster, wenn sie es wollte.

✠

Fröstelnd stand Heinrich einige Schritt entfernt vom Brautportal des Domes der Wiener Neustadt, um sich sein Gefolge, die Edlen, die ihn begleitet hatten. Fahnen und Wimpel knatterten im Wind, Umhänge und Gewänder bauschten sich. Der Bischof, der die Trauung durchführen und segnen sollte, stand mit mißbilligend gerunzelter Stirn vor den geschlossenen Türflügeln, sein Gefolge hatte sich vor der Kälte in die Kirche zurückgezogen. Viel Volk hatte sich auf dem Platz versammelt, Dampf stieg von allen Mündern auf. Die Bürger der Wiener Neustadt schienen sich ohne Ausnahme versammelt zu haben, um der Hochzeit der Schwester ihres ungeliebten Herzogs beizuwohnen. Doch ebendieser Herzog ließ sich Zeit.

Zwei Jahre waren seit der Ächtung des jungen Fürsten durch den Kaiser vergangen, zwei Jahre, in denen Herzog Friedrich seine Residenz verloren, mit dem Mut der Verzweiflung gegen die Niederlage angefochten und sich standhaft geweigert hatte, sich den Bedingungen des Kaisers zu beugen. Zwei Jahre, in denen Gertrud Briefe voller Sorge geschrieben hatte; die zarte Mädchenwelt zerbrach, sie war von Burg zu Burg geflüchtet, hatte dann mit ihrem Bruder in der Wiener Neustadt Zuflucht genommen. Schließlich hatte Heinrich um ihre Hand angehalten.

Er rieb seine Arme unter dem schweren Mantel und bemühte sich um eine würdevolle Miene. Den hinter ihm murrenden Treffurter hieß er mit einem knappen Wink schweigen, als der helle Schall der Businen jenseits des Platzes ertönte. Bewegung kam in die Menge, laute Befehle trieben die Menschen auseinander. Eine Gasse wurde gebildet, in der Herolde und Bannerträger auf ihren Streitrössern erschienen, dann der Herzog in fürstlichem Prunk auf einem riesigen Rappen, gefolgt von seinen ranghöchsten Dienstmannen in den Farben ihrer Geschlechter, und schließlich eine prächtige byzantinische Sänfte, goldbeschlagenes Ebenholz, verhängt mit buntseidenen Vorhängen, getragen von zierlichen Schimmeln orientalischen Blutes.

»Von Pferden verstehen die Ungläubigen ja etwas«, flüsterte der Treffurter angesichts der vier Tiere, die ihre großen schwarzen Augen rollten. »Sie würden diese edlen Geschöpfe niemals so schwere Lasten tragen lassen.«

Herzog Friedrich, der inzwischen abgestiegen war, trat zu der Sänfte, deren Vorhänge beiseite gezogen wurden, und schob den Trittstuhl zurecht, den ein Begleiter bereitgestellt hatte. Eine Frau mit leicht gerafftem Gewand trat heraus, um ihren Kopf schwebte ein weißer Schleier, unter dem eine Kaskade von goldenen Locken über ihre Schultern herabrieselte. Der goldene Reif, der den Schleier hielt, war mit Edelsteinen besetzt, unter dem bestickten und mit Brokat besetzten Mantel blitzte fein gearbeitetes Geschmeide. Vom Stadtvolk bejubelt trat sie vorsichtig auf den Boden, war sogleich umgeben von einem Schwarm vornehmer Frauen und Mädchen, als Herzog Friedrich ihre Hand nahm und sie zum Portal führte.

»Fallt mir nicht auf diesen griechischen Weiberpomp rein«, brummte der Treffurter dicht neben Heinrich.

»Macht Euch keine Sorgen«, erwiderte der Angesprochene leise. »Da ihre Mutter eine Prinzessin von Byzanz war, habe ich damit gerechnet. Aber es freut mich, zu sehen, daß man sich Mühe gibt für diese Verbindung.«

»Schön und gut, mir gefällt es nicht, Herr Heinrich. Ganz und gar nicht. Vergeßt nie, daß weder Abstammung noch all dieser Plunder im Bett eine Rolle spielen. Da taugt eine lustige Magd weit mehr als eine Prinzessin, die sich ziert.«

Heinrich gönnte dem alten Kämpen nur einen finsteren Blick, so daß dieser ergeben nickte, dann wandte er sich wieder Herzog Friedrich zu und bog die Lippen zu einem höflichen Lächeln. Niemand sollte bemerken, daß ihm das Herz bis zum Hals schlug. Den ungestümen jungen Herzog, der unter dem Bann des Kaisers stand, durch diese Verbindung zu zähmen, so lautete der Wunsch, den Papst Gregor in einem Brief an Heinrich geäußert hatte. Der Kloß im Hals verhinderte eine wortreiche Begrüßung, mehr als die üblichen Floskeln kam Heinrich nicht über die Lippen, da beugte Herzog Friedrich sich mit einem schelmischen Grinsen vor.

»Möchtet Ihr einen Blick unter den schützenden Vorhang werfen?« flüsterte er. »Die Ware wenigstens mit den Augen prüfen, bevor Ihr sie kauft?«

Die Braut, vom Schleier vollkommen verhüllt, zuckte sichtbar zusammen. Nichts sah man von ihr als eine feingliedrige weiße Hand, deren Zeigefinger sie vornehm in den Mantelzug eingehakt hatte. Aber sie verströmte den Duft von Rose und Zitrus, das genügte Heinrich. Er hatte sie im vergangenen Frühling anläßlich der Königswahl in Wien zum letzten Mal gesehen; damals hatte er bei Herzog Friedrich um ihre Hand angehalten.

»Dann eben nicht«, sagte der Herzog spitz, drehte sich um und machte sich auf den Weg zum Portal, so daß Heinrich sich beeilen mußte, wenn sie nebeneinander dort eintreffen sollten.

Der Bischof segnete das Paar, murmelte Gebete über sie, Ministranten schwenkten Weihrauchampeln, andere hielten ihm den Psalter. Heinrichs Blick wanderte über die filigrane Steinmetzarbeit des Portals, die hintereinander gestaffelten, schlanken und mit Steinschnitt verzierten Säulen, über die sich ebenso gestaffelte Bögen zu einer Muschel wölbten.

Als der Priester sie nach ihrer Zustimmung fragte, hörte Heinrich die erstickte Stimme der jungen Frau hinter dem Schleier, gab sein Wort selbst laut und klar. Dann nahm er die ihm hingestreckte zierliche Hand mit den langen, schmalen Fingernägeln und steckte den goldenen Ring daran. Erst nach dem Segen ließ der Bischof das Tor öffnen.

Fanfaren verkündeten, daß der erste Schritt getan war, eine Welle von Jubel ging über das Stadtvolk hinweg. Heinrich nahm den hauchfeinen Schleier und hob ihn hoch, warf ihn über den Reif zurück. Er hatte gewußt, daß er mit der Österreicherin eine Schönheit zur Frau nahm, doch was er sah, ließ seinen Atem stocken. Ihr makelloses Gesicht mit der schmalen Nase und dem kleinen Mund wurde beherrscht von großen dunkelblauen Augen, umkränzt von dichten Wimpern. Ihm wurde heiß und kalt zugleich. Fast gewaltsam mußte er den Blick von ihr losreißen und sich der begeisterten Menge zuwenden, den winkenden Frauen und Kindern, den Männern, die ihre Jüngsten hochhielten, damit diese etwas sahen. Dann nahm Heinrich die kleine Hand mit dem Ring und führte die Braut, die jetzt seine Frau war und den Schleier wieder hatte über das Gesicht fallen lassen, in die Kirche hinein, wo der Bischof für sie eine Messe las.

In der Tür des Brautgemachs drehte Heinrich sich zu seinen Begleitern um, hob beide Hände und blickte in erwartungsvoll und fröhlich grinsende Mienen. Er schickte die Herren weg, zurück in den Festsaal, wo Herzog Friedrich alles auffahren ließ, was seine Wälder, Speicher und Küchen zu bieten hatten, und die zahllosen Gäste mit Gauklern, Narren, Schauspielern, Sängern und Dichtern in jeglicher Weise unterhielt; sogar Tänzerinnen aus dem Morgenland ergötzten mit ihren biegsamen Körpern in wehenden bunten Gewändern.

Heinrich hatte seine junge Frau hinausgebeten, kaum daß die ersten Süßigkeiten aufgetischt worden waren; seine engsten Berater hatten ihn gedrängt, allen voran der Treffurter, sich nicht zu betrinken, nicht zu warten, bis er müde und schläfrig sei, sondern zeitig das Brautbett zu besteigen. Als die Herren sich durch den Gang entfernten, nahm er sich ein Herz und betrat das mit bunten Bändern, Sträußen getrockneter Blumen und einem wahren Teppich von Rosenblättern geschmückte Gemach. Ein Schwarm von Edelfrauen war damit beschäftigt, die Braut aus ihren prachtvollen Gewändern zu befreien. Heinrich bezwang das Unbehagen, ließ den Umhang auf eine Truhe gleiten, setzte sich in einen Sessel, streifte die spitzen Schuhe ab und wartete.

Mit einemmal brach das Geflüster ab, dann rauschten Gertruds Frauen und Mädchen hinaus wie ein aufgestörter Vogelschwarm und ließen die junge Frau in der Stille des Brautgemachs zurück. Sie trug ein blütenweißes Hemd aus hauchdünner Seide, unter dem sich ihr zierlicher Leib im lebendigen Licht der Kerzenflammen deutlich abzeichnete, und blickte ihn scheu unter dem zurückgeworfenen Schleier an. Heinrich atmete gegen die aufsteigende Hitze an und befeuchtete seine Lippen, erleichtert, daß er die Männer und Knaben gar nicht erst in das Gemach gelassen hatte, weil sie sich ihm in deren Anwesenheit nicht so gezeigt hätte. So schutzlos.

Er wandte sich ab, zog sich mit einem entschlossenen Griff die Cotte über den Kopf, löste die Bänder der Beinlinge und setzte sich auf das Bett, um sie abzustreifen. Der Duft nach Rose und Zitrus tränkte die Luft.

Mit wenigen hastigen Schrittchen eilte sie zum Bett, sprang hinauf und schlüpfte zwischen die Laken. Als er sie jetzt anschaute, lag sie mit hochroten Wangen da, weil die Decken ihr nur bis zum Bauch reichten. Der goldene Reif war ein wenig verrutscht. Auf dem glänzenden Stoff zeichneten sich die feinen Spitzen ihrer Brüste ab. Heinrich konnte sich nicht abwenden, deshalb schloß er für ein kurzes Luftholen die Augen, und als er sie wieder öffnete, sah er wieder diese winzigen Knospen, die unter der weißen Seide mit jedem ihrer Atemzüge auf und ab wanderten. Kleine, hohe Brüste, fest und rund, vollkommen in ihrer Form, wie er sie durch die weiten Ärmelausschnitte des brokatenen Überkleides schon hatte erahnen können. Er spürte, daß seine Hände, die noch immer auf seinen Oberschenkeln lagen, ein wenig zitterten, schluckte, richtete den Blick auf ihr Gesicht. Das klare Blau ihrer Augen wirkte fast schwarz im Kerzenlicht. Auf dem Kissen schienen sich die Seide des Schleiers und das Gold ihres Haares zu mischen.

Sich auf beide Arme stützend, rutschte Heinrich mit dem Gesäß ein wenig mehr auf die weiche Matratze, zog die Knie an, um die Schwellung vor ihr zu verbergen, die den Schurz füllte. Unauffällig und ohne den Blick von ihr zu wenden, löste er die Schleifen der Bänder, schob den Stoff von sich. Dann schlüpfte er rasch aus dem kurzen Hemd.

Sie gluckste fröhlich, schlug die Hände vors Gesicht, um ihre Heiterkeit zu verbergen, deutete dann auf sein Haar. Rasch fuhr er mit den Fingern durch die ihm wirr vom Kopf stehenden, kinnlangen Wellen und dankte Gott, ihm den frühen Haarausfall seines Vaters erspart zu haben.

Gertrud lag still da und sah ihn an, ihr Blick tastete über seine Schultern, die ihm stets zu schmal vorgekommen waren, die Brust, die er zu dürftig fand, weil sie alle Rippen durchscheinen ließ, den Bauch, den er krampfhaft einzog. Sie errötete, während Heinrich mit brennenden Wangen und Ohren noch immer zusammengekauert dasaß. Wartete.

Er fühlte sich töricht. Welcher Mann ließe die Gelegenheit, bei einem solchen Mädchen zu liegen, ungenutzt verstreichen? Welcher Mann hockte nur da und starrte ihr ins Gesicht, anstatt nach ihr zu greifen, Arme und Beine miteinander zu verflechten und den Jungfrauenkranz zu zerreißen?

Sie nagte eine Weile an der Unterlippe, setzte sich auf, streifte die Decken beiseite. Das Hemd reichte ihr fast bis zu den Knöcheln, zierliche Knöchel an winzigen Füßen. Sie faßte den Saum, rollte ihn auf, entblößte makellose, elfenbeinfarbene Schenkel, in den Knien leicht gebeugt, wand sich ein wenig, um den Stoff unter ihrem Hintern hervorzuziehen. Heinrich glaubte sich in eine fremde Haut eingenäht und gelähmt, als sie Hemd und Schleier mit beiden Händen an sich preßte. Sich zögernd in die dicken Kissen sinken ließ. Sie sah zum Baldachin des Bettes auf, die Unterlippe noch immer zwischen den hell aufblitzenden Zähnen, warf plötzlich Hemd und Schleier von sich und lag da, wie die jüngst erschaffene Eva vor Adam gelegen haben mochte, ein weißer, matt schimmernder Leib, durch den in sanften Wogen der Atem strömte, die Arme zu ihren Seiten, die Beine leicht geöffnet, dazwischen ein dünnes goldenes Vlies.

Als er eine Hand auf ihren Oberschenkel legte, spürte er das Zittern darin, seine Finger glitten über ihre Haut, über den Bauch, umfaßten eine Brust. Die Spitze kitzelte in seiner Handfläche. Er schob sich ein wenig näher, neigte sich über ihren Körper, schloß die Lippen um die andere Knospe, als sei er ein Säugling. Ihr Körper spannte sich an, während seine Zunge die Knospe anschwellen ließ, kreisend, saugend, er wußte noch, wie es seiner ersten Frau gefallen hatte und daß er sie mit dieser Liebkosung immer hatte verführen können. Aber die Brüste der Brandenburgerin hatte er in nächtlicher Finsternis suchen müssen, nie hatte sie Licht bei den Spielen der Liebe gestattet. Anders als dieses Mädchen, das sich unter ihm bog, als seine Linke sich unter ihre feste kleine Hinterbacke legte.

Sie seufzte wohlig, rekelte sich, ihre Finger spielten in seinem Haar. Als er nur ein wenig zog, drehte sie sich geschmeidig zu ihm um, kicherte, als er seine Nase und Lippen sacht an ihren Hals drückte, wo ein anderer feiner Duft Rose und Zitrus übertönte. Drängte sich an ihn, schmiegte sanft die Schenkel an sein vordrängendes Geschlecht. Ihre geöffneten Münder trafen sich, ihre Zungen umspielten einander. Ihre Fingerspitzen huschten über seine Flanke, ihre Hand schob sich über seinen Rücken hinab, kam auf der Hüfte zur Ruhe. Dann hob sie den Kopf.

»Ich will sehen«, kam es fordernd von ihren Lippen, und sie drückte ihn von sich, betrachtete ihn, bekam dunkelrote Wangen und große Augen, stammelte: »Wie soll das gehen?«

Er legte einen Finger auf ihre Lippen, strich zu den Brüsten herab, die zu klein waren für seine Hände. Sie war eine Blume auf den Wiesen das Sharon, eine Lilie in den Tälern, unter den Disteln, eine Taube im felsigen Nest, in den Klippen verborgen. Ein Garten, den er betreten wollte, um von den Früchten zu naschen. Er tastete über ihren Oberschenkel hinunter, legte die Hand in ihre Kniekehle und hob das Bein an, bis sie es bereitwillig, wenn auch ein wenig zitternd, aufstellte. Der Duft ihres Schoßes benebelte ihn, als er seine Finger in das feine Vlies gleiten ließ, zwischen die zarten Falten. Mal spielte seine Zunge mit ihrer, mal mit den Knospen, die zu zerspringen schienen. Sie waren dunkel vom lebendigen Blut, dunkel wie ihre Augen, die ihn ohne Angst betrachteten, dunkel wie ihre Lippen, auf denen Honigtau die hervorlugenden weißen Zähne überglänzte. Ihre Haut war gebadet im warmen Licht der Kerzen, die noch alle brannten. Unter den Duft von Rosen und Zitrus mischte sich die Myrrhe ihres Schoßes, der Linie aus goldenem Flaum, die er küßte, und erst überrascht, dann durstig, trank er von Milch und Honig.

An den Haaren, dann an den Schultern zog sie ihn hoch, keinen Widerspruch duldend, zog ihn an ihre Brüste, naschte von seinen Lippen, seiner Zunge. Ihre Fingerspitzen befühlten sein Gesicht, folgten den Spuren, die der Schweiß auf seinem Körper bildete. Er schob die Arme behutsam unter ihre Kniekehlen, drückte sie mit seinem Gewicht in die weichen Kissen, während sein Glied nach dem versiegelten Quell tastete. Seufzend bog sie ihm ihren Schoß entgegen, der Garten öffnete sich, und er schlüpfte hinein, nur ein wenig, hob sie, drängte nach, stieß gegen ihre leisen Schreie und den Widerstand des Fleisches zum Grund des Brunnens vor, der ihn vollkommen umschloß.

Sie wand sich unter ihm, rang mit ihm, während er ihre Arme auf das Bett preßte, sich ein wenig hochstemmte, bewegungslos in ihr verharrte und ihr dabei in die Augen schaute. Ein Fleisch waren sie. Der feingliedrige Körper in seinem Griff gehörte vollkommen ihm, war ihm vollkommen unterworfen. Er erkannte sie. Ihre Lippen bildeten ein hilfloses, ängstliches Lächeln, sie bäumte sich auf. Als sich ihre Brüste ihm entgegenhoben, reckte er sich nach einer der beiden Knospen, die, hart und zart zugleich, unter seiner Zunge schmelzen sollten.

Licht schimmerte durch die schweren Vorhänge, als Heinrich erwachte, eng an Gertruds Rücken geschmiegt. Seine Finger umschlossen noch immer eine ihrer Brüste, sein wundes Glied lag zwischen ihren Hinterbacken, wacher als er. Sie gab ein leises Schnurren von sich, tastete zwischen ihren Beinen nach ihm, streichelte, was sie fand, bot ihm seufzend ihre Kehrseite, und die Klinge schlüpfte bereitwillig in die Scheide, wo sie sacht festgehalten wurde.

Die Nacht hatte länger gedauert als jede andere, die Heinrich erlebt hatte, manchmal war einer der beiden eingeschlafen, dann wieder geweckt worden von tastenden Händen und Lippen. Tausend Söhne werde sie ihm gebären, hatte sie geflüstert, nur damit er nie aufhöre, diese herrlichen Spiele zu spielen. Als wäre die äußerste Schicht seiner Haut abgezogen, lag er zwischen den Decken und schmeckte den salzigen, ein wenig bitteren Schweiß zwischen ihren Schulterblättern. Er hatte Gespräche mit Herzog Friedrich und König Wenzel von Böhmen vor sich, überlegte fieberhaft, wie er sich entschuldigen könnte, um im Bett zu bleiben. Dieses Gemach niemals verlassen zu müssen.

Als Zofen und Pagen anklopften, um ihre Herrschaft für den Tag zu waschen und anzukleiden, ließ Heinrich sie nicht ein, rief statt dessen nach einem Morgenmahl, orderte für später ein Bad und verlangte nach Schreibzeug, um alle Gespräche dieses Tages zu verlegen.

Nur widerwillig schlüpften sie in ihre Hemden, behinderten einander dabei, wobei Heinrich feststellte, daß die kühle Seide, die über ihre Haut floß, eine betörende Wirkung ausübte. Es kostete ihn ein hohes Maß an Selbstbeherrschung, die Hände von ihr zu lassen und statt dessen nach Tafel und Griffel zu greifen.

Auf dem Rand des Bettes sitzend, kratzte er einige Zeilen in das Wachs, hielt inne, starrte ratlos vor sich hin, während Gertrud hinter ihm kniete und mit den Fingerspitzen seinen Nacken rieb. Deutlich spürte er ihren warmen Bauch, ihre Brüste an seinen Schultern.

»Ich könnte behaupten, daß ich Kopfschmerzen habe«, sagte er leise.

»Nein«, rief Gertrud. »Ich will Kopfschmerzen haben!«

Als sie sich von ihm löste, drehte er sich um und sah, daß sie, mit leidender Miene die Hand an die Stirn legend, in die

Kissen sank. Das federleichte Hemd war bis über ihre Knie hochgeschwebt. Er lehnte sich über sie, küßte ihren Oberschenkel, seine Zunge glitt ihr Bein hinauf, dem betäubenden Duft entgegen.

Sie gab ihm einen Klaps. »Laß das! Sie bringen gleich das Frühstück!«

»Na und? Du bist meine Frau, ich kann mit dir machen, was ich will.« Schnell schob er eine Hand zwischen ihre Schenkel, tauchte in die feuchte Wärme ein, hörte sie seufzen. Zog die Finger zurück und tätschelte ihr Knie, um dann das Schreibzeug wieder aufzunehmen. »Nein, zuerst die Pflicht. Ich muß wenigstens so tun, als ob ich heute außer dir jemanden sehen wollte.«

Gepolter und unterdrückte Flüche verrieten, daß in der Kammer nebenan das Bad vorbereitet wurde. Ein Klopfen ertönte, und nachdem Heinrich rasch die Decken über Gertruds Körper gezogen hatte, hieß er die Edelknaben eintreten, die mehrere Tabletts voller Leckereien brachten. Die Knaben warfen neugierige Blicke herüber, während sie die Tragbretter abstellten, feixten angesichts der zerwühlten Laken und der scheinbar entkräftet in den Kissen ruhenden jungen Fürstin, die in einem Ausdruck des Schmerzes eine Hand auf die Stirn preßte. Nachdrücklich mußte Heinrich sie ein zweites Mal hinauswinken, ehe sie sich trollten. Durch die kaum geschlossene Tür drang ihr albernes Kichern, während draußen die ersten Eimer Wasser auf den Boden des Zubers klatschten.

Ohne zu zögern, trug Heinrich die Tabletts zum Bett, setzte sich dann neben Gertrud, die hungrig die Fülle an Delikatessen beäugte. Er legte eine Hand auf ihre Flanke, schob langsam die glatte, kühle Seide über ihre Haut; als sie sich umdrehte, um ihm eine Wachtelkeule anzubieten, hielt er sie schon umarmt, lehnte an ihrem Körper und schloß die Augen in der Erinnerung an die Wonnen der vergangenen Nacht.

»Setz dich hin, und öffne die Augen nicht!« flüsterte sie.

Folgsam richtete er sich halb auf und wartete, was für eine Kinderei sie vorhatte, hörte und spürte, wie sie nach etwas tastete, dann hinter ihn rutschte und ihm die Augen verband.

»Jetzt wirst du eine Weile tun, was ich sage«, lachte sie leise.

Er roch Fleisch und Gewürze, etwas Weiches strich über seinen Mund, den er brav öffnete. Er erinnerte sich an den Wachtelschenkel, saugte das zarte Fleisch von dem Knöchelchen, das Gertrud leise kichernd wegzog. Den starken Würzwein ahnte er, bevor sie den wohl silbernen Kelch an seine Lippen hielt, trank, kaute und schluckte. Sie setzte sich rittlings auf seine Beine, umhüllte ihn mit ihrem Duft und dem Aroma ihres gemeinsamen Geheimnisses. Die Seide knisterte leise, wenn sie sich bewegte; er glaubte hören zu können, wie der Stoff über ihre Haut glitt, während sie ihn mit süßen Kuchen, gedörrtem Obst, Wein, Wachtelschenkeln und weichem Brot fütterte.

Die Wirkung des Weins machte sich schnell bemerkbar. Nicht nur weil sie ihn unverdünnt gelassen hatte, sondern auch weil Heinrich übernächtigt war. Immer wieder flößte sie ihm davon ein, mehr, als gut für ihn war, und dennoch gehorchte er ihrer stummen Herrschaft. Bis ihn schließlich ein leichter Stoß hintenüberfallen ließ. Sie brach in schallendes Gelächter aus, hockte sich wie ein Alb auf seine Brust und drückte seine Arme mit den Knien nieder. Benommen wollte er sich hochstemmen und erschrak, als ihre Finger sein Gemächt, den schutzlosen Behälter seiner Nachkommenschaft, fest umklammerten.

»Jetzt habe ich dich in meiner Gewalt, Heinrich von Thüringen, mein landgräflicher Herr und Gebieter.«

Mühsam rang er nach Luft. War es möglich, daß Gertrud ebenso verrückt war wie ihr Bruder? Vielleicht noch verrückter? Der halbherzige Versuch, seine Arme freizuwinden, mißglückte, ihre Knie preßten sich weiter auf seine Muskeln, und sie verstärkte bedrohlich den Griff ihrer Hand.

»Leider werde ich keine Zeugen herschaffen können, aber ich vertraue auf die Ehrenhaftigkeit, die du bisher gezeigt hast«, fuhr sie ein wenig sanfter fort. »Denn jetzt wirst du mir bei allem, was dir heilig ist, beim Leben deiner Mutter, bei der Liebe Christi, bei der Allerheiligsten Jungfrau und Gottesmutter, bei deiner Seele schwören, daß du deine Gemahlin Gertrud von Österreich auf alle Zeit über alle Welt lieben und niemals eine andere neben ihr haben wirst und daß du stets deine Schuldigkeit erfüllen und sie niemals darum betrügen oder übervorteilen wirst.«

Heinrich hielt den Atem an. Es drängte ihn zu lachen, aber ein leiser Ruck ihrer Hand ließ das Grinsen auf seinem Gesicht gerinnen.

»Einverstanden«, stieß er heiser hervor. »Ich schwöre es.«

»Sag es!« Ihre Bewegung schreckte ihn. »Sprich mir nach! Schwöre ...«

»Ich schwöre ...«

»...bei allem, was dir heilig ist ...«

»...bei allem, was mir heilig ist ... beim Leben deiner Mutter, bei der Liebe Christi, bei der Allerheiligsten Jungfrau und Gottesmutter ... bei meiner Seele ...«

»... daß du deine Gemahlin Gertrud von Österreich über alle Welt lieben und ihr niemals untreu sein wirst ...«

»... daß ich meine Gemahlin Gertrud von Österreich auf

alle Zeit über alle Welt lieben und dir niemals untreu sein werde und daß ich immer meine Schuldigkeit erfüllen und dich niemals darum betrügen oder übervorteilen werde.«

Ihr Griff löste sich, und sie verlagerte ihr Gewicht, gab seine Arme frei. Sie streckte sich auf ihm in die Höhe, leise rauschend fiel etwas neben ihnen auf die Decken, dann beugte sie sich über ihn, zog die Binde von seinen Augen.

»Nimm den Preis für deine Treue, mein Herr.«

Ihre Lippen schmiegten sich auf seinen Mund, und als sie sich wieder lösten, rollte sie von ihm herab, und blieb neben ihm liegen, eine feingliedrige Eva mit dunkelblauen Augen und Haar wie gesponnenes Gold, in das von den pergamentbespannten Fenstern kaum gedämpfte Licht der Morgensonne getaucht.

»Es war die beste Zeit meines Lebens«, flüsterte Heinrich. »Alles ging leicht von der Hand, Verhandlungen führten sich wie von selbst. Hermann wurde erwachsen, zugänglicher – oder vielleicht war auch ich durch Gertrud zugänglicher geworden. Er wurde von den Fürsten des Reiches hofiert und umschmeichelt, jede hochgestellte Tochter wurde ihm angedient, sogar Kaiser Friedrich wollte sein jüngstes Kind Margarete mit ihm verloben, obwohl die noch an der Ammenbrust hing.« Er tat einen schweren Seufzer, weil ihm der Atem stockte. »Und ich hatte Gertrud.«

Wigo strich ihm über die Hände. »Deshalb bat ich damals um die Erlaubnis, ein zweites Mal ins Heilige Land pilgern zu dürfen.«

»Aber Ihr bliebt zu lange fort, Pater. Als das Unglück sich über uns zusammenbraute, wart Ihr noch im Heiligen Land, unerreichbar für mich.«

»Mein Herr, ich war nie Euer einziger geistlicher Beistand.«

»Aber der wichtigste!« stieß Heinrich hervor. »Was wolltet Ihr überhaupt dort? Ihr wart bereits als junger Mann dorthin gepilgert.«

Abrupt erhob sich Wigo, entfernte sich vom Bett, bis er mit im Rücken verschränkten Händen vor dem Fenster stehenblieb und schweigend hinausblickte. Heinrich starrte die Kehrseite seines Beichtigers an, erinnerte sich deutlich an die Verzweiflung, die ihn veranlaßt hatte, Wigo von Fritzlar sein Vertrauen zu entziehen.

»Ich habe das Herz meines Vaters nach Jerusalem gebracht, um es dort zu begraben«, sagte Wigo gepreßt

Die Stille schien greifbar, als wäre das Gemach damit ausgefüllt, und hemmte jede Bewegung.

»Darum habt Ihr den weiten, gefährlichen Weg auf Euch genommen?« flüsterte Heinrich schließlich.

Wigo wandte sich um, nickte und kehrte zögernd zu ihm zurück. »Kurz nach Eurer Hochzeit mit Frau Gertrud erfuhr ich vom Tod meines Vaters und erhielt einen Brief von ihm, den er viele Jahre lang bei sich getragen hatte. Zeit seines Lebens hat er eine schwere Sünde abbüßen wollen durch eine Pilgerreise ins Heilige Land. Aber der erste Versuch scheiterte, noch bevor er die Alpen erreichte, und von den Folgen erholte er sich nicht mehr.«

»Was für eine schwere Sünde?« fragte Heinrich, dem wieder einmal auffiel, daß er so gut wie nichts über seinen Beichtiger wußte, abgesehen davon, daß dieser das einzige Kind eines Edelfreien aus der Grafschaft Kleve war. »Wie kam es überhaupt, daß ihr zum Kleriker wurdet, obwohl ihr der Erbe des väterlichen Gutes wart?«

»Kindlicher Übermut«, erwiderte Wigo erstickt. Seine Hände öffneten und schlossen sich unwillkürlich, als müßte er gegen einen gewaltigen Drang ankämpfen. »Als ich noch ein unvernünftiges Kind war, war es mir strengstens verboten, die Waffen meines Vaters zu berühren. Es waren Erbstücke aus alter Zeit. Sie stammten angeblich noch von den Heiden her. Ich durfte sie nur anschauen und berühren, wenn mein Vater sie pflegte, was er eigenhändig tat und wobei er mich zusehen ließ. Er sagte mir dann jedesmal, daß eines Tages ich dieses Schwert und diesen Schild führen würde – im Andenken an meine Vorfahren.«

Der Geistliche holte hörbar Luft, griff nach Becher und Krug und trank Wasser in großen Schlucken, bevor er fortfuhr.

»Die Versuchung, dieses Schwert in meinen eigenen Händen zu halten, war zu groß. Eines Tages bemächtigte ich mich der Waffe und rannte hinaus damit. Ich wollte mich nur einmal damit erproben. Doch mein Vater sah mich, stürzte sich auf mich und entwand mir das Heft. Besinnungslos vor Angst schlug er mich. Mein Geschrei wiederum lockte meine Mutter herbei. Sie warf sich dazwischen, aber mein Vater stieß sie beiseite. Dabei stürzte sie so unglücklich, daß sie sich an der Klinge verletzte und einige Tage später starb.« Wigo machte eine Pause, ehe er zögernd fortfuhr. »Mein Vater gab mich in ein Kloster, bevor er sich selbst von der Welt zurückzog. All unsere Güter opferte er und löschte sein Geschlecht aus, um seine Tat zu sühnen und um zu verhindern, daß ich ein Leben mit frohem Waffengeklirr führte.«

Während Wigos Stimme verhallte, rang Heinrich gegen den Alb auf seiner Brust nach Luft.

»Ihr müßt ihn verabscheut haben«, murmelte er nach einer Weile.

Lächelnd schüttelte sein Beichtiger den Kopf. »Ich war ein einsames, verzweifeltes Kind – aber nur kurze Zeit. Der Novizenmeister wurde mir zum väterlichen Freund. Durch ihn fand ich Gefallen am Lernen in der Stille. Letztendlich hat mein Vater das Richtige getan.«

»Pater Wigo, Ihr habt an vielen Orten studiert, vielen weisen Männern gelauscht und viele Länder gesehen – glaubt

Ihr, daß es Sünde war, den Willen des Herrn herauszufordern, nur um einen leiblichen Erben zu erzwingen?«

»Nein, Herr. Ein jeder von uns geht seinen Weg von dort, wo wir hingestellt werden. Das Ziel war richtig, und Ihr habt es nie in böser Absicht getan.«

»Ist es ein Fluch, der auf mir liegt?«

»Herr, Ihr wißt, daß der Glaube an Zauberei Sünde ist.«

»Ich meinte keine Zauberei, Pater. Ich frage mich, ob … ob ich mir das Licht nur einbildete, während ich in Wahrheit im Dunkeln ging.«

»*Et si ambulavero in valle mortis …*«, Wigos Stimme stockte. »Wir alle wandern in diesem Tal des Todes umher, und uns begegnen viele Dinge. Auch schlimme Dinge, die andere verursacht haben, die sich vom Hirten entfernt haben. Die Welt ist unvollkommen, obwohl sie Gottes Schöpfung ist.«

Er segnete Heinrich und kniete nieder, um ein stilles Gebet zu murmeln, ebenden Psalm, aus dem er gerade zitiert hatte. Beim Klang der Worte füllten sich Heinrichs Augen mit Tränen. Mühsam hob er die bleischwere Hand und wischte das Naß von seinen Wangen.

Die Tür wurde leise geöffnet, Friedrich von Treffurt schob sich herein, gefolgt von einem der Notare und Beatrix, deren Augen riesig erschienen. Der Treffurter winkte Wigo zu sich, flüsterte ihm etwas zu.

»Nachricht aus Leuwen?« stieß Heinrich hervor, stemmte sich auf die Unterarme, doch seine Kraft erlahmte.

Beatrix hastete zu ihm, fing ihn auf, bettete ihn behutsam in die Kissen. Dann nickte sie. »Mein Vater schrieb, er werde kommen, um mich und meine Rechte zu verteidigen.«

»*Laudate Dominum!*« Wigo legte die Hände vor dem Gesicht zusammen und sagte das *Pater noster* mit solcher Inbrunst auf, das die übrigen im Raum einfielen.

»Ich habe dir Mandelkuchen mitgebracht und süßen Wein«, sagte Beatrix dann leise, während glitzernde Tropfen über ihre Wangen rollten und sie seine schlaffe Hand knetete.

»Wichtiger ist, daß ich in Frieden gehen kann«, erwiderte Heinrich schwach. »Möge es bleiben wie bisher, daß ein Heinrich in Meißen herrscht, einer in Leuwen und einer auf der Wartburg.«

XIII

Benommen stand Heinrich vor dem glatten Stein, der Hermanns Grab bedeckte. Die schmucklose graue Platte würde bald durch eine andere ersetzt werden, eine Bildtafel, die Hermann als jungen Grafen zeigte. Neben ihm lag sein Vater, keinen Schritt entfernt Gertrud, zu deren Stein sein Blick immer wieder wanderte. Er war oft hierhergekommen, seitdem sie gestorben war, hatte gebetet und verstohlen Blumen auf das Grab gelegt. Die Sänger und Dichter hatten die Wartburg wieder verlassen, Gertruds Edelfrauen waren nach Wien zurückgekehrt, und auf der Wartburg war es still geworden, ein Ort der Trauer um die schöne Landgräfin.

Zögernd verließ Heinrich die Kirche, vor der sich auf dem winterdürren, von Rauhreif überzogenen Rasen all diejenigen versammelt hatten, die mit ihm Abschied genommen hatten vom jüngsten und letzten Sproß des Thüringer Herrscherhauses. Teilnahmslos nickte er, als der Abt ihm sein Beileid aussprach und ihn mit einem Segen verabschiedete. Herzog Otto von Braunschweig hielt die Hände seiner Tochter Helena, die unter einem schwarzen Schleier mit gesenktem Kopf die Rückreise zur väterlichen Burg erwartete. Heinrich beugte das Knie vor dem Mädchen, das den Witwenschleier hatte nehmen müssen, noch ehe es zur Frau erblüht war. Noch ehe Hermann sie berührt hatte.

»Für den Fall, daß Ihr bleiben möchtet, Herrin, oder Zuflucht sucht, wird mein Haus immer für Euch offenstehen.«

Ein schwaches Nicken war die Antwort, ihr Vater zuckte kaum sichtbar die Schultern und legte tröstend den Arm um sie. Sie schwiegen einander an, wechselten ein paar Blikke, als sich Schritte näherten. Heinrich erkannte seinen Neffen, Judithas Sohn, der die Hand hob und ihm nach kurzem Zögern auf die Schulter legte.

»Ich wollte, wir hätten uns versöhnen können«, sagte er leise. »Aber daß er mir das Wappen rauben ließ und es gegen jedes Recht an seiner Burg anbrachte …«

»Er war ein stolzer Fürst«, erwiderte Heinrich. »Wie sein Vater und sein Großvater vor ihm. Er glaubte, er hätte ein Recht auf die Markgrafschaft Meißen, weil der Kaiser sie ihm am Sterbebett seines Vaters zugesprochen hatte.«

»Aber das galt doch nur für den Fall, daß ich als Kind gestorben wäre.«

»Das wissen wir alle. Und Eure Mutter – Gott habe sie selig! – wußte Euch zu beschützen, bis Ihr mündig wart.«

Der junge Markgraf lächelte. »Ich habe auch später noch auf sie gehört, weil sie eine kluge Frau war.«

Heinrich dachte an seine eigene Mutter. Mit ihr hatte der Tod noch im Jahr der Hochzeit mit Gertrud den Reigen eröffnet, hatte im Herbst darauf den alten Kämmerer geholt. Konrad war in Rom gestorben, kaum ein Jahr nachdem er zum Hochmeister des Deutschen Ordens ernannt worden war, ohne noch einmal nach Thüringen zurückgekehrt zu sein; ihn hatten sie in seiner Marburger Kirche begraben. Dann war Gertruds Leben erloschen, und es wurde dunkel um Heinrich. Er hatte Wigo, der nach annähernd zwei Jahren noch immer nicht von seiner Pilgerreise ins Heilige Land zurückkehrt war, in Abwesenheit sein Vertrauen entzogen und den Prior des Eisenacher Predigerklosters zu seinem Beichtiger erwählt.

Verstohlen hielt Heinrich Ausschau nach seiner Nichte Sophia, der Herzogin von Brabant, die unter dem weiten Umhang trotzig die Arme verschränkt hatte und mit zusammengezogenen Brauen vor sich hin starrte. Er hatte sie und ihre Schwester benachrichtigt, als Hermann zunehmend verfiel, aber während die scheue Gertrud im Kloster geblieben war, hatte Sophia sich sofort auf den weiten Weg gemacht. Dennoch war sie nicht mehr rechtzeitig eingetroffen, um sich von ihrem Bruder zu verabschieden. Keine Träne hatte sie vergossen, wirkte gefaßt und ruhig, während es in ihren schwarzen Augen brodelte. Ihr Mann, der ihr nachgereist war, stand bei ihr, er war nur wenige Jahre jünger als Heinrich, dem wieder einmal mulmig wurde, als er die beiden sah.

»Geht zu ihr, Herr Heinrich! Sie zeigt es nicht, aber ihre Trauer geht tief.«

Heinrich folgte dem Rat des jungen Meißner Markgrafen, und während er sich näherte, verfinsterte sich Sophias Gesicht noch mehr; ihr Mann hingegen nickte ihm freundlich zu.

»Ich danke Euch nochmals, daß Ihr gekommen seid«, sagte Heinrich leise.

»Bandelt Ihr jetzt mit dem Meißner an?« erwiderte Sophia schnippisch. »Der schielt doch derart dreist auf Eure Lehen, daß man fast glauben möchte, er steckt hinter Hermanns plötzlichem Tod.«

»Nicht so stürmisch, meine Liebe.« Als der Herzog seine Hände auf ihre Schultern legte, straffte sie sich ein wenig. Heinrichs ausgestreckte Hände schien sie nicht zu sehen.

»Ich kann einfach nicht glauben, daß Hermann an einer Erkältung gestorben ist.«

»Es war nicht nur eine Erkältung«, fuhr Heinrich fort. Vor ihm stand die letzte verbliebene Erbin der Landgrafschaft Thüringen, eine zornige junge Frau, die im Alter von vier Jahren ihre Mutter verloren hatte, unter der Obhut einer Großtante im Kloster aufgewachsen war und schließlich nach zwei Jahren am landgräflichen Hof ihres Oheims dem Herzog von Brabant zur Gemahlin gegeben worden war. Als sie sich nun zu ihrem Mann umdrehte, bemerkte Heinrich, daß sie den Kopf ein wenig neigte und ihre Wange die Hand berührte, die auf ihrer Schulter lag. Die kleine Geste erfüllte ihn mit Erleichterung, er hatte lange befürchtet, Sophia könnte mit ihrem Schicksal hadern, eigensinnig und hartnäckig, wie sie war. Aber der sanfte Zug in der Miene des Herzogs, als sie sich an ihn lehnte, beruhigte ihn.

Mitten auf dem oberen Burghof, zwischen Palas und Zisterne, blieb Heinrich stehen. Er glaubte eine Stimme zu hören, eine helle Stimme, die all den Lärm übertönte, der hier tagaus, tagein erschallte, die Rufe der Knappen, das Kichern der Edelfrauen, Pferdewiehern und Hundegebell, dazwischen das schnatternde und gackernde Geflügel. Fenster quietschten, Türen schlugen zu. Es war die Stimme eines Kindes, eines Knaben, der hier dereinst mit den Gefährten umhergetollt war, ihnen als ihr Heerführer Befehle gegeben hatte, unsichtbare Feinde anzugreifen. Heinrich sah das kastanienbraune Haar des Knaben zwischen den Röcken der Mägde wehen und zwischen den schäbigen Kitteln der Knechte.

»Herr …?«

Die Stimme Bertos von Schlotheim holte ihn zurück, der Truchseß stand vor ihm, musterte ihn mit besorgter Miene, die in Heinrichs Blick verschwamm. Eine heiße Spur rann über seine Wange, eine Träne, die er wegwischte. Dann bedeckte er die Augen mit der Hand.

»Es geht schon wieder«, murmelte er und versuchte seine wild durcheinanderstiebenden Gedanken zu ordnen. Er hatte in den Palas gehen wollen, bevor ihn die Bilder und Stimmen überfallen hatten. Langsam hob er die Hand vom Gesicht, sah eine junge Frau, schwarzes Haar war unter dem Saum des Schleiers zu erahnen, und in ihrem bronzegetönten Gesicht leuchteten dunkle Augen. Seine Nichte Sophia kam auf ihn zu. Sie war kein Bild, sie war wirklich.

»Fehlt dir etwas?« fragte sie vorsichtig, als sie ihn erreichte.

»Ich habe in den letzten Tagen nicht viel geschlafen.«

Nachdem Truchseß Berto sich einige Schritte zurückgezogen hatte, hakte Sophia sich bei Heinrich unter und führte ihn zur Tür des Wohnturms, was er sich völlig verblüfft gefallen ließ. Sie mußte nicht erwähnen, daß sie mit ihm sprechen wollte, es war deutlich zu erkennen. Erst als sie die Tür der erstbesten leerstehenden Kammer hinter ihnen geschlossen hatte, löste sie ihre Hand von seinem Arm.

»Du brauchst eine Frau«, sagte sie leise.

»Sophia, bitte …«

»Du brauchst eine Frau!« wiederholte sie streng. »Eine junge Frau, damit du Söhne zeugen kannst.«

»Sophia, wie stellst du dir das vor? Ich bin noch nicht lange Witwer, und ich wüßte auch nicht, wen ich jetzt fragen sollte. Bitte …«

»Beatrix.« In ihren Augen lag ein dunkler Schimmer.

Verwirrt wischte er sich über das Gesicht. »Welche Beatrix?«

»Die Tochter meines Mannes aus erster Ehe. Ihre Mutter war eine Cousine des Kaisers. Sie ist hübsch, klug und gebildet, eine junge Frau, die sich benehmen kann wie eine Königin.«

»Sophia, bitte! Sie ist jünger als du!«

»Ein knappes Jahr.« Hastig griff sie nach seinem Arm. »Beatrix ist die vollkommene Frau für dich. Auf diese Weise geht das Erbe nicht verloren, was auch immer geschieht.«

Kopfschüttelnd stand er mitten in der Kammer, starrte dumpf vor sich hin. Welche Frau könnte ihm seine geliebte Gertrud ersetzen? Wollte er das überhaupt? Sophia ergriff seine Hände, drückte sie sanft mit ihren warmen Fingern, und wie sie so dicht vor ihm stand, schien sie sich zu verwandeln, schob sich ein Bild vor seine Augen, ein ihr sehr ähnliches Gesicht. Er riß sich los, stürzte zum Fenster und rieb sich die Augen. Als stürzte eine Mauer um ihn ein, spürte er einen jähen Schmerz, der ihm die Brust zuschnürte, er schluchzte, schluckte heftig. Die Fäuste ballend, atmete er gegen die Beklemmung an und spürte Sophias Blicke in seinem Rücken.

»Dieses Haus ist leer«, stieß er heiser hervor und zuckte hilflos die Achseln. »Welcher Frau kann man ein leeres Haus zumuten?«

»Was redest du für einen Unfug! Sieh dich doch um!«

»Ich rede von mir, Sophia …«

Nach einer Weile hörte er Leinen rauschen, seine Nichte trat hinter ihn, berührte seinen Arm.

»Als du mich damals wegschicktest, haßte ich dich«, sagte sie leise. »Ich haßte ohnehin alle Welt. Ich war immer nur Landgräfin Elisabeths Tochter, das Kind der Heiligen. Ich wurde bestaunt wie ein Gemälde, und obwohl ich wußte, daß das mein Erbe war, schmerzte es.« Sie trat neben ihn ans Fenster, sah ihn von der Seite an. »In Leuwen bin ich Herzogin Sophia, Tochter der heiligen Elisabeth. Kein Ding, das man herumschubst. Und der Herzog ...« Sie schmunzelte. »Nun, er ist kein Jüngling mehr, aber er behandelt mich zärtlich und voller Hochachtung. Mit einem jungen Heißsporn hätte ich es schlimmer treffen können.«

»Willst du deiner Schwägerin dieselbe Ehre angedeihen lassen?« fragte Heinrich und bedauerte seine galligen Worte, kaum daß er sie ausgesprochen hatte. Sie zog die Brauen zusammen, und die steile Falte über der Nasenwurzel verriet, wer ihr Vater gewesen war. Warm durchflutete ihn die Zuneigung zu der jungen Frau, die einst als kleines Mädchen auf unsicheren Beinen über den Hof gerannt war, zornig geweint hatte, wenn sie hinfiel, und gejauchzt, wenn die Kinderfrau Mandelplätzchen brachte. Er strich ihr über den Schleier, fühlte erst kühles Leinen, dann seidenglatte Flechten.

»Ich werde darüber nachdenken, Sophia.«

Heinrich feierte die Hochzeit mit Beatrix, der Tochter des Herzogs von Brabant, am neunten Tag des Lenzmondes desselben Jahres auf der Creuzburg. Am folgenden Morgen besiegelte er unter Zeugen eine Urkunde, durch die er ihr zwei Burgen, dazu die Städte Gotha und Sangerhausen und das Gebiet um Berka übertrug, wie er es mit ihrem Vater vereinbart hatte. Dann verließ er seine neue Gemahlin ohne langen Abschied. Sie war sehr jung, anmutig, ein wenig zu blaß. Gefaßt blieb sie im Hof der Burg zurück, als er sich ohne eine Umarmung verabschiedet hatte und durchs Tor hinausritt.

Es war allein Sophias Idee gewesen, ihm die Brabanterin ins Bett zu legen, er hatte dem Plan schließlich zugestimmt, mit seinem zukünftigen Schwiegervater, dem Gemahl seiner Nichte, die Bedingungen ausgehandelt. Die Ehe war in Leuwen durch einen Cancellarius als Stellvertreter geschlossen worden, Heinrichs Anwesenheit war nicht erforderlich gewesen. Vier Wochen später war Beatrix auf der Creuzburg eingetroffen, hatte ihm die ringgeschmückte Hand zur Begrüßung gereicht und still ertragen, daß er seine eheliche Pflicht verrichtete, ehe er das Gemach verließ, um ruhelos auf den Wehrgängen der Burg umherzugehen.

Hier hatte Elisabeth gerne gewohnt, in derselben Kammer, in der er Beatrix zur Frau gemacht hatte. Hier waren Elisabeths Kinder Hermann und Sophia geboren worden. Hier war vor wenigen Wochen Hermann gestorben, der letzte Sproß des Geschlechts der Landgrafen von Thüringen. Heinrich ging auf sein vierzigstes Lebensjahr zu, es war noch nicht zu spät, einen Erben zu zeugen.

Aber ihn trieben seit Wochen andere Sorgen um. Er hatte Briefe von den Herren des Deutschen Ordens im Herzogtum Polen und Preußen erhalten, Bittgesuche des polnischen Herzogs selbst und des ungarischen Königs. Briefe, die nicht nur ihm galten, sondern allen Fürsten im Heiligen Römischen Reich. Aus den Weiten des Ostens wälzten sich die Heerscharen der Steppenreiter heran, Hunderttausende breitgesichtiger, schlitzäugiger Bogenschützen, unterstützt von zwangsweise ausgehobenen Truppen aus den unterworfenen Völkern. Seit Jahren peinigten diese Horden die Völker des Ostens, doch man wußte kaum mehr über sie, als daß sie vom äußersten Rand des Erdkreises stammten. Sie beherrschten die Handelsstraßen, auf denen Seide, Edelsteine und kostbare Gewürze ins Reich gelangten, überfluteten die Länder mit ihren Reiterscharen, machten Städte dem Erdboden gleich, entwurzelten die Bauern, zwangen die Überlebenden dazu, wie sie selbst die unstete Lebensweise der Nomaden anzunehmen. Seit dem vergangenen Herbst bedrohte eine Heeressäule das Herzogtum Polen; weitere Kämpfer sammelten sich jenseits der Karpaten im Norden des ungarischen Königreiches. Es hieß, sie huldigten dem Teufel und seinen Dämonen, ihr oberster Götze sei der fettleibige Asphodel.

Das alles hatte Heinrich Briefen entnehmen können, die ihm König Béla von Ungarn, der Bruder Elisabeths, geschickt hatte in der Hoffnung, der Schwager eile ihm zu Hilfe. In Eger versammelte sich ein Heer, bestehend aus Rittern und einfachem Fußvolk. Auch Graf Poppo, Judithas Witwer, hatte trotz seiner grauen Haare alle Getreuen zusammengerufen; Herzog Albrecht von Sachsen und dessen Bruder brachten ein gemeinsames Heer auf, und sogar die brüderlichen Markgrafen von Brandenburg führten Ritter und Soldaten heran. Von dort aus machten sie sich auf den Weg Richtung Wien.

✠

Im Heerlager an der Donau drängten sich die Zelte. Keiner der Fürsten konnten den sonst gebührenden Platz für sich beanspruchen. Pferdewiehern und Hundegebell mischten sich unter die Befehle der Herren und Scharführer. Heinrich, dem die Knochen von den ungewohnten Kampfübungen schmerzten, beratschlagte mit Herzog Albrecht und Graf Poppo den weiteren Marsch, als sich draußen vor dem Zelt wieder einmal Unruhe erhob, Hufschlag durch das Lager donnerte, als sei eine kleine Herde durchgegangen, Schreie ertönten und ein Wachtposten hereinstürzte.

»Ihr Herren ...«, stammelte er. »Boten ... aus Liegnitz.«

Heinrich war aufgesprungen, gab dem Posten mit beiden Händen einen Wink fortzufahren. Ein zweiter Soldat führte einen Mann herein, der nur einen Wappenrock trug. Den zerrissenen Rest einer Fahne hatte er sich um den Leib geschlungen. Kaum befand er sich im Zelt, fiel er auf die Knie, dann auf alle viere, keuchte wie ein Pferd nach der Schlacht. Auf einen weiteren Wink hin brachte jemand ihm Wasser; der Mann setzte sich auf, nahm den Becher und trank gierig, während sich seine Schultern hoben und senkten. Dann versuchte er eine Verbeugung.

»Keine Vorreden! Sprich einfach!« unterbrach Heinrich die Formalitäten.

»Die Heere sind bei Liegnitz aufeinandergetroffen«, stieß der Mann hervor. »Der Herzog von Polen, die Brüder des Deutschen Ordens und die Tempelritter hatten sich vereint gegen die Horden der Tatarenreiter gestellt. Sie wurden feige überlistet, umzingelt und bis auf den letzten Mann abgeschlachtet.«

Heinrich stockte der Atem; sein Blick flog zu den Herzögen und Grafen, von denen einige die Hände hochgerissen hatten. Draußen heulte ein Mann in der Stille auf, Hunde fielen in den Ton ein, Schreie erhoben sich.

»Der Herr steh uns bei ...«, flüsterte Graf Poppo und preßte die Hände um den grau umkränzten kahlen Schädel.

»Wo ist das Heer der Böhmen?« rief Heinrich lauter, als er wollte.

»Sie waren noch nicht zu den Polen gestoßen«, erwiderte der Bote.

»Und die Tataren?«

»Sie lassen von Polen ab. Haben sich nach Süden gewandt, nach Mähren. Das Böhmerheer verfolgt sie, hält aber Abstand.«

»Und was ist mit dem Herzog der Polen?«

»Herr … ich bin nur ein Bannerträger, keiner aus den Kreisen um den Herzog. Mein Hauptmann befahl mir und meinen Kameraden, mit der Nachricht nach Prag zu eilen. Als wir vor Prag erfuhren, daß Euer Heer bereits bei Linz steht, trennten wir uns, und ich machte mich schnellstens auf den Weg hierher. Alles, was ich weiß, ist, daß der Herzog im Kampf gefallen sein soll, aber ich habe keinen Leichnam gesehen.« Er schnappte nach Luft. »Ich bin vor drei Tagen dort aufgebrochen und fast ohne Aufenthalt geritten, habe meine Begleiter verloren und Pferde gestohlen, um die Nachricht zu Euch zu bringen. Aber mehr als das, was ich Euch gerade gesagt habe, weiß ich nicht.«

Heinrich entließ den Mann, der kaum aufrecht gehen konnte und von einem der beiden Wachtposten gestützt werden mußte.

»Die Reisigen sind außer sich, Herr Heinrich«, meldete Graf Poppo, der kurz nach dem Rechten gesehen hatte. »Was machen wir jetzt?«

Hastig warf Heinrich sich den Mantel um die Schulter, wehrte den jungen Knappen ab, der mit fliegenden Fingern die Falten legen wollte. »Wir werden sie beruhigen und weitermarschieren, damit wir rechtzeitig nach Wien gelangen.«

Mehrmals täglich trafen Boten ein, meist aus dem Osten. König Wenzel von Böhmen, hieß es, begebe sich mit weiteren Rittern und Fußvolk zu seinem Heer, denn die Tataren seien mordend und plündernd in Mähren eingefallen, eine Schar den Fesseln der Hölle entronnener Teufel tobe sich dort aus und schrecke vor keiner Greueltat zurück.

Schlimmer noch war die Nachricht, daß König Béla von Ungarn vernichtend geschlagen worden war und sich mit einer Handvoll Getreuer auf der Flucht befand, während die fremden Reiterscharen sich ungehindert über das vom Gebirge rings umschlossene Land ergossen. Einem Brief des Königs, in sichtlicher Hast geschrieben, entnahm Heinrich, daß die Hölle ihre Pforten aufgetan und alle Dämonen ausgespien habe, um Tod und Verderben über die Christenheit zu bringen. Die gesegnete Stätte der Geburt Elisabeths hätten sie bereits zerstört, und die Qualen der Hölle brächten sie über die Lebenden, um sie dann auf scheußlichste Weise zu ermorden.

Nördlich von Wien traf Heinrich mit einer kleinen Schar auf ein österreichisches Ritterheer, angeführt von Herzog Friedrich, der stolz im Sattel saß. Er führte einen schäbigen, schmutzigen Wimpel unter seinen Fahnen, eine erbeutete Flagge der Tataren.

»Wir haben sie in der Ebene gestellt«, berichtete er fröhlich, »eine versprengte Schar, die sich gerade über ein Dorf hergemacht hatte, um Vorräte und Pferde zu rauben. Sie konnten uns nicht entkommen. Wenn sie sich vom Heeresverband trennen, sind sie leicht zu vertreiben.«

»Aber wo befindet sich der Heeresverband?« fragte Heinrich.

»Einer nähert sich aus Mähren«, erwiderte Friedrich. »Aber inzwischen wissen wir, daß sie sich an den befestigten Städten die Zähne ausbeißen. Wir haben den Städtern befohlen, die Flüchtlinge aufzunehmen, aber Ihr wißt ja, wie das Pack ist, das sich Bürger nennt. Sie sperren die Heimatlosen aus, damit sich die mordlüsterne Teufelsbrut erst einmal an denen verlustiert und dann satt und befriedigt abzieht.«

»Sie waren schon hier?«

Herzog Friedrich nickte. »Stoßtrupps versuchen sich mit den beiden anderen Heeresverbänden zu vereinen, die in der ungarischen Steppe stehen. Wir brauchen nur hier zu warten, bis meine Kundschafter die nächste Horde melden. Vorausgesetzt, Ihr wißt noch, wie man ein Schwert benutzt.«

Mitten in der Nacht riß ein Knappe Heinrich aus dem Schlaf. Draußen vor dem Zelt stand neben dem Treffurter, der ihrer beider Pferde hielt, der österreichische Herzog in voller Rüstung und stemmte die behandschuhten Fäuste in die Seiten.

»Nordwestlich von hier ist ein Trupp Tataren zugange. Wenn Ihr schnell seid, Landgraf Heinrich, holen wir uns die Brut und jagen sie zur Hölle.«

Zwei Knappen legten Heinrich die eisernen Beinlinge und das Panzerhemd an, zogen ihm den blauen Wappenrock über den Kopf, auf dem der rot und weiß gestreifte Löwe prangte. Sie gürteten ihn mit dem Schwert, dann trat er zu seinem Pferd, ließ sich in den Sattel helfen. Einer der Knappen reichte ihm den Helm, den er aufsetzte und an dem er das Helmband festband; das Visier ließ er hochgeklappt. Am Sattel hingen Axt und Streitkolben. Er nahm den Schild, den ebenfalls sein Wappen zierte, strich über die wattierte Decke, die am Sattel befestigt war und die Brust seines Pferdes schützen sollte, und wandte sich Friedrich zu, der seinen roten Schild mit dem breiten weißen Querstreifen hochhielt.

»Den kennen die Teufel schon – aber jetzt sollen sie deinen Löwen kennenlernen«, lachte Herzog Friedrich und lenkte seinen Rappen zum Tor des Zeltlagers.

Feuerschein lenkte die Schar der etwa hundert Ritter und ihrer Knappen, Späher meldeten, daß eine Rotte Tataren eine kleine Wagenburg von Flüchtlingen aufgebracht habe.

»Dann sind sie abgelenkt«, knurrte Herzog Friedrich; seine Augen funkelten streitlustig im Fackelschein.

Heinrich tastete nach seinen Waffen, seine Hände zitterten ein wenig. Er hatte in seinem Leben kaum kämpfen müssen; die Eroberung der Burg Velseck war ein Spaziergang gewesen, außerdem hatte er nur als sehr junger Mann die eine oder andere Tjoste gefochten, als Landesherr war ihm die Teilnahme an derlei Spielen meist erspart geblieben. Kampfübungen hatte er über die Jahre vernachlässigt, und die kurze Zeit dieses Feldzugs reichte niemals aus, um ihm die Wendigkeit und Schlagkraft zu verleihen, für die Herzog Friedrich berühmt war. Gertruds Bruder hatte so manche schlimme Fehde ausgefochten.

Als sie wiederum anhielten und das Klappern und Rasseln ihrer Rüstungen unter den Bäumen verhallt war, glaubte Heinrich das Johlen der Teufel hören zu können. Er schob die Finger durch den Handschuhschlitz und wischte sich die Stirn ab. Dann tauschte er einen Blick mit Herzog Friedrich, der sein fast schulterlanges blondes Haar schüttelte, den Helm wieder aufsetzte, das Schwert zog und sich vor das Gesicht hielt.

»Heute wirst du wieder Blut trinken, meine Schöne!« sagte er zu der blitzenden Klinge, schlug mit der Linken das Visier zu und stieß das Schwert in die Luft. Mit einem Schrei folgten ihm die Seinen.

Heinrichs Männer wurden von einem österreichischen Kundschafter geleitet. Beide Scharen wollten die Tataren in die Zange nehmen. Die Pferde donnerten über die zerstörten Felder, näherten sich dem Feuerschein in der Aue. Sie setzten über den Bach, rasten von der anderen Seite auf den überfallenen Lagerplatz zu, brachen durch das Unterholz. Vor sich sah Heinrich, gefiltert durch das Visier, durcheinanderstiebende Schatten im flackernden Licht. Körper lagen auf dem Boden, ausgebreitet wie Geschenke. Erst auf den zweiten Blick erkannte er, daß sie nackt waren, aber bedeckt von Schmutz und Blut.

Ein dunkler, halbnackter Kerl rannte schreiend und zappelnd mit einem Spieß auf ihn zu. Heinrich griff nach dem Streitkolben, trieb seinem Pferd die Sporen in die Flanken, daß es vorwärts schoß. Er schwenkte den Kolben, wie er es gelernt hatte, und spürte den Schlag, ehe das Heulen ertönte. Er schwenkte ab, als er sah, daß er ein Kind verfolgte, das sein Kittelchen an die Brust gedrückt hatte und um sein Leben rannte. Herzog Friedrichs Rappe stürmte ihm entgegen; gemeinsam fielen sie über die Männer her, die sich um einen Karren zusammengerottet hatten. Finstere, schmaläugige Gesichter. Herzog Friedrich zückte das Schwert, ließ es kreisen, etwas flog spritzend durch die Luft. Heinrichs Kolben sauste auf die geduckten Körper nieder.

Sie verfolgten die Fliehenden, deren Pferde von den Knappen des Herzogs auseinandergescheucht worden waren. Einige versuchten behende auf Bäume zu klettern, wo Salven von Armbrustbolzen sie wieder herunterholten, andere machten kehrt, rannten auf die gepanzerten Angreifer zu, wurden von Äxten und Keulen gefällt oder von Spießen und Schwertern durchbohrt.

Der Widerstand erlahmte schnell. Die überlebenden Tataren wurden beim Feuer zusammengetrieben, wo sich schließlich auch die Angreifer sammelten und von ihren Pferden sprangen. Bolzenschüsse und Keulenhiebe machten die Gefangenen nieder, als schlachte man Schafe, verwandelten die Körper in eine dunkle, blutende Masse.

Heinrich zog den Helm vom Kopf, reichte ihn zusammen mit dem blutverschmierten Streitkolben einem Knappen. Der junge Mann hinkte, aber er lebte. Sie schienen keine Verluste davongetragen zu haben. Wie die übrigen Ritter bekreuzigte Heinrich sich und murmelte ein kurzes Gebet, als eine gepanzerte Hand seine Schulter traf.

»Schau dir genau an, Heinrich Raspe, Landgraf von Hessen und Thüringen, welch einem Gegner wir hier gegenüberstehen«, tönte Herzog Friedrichs Stimme neben ihm.

Heinrich öffnete die Augen, beendete das Gebet und sah sich auf dem Kampfplatz um, sah das Feuer, in dem laut die Scheite knackten, den Funkenregen, der auf einem ausgestreckt daliegenden Körper niederging. Erst als er genauer hinschaute, erkannte er, daß da eine Frau lag. Hände und Füße waren an in den Boden gerammte Pflöcke gefesselt. Mit wenigen Schritten stand er neben ihr; sie war füllig, mit weichen Brüsten, die übersät waren von Schnitten. Sie atmete flach. Die Innenseite ihrer Schenkel und ihr Schoß waren zuckendes rohes Fleisch. Blitzartig drehte er sich um, wollte davonstürzen, als der Schwall heißer Galle sich Bahn brach durch seine Kehle.

Hinter sich hörte er einen dumpfen Schlag, dann schnitt jemand Seil durch. Viermal. Etwas Schweres wurde weggeschleift. Ein Knappe brachte ihm Wasser und ein Tuch, damit er sich reinigen konnte. Immer wieder kehrte das Bild des verstümmelten Körpers zurück, und immer wieder krampfte sein Magen sich wie eine eiserne Faust zusammen. Er kehrte zu seinem Pferd zurück, legte die glühende Stirn an den Hals des Tieres.

Er hörte entferntes Würgen, in einiger Entfernung kniete

ein Reisiger auf allen vieren und übergab sich. Die Männer trugen weitere Leichen zusammen, die meisten Toten waren nackt, einige wenige in zerrissenen Lumpen. Ohne recht zu begreifen, begann Heinrich die Toten zu betrachten. Einigen waren blutige Knäuel in den Mund gestopft worden, die er nach einem Blick über die verstümmelten Körper unschwer als abgeschnittene Geschlechtsteile erkannte. Dazwischen lag ein Kind, das aufgeschlitzt worden war, aus dem klaffenden Leib quollen die Eingeweide.

Jemand drückte Heinrich einen Schlauch in die Hand, führte ihn an seine Lippen, zwang ihn zu trinken, schweren süßen Wein, der ihn benebelte, Galle und Ekel hinunterschwemmte.

»Versteht Ihr, warum ich keinen einzigen am Leben lassen werde, der mir über den Weg läuft?« fragte Herzog Friedrich neben ihm. »Es sind der Hölle entstiegene Bestien. Wie es in der Apokalypse prophezeit wurde.«

Sie bestatteten die Opfer und sprachen Gebete über dem Grab, bevor sie aufbrachen. Die getöteten Tataren jedoch überließen sie wilden Tieren zum Fraß

✠

Es blieb nicht der einzige Kampf, den Heinrich gegen tatarische und mongolische Scharen ausfocht. Auch wenn Herzog Friedrich ihm nach kurzer Zeit verdeutlichte, daß sein Platz nicht unter den Jägern war. König Béla war nach Norditalien geflüchtet. Feindliche Reiterheere durchstreiften den Süden des ungarischen Königreichs, plünderten die reichen Städte an der adriatischen Küste. Am übelsten aber wüteten sie in der Weite der Donauebene, bis keine Menschen mehr übrigblieben, um sie abzuwehren.

Heinrich hatte erfahren, daß König Béla ebenso wie der

Böhmerkönig Wenzel dem Anführer der mongolischen Horden Briefe geschrieben hatte. Sogar den König von Byzanz hatten sie gebeten zu vermitteln. Doch kein Bote kehrte je aus der Tiefe des eroberten Ungarn zurück, und keine Antwort kam von dort. Die aufmunternden Schreiben Kaiser Friedrichs hatten für Heinrich einen galligen Beigeschmack; im Sommer starb Papst Gregor, sein greiser Nachfolger verschied noch vor der Weihe. Der Stuhl des Petrus blieb danach verwaist.

✠

Mit Rauhreif und Eisregen war der Winter eingezogen. Aus Italien kam die Nachricht vom Tod der Königin Isabella, als Heinrich zur Feier der Geburt des Herrn in der Wiener Neustadt eintraf. Der Bau am Westwerk des Domes lag seit einem Jahr danieder, die Turmstümpfe drohten zu verwittern. Steine waren abgetragen worden um die Mauern der bedrohten Stadt zu festigen.

Als Heinrich sich am Abend vor dem Fest dem Südportal näherte, traf ihn der Anblick des muschelförmigen Tympanons wie ein Schlag in den Rippenbogen. Hart war er geworden in diesem vergangenen Jahr, in dem er so manchen guten Ritter und Knappen verloren hatte. Zahllose Edle waren in sinnlosen Kämpfen gefallen. Die fleischgewordenen Dämonen hatten sich in der ungarischen Erde eingekrallt und holten die Menschen aus dem Land. Man erzählte sich, daß viele der Verschleppten auf den Sklavenmärkten des Reiches von Byzanz, des Lateinischen Kaiserreiches, ja des gesamten Morgenlandes auftauchten. Und die, die von dort zurückkehrten, berichteten, sie seien wie Vieh aus ihren Dörfern getrieben worden, Frauen und Kinder wurden geschändet, nur vereinzelte hübsche Mädchen verschonte man, des zu erwartenden Preises wegen; wer sich wehrte, wurde gefoltert, auf die sattsam bekannte Weise verstümmelt und zum Verbluten zurückgelassen.

Niemand glaubte mehr, daß es sich bei den Tataren um Menschen handelte. Ihr Herrscher mußte der leibhaftige Teufel in menschlicher Gestalt sein und sein Hof ein Pfuhl gräßlichster Laster.

Erst nach langem Widerstreben hatte Heinrich eingewilligt, als man ihm einen Übersetzer anbot, einen jungen Mann mit flachem Gesicht und schmalen, schrägstehenden Augen. Heinrich sprach ihn nicht an, erwiderte keinen Gruß, behandelte ihn nicht anders als einen Hund, der ihm nichts bedeutete. Doch die Beharrlichkeit des jungen Mannes, der tagaus, tagein im Schneidersitz mit verschränkten Armen auf dem Boden saß und sich tatsächlich mit Wasser und altbackenem Brot begnügte, beeindruckte auch ihn. Überdies war er Christ, zwar nach griechischem Ritus, aber fromm und sanft.

Ohne danach gefragt zu haben, erfuhr Heinrich vom Treffurter, der mit dem Tataren sprach und ihn Tuda nannte, daß dieser aus einem Dorf jenseits des Schwarzen Meeres stamme; von dort sei er als Kind mitsamt seiner Mutter von rotbärtigen, stinkenden Männern entführt und in eine weit entfernte Stadt verschleppt worden, wo er seine Mutter verloren habe. Er sei in das Haus eines Mannes gekommen, der viele Buchrollen besessen und ihm Lesen und Schreiben beigebracht habe. So sei er auch Christ geworden. Dann habe man ihn weiterverschenkt, und schließlich sei er hierhergekommen.

Heinrich hatte erlaubt, daß auch Tuda in seinem Gefolge die Christmette besuchen durfte, und nun saß er in der nachtdunklen, von Kerzen erleuchteten Kirchenhalle und sann unter dem Gesang der Chorherren und Mönche darüber nach, ob es möglich sei, die der Hölle entstiegenen Bestien durch das Evangelium zu zähmen. Bis zum Morgen dauerte die Feier, und mit dem ersten Sonnenstrahl bejubelte der Chor die Geburt des Herrn.

Als Heinrich die Kirche verließ, herrschte draußen große Unruhe; ein Schwarm weißer Tauben hatte sich über dem Portal niedergelassen und war flatternd aufgestoben, als die Gläubigen den Dom verließen. Hoch oben kreisten die Vögel, die es zu dieser Jahreszeit hier gar nicht geben durfte. Die Menschen hoben ihre Blicke in den Himmel, um das Wunder zu beobachten, deuteten mit den Fingern darauf, plapperten wild durcheinander.

Ihm stockte der Atem, als er den jungen Tataren aus der Kirche kommen sah, durch das Portal, das er selbst vor fast drei Jahren gemeinsam mit Gertrud durchschritten hatte. Alle schienen nun den Jungen anzugaffen. In der Stille war nur noch der trockene Flügelschlag der Tauben zu hören.

Der Propst, der die Messe gefeiert hatte, stand zwischen ihnen, kniete mit Hilfe zweier Ministranten nieder und hob die Hände zum Himmel, was alles Volk zu Boden sinken ließ.

»*Laudate dominum omnes gentes*«, rief er, und die Tauben flatterten kraftvoller, hoben sich höher empor. »*Conlaudate eum universi populi, quia confortata est super nos misericordia eius et veritas Domini in aeternum – alleluia!*«

Wie ein Rauschen ging das Halleluja durch die Menge, und zum ersten Mal seit langer Zeit erschienen Heinrich alle Mienen von Hoffnung zu leuchten.

Sie hatten Grund zur Hoffnung; von einem Tag auf den anderen wurden die Männer aus der Steppe nicht mehr gesehen. Überraschend zogen sie sich nach Osten zurück. Verschwanden wie von Geisterhand und ließen entvölkerte, verbrannte Erde zurück.

An einem Sonntagabend gegen Ende des Winters erreichte Heinrich die Wartburg, ritt durch das Tor, über den sauber gefegten Hof, wo das Gesinde auf die Knie sank und die Burgmannen sich verbeugten. Im oberen Teil des Hofes erwarteten ihn die Frauen, bei deren Anblick ihn tiefe Befangenheit befiel. An ihrer Spitze stand eine junge Frau mit weißer Haube und schweren braunen Zöpfen. Er stieg vom Pferd, überließ das erschöpfte Tier einem Knappen und ging langsam auf sie zu. Als er sich ihr näherte, fiel ihm auf, daß er sie zum ersten Mal wirklich sah.

Sie war klein und schlank wie eine Stauferin, aber nicht feingliedrig und hell, wie Gertrud gewesen war, sondern mit braunem Haar, und ihre Haut war nicht von dem betörenden Weiß der schönen Wienerin. Sie war schlicht gekleidet, vielleicht hatte sie nicht mit seiner Ankunft gerechnet, aber das, was sie trug, dreierlei helles Blau, betonte ihre Jugend und Anmut.

Er küßte sie auf die Wange, die sie ihm bot, lächelte, als sie zurückzuckte unter der Berührung seines schlecht rasierten Kinns, und roch einen frischen, ihm unbekannten Duft.

XIV

Die Saale lag wie ein glänzendes Band im weiten Tal, spannte einen Bogen an der kleinen Stadt unterhalb des Burgfelsens. Heinrich war ans Fenster getreten, das ihm einen matten Sonnenuntergang zeigte, und hatte über das von Rauhreif bedeckte Land hinausgeblickt, bevor er die beiden Flügel zuzog. In der Kammer nebenan plätscherte Wasser in einen Zuber, jemand stieg aus dem Bad, zwei Frauen unterhielten sich, lachten leise. Nach einer Weile erschien Beatrix in der Tür, eilte dann mit kleinen Schritten an ihm vorüber, wobei sie ihm einen Kuß auf die Wange hauchte. Sie trug ein blaues Kleid mit weiten, bestickten Ärmeln, beugte sich über die Reisetruhe und kramte darin, bis sie mit einem zufriedenen Laut einen Gürtel aus silbernen Schmuckgliedern hervorzog und umlegte. Sie schritt umher, drehte sich, daß der weite Rock um sie schwang und sich fest um sie wickelte, wenn sie innehielt. Ihr naßdunkles Haar pendelte wie Peitschenriemen sacht mit. Als ihre Blicke sich trafen, lächelte sie scheu.

»Du wirst die Schönste sein, Beatrix.«

»Nein, nur die Jüngste«, erwiderte sie. »Du solltest die Kleider sehen, die deine Schwester Agnes sich machen läßt.«

»Es sind nur Kleider. Wenn sie sie auszieht, ist sie eine

Frau von vierzig Jahren, die schon drei Kinder geboren hat.«

Beatrix errötete und knetete die Hände vor ihrem Leib.

»Es tut mir leid«, murmelte er und schloß sie in die Arme, legte das Gesicht an ihr feuchtes Haar, das nach Mandelöl duftete. Er war mehr als doppelt so alt wie sie, seine Augen verblaßten; wenn er las, verschwammen die Buchstaben vor ihm, und scharfe Falten zeichneten seine Wangen.

Ein Klopfen scheuchte sie auseinander, als ein Edelknabe eintrat und sie zum Essen in den Saal bat. Hastig legte Beatrix Mantel und Schleier um, setzte den dünnen goldenen Reif auf, ohne sich weiter um ihr Haar zu kümmern. Während sie dem Knaben folgten, die Treppe hinab über den Hof in den Palas, ging sie so dicht neben ihm, daß er sie einhaken mußte, um sie nicht zu behindern.

»Nun hast du dich also doch auf die Seite der Pfaffen geschlagen«, brummte Herzog Albrecht, während Schüsseln und Körbe abgetragen wurden.

Die Frauen hatten sich in die Kaminstube zurückgezogen, nur Heinrich, der Herzog und der Meißner Markgraf waren zurückgeblieben und tranken einander zu. Heinrich blickte dem Reichsfürsten und Marschall des Kaisers ins Gesicht.

»Nenn es, wie du willst«, murmelte er.

»Ich habe einen Brief des Kaisers erhalten, in dem er mich bittet, dich zur Umkehr zu bewegen.«

Schmunzelnd senkte Heinrich den Kopf. »Erwartet der Kaiser tatsächlich, daß ich einen lange überdachten Schritt so rasch wieder rückgängig mache? Würde er mir noch trauen, wenn ich so wankelmütig wäre?«

Wortlos stimmte Herzog Albrecht ihm zu, der Meißner

hingegen runzelte die Stirn. »Herr Heinrich, seit der Vertreibung der Tataren habt Ihr fast zwei Jahre lang gemeinsam mit Wenzel von Böhmen die Geschicke des Reiches für den jungen König der Deutschen gelenkt – warum habt Ihr diese hohe Ehre abgelegt?«

»Die Geschicke des Reiches …« Heinrich spürte, daß sich seine Lippen zu einem schiefen Grinsen verzogen. »Ja, als Reichsgubernator. Was ist das nur für ein Kaiser, der einen unmündigen Knaben zum König wählen läßt, damit er ihn an Fäden führen kann wie eine Puppe. Für den er zwei Reichsverweser beruft, die dann wie Tanzbären auf einem Jahrmarkt nach seiner Pfeife tanzen.«

»Traut Ihr dem Erzbischof von Mainz und seinem Kölner Amtsbruder wirklich mehr als Kaiser Friedrich?« fragte der Herzog.

»Das ist die falsche Frage«, erwiderte Heinrich. »Ich weiß zumindest mit wem ich es zu tun habe. Was den Kaiser betrifft, hat dieser die beiden letzten Jahre, in denen sich die Kurie auf keinen Papst einigen konnte, weidlich ausgenutzt, um dem Patrimonium des Petrus gehörigen Schaden zuzufügen, indem er die Kardinäle gegeneinander ausgespielt hat. Aber nun, da wir mit dem vierten Innozenz wieder einen Papst haben, und einen tatkräftigen dazu, hat Kaiser Friedrich einen wirklichen Gegner gefunden.«

Markgraf und Herzog lehnten sich zurück, beäugten Heinrich mißtrauisch, während dieser trotzig das Kinn reckte.

»Ich habe ein Jahr lang geholfen, den Tataren Widerstand zu leisten. Ich mußte Hessen und Thüringen der Verantwortung meiner Ministerialen überlassen, während sich der Mainzer wieder breitmachen konnte.«

»Herr Heinrich«, unterbrach ihn der Meißner, »denkt Ihr

wirklich, Erzbischof Siegfried mehr Vertrauen schenken zu dürfen als dem Kaiser?«

»Der Erzbischof handelte gegen mich, meinen Bruder und meinen Neffen, weil wir auf des Kaisers Seite standen.«

»Das glaubt Ihr doch nicht selbst, Herr Heinrich! Der Mainzer war immer Euer Gegner!«

»Beide waren unsere Gegner, zwischen beiden mußten wir immer zurechtkommen. Wie jeder andere Fürst im Reich. Allerdings entsinne ich mich auch an Zeiten, als ich von Kaiser Friedrich Abstand gehalten habe, was der weiseste Umgang gegenüber diesem Mann ist.«

Zögernd lehnte der Markgraf sich zurück. »Ich bin Euch noch immer zu großem Dank verpflichtet.«

»Weil ich Kaiser Friedrich damals zugeraten habe, Euch zu meinem Nachfolger in den thüringischen Reichslehen zu machen, wenn ich sterben sollte, ohne einen Erben zu hinterlassen?« Heinrich lachte leise. »Das war ich allein schon Eurer Mutter Juditha schuldig – Gott sei ihrer Seele gnädig. Sie verkuppelte mich geradezu mit der schönen Gertrud.« Er ließ sich nachschenken, stieß mit dem Markgrafen an. »Dafür müßt Ihr Euren Sohn mit der Kaisertochter verheiraten.«

»Das wird der kleine Albrecht schon aushalten«, lachte der Markgraf. »Sagt mir nur eines, Herr Heinrich: Was würdet Ihr antworten, wenn Euch jemand vorschlüge, ihr solltet Euch zum König wählen lassen?«

Heinrichs Kelch prallte auf die Tischplatte, dann wurde es still. Die Männer beäugten einander, Heinrichs Blick flog von einem zum nächsten, schließlich schüttelte er den Kopf.

»Solange Kaiser Friedrich herrscht, wird er sich einen seiner Söhne als König halten, ebenso wie er sich Kamele und Panther hält.«

»Aber wenn der Kaiser den Papst allzusehr bedrängt, wird dieser ihn vielleicht exkommunizieren und absetzen«, wandte Herzog Albrecht ein.

Heinrich nippte an seinem Kelch und ließ den schweren, süßen Wein auf der Zunge liegen, während er die Blicke der beiden Fürsten erwiderte ohne ein Wort.

✠

Zitterndes Kerzenlicht breitete sich vom Altar aus, versikkerte in der Dunkelheit des Kirchenraumes. Vor der Nische, in der die heiligen Hostien aufbewahrt wurden, brannte die rötlich schimmernde Ampel. Heinrich saß auf dem Platz, den er sich hatte sichern lassen, einem geschwungenen hölzernen Sessel. Vor acht Jahren war diese Kirche, die zum Kloster des Predigerordens gehörte, geweiht worden. Er hatte sie Elisabeth zu Ehren gestiftet. Seit einigen Monaten zog er sich hierher zurück, wenn er beten wollte. Die Mönche waren bescheiden und gebildet, während in der alten Kapelle auf der Wartburg Capellane predigten und die Messe lasen, die sich der Bedeutung der Burg durchaus bewußt waren und dem Landgrafen in den Ohren lagen, das alte Gotteshaus schon wegen des heidnischen Tympanons, auf dem ein Drache einen Ritter verschlang, abreißen und neu erbauen zu lassen zur alleinigen Ehre Gottes. Sie wollten Pracht, und selbst nachdem er ihnen im Palas eine Kapelle hatte einrichten lassen, murrten sie. Der einzige, der sich in Zurückhaltung übte, war Wigo von Fritzlar; doch ihm hatte Heinrich das Vertrauen entzogen.

Heinrich nahm die Hände von den Oberschenkeln und wischte sich über das Gesicht. Erst dann sah er den Schatten, der im Halbdunkel stand, ein Mann im weißen Umhang. Heinrich erkannte den Prior des Marburger Hauses des Deutschen Ordens, Bruder Ulrich, der näher trat, vor dem Altar das Knie beugte und sich bekreuzigte, bevor er sich zu Heinrich umwandte, um nochmals auf die Knie zu sinken.

»Setzt Euch!« lud Heinrich ihn mit einem leisen Seufzer ein. »Ihr habt eine lange Reisc hinter Euch.«

Bruder Ulrich dankte stumm und ließ sich auf dem Sessel nieder, auf den Heinrich deutete. »Im Landgrafenhof sagte man mir, Ihr wäret hier.«

Verdrossen wandte Heinrich sich dem Altar zu und schwieg.

»Welch ein schöner Ort, um nachzudenken«, sagte Prior Ulrich nach einer Weile. »Unsere Kirche befindet sich noch immer im Bau, und die Zahl der Pilger scheint unaufhörlich zu wachsen. Hinzu kommt das Hospital. Wir finden kaum Ruhe für die Andacht.«

»So wie ich gerade?«

Der Prior erhob sich, trat beiseite. »Ich bitte um Verzeihung, Herr Heinrich.«

»Setzt Euch, und sagt mir, was Ihr von mir wollt, das nicht von einem meiner Ministerialen besorgt werden kann«, erwiderte Heinrich nach einer Weile.

Zögernd faltete der Prior die Hände im Schoß und räusperte sich unterdrückt. »Der Papst sucht einen geeigneten Fürsten, um eine neue Königswahl einzuberufen.«

»Und der Papst schickt Euch, den Prior des Hauses des Deutschen Ordens zu Marburg, zu mir, dem Landgrafen von Hessen und Thüringen? In welcher Absicht?«

»Mich schickt der Hochmeister meines Ordens, der Herr von Hohenlohe, im Gedenken an Euren Bruder, seinen Vorgänger, zu Euch. Er handelt im Auftrag des Papstes. Eingedenk Eurer Verdienste bei der Verteidigung des Reiches gegen die Tataren bittet der Heilige Vater Euch darum, das Reich nochmals unter Euren Schutz zu nehmen. Als Gegenleistung bietet er Euch Dispens, damit Ihr in der Ehe mit Eurer Gemahlin Beatrix von Brabant verweilen könnt. Außerdem die Bestätigung aller Lehen, die Ihr von der Kirche erhalten habt, gleichgültig welchem Kirchenfürsten sie unterstehen. Und für Eure Aufwendungen wird er Euch eine Zahlung leisten, die eines Königs würdig ist.«

Erschrocken sprang Heinrich auf, hastete den Gang zum Portal hinunter. Seine Schritte hallten wie Donnerschlag durch die Kirche, dröhnten in seinem Kopf. Er hörte den Prior dicht hinter sich, beeilte sich hinauszukommen. Als er den Türgriff in der Hand hielt, versperrte der Prior ihm den Weg. Heinrich hielt inne und musterte den Mann, der dicht vor ihm stand, ein Ordensbruder im weißen Rock, das schlichte schwarze Kreuz anstelle eines Wappens auf der Brust.

»Das Reich braucht einen König, der nicht nur zum Herrscher geboren ist, sondern bereits bewiesen hat, daß er zum Herrscher des Heiligen Römischen Reiches taugt.«

»Ich wünsche Euch Gottes Segen zu Eurer Aufgabe. Überbringt dem böhmischen König meine Hochachtung!«

Er schob die Tür auf, da packte der Prior ihn am Ärmel. »Die deutschen Fürsten würden auf König Wenzel nicht hören. In Euren Adern fließt das Blut von Königen und Kaisern, Landgraf Heinrich Raspe von Thüringen. Wir brauchen Eure Urteilskraft, Eure Stimme, Eure Hand.«

Ruhelos lief Heinrich an den Wänden der Schreibstube entlang, preßte die Fingerspitzen an die Schläfen, versuchte die Gedanken zu festzuhalten, die wie ein aufgescheuchter Vogelschwarm in seinem Kopf umherstoben. Er wollte

Beatrix nicht aufgeben. Jetzt nicht mehr. Wenn er sie jedoch bei sich behielte, obwohl der Papst ihre Ehe für nichtig erklärte, verlöre er sein Erbe, und all seine Hoffnungen würden zu Staub zerfallen. Aber der Griff nach dem Königtum würde Krieg bedeuten. Einen Krieg zwischen den kaisertreuen Fürsten und denen, die er für sich gewinnen würde. Krieg, während die Tataren noch immer hinter den Karpaten lauerten; jederzeit könnten sie durch das entvölkerte Ungarn und das durch eine einzige Schlacht schutzlos gewordene Polen die deutschen Marken überrennen wie Ameisenvölker ein hilflos gestürztes Tier.

Er hastete hinunter auf den Hof, zur alten Kapelle, riß die Tür auf. Als wäre etwas Fremdes über ihn gekommen, warf er sich vor dem Altar zu Boden. Seine Hände berührten den steinernen Sockel.

»Hilf mir!« flüsterte er. »Hilf mir!«

Die Kälte des Bodens kroch unter seine Haut und umhüllte ihn, während er Gebete stammelte, Psalmen, doch er erinnerte sich nur an einzelne Verse, und kaum sagte er einen auf, versanken die folgenden im Dunkel. Angst griff nach ihm, Angst vor der schlanken Weidenrute, mit der Bruder Berthold sie einst peitschte, wenn sie nicht gelernt hatten. Hier an dieser Stelle. Aus der Erde schien das Echo ferner Schreie aufzusteigen, Kinderstimmen, die weinten, bettelten, das Pfeifen einer Weidenrute, bevor sie klatschend auf die Haut niederfuhr. Das erstickte Schluchzen eines Mädchens. Berthold hatte Elisabeth erbarmungslos geschlagen, als die Frauen seiner Mutter sie an jenem verhängnisvollen Abend in der Marienkirche vor der Stadt gefunden hatten.

Völlig unvermittelt fühlte er ihre Gegenwart, zum ersten Mal nach langer Zeit. Er schrak auf, setzte sich, horchte in sich hinein, auf den Nachhall der Stimmen, die er gehört zu haben glaubte.

»Elisabeth?«

Die Stille legte sich um ihn wie ein schwerer Mantel, während sein Blick umherflog. Staubwirbel tanzten glitzernd im dünnen Licht, das durch das Fenster über der Tür eindrang.

»Bitte sag mir, was ich tun soll.«

Er starrte die Ampel an, die das lebendige Brot beschützen sollte, lauschte angestrengt in das tiefe Schweigen, in das sich gedämpft die Geräusche des Burghofes mischten. Wie recht sie gehabt hatte, all das weltliche Zeug von sich zu werfen, in dessen Fesseln er sich tiefer und tiefer verstrickte. Sich dem Wunsch des Papstes zu verweigern würde bedeuten, alles aufs Spiel zu setzen, was er jemals erworben hatte.

Doch warum zögerte er eigentlich, einzuschlagen in die dargebotene Hand? Es würde ihn zum mächtigsten Fürsten des Reiches machen. Er könnte Kaiser Friedrich trotzen, obwohl er ihm dereinst den Lehnseid und damit Treue geschworen hatte. Eine Treue, die der Kaiser seinerseits nicht belohnt hatte.

Knirschend öffnete sich die Tür, ein Streifen Licht fiel herein, dar rasch breiter wurde, sich in den Gang ausbreitete und vor Heinrichs Füßen endete. Ein Schatten löste sich aus dem Türrahmen, flog schier auf ihn zu. Beatrix.

»Heinrich! Was tust du hier?«

Sie kniete neben ihm, faßte ihn bei den Schultern. Ohne Zögern umklammerte er sie, zog sie an sich, hielt sie fest. Barg sein Gesicht an ihrem Hals, daß der Saum ihres Mantels sich in seine Wange grub, und nahm den Duft ihrer Haut, vermischt mit ein wenig Seife, in sich auf.

»Der Papst will, daß ich mich zur Königswahl stelle«, sagte er leise.

Sie hielt inne, schob ihn dann von sich, um ihn anzusehen, brachte aber keinen Ton hervor.

»Wenn ich dazu bereit bin, wird er uns Dispens erteilen – wenn nicht …«

»Von wem weißt du das?«

»Der Marburger Prior des Deutschen Ordens hat mich heute aufgesucht.«

Sie setzte sich auf ihre Fersen, legte die Hände auf ihre Oberschenkel und betrachtete ihn aufmerksam. »Was immer du tust, Heinrich, tu es nicht um meinetwillen.«

✠

Wie ein Lauffeuer verbreitete sich die Nachricht von der Exkommunikation und Absetzung des Kaisers durch das Konzil in Lyon. Als der Bote den Landgrafenhof in Eisenach erreichte, erwartete Heinrich ihn bereits ungeduldig. Er nahm die Pergamentrolle, an der etliche geistliche Siegel baumelten, an sich, schickte den Cancellarius wortlos weg und entrollte das Schreiben, überflog es hastig.

Hufschlag lockte ihn ans Fenster. Ein Reiter zügelte sein Pferd vor dem Haupttor. Beatrix glitt vorsichtig aus dem Sattel, eilte herein, riß Türen auf und ließ sie hinter sich zufallen, bis sie bei ihm war.

»Ist es der Brief, den du erwartest, Heinrich?«

Er nickte entschlossen.

»Ich will nicht, daß du gehst!« platzte sie heraus. »Mein Vater ist gegen diese Wahl, deine Nichte ebenso. Keiner deiner fürstlichen Freunde wird dir beistehen, denn niemand wünscht sich eine Fehde zwischen König und Gegenkönig auf dem Boden des Reiches.«

»Die sich nicht ereignen wird, wenn alle mir beistehen!«

»Aber das tun sie nicht!« rief sie. »Die Erzbischöfe tun es, aber nur, weil sie den Papst unterstützen und, um den Kaiser zu schwächen, seinem Sohn die Königswürde nehmen wollen.«

Ihre Stimme verhallte, während von draußen der Lärm der Stadt hereindrang.

»Meine Lehnsmänner und Dienstmannen halten zu mir«, sagte er nach einer Weile. »Andere werden folgen, bis auch die Fürsten mir ihre Treue nicht mehr versagen können.«

»Heinrich ... warum glaubst du den Pfaffen und nicht uns?«

Er hob den Kopf, blickte sie an. »Jemand muß diese verderbliche Zwietracht beenden! Jemand, dem sowohl die weltlichen Fürsten vertrauen als auch die der Kirche.«

Rasch ergriff sie seine Hände, drückte sie sanft, fuhr mit den Daumen darüber. »Ich möchte dir vertrauen, ich muß es ja.«

»Dann tu es einfach!« Er zog sie an sich und strich über den Schleier. Sie würde eine würdige Königin sein, eine Frau von königlichem Blut. Sie hob den Kopf, entwand sich ihm, und ihre Augen waren dunkel von Sorge.

»Während wir hier reden, rüsten deine Grafen mit dem Geld des Papstes ein Heer aus – wozu brauchst du ein Heer, wenn nicht zum Krieg?«

»Natürlich will ich gerüstet sein, falls der junge König Widerstand leistet und seine Schwaben gegen mich zu führen droht. Ich muß ohnehin ein Heer ausrüsten, damit Hessen und Thüringen geschützt sind, wenn ich von hier aus die Herrschaft über das Reich ausübe.«

Sie trat zurück, streckte ihm abwehrend die Hände entgegen. »Es werden nicht nur seine Schwaben sein, Heinrich. Hast du vergessen, daß der König mit der Tochter des Herzogs von Bayern verlobt ist und meine Schwester Maria mit dem Sohn des Bayern?«

»Verlobungen lassen sich lösen«, erwiderte Heinrich beschwörend. »Ich habe nicht vor, Konrad sein schwäbisches Herzogtum zu nehmen. Aber bedenke, daß er als Sohn des Gebannten nicht länger König sein darf. Außerdem braucht das Reich Schutz vor den Tataren, und wie soll er den bieten können, wenn er nicht einmal verhindert, daß Österreichs Herzog Friedrich, vom früheren Kaiser ermutigt, das von den Steppenteufeln ausgeblutete Ungarn überfällt?«

Während sie ihn unverwandt ansah, wischte sie sich eine Strähne aus der Stirn.

»Dann soll es so sein«, murmelte sie, drehte sich um und ließ ihn grußlos stehen.

✠

Die Fürsten errichteten ihre Zelte auf den Mainwiesen vor Veitshöchheim, nachdem die Bürger von Würzburg sie nicht in ihre Stadt gelassen hatten. Unbeirrt ließ Heinrich gemeinsam mit den Erzbischöfen von Mainz, Köln und Trier die Königswahl vorbereiten und wartete auf die einbestellten Kurfürsten, auf Herzog Albrecht von Sachsen, die markgräflichen Brüder Otto und Johann von Brandenburg, König Wenzel von Böhmen und Herzog Otto von Bayern. Stets umgab ihn zahlreiches Gefolge thüringischer Edler, Grafen und Dienstmannen; von den neugierig herbeiströmenden Bewohnern der Stadt und des Umlandes wurde er bestaunt, sooft er sich sehen ließ.

Heinrich verspürte ein wachsendes Unbehagen über das Ausbleiben der weltlichen Kurfürsten. Die Brandenburger hatten ihm geschrieben, sie sähen sich außerstande, zu dieser Wahl zu erscheinen; der sächsische Herzog hatte ihm geradezu schroff mitgeteilt, der König sei zwar ein sehr junger Mann, nichtsdestotrotz rechtmäßig gewählt und habe sich nichts zuschulden kommen lassen, was seine Absetzung rechtfertige. Dieses Schreiben, das damit schloß, er möge von seinem Vorhaben Abstand nehmen und sich sofort auf seine Besitzungen zurückziehen, hielt er in Händen, als der Erzbischof von Mainz sein Zelt betrat.

»Diese Wahl kann nicht gelingen«, sagte Heinrich stirnrunzelnd.

»Irrtum! Diese Wahl wird gelingen«, entgegnete Erzbischof Siegfried kühl. »Ich habe dafür gesorgt, daß einige Getreue des Papstes sich zu uns gesellen und die Stelle der fehlenden Fürsten vertreten werden. Außerdem spreche ich als erster der Kurfürsten Euch selbst das Wahlrecht zu als dem Pfalzgrafen von Sachsen.«

»Ich soll mich selbst wählen?«

»Es soll schon vorgekommen sein, daß Herrscher sich selbst ihre Stimme gegeben haben. Und warum solltet Ihr das auch nicht tun? Ihr habt Euch doch selbst angeboten.«

Während Heinrich nach Fassung rang, winkte der Erzbischof einen Fremden herein, einen hageren Mann fortgeschrittenen Alters mit dunkler Haut, der sich elegant vor Heinrich verneigte. Unter der violetten Kappe lugte silbergraues Haar hervor.

»*Dominus vobiscum*, Herr Heinrich Raspe, Landgraf von Thüringen«, sagte er und wechselte dabei von einem südländischen Latein übergangslos zu makellosem Deutsch. »Wir haben Briefe gewechselt. Mein Name ist Filippo Fontana, Wahlbischof zu Ferrara, Legat des Papstes Innozenz des Vierten.«

Heinrich stutzte. »Ihr seid der Mann mit den fünfzehntausend Silbermark«, murmelte er.

»Der bin ich«, erwiderte der weißgekleidete Geistliche lächelnd. »Von meinen Briefen kennt Ihr mich ja bereits, und ich bin geehrt, Euch endlich gegenüberzustehen. Aus Euren Worten schließe ich, daß Ihr bereits über einen Teil dieses Geldes verfügt habt.«

»Gemäß den Wünschen des Papstes.«

Heinrichs Argwohn erwachte bei den wohlgesetzten Worten des Mannes, der sich nun zu Erzbischof Siegfried umdrehte.

»Sind die Bischöfe schon hier?«

Der Erzbischof lächelte. »Sie werden heute noch eintreffen, so daß wir die Wahl morgen endlich durchführen können.«

»Darf ich erfahren, was hier gespielt wird?« unterbrach Heinrich die Höflichkeiten.

»Ich habe die Bischöfe von Metz, Speyer und Straßburg hierher gerufen, um die nicht anwesenden Kurfürsten zu ersetzen«, sagte der Mainzer.

»Ihr habt ... *was*?«

»Ich habe verhindert, daß Eure Königswahl am kindischen Verhalten der deutschen Fürsten scheitert, Herr Heinrich.«

Der Schrecken war Heinrich in die Glieder gefahren, daß ihn schwindelte. Er preßte die Fingerspitzen gegen Stirn und Schläfen, drehte sich um, ging zum nächststehenden Zeltpfosten, um sich daran festzuhalten.

»Ich hätte es ahnen müssen«, stammelte er. »Ihr ... Ihr habt mich übertölpelt wie einen eitlen, dummen Jungen.«

Sowie die Lähmung nachließ, wallte Zorn in ihm auf, und er starrte den Erzbischof an.

»Ich werde diesen Ort noch heute verlassen.«

»Nichts werdet Ihr, Herr Heinrich, denn Eure Aufgabe hier ist noch nicht beendet«, entgegnete der päpstliche Legat. »Wir haben Getreue unter den Männern in Euren Burgen, sogar in der Nähe Eurer geliebten Gemahlin, und es wäre doch sehr bedauerlich, wenn nicht nur Ihr einem Mordanschlag Eurer Feinde zum Opfer fielet, sondern auch Frau Beatrix. Was mithin dazu führen würde, daß der Erzbischof von Mainz alle Kirchenlehen als erledigt einziehen könnte, da Ihr ja keinen leiblichen Erben habt.«

»Habt Ihr mich deshalb ausgewählt? Weil ich der letzte meines Geschlechtes bin und Ihr nicht befürchten müßt, daß Ihr ein neues Geschlecht mächtig macht wie das der Welfen oder der Waiblinger?«

Filippo Fontana schob die Hände in die Ärmel und neigte mit einem vorzüglichen Lächeln den Kopf, bevor er sich grußlos entfernte und Erzbischof Siegfried zurückließ, der sachte Heinrichs Schulter tätschelte.

»Wenn Ihr, Herr Heinrich, als Pfalzgraf von Sachsen die Rolle des weltlichen Kurfürsten übernehmt, sind wir sogar vollzählig.«

XV

Die Rückkehr auf die Wartburg geriet für Heinrich zu einem Triumphzug. Die Grafen von Gleichen hatten es sich nicht nehmen lassen, seine Reise zu gestalten, angefangen damit, daß sie noch in Veitshöchheim viel Volk hatten zusammentrommeln lassen, das dem neuen König zujubelte. An vielen Orten hatte man seine Ankunft gefeiert, die Thüringer frohlockten voller Stolz, daß ihr Landesherr zum König der Deutschen gewählt worden war, sie kümmerten sich nicht darum, daß diese Wahl kein Ruhmesblatt war. So mancher, der Waffen tragen durfte und noch nicht zum Fußvolk eingezogen worden war, meldete sich jetzt sogar freiwillig.

Heinrich saß auf einem großen Schimmel, angetan mit einem leuchtend roten Mantel und dem blauen Wappenrock darunter. Begleitet wurde er von auffallend gekleideten Rittern, wie der ganze Zug, dem auch sein Gefolge angehörte, sich mit viel Getöse durch die Dörfer und Städte bewegte.

Beatrix hatte ihn bereits erwartet, ein Festmahl war vorbereitet worden, um den König zu ehren und den päpstlichen Legaten, der ihn begleitete. Heinrich zwang sich, unbeschwert zu wirken, ließ sich von seinen Dienstmannen feiern, verteilte Geschenke und Ehrungen, aber alles ging an ihm vorbei. Er sah Beatrix neben sich sitzen, die ungekrönte Königin der Deutschen, die ein hoheitsvolles Lächeln auf den Lippen trug, während ihr Blick immer wieder fragend seine Augen suchte. Mißtrauisch spähte Heinrich umher, überall argwöhnte er die Männer des Papstes und des Erzbischofs, die aus schier unermeßlichem Reichtum schöpfen konnten, um seine Dienstmannen zu bestechen. Schließlich küßte er Beatrix überraschend auf die Wange und nutzte den fröhlichen Jubel der Tischgenossen.

»Wo ist Wigo? Laß ihn sofort herbringen! In die alte Kapelle!«

Sie drehte leicht ihr Gesicht. »Bitte jetzt keine Fragen! Tu einfach, was ich sage, aber sieh zu, daß dir niemand folgt.«

Nach einer Weile verließ Beatrix die Festgesellschaft in Begleitung ihrer Edelfrauen, was die inzwischen angetrunkenen Gäste lautstark bedauerten. Heinrich gelang es, sich nach einer Weile zu verabschieden; sein Kämmerer begleitete ihn mit einem Schwarm Edelknaben auf den Hof hinaus, wo Heinrich plötzlich stehenblieb.

»Ich werde für ein letztes Nachtgebet die alte Kapelle aufsuchen«, sagte er.

Kämmerer Dietrich zog eine Braue hoch, wählte dann zwei Knaben aus, die mit ihm gehen sollten.

»Allein!« Abwehrend hob Heinrich die Hände. »Ihr geht schon einmal vor, kümmert Euch um diese Kinder und legt Euch dann schlafen.«

»Herr, ich darf Euch nicht allein lassen«, protestierte der Kämmerer.

»Dies ist meine Burg – welche Gefahr soll mir hier drohen?«

»Jede, Herr!«

Heinrich schüttelte den Kopf, damit der treue Dietrich nicht sah, daß er ihm insgeheim zustimmte. »Ich brauche

Zeit für ein *Pater noster*, einen Psalm, ein wenig Ruhe, bevor ich schlafen kann. Es war eine anstrengende Reise.«

Gehorsam wandte sich der Kämmerer mit der Knabenschar dem Wohnturm zu, während Heinrich zur alten Kapelle ging und leise eintrat. Im Innern umfing ihn die vertraute kühle Stille, die ihn innehalten ließ. Leise Atemzüge durchwehten den Raum. Er erkannte Beatrix und seinen früheren Beichtiger in der Nähe des Altars, stürzte auf sie zu und umarmte seine Frau so heftig, daß sie erstarrte.

»Du mußt fort von hier«, flüsterte er. »So bald wie möglich. Reise nach Leuwen an den Hof deines Vaters, und bleibe dort, bis ich dich rufen lasse.«

Sie legte ihre Hände auf seine Brust, schob ihn von sich. »Was ist hier los?«

»Ich kann es dir nicht erklären. Vertrau mir! Du mußt fort!«

»Nein, Heinrich, ich werde mich keinen Schritt von dir wegbewegen, ehe ich nicht weiß, was hier vorgeht.«

Erschöpft ließ er die Schultern fallen und trat zurück, sein Blick suchte den Geistlichen, der ihn fragend musterte, aber schwieg.

»Du hattest recht«, sagte er zu ihr, kaum die Stimme erhebend. »Als ich die Entscheidung fällte, mich von den Päpstlichen zum König wählen zu lassen, hast du mich in dieser Kapelle gefunden, Beatrix, nicht wahr? Kurz bevor du hereinkamst, spürte ich Elisabeths Gegenwart, und als ich dich in der Tür sah, war ich mir sicher, zu wissen, was sie meinte. Ich glaubte, ich müßte den Päpstlichen folgen, um nicht alles zu verlieren.«

Verstummend barg er das Gesicht in den Händen, während Beatrix und Wigo in Schweigen verharrten.

»Aber das war ein Irrtum«, murmelte er in seine Hände.

»Der Mensch kann sich täuschen über die Bedeutung eines gottgesandten Zeichens, und ich habe mich schrecklich getäuscht.«

Seine Arme sanken kraftlos herab, hingen schwer und nutzlos an seinen Seiten, und er nagte an der Unterlippe, um die Erbitterung zu verhehlen, die ihn beherrschte.

»Du hast einen Pakt mit dem Teufel geschlossen«, sagte Beatrix, und er nickte.

Ein schwerer Seufzer entrang sich Wigos Brust. »Die Päpstlichen haben es also auf einen Mann abgesehen, der nicht von einer großen Sippe beschützt wird. Seinen Schwägern können sie ihn entfremden, denen vom eigenen Blut nicht. Das ist ganz ihre Art.« Er wandte sich Heinrich zu. »Ich vermute, Euer Widersacher ist der höchst anmutige päpstliche Legat und Wahlbischof von Ferrara, Filippo Fontana?«

Heinrich nickte und umschloß Beatrix' Hände, um sie an sich zu ziehen. »Du mußt fort von hier.«

»Und dann?« fragte sie. »Ändert das etwas an deiner Lage?«

»Sie erpressen mich mit deinem Leben.« Über Beatrix' Schleier hinweg blickte er Wigo an. »Pater, Ihr müßt bis dahin Schutz für sie finden. Ich weiß sonst niemanden, dem ich sie unbesorgt anvertrauen kann.«

»Werden sie damit aufhören, wenn ich nicht mehr hier bin? Werden sie dich nicht ebenso in Angst versetzen können, indem sie behaupten, sie hätten auch an meines Vaters Hof Helfershelfer? Wenn ihre Drohungen wahr sind, dann sitzen ihre Leute sicher auch in Leuwen – schon wegen Sophia und ihrem kleinen Sohn.«

»Davon haben sie nichts gesagt. Sophia und der Kleine sind in Sicherheit.«

»Sind sie das? Glaubst du, ein derart listiger und durchtriebener Mann wie dieser päpstliche Gesandte zeigt dir alle Augen, die er gewürfelt hat, bevor du deinen Einsatz genannt hast?«

Kopfschüttelnd betrachtete sie Heinrich, der im warmen Licht der kleinen Ampel sah, daß sie lächelte und ihre Augen funkelten. »Was du begonnen hast, mußt du zu Ende führen. Und wenn du erst der gekrönte König bist, stehen dir auch die Mittel zur Verfügung, den Päpstlichen zu trotzen. Bis dahin werde ich mich keinen Schritt von hier entfernen, sondern dich in allem unterstützen. Das einzige, was mich von dir entfremden könnte, wäre Schande.«

✠

Die Sommersonne dörrte das Land am Unterlauf des Mains, wo Heinrichs Heer ein Lager aufgeschlagen hatte. Wenige Meilen und das Flüßchen Nidda trennten sie von den Truppen des jungen Herzogs von Schwaben und Königs der Deutschen. Tagelanger Regen hatte den Aufbruch von Mainz verzögert, während die Gegner Frankfurt besetzt hielten, um den Hoftag zu verhindern, den Heinrich dort angesetzt hatte. Jetzt wartete er darauf, daß die schwere, nasse Erde trocknete, um sein Heer in die Schlacht zu führen.

Heinrich hielt eine Nachricht des jungen Königs in Händen, als Filippo Fontana sein Zelt betrat, lautlos, wie es seine Art war. Daß Kleriker sich aufgrund ihrer Lebensweise leiser verhielten als in der Welt Lebende, war nicht weiter ungewöhnlich, aber da er Filippo Fontana verabscheute, paßte die schlangengleiche Art, sich zu bewegen, ins Bild.

»Hoher Herr, hat es mit Eurer Absicht, die Schlacht übermorgen zu schlagen, eine besondere Bewandtnis?« fragte der Geistliche.

»Ich möchte Euch nicht langweilen, Pater Filippo, denn es würde mich doch wundern, wenn Euch nicht bekannt wäre, welche Bedeutung dieser Tag für einen Christen hat.«

»Der Oswaldstag? Ihr meint die Geschichte des Königs von Northumbrien, der in einem Kloster fern der Heimat aufwuchs und beim Tod seines Bruders mit dem Kreuz gegen seine Feinde in die Schlacht zog und siegte?«

Nickend ließ sich Heinrich auf einem Sessel nieder und genoß die offenkundige Anerkennung des Geistlichen.

»Der Papst hat denjenigen, die gegen den Staufersohn in den Krieg ziehen, die gleichen Zusagen gemacht, als wenn sie das Kreuz gegen die Heiden nähmen«, fügte Heinrich hinzu.

»Und ein kluger König ehrt einen gelehrten Papst durch ein wohlüberlegtes Symbol – oder hofft Ihr auf die besondere Unterstützung Gottes an diesem Tag?«

»Ich bin kein Anhänger der Zauberei, Pater Filippo.«

Der Geistliche verneigte sich. »Das weist Euch als Rechtgläubigen aus, Hoher Herr, und das wiederum wird Euch helfen, den Sieg zu erringen.«

Stirnrunzelnd lehnte Heinrich sich in die Polster. »Ein offenes Wort, Pater: Ich ertrage Eure Gegenwart, weil ich sie ertragen muß, denn Ihr seid der päpstliche Legat in meinem Gefolge. Aber ich werde den Tag preisen, an dem Ihr dorthin zurückkehrt, woher Ihr gekommen seid. Einstweilen nutze ich die Gunst der Stunde, daß sich mein Geist schärft, indem er sich mit Eurem mißt.«

»Mir ist klar, daß Ihr mich für tückisches Schlangengezücht haltet, aber wenn Ihr übermorgen das Schlachtfeld siegreich verlaßt, solltet Ihr erwägen, daß Ihr diesen Sieg ein wenig auch dem heimlichen Wirken des tückischen

Schlangengezüchts verdankt. Denn Ihr müßt wissen, Hoher Herr, daß Schlangen überflüssiges Blutvergießen verabscheuen.«

Als der päpstliche Legat sich verneigte, wandte Heinrich sich verärgert ab, bis er bemerkte, daß der Mann geduldig darauf wartete, verabschiedet zu werden. Erst als Heinrich ihn hinauswinkte, verließ er das Zelt.

Die zahllosen polierten Helme funkelten im hellen Licht des Morgens, bunte Wimpel und Fahnen flatterten, und die Farben der Wappenröcke und Schilde übertünchten das weite Feld, auf dem sich die beiden Heere einander gegenüber aufgestellt hatten. Heinrich hatte in Kauf genommen, daß seine Ritter und Soldaten gegen die Sonne kämpfen mußten; deshalb zögerte er den Beginn der Schlacht hinaus, wie er es vor dem Morgengrauen mit seinen Getreuen abgesprochen hatte. Keilförmig wollten sie vorstoßen, dann von den Flügeln her den Gegner umzingeln, so hatten sie ihre Kräfte verteilt. Zwar hatte Heinrich erfahren, daß mehrere schwäbische Grafen in der Schlacht überlaufen wollten, aber darauf wollte er sich nicht verlassen.

Bogenschützen eröffneten die Schlacht mit einem Pfeilhagel auf die gegnerischen Linien, die sich mit ihren Schilden deckten. Im Schutz der Salven rückten die Scharen vor, zwischen denen Berittene in kleinen Gruppen immer wieder nach vorn drängten.

Umschirmt von einer Leibwache und mehreren seiner alten Kämpen, ritt Heinrich inmitten des Heeres in den Kampf. Obwohl er Kettenpanzer und Beinlinge in den vergangenen Tagen getragen hatte, sooft es möglich gewesen war, drückten sie ihn, und der Helm, obgleich er schützte, behinderte die Sicht, betäubte das Gehör und füllte sich schweißtreibend mit heißem Atem. Vergeblich hielt er Ausschau nach den Farben des gegnerischen Königs, den drei Löwen auf goldenem Grund.

Schreie und scharfe Befehle mischten sich mit dem Wiehern und Schnauben der Pferde, Hufschlag und dem Getöse der Waffen, wenn Äxte und Streitkolben auf Schilde prallten. Dazwischen erfuhr Heinrich von Herolden, was geschah. Auch daß der Graf von Württemberg mit den Seinen kehrtmachte und im schwäbischen Heer eine Lücke hinterließ, in die sofort thüringische Kämpfer vorrückten, um dem Gegner zuzusetzen. Von den Flanken her schob sich frische Reiterei heran. Die Stellungen der schwäbischen Bogenschützen wurden ausgehoben. Schneller als erwartet, wichen die Schwaben in ungeordneten Reihen zurück, suchten immer mehr Kämpfer ihr Heil in der Flucht.

Am Mittag stand Heinrich mit klebrig verschwitztem Haar auf dem Schlachtfeld, hatte das Helmband an den Gürtel geknüpft, und seine Ohren dröhnten noch vom Lärm der Schlacht. Fußvolk zählte die Toten, Feldscher kümmerten sich um die Verletzten. Der Treffurter berichtete, der junge Staufer hätte nach hohen Verlusten unter seinen Männern sein Pferd gewendet und sei Hals über Kopf davongejagt.

Heinrich fürchtete diese Nachricht. Er kannte den jungen Staufer, dessen Hofrat er und der böhmische König geleitet hatten. Kaiser Friedrichs Sohn war stürmisch, aber auch hartnäckig, er war jung und wischte Verluste schnell vom Tisch, sein gewinnendes Wesen konnte leicht Zuneigung erwecken – aber auch Mitgefühl.

In Frankfurt entzog Heinrich dem unterlegenen Gegner sein Lehen und seinen Rang als Herzog. Er saß allein unter seinen Thüringern, den Vertretern der Erzbistümer mit dem päpstlichen Legaten. Der Sieg wollte nicht schmecken, denn die Reihen seiner Getreuen waren dünn; bei den abendlichen Festessen sprachen sie sich gegenseitig Mut zu, doch je lauter ihre Stimmen wurden, desto mehr schwand Heinrichs Zuversicht.

Sie zogen nach Würzburg, wo Filippo Fontana den päpstlichen Bannspruch gegen Kaiser Friedrich ausdehnte auf das Haus Herzog Ottos von Bayern, der dem gegnerischen König just seine Tochter zur Frau gegeben hatte. Der päpstliche Legat indessen verfügte eifrig den Bann über die Gegner und bedrohte Unschlüssige mit der Exkommunikation. Seine Schreibstube kam nicht zur Ruhe.

✠

Die Wartburg war Heinrichs Zuflucht in diesem Herbst. Der mächtige Turm, der prachtvolle Palas, das lebhafte Getriebe fernab von jeder anderen menschlichen Siedlung. Er stieg vom Pferd und glaubte sich in Sicherheit, der Staufer war weit weg, ebenso der päpstliche Legat, während Heinrich mit seinen Getreuen zu Tisch saß, über ihre Witze lachte, ihren Liedern lauschte und sich an ihrer Zuversicht aufrichtete. Er suchte die Kammer seiner Gemahlin auf, hatte sie nicht rufen lassen, weil er ihr nicht befehlen wollte. Er erfreute sich an ihrer kühlen, ruhigen Schönheit, bis ihn die Sorge, ohne einen Erben zu bleiben, hinaustrieb auf den Wehrgang der Burg.

Still spannte sich der sternenfunkelnde Nachthimmel über ihm, winzige Funken auf schwarzem Samt, die verglühten, wenn man zu genau hinschaute. Käuzchen heulten im entlaubten Herbstwald, ein einzelnes Tier stieß heisere Schreie aus. Ein Fuchs bellte. Aus dem Tal leuchteten sanft die Lichter von Eisenach herauf, und Heinrich glaubte das metallisch schimmernde Band des Flusses zu erkennen. Dies hier war sein Reich, hier war er sicher und unumstritten, fernab vom schwankenden Glück, Fortunas wirbelndem Rad.

Heinrich erschrak, als ein Schatten sich neben ihm aus dem Dunkel schälte. Friedrich von Treffurt, der alte Kämpe, dessen dunkler Umhang im Nachtwind wehte, verneigte sich tiefer, als es seine Gewohnheit war, murmelte ein paar Höflichkeiten und wandte sich dann der Aussicht zu.

»Ihr werdet es nicht glauben, Herr Friedrich, aber ich habe eine Urkunde unterzeichnet, in der alle Kirchenlehen, deren Besitzer kinderlos sterben, wieder der Kirche anheimfallen«, unterbrach Heinrich die Stille.

»Das bedeutet, Ihr habt Herzogin Sophias Sohn enterbt.«

»Es geht um den Meißner, der sich weigert, die seinem Ältesten anverlobte Kaisertochter ihrem Vater zurückzuschicken. Im Falle meines Todes erhöbe er sicherlich Anspruch auf die thüringischen Kirchenlehen, zumal ihm die Reichslehen ja schon zugesprochen wurden.«

»Eure Besitztümer sind ein Flickenteppich aus väterlichem Erbe, Reichslehen und Kirchenlehen. Es grenzt an ein Wunder, daß Ihr alles zusammenhalten und sogar erweitern konntet, obwohl Kaiser und Papst immer wieder in Fehde lagen.«

Ein bitteres Lächeln grub sich in Heinrichs Mundwinkel. »Mit meinem Tod wird alles auseinanderfallen.«

Schweigend stützte er sich auf die Brustwehr, ließ den Blick über das Land schweifen, während die Kälte unter seinen Mantel kroch. Er sehnte sich nach Gertruds verspielter Zärtlichkeit, nach ihren Fingerspitzen auf seiner Haut, den hellen Locken, die sich über seine Brust ergossen, wenn sie dem Schlag seines Herzens nachspürte. Ihr Bruder war bei dem Versuch, das vom Tatarensturm geschwächte Ungarn anzugreifen, gefallen, das Geschlecht der Herzöge von Österreich erloschen. Mitten im Leben saß der Tod. Heinrich nahm sich vor, am nächsten Tag dem Predigerkloster zu Eisenach einen Besuch abzustatten.

»Wann werden wir zum Reichstag aufbrechen?« fragte der Treffurter vorsichtig.

»Anfang Dezember, das sollte uns genug Zeit geben, um bis zum Fest der Geburt des Herrn in Nürnberg zu sein. Von dort aus werden wir Bayern und Schwaben mit Krieg überziehen.«

Der Treffurter blickte ihn an, als mißtraute er der Zuversicht, die Heinrich in seine Stimme zu legen versucht hatte.

»Ich schulde Euch Dank, daß Ihr mich von der Pflicht befreit habt, für Euch eidlich zu bürgen.«

»Herr Friedrich, Ihr seid schon so lange in meinen Diensten, daß ich Euch nicht wegen einer Eigenart verlieren wollte, die niemals zwischen uns stand. Aber ohne den Dispens hätte ich Euch nicht zu meinem Ratgeber ernennen dürfen.« Heinrich rieb seine Arme, um die Kälte zu vertreiben, und musterte die faltigen Züge des alten Mannes. »Aber ich möchte dennoch erfahren, was der Grund für Eure Scheu gegenüber dem Schwören ist.«

Der Treffurter ließ den Kopf hängen. »Ihr habt vierzig Jahre ohne dieses Wissen gelebt, mein Herr. Was würde es ändern, wenn Ihr jetzt den Grund erfahrt?«

»Wahrscheinlich gar nichts«, erwiderte Heinrich. »Zumal ich den Papst um diesen Dispens gebeten habe, weil ich Euch als Ratgeber um mich haben will, während Ihr auf diese Ehre verzichtet hättet, wenn Ihr dafür Euer Gelöbnis hättet ablegen müssen.«

Nickend stand Friedrich von Treffurt neben der Brustwehr, verschränkte die Arme vor der Brust und warf schließlich den Kopf in den Nacken. »Als sehr junger Mann habe ich mich einmal für einen Unwürdigen verbürgt und wurde so genötigt, eine unrechte Fehde mitzuschlagen. Seit damals folge ich dem Gebot des Herrn, daß ein Ja ein Ja sein möge und ein Nein ein Nein, nichts weiter.«

»Eine unrechte Fehde? Das ist alles?«

»Dringt nicht in mich! Wenn Ihr mein Wort hattet, habe ich danach gehandelt. Und das werde ich bis zum Tode so halten.«

✠

Vor Ulm war der Feldzug zum Stillstand gekommen, nachdem sie gleich nach dem Ende des Hoftags von Nürnberg aufgebrochen und bis zur Donau gezogen waren. Offenbar hatten weder der Herzog von Bayern noch der junge Stauferkönig damit gerechnet, daß Heinrich sein Heer zum Jahresbeginn gegen sie würde ausrücken lassen; nun flohen sie in ungeordneten Scharen vor ihm her, um sich auf ihren Burgen im Landesinneren zu verschanzen. Ansässige Lehnsmänner, die sich von ihren Herren verlassen sahen, liefen zu Heinrich über, damit der päpstliche Legat sie aus dem Bann löste, den er zuvor über sie gesprochen hatte; andernfalls wären ihre Burgen geschleift worden. Währenddessen hatte der junge Staufer mit seinem Heeresteil Zuflucht in Ulm gefunden.

Seit zwei Wochen zog sich ein enger Belagerungsring um die Stadt an der Donau. Die Mauern widerstanden den ersten Angriffen, vereint wehrten das schwäbische Heer und die Bürger der Stadt die Angreifer ab. Da Menschen, Vieh und Vorräte aus den umliegenden Dörfern rechtzeitig in der Stadt aufgenommen worden waren, litten Heinrichs Ritter und Soldaten Not, während die Städter ihre Wurfgeschosse mit Speiseresten bestückten, so daß es abgenagte Knochen und verschimmeltes Brot über die Belagerer regnete.

Im größten Zelt des Hauptlagers der königlichen Streitmacht saß Heinrich in seinem Sessel, eingewickelt in einen pelzgefütterten Reisemantel, und lauschte den Worten seiner Ratgeber. Er hatte ein wenig Zuversicht gewonnen, seitdem sein Heer den Staufer noch vor Nürnberg gestellt und vertrieben und die bayerischen und schwäbischen Heerscharen in den ersten Tagen nach dem Aufbruch von dort so mühelos vor sich her getrieben hatte. Rings um die Stadt waren mehrere Verschanzungen errichtet, Rammböcke und Weinlauben, Katapulte und Leitern gebaut worden, um den Mauern und Toren ausreichend Schaden zuzufügen, die Wachmannschaften anzugreifen und sich bei einem Ausfall der Belagerten verteidigen zu können.

Dann hatte Schneefall eingesetzt, an weitere Angriffe war nicht zu denken, solange man kaum von einem Zelt zum anderen sehen konnte, so dicht fielen die dicken Flocken aus den tiefhängenden Wolken und bedeckten den Boden mit einer dicken, wattigen Schicht. Nässe drang in die Zelte, und die ersten Männer gingen mit geröteten und triefenden Nasen ihrer Arbeit nach, während Heinrich Kriegsrat hielt.

»Die Bayern schicken Entsatz«, meldete Friedrich von Treffurt. »Kleine Scharen aus verschiedenen Gebieten nähern sich Ulm. Der Schneefall verzögert ihr Eintreffen, aber sobald das Wetter besser wird, werden sie sich wieder auf den Weg machen.«

»Wir werden sie aufhalten müssen«, sagte Heinrich achselzuckend.

»Zumal sie uns in den Rücken fallen könnten«, fügte der päpstliche Legat hinzu, der sich im Laufe des Feldzugs als ein Mann mit kriegerischer Erfahrung erwiesen hatte.

Heinrich lehnte sich in die Polster. »Das wäre zumindest eine gute Gelegenheit, unsere Kampfkraft zu erproben und dem Gegner Schaden zuzufügen. Zur Zeit sind wir ohnehin vor allem mit Warten beschäftigt.«

Die Männer ringsum nickten zustimmend.

»Es tut gut zu wissen, daß die Ulmer und ihre Schützlinge so frieren wie wir«, brummte einer von ihnen. »Wenn nicht noch mehr, weil sie ja nicht herauskönnen, um Reisig zu sammeln.«

Leises Lachen ertönte in der Runde, sogar Heinrich schmunzelte bei der Vorstellung, daß sein königlicher Widersacher vor einem kalten Kamin hockte.

»Wir müssen unsere Anstrengungen beim Einholen von Vorräten verstärken«, wandte der Treffurter ein. »Im Fußvolk murren sie, weil sie zuwenig zu essen bekommen. Wein ist überhaupt nicht mehr aufzutreiben.«

»Es wird Zeit, daß wir in die Stadt eindringen«, sagte der päpstliche Legat kalt.

»Zuerst schneiden wir den bayerischen Verstärkungen den Weg ab. Dann können wir uns in Ruhe der Einnahme der Stadt widmen.«

Heinrich nahm den Kelch und hob ihn, für alle Anwesenden das Zeichen, ihrem König zuzutrinken.

»Trinken wir darauf, daß wir diesen kleinen Ausflug siegreich beenden!« rief Heinrich, setzte den Kelch an die Lippen und trank in langsamen Zügen vom süßen Wein.

»Ich werde zumindest eine dieser Scharen führen. Es

steht einem König gut zu Gesicht, nicht nur im Zeltlager auf und ab zu stolzieren.«

Sie stellten die bayerische Schar drei Meilen flußaufwärts von Ulm. Heinrich ritt an der Spitze einer Abteilung thüringischer Ritter, gemischt mit Knappen zu Pferde. Die Reiter prallten mit eingelegten Lanzen krachend aufeinander, Schreie gellten auf, als die ersten zu Boden stürzten. Umringt von seinen Leibwächtern, brach Heinrich durch die Reihen der Gegner, wendete seinen Braunen, schwang den Streitkolben hoch über dem Kopf, um ihn auf den nächsten Mann niedergehen zu lassen, der vollkommen erstarrt im Sattel saß.

Heinrich spürte die Wachsamkeit, als riesele kühles Wasser durch seine Adern. Das Visier behinderte die Sicht; er mußte sich auf seine Leibwächter verlassen, von denen einer plötzlich mit einem gurgelnden Laut rückwärts vom Pferd rutschte. Ringsum tönte wütendes Gebrüll, Befehle, krachend schlugen Äxte und Klingen auf Schilde. Heinrich zückte das Schwert anstelle des Streitkolbens, bestürmte einen weiteren Ritter, einen Mann, dessen gelber Wappenrock ihn reizte. Schmutz stob auf, Schnee rieselte glitzernd von den Zweigen, Heinrichs Klinge traf die Schulter des Fremden, der stöhnte. Er riß die blutverschmierte Waffe zurück, stieß sie triumphierend in die Luft, als ihn ein Schlag traf, mitten durch den Leib fuhr. Seine Arme sanken kraftlos herab, etwas sauste an seinem Kopf vorbei. Jemand griff nach den Zügeln, die er fallen gelassen hatte, ritt dicht neben ihm, stützte ihn.

Der Schmerz breitete sich in dumpfen Wellen von der Wunde knapp unterhalb des Nabels aus. Ihm war übel, und Nacht umfing ihn. Er ahnte, daß sie sich auf der Flucht vor ihren Gegnern befanden, spürte die Galoppsprünge seines Pferdes, spürte, wie er seitwärts aus dem Sattel glitt und nichts dagegen tun konnte.

»Haltet Euch fest, Herr!« rief der Mann neben ihm, drückte eine seiner Hände um ein Büschel Mähnenhaar.

Heinrichs Körper krümmte sich zusammen, als der Schmerz plötzlich bis in die letzte Fingerglieder schoß, als spritze kochendes Wasser aus einem Topf. Dann verschlang ihn Dunkelheit.

Er erwachte auf seinem Lager, warm eingehüllt, seine Füße schienen gefroren zu sein. Stechende Kopfschmerzen und das Klappern seiner Zähne hatten ihn geweckt.

Auf dem Rand des Lagers saß einer der Ärzte, runzelte die Stirn, während er ihn betrachtete.

»Ihr seid noch rechtzeitig gebracht worden. Ein Armbrustbolzen hat Euch getroffen, die Wunde ist zwar glatt, aber tief.«

Heinrich wandte sich zur Seite, erkannte im Halbdunkel den päpstlichen Legaten und Friedrich von Treffurt, der an den Lippen nagte.

»Ihr müßt jetzt schlafen, Herr«, sagte der Arzt. »Ihr müßt Euch erst einmal erholen.«

Der Mann erhob sich, packte seine Tasche, verneigte sich tief und ging einige Schritte rückwärts, bevor er sich umdrehte. Mühsam hob Heinrich die Hand, winkte den Treffurter zu sich.

»Ist die Verstärkung durchgekommen?« flüsterte er.

»Diese Schar und zwei weitere«, erwiderte Friedrich von Treffurt. »Es wird dadurch nicht einfacher für uns.«

Vorsichtig betastete Heinrich seinen Bauch, erschrak über den jähen Schmerz, der ihn durchbohrte.

»Der Bolzen hat die Wappnung durchdrungen«, sagte der Treffurter. »Es wird heilen, aber kämpfen werdet Ihr in nächster Zeit nicht mehr.«

»Was ist das für ein König, der seinen Rittern nicht voranzieht, sondern im Bett liegt und von dort aus Befehle erteilt?«

»Ein König, der im Kampf verletzt wurde, was nicht die geringste Ehre ist, die er erwerben kann. Ihr solltet den Rat des Arztes befolgen und schlafen, um Euch zu erholen.«

Doch Heinrich fand keine Ruhe; unfähig, sich herumzuwälzen, lag er auf dem Rücken, starrte das Zeltdach an, verwünschte die Edelknaben und den Arzt, die in der Nähe seines Lagers wachten. Den Schmerz, dieses reißende Tier, das sich in seinen Eingeweiden eingerollt hatte, konnte er einschläfern, solange er sich nicht bewegte, aber seine Gedanken irrten ruhelos umher.

Er hatte den jungen Mann, den er belagerte, monatelang beraten, hatte die Bewunderung, die der Kaisersohn und König für ihn gehegt hatte, genossen. Und dennoch hatte er ihn verraten, weil ihn die Weisungen seines Vaters beleidigt hatten; Kaiser Friedrich beherrschte seinen Sohn, und Heinrich und der böhmische König sollten als Reichsgubernatoren und Vorsteher des Kronrates den jungen König nach seinem Willen und in seinem Sinne beraten. Dabei war Kaiser Friedrichs Heimat von jeher Apulien, kannte er die Zustände in den deutschen Landen nur von Briefen und Reichstagen. Heinrich war sich vorgekommen wie ein Gaukler, der auf einem dünnen Seil hoch über dem Boden spazierengeht. Eine leichte Beute für die Einflüsterungen des Erzbischofs von Mainz.

Er warf den Kopf herum, dämpfte den Zorn, ehe dieser

das schlafende Tier noch wecken würde. Die langen Stunden dieser Winternacht zermürbten seinen Geist mit Bedenken und Ängsten. Die Belagerung drohte zu einer Niederlage zu werden. Ein bettlägeriger Fürst, im Kampf unterlegen und verwundet, nährte Entmutigung in den Herzen der Männer, die von Kälte und Hunger zermürbt wurden. Ein neuer Feldzug zu einem späteren Zeitpunkt, im Frühling, vielleicht auch erst im Herbst mit frischen Truppen, könnte den Sieg bringen. Wenn er erst, wie der päpstliche Legat versichert hatte, die Fürsten auf seiner Seite hätte.

Aber wen hatte er tatsächlich auf seiner Seite? Wer würde ihm folgen? Die Erzbischöfe von Mainz und Köln stützten ihn, der Trierer notgedrungen, manche der von ihnen abhängigen Bischöfe offenkundig nur widerwillig. Von seinen Schwägern hatte er niemanden auf seiner Seite, die Brandenburger, Sachsen, Braunschweiger und Brabanter hielten sich im Hintergrund, und der Markgraf von Meißen stand trotzig zu Kaiser und König.

Eine kalte Faust schien nach seinem Herzen zu greifen, es zu umschließen und zuzudrücken. Keuchend rang er nach Atem, spürte, wie der Schmerz erwachte, die Krallen in sein Fleisch schlug. Schweiß rann ihm über die Schläfen und versickerte in seinem Haar. Ein Armbrustschütze hatte ihn gefällt, ein einfacher Reisiger. Hatte angelegt auf den Fürsten, den der Papst gegen seine Feinde erhoben hatte. Den nur die rheinischen Erzbischöfe wollten. Einen Pfaffenkönig.

»Ich werde nach Thüringen zurückkehren«, sagte Heinrich, als der Treffurter, den er hatte rufen lassen, erschrokken im Zelteingang stehengeblieben war. Erschrocken, seinen Herrn und König vor sich zu sehen, gewappnet, in den

Umhang gehüllt. Heinrich verzog das Gesicht zu einem Grinsen, das erforderte all seine Kraft.

»Das wird Euch das Leben kosten, Herr«, stammelte der alte Kämpe.

»Mag sein«, preßte Heinrich hervor. »Sieh du zu, daß die Belagerung aufgehoben, das Heer ausbezahlt und der Rückzug geordnet vollzogen wird. Die Grafen von Gleichen sollen dir helfen. Alles andere ist hier niedergelegt.«

Er wies auf das Pergament, das auf einem Tisch bereitlag. Es fiel ihm schwer, sich gegen den tobenden Schmerz aufzurichten.

»Herr, ich kann Euch so nicht gehen lassen.«

»Du wirst dich fügen müssen, Friedrich von Treffurt. Ich bin entschlossen, der Sache ein Ende zu bereiten, damit nach meinem Tod nicht alles zerfällt.«

Ein Knappe erschien neben dem Treffurter, erbleichte, als er seinen König erblickte, und stammelte, das Pferd stehe draußen bereit. Heinrich nickte. Er zögerte, straffte sich vorsichtig, verlagerte sein Gewicht. Es würde gehen. Es mußte gehen.

Langsam näherte er sich dem Vertrauten, der ihn so oft begleitet, ihm auch auf diesem Feldzug beigestanden hatte. Dicht vor dem alten Mann blieb er stehen, zögerte, dann umarmte er ihn, drückte ihn an sich und tätschelte seinen Rücken.

»Wünsch mir Gottes Segen, Herr Friedrich«, flüsterte er. »Ich brauche ihn dringend, denn ich liege unter Fortunas Rad.«

An den Schultern des Mannes richtete Heinrich sich auf, verließ das Zelt und humpelte ins Licht der Wintersonne, die als blasse Scheibe über den verschneiten Wäldern im Osten stand.

Heinrich lag still, horchte in sich hinein, auf den schweren Schlag des Herzens, das Rasseln des Atems. Wenn er die Lider hob, sah er Beatrix' Gesicht, ihre schönen, klaren Züge. Sie war schmal geworden. Sein Blick tastete über sorgenblasse Lippen, die feine Linie der Nase, und wenn er in die dunkelblauen Augen fiel, schob sich ein anderes Bild davor, ein unendlich zarteres. Gertruds dichtbewimperte Lider, die wie Schmetterlingsflügel wippten. Goldene Locken, die über ihn fielen wie ein Schleier.

Er blinzelte, und das Bild zerfiel, als bliese jemand eine Staubschicht von Beatrix' Haut. In seinen Augenwinkeln brannten Tränen. So vieles war noch ungesagt, so vieles drängte über seine Zunge, doch sie legte sacht ihre Fingerspitzen auf seine zersprungenen Lippen und machte einen Laut, als wollte sie ein Kind zu Bett bringen.

Ein Kind zu Bett bringen.

Ein Kind.

Sophias Sohn hieß Heinrich, wie er. Sophias Sohn würde zumindest Hessen erhalten. Vielleicht würde sie darum kämpfen müssen. Aber sie würde kämpfen. Und sie hatte alles Recht. Elisabeths Tochter.

Elisabeths und Ludwigs Enkel würde kein Bettler sein, nicht gezwungen sein, den geistlichen Stand zu wählen, um nicht als Handlanger eines Fürsten, als Dienstmann zu enden.

Heinrich holte Luft gegen den schweren Stein auf seiner Brust. Ein Zittern durchlief ihn, Wärme rieselte von den längst erfrorenen Füßen herauf. Wigos sanftes Murmeln hüllte ihn ein. *Quia petra mea et munitio mea tu es et propter nomen tuum dux meus eris et enutries me.* Laue Tropfen rannen träge über seine Stirn, seine Hände. *Tu fortitudo mea es. In manu tua commendabo spiritum meum.* Dann eine zweite Welle.

Er schloß die Augen.

Entließ den Atem.

Stille.

Der Druck wich von seiner Brust. Der Himmel war ein einziges gleißendes Licht. Hellblau. Veilchenblau. Er blinzelte. Ein lauer Luftzug ging über ihn hinweg, eine Berührung, die seine Wange streifte. Vögel trällerten über ihm, und Grillen webten einen flirrenden Teppich.

»Steh auf und geh!« sagte das Mädchen leise.

Sie stand vor der Sonne, kaum zu erkennen. Das Gegenteil eines Schattens. Sie streckte ihm ihre Hand entgegen.

Langsam setzte er sich auf, es fiel ihm leichter, als er befürchtet hatte. Sein Rücken fühlte sich ein wenig dumpf an, seine Brust schien leer. Still war es, kein Vogel schien zu singen, die Grillen schwiegen, und das Licht war überwältigend. Das Mädchen war zwei, drei Schritte weitergegangen, hielt ihm noch immer ihre Hand hin.

»Komm«, sagte sie.

Nicht mehr.

Sie mußten nach Hause. Konrad war sicher schon vorausgegangen. Wartete auf sie beide.

Heinrich richtete sich auf, tat einen Schritt und noch einen. Der warme Frühlingswind trug den Duft von Veilchen. Er folgte der Hand, die ihn berührte, die seine Finger warm umschloß und ihn führte.

Nachwort

Nach dem Tod Heinrich Raspes erlosch das Geschlecht der Ludowinger in der männlichen Linie. Seine Nichte Sophia erhob für ihren dreijährigen Sohn Heinrich Anspruch auf Hessen, Thüringen, und die sächsische Pfalzgrafschaft ging an den Markgrafen von Meißen, der ebenfalls ein Neffe Heinrichs war. Nachdem der Herzog von Brabant schon im darauffolgenden Jahr starb, benannte Sophia den Meißner Markgrafen zum Vormund ihres Sohnes.

1249 starb Erzbischof Siegfried von Mainz, die Wahl eines neuen Gegenkönigs zu Schwabenherzog Konrad IV. hatte er vorbereitet, erlebte sie allerdings nicht mehr.

Der Friede zwischen Sophia und dem Markgrafen von Meißen hielt nicht lange; 1254 führten Vereinbarungen zwischen dem Meißner und dem Erzbischof von Mainz zu Verstimmungen, Sophia verbündete sich mit dem Herzog von Braunschweig, das Ergebnis war ein langjähriger Krieg, der die Trennung von Hessen und Thüringen endgültig machte.

Ein Schriftsteller kann und will nicht Vergangenheit rekonstruieren. Im Idealfall ist ein historischer Roman eine Übersetzung dessen, was man von der damaligen Welt begriffen hat, in eine Darstellung, die für heutige Leser nachvollziehbar ist. Abweichungen von der historischen Realität sind unvermeidlich. Manche sind durchaus der Unaufmerksamkeit des Schriftstellers geschuldet. Andererseits gibt auch der aktuellste Forschungsstand bei aller Faktentreue nur Meinungen wieder, zu denen die Gruppe der mit diesem Thema und diesen Personen beschäftigten Wissenschaftler gekommen ist.

Gelegentlich macht die Verknüpfung von Fakten und Fiktion es notwendig, zusätzliche, fiktive Figuren einzuführen. So ist Wigo von Fritzlar keine historische Person; in ihm sind die Züge mehrerer Angehöriger des thüringischen Hofstaats verschmolzen. Ebenso war es z. B. wegen der wenigen unterscheidbaren Namen notwendig, anstelle eines großen Kanzleiapparates einen einzelnen Cancellarius Thomas vorkommen zu lassen, der als Prototyp dienen mag.

Will man ein solches Projekt durchführen, erfordert es Neugier und Hartnäckigkeit, um einer weitgehend unbekannten historischen Gestalt nachzuspüren. Die verwendeten Forschungsarbeiten sind meist jüngeren Datums, da Heinrich Raspe lange Zeit einen schlechten Ruf als *Pfaffenkönig* genoß, als der Mann, der die heilige Elisabeth von der Wartburg vertrieben und ihren Sohn Hermann vergiftet haben soll.

Vielen Menschen, die mir geholfen und mich unterstützt und ermutigt haben, habe ich zu danken; zu nennen sind hier (in alphabetischer Reihenfolge) die Freunde und Kollegen Petra van Cronenburg, Bernd Diehl, Susanne Gerdom, Andrea Kammann, Siegfried König, Charlotte Lyne, Laila El Omari, Kirsten Schützhofer, Petra Seeberger, Anja Stiller, Ines Thorn, Heike Wolf sowie meine Tochter Katharina.

Besondere Dankbarkeit hege ich jedoch für meinen Agenten Andreas Brunner, der sich vehement für dieses Projekt eingesetzt hat, für meinen Lektor Andreas Paschedag, mit dem ich dank seines Vertrauens in meine Arbeit eine mir bisher unbekannte Form der Zusammenarbeit zwischen Autor und Lektor erlebte, und vor allem für meinen Mann Helmut Kammerer, dessen unermüdlicher Eifer, das Entstehen dieses Romans voranzutreiben, mich in jeder Hinsicht zu unterstützen und mir den Rücken freizuhalten, diesen Roman entscheidend geprägt hat. Ihr habt mich getragen!

Hesiods Musen versichern, sie seien in der Lage, Erfundenes zu erzählen, das der Realität ähnlich sei, allerdings auch, wenn sie wollen, die Wahrheit zu verkünden. Oder wie Heinrich im Roman sagt: »Manchmal kleidet sich die Wahrheit in das Gewand der Lüge, um sich uns zu offenbaren.«

Übersetzungen

Seite 5

Caritas patiens est, benigna est, caritas non aemulatur, non agit perperam, non inflatur, non est ambitiosa, non quaerit quae sua sunt, non inritatur, non cogitat malum, non gaudet super iniquitatem, congaudet autem veritati omnia suffert, omnia credit, omnia sperat, omnia sustinet, caritas numquam excidit, sive prophetiae evacuabuntur sive linguae cessabunt sive scientia destruetur.

Die Liebe ist langmütig, die Liebe ist gütig. Sie ereifert sich nicht, sie prahlt nicht, sie bläht sich nicht auf. Sie handelt nicht ungehörig, sucht nicht ihren Vorteil, läßt sich nicht zum Zorn reizen, trägt das Böse nicht nach. Sie freut sich nicht über das Unrecht, sondern freut sich an der Wahrheit. Sie erträgt alles, glaubt alles, hofft alles, hält allem stand. Die Liebe hört niemals auf. Prophetisches Reden hat ein Ende, Zungenrede verstummt, Erkenntnis vergeht.

(1. Kor. 13,4–8)

Seite 19

Dominus tecum

Der Herr (sei) mit dir! (Begrüßung unter Klerikern)

Tristatur aliquis vestrum, oret aequo animo et psallat, infirmatur quis in vobis, inducat presbyteros ecclesiae et orent super eum unguentes eum oleo in nomine Domini, et oratio

fidei salvabit infirmum et adlevabit eum Dominus, et si in peccatis sit, dimittentur ei.
Ist einer von euch bedrückt? Dann soll er beten. Ist einer fröhlich? Dann soll er ein Loblied singen. Ist einer von euch krank? Dann rufe er die Ältesten der Gemeinde zu sich; sie sollen Gebete über ihn sprechen und ihn im Namen des Herrn mit Öl salben. Das gläubige Gebet wird den Kranken retten und der Herr wird ihn aufrichten; wenn er Sünden begangen hat, werden sie ihm vergeben.

(Jak. 5,13–15)

Seite 32
[…] *qui ambulans ibat et flebat portans ad seminandum sementem veniens veniet in exultatione portans manipulos suos.*
Sie gehen hin unter Tränen und tragen den Samen zur Aussaat. Sie kommen wieder mit Jubel und bringen ihre Garben ein.

(Ps. 126,5 f.)

Seite 34 und 213
Confiteor Deo omnipotenti et vobis, fratres, quia peccavi nimis cogitatione, verbo, opere et omissione: mea culpa, mea culpa, mea maxima culpa.
Ich bekenne Gott, dem Allmächtigen, und allen Brüdern und Schwestern, daß ich Gutes unterlassen und Böses getan habe - ich habe gesündigt in Gedanken, Worten und Werken – durch meine Schuld, durch meine Schuld, durch meine gewaltige Schuld.

Seite 35
Qui habitat in abscondito Excelsi in umbraculo Domini commorabitur, dicens Domino spes mea et fortitudo mea Deus meus confidam in eum.

Wer im Schutz des Höchsten wohnt und ruht im Schatten des Allmächtigen, der sagt zum Herrn: Du bist für mich Zuflucht und Burg, mein Gott, dem ich vertraue.

(Ps. 91,1 f.)

Seite 40

Deposuit potentes de sede et exaltavit humiles, esurientes implevit bonis et divites dimisit inanes.

Er stürzt die Mächtigen vom Thron und erhöht die Niedrigen. Die Hungernden beschenkt er mit seinen Gaben und läßt die Reichen leer ausgehen.

(Luk. 1,52 f.)

Seite 45, 202, 295 und 346

Dominus pascit me, nihil mihi deerit, in pascuis herbarum adclinavit me, super aquas refectionis enutrivit me, animam meam refecit, duxit me per semitas iustitiae propter nomen suum, sed et si ambulavero in valle mortis, non timebo malum, quoniam tu mecum es, virga tua et baculus tuus ipsa consolabuntur me. Pones coram me mensam ex adverso hostium meorum inpinguasti oleo caput meum calix meus inebrians. Sed et benignitas et misericordia subsequetur me omnibus diebus vitae meae et habitabo in domo Domini in longitudine dierum.

Der Herr ist mein Hirte, nichts wird mir fehlen. Er läßt mich lagern auf grünen Auen und führt mich zum Ruheplatz am Wasser. Er stillt mein Verlangen; er leitet mich auf rechten Pfaden, treu seinem Namen. Muß ich auch wandern in finsterer Schlucht, ich fürchte kein Unheil; denn du bist bei mir, dein Stock und dein Stab geben mir Zuversicht. Du deckst mir den Tisch vor den Augen meiner Feinde. Du salbst mein Haupt mit Öl, du füllst mir reichlich den

Becher. Lauter Güte und Huld werden mir folgen mein Leben lang, und im Haus des Herrn darf ich wohnen für lange Zeit.

(Ps. 23)

Seite 51 und 56

Pater noster qui es in caelis:
sanctificetur nomen tuum;
adveniat regnum tuum;
fiat voluntas tua, sicut in caelo et in terra.
Panem nostrum cottidiamus da nobis hodie;
et dimitte nobis debita nostra,
sicut et nos dimisimus debitoribus nostris;
et ne nos inducas in tentationem;
sed libera nos a malo.
(Quia tuum est regnum et potestas et gloria in aeterna.)
Amen.

Vater unser im Himmel,
geheiligt werde dein Name.
Dein Reich komme.
Dein Wille geschehe, wie im Himmel so auf Erden.
Unser täglich Brot gib uns heute.
Und vergib uns unsere Schuld, wie auch wir vergeben unseren Schuldigern.
Und führe uns nicht in Versuchung,
sondern erlöse uns von dem Bösen.
(Denn dein ist das Reich und die Kraft und die Herrlichkeit in Ewigkeit.)
Amen.

(Vaterunser, nach Mat. 6,9–13 und Luk. 11,2–4)

Seite 67

Dominus lux mea et salutare meum quem timebo, Dominus fortitudo vitae meae quem formidabo.

Der Herr ist mein Licht und mein Heil: Vor wem sollte ich mich fürchten? Der Herr ist die Kraft meines Lebens: Vor wem sollte mir bangen?

(Ps. 27,1)

Ostende mihi Domine viam tuam et deduce me in semita recta propter insidiatores meos, ne tradas me Domine.

Zeige mir, Herr, deinen Weg, leite mich auf ebener Bahn trotz meiner Feinde! Gib mich nicht meinen gierigen Gegnern preis; denn falsche Zeugen stehen gegen mich auf und wüten.

(Ps. 27,11 f.)

Seite 123

infirmos curate, mortuos suscitate, leprosos mundate, daemones eicite, gratis accepistis, gratis date, nolite possidere aurum neque argentum neque pecuniam in zonis vestris.

Heilt Kranke, weckt Tote auf, macht Aussätzige rein, treibt Dämonen aus! Umsonst habt ihr empfangen, umsonst sollt ihr geben. Steckt nicht Gold, Silber und Kupfermünzen in euren Gürtel.

(Mat. 10,8 f.)

Seite 126

beati pauperes spiritu quoniam ipsorum est regnum caelorum, beati mites quoniam ipsi possidebunt terram, beati qui lugent quoniam ipsi consolabuntur.

Selig, die arm sind vor Gott; denn ihnen gehört das Himmelreich. Selig die Trauernden; denn sie werden getröstet werden. Selig, die keine Gewalt anwenden; denn sie werden das Land erben.

(Mat. 5,3–5)

Seite 140
cum tacent, clamant.
Indem sie schweigen, schreien sie.

(Cicero, Catilina 1)

Seite 181
Qui amat patrem aut matrem plus quam me, non est me dignus
Wer Vater oder Mutter mehr liebt als mich, ist meiner nicht würdig.

(Mat. 10,37)

Seite 185
Regnat avaritia,
regnant et avari;
mente quivis anxia
nititur ditari,
cum sit summa gloria
censu gloriari.
Omnes iura ledunt
et ad prava quaelibet
impie recedunt.
Es herrscht die Habgier und herrschen die Habgierigen; unruhigen Herzens strebt ein jeglicher danach, sich zu bereichern, als sei 's der höchste Ruhm, des Wohlstands sich zu rühmen. Alle brechen die Gesetze, und beliebigen Schandtaten wenden sie sich gottlos zu.

(Carmina Burana, Ecce torpet probitas 10–18,
Übers. I. Kammerer)

Seite 235

Non concupisces domum proximi tui nec desiderabis uxorem eius.

Du sollst nicht nach dem Haus deines Nächsten verlangen. Du sollst nicht nach der Frau deines Nächsten verlangen.

(Ex. 20,17)

Seite 346 und 367

Laudate dominum omnes gentes, conlaudate eum universi populi, quia confortata est super nos misericordia eius et veritas Domini in aeternum – alleluia.

Lobet den Herrn, alle Völker, preist ihn, alle Nationen! Denn mächtig waltet über uns seine Huld, die Treue des Herrn währt in Ewigkeit. Halleluja!

(Ps. 117)

Seite 404

Quia petra mea et munitio mea tu es et propter nomen tuum dux meus eris et enutries me. Tu fortitudo mea es. In manu tua commendabo spiritum meum.

Denn du bist mein Fels und meine Burg; um deines Namens willen wirst du mich führen und leiten. Du wirst mich befreien aus dem Netz, das sie mir heimlich legten; denn du bist meine Zuflucht. In deine Hände lege ich voll Vertrauen meinen Geist.

(Ps. 31,4–6)

(Die Übersetzungen der Bibeltexte stammen aus der Einheitsübersetzung der *Heiligen Schrift*.)

Glossar

Adlatus: Gehilfe/Schüler eines Klerikers

Albigenser: andere Bezeichnung für Katharer, häretische Bewegung, die ein dualistisches Weltbild predigte, in dem die Schöpfung Werk des Teufels ist

Bruche: schurzähnliche »Hose« aus unterschiedlichen Materialien, die zusammen mit den Beinlingen die Hosenmode bildete

Busine: Naturtrompete (von lat. *bucina*, davon dt. Posaune)

Cancellarius: »Kanzler«, Hofbeamter, dem die Kanzlei, d. h. der gesamte Verwaltungs- und Dokumentationsapparat eines Hofes, unterstellt ist

Canonicus: »Kanoniker«, Kleriker, die nach der Regel des heiligen Augustinus gemeinsam leben, auch Chorherren, Domherren

Capellanus: »Kaplan«, Priester, der in einer bestimmten Kirche dient

Cotte: Kleid, Tunika mit eingesetzten Keilen, die die Figur mehr betonen und (bei Frauen) den Rock weiter schwingen lassen – davon »Kutte«

Deutscher Orden: »Deutschherren« (*Ordo Teutonicus*, OT), 1190 gegründeter geistlicher Ritterorden

Hornung: alter Name des Februar

Komplet: Stundengebet zum Tagesende
Laudes: »Lobgesänge«, Morgengebet
Laudes Creaturae: Titel des *Sonnengesangs* des Franz von Assisi
Magister: akademischer Grad (auch schon an den Domschulen), der zur Lehre befugt
Magnificat: eines der ältesten und wichtigsten Gebete in der katholischen Kirche, Lobgesang Mariens (Luk. 1, 46–55)
Medicus, Physicus: Heilkundiger bzw. Arzt
Minoriten, Minderbrüder: Angehörige des von Franz von Assisi 1210 gegründeten Ordens der Minderen Brüder (*Ordo Fratrum Minorum*, OFM)
Non: Gebet zur neunten Tagesstunde, um die Nachmittagszeit
Prediger: Angehörige des Anfang des 13. Jh. von Dominikus gegründeten Predigerordens (*Ordo Praedicatorum*, OP), heute oft Dominikaner genannt
Prim: Stundengebet zur ersten Tagesstunde, d. h. zu Sonnenaufgang
Propst: lat. *propositus*, Vorgesetzter z. B. eines Domkapitels, d. h. der Gemeinschaft der zu einem Dom gehörenden Chorherren
Purgatorium: alte lat. Bezeichnung für »Fegefeuer«
Schultheiß: »Schulte«, Vorsteher und Sprecher einer Stadtgemeinde
Schwertleite: »Ritterpromotion«; nach dem Ende ihrer Ausbildung wurden Knappen in einer Weihezeremonie in den Ritterstand aufgenommen; zu den Ritualen gehörte die Gürtung mit dem (vom Priester gesegneten) Schwert und das Anlegen der Sporen (davon: »sich die Sporen verdienen«)

Sext: Stundengebet zur Mittagsstunde

Terz: Stundengebet zwischen Sonnenaufgang und Mittag

Tjost: ritterlicher Zweikampf, speziell im Turnier

Villication: die von einem Fronhof und den dazugehörigen Bauernhöfen gebildete Einheit, entstanden aus der spätantiken *villa rustica*.

Villicus: Leiter einer Villication

Waldenser: als häretisch verurteilte Bewegung des 13. Jh., begründet vom Kaufmann Petrus Valdes aus Lyon, heute noch vor allem in Italien als reformierte Glaubensgemeinschaft vertreten

Vogt: lat. *advocatus*, Rechtsbeistand, der ein Kloster oder eine Stadt vertrat und auch die Gerichtsbarkeit ausübte

Wittum: »Witwengut«, Besitztümer, die ein Mann seiner Frau nach der Hochzeit für den Fall seines Todes überschrieb; häufig hatte die Frau auch während der Ehe schon Nießbrauch an ihrem Wittum

Tim Willocks
Das Sakrament
Roman
Aus dem Amerikanischen
von Ulrike Seeberger
761 Seiten. Gebunden
ISBN 3-352-00739-X

Liebe, Krieg & Glaube

Malta wird 1565 von den Türken belagert. Nur ein Mann, so scheint es, kann den Christen noch helfen: Mattias Tannhäuser wurde als Zwölfjähriger von den Türken entführt und ist bei ihnen aufgewachsen. Er kennt ihre Kultur und ihre Waffen. Um ihn auf die Insel zu locken, schickt der Großmeister des Malteser Ordens die schöne Contessa Clara nach Sizilien. Schafft sie es, Tannhäuser nach Malta zu locken, darf sie ihn auf die Insel begleiten, auf der ihr verlorener Sohn lebt. Doch kaum hat sich Tannhäuser entschieden, den Christen zu helfen, wird sein Haus zerstört, sein Freund gefoltert – die Inquisition ist ihm auf den Fersen. Der Inquisitor Ludovico versucht mit aller Macht, ihn von seinem Vorhaben abzubringen. Was Tannhäuser auf Malta finden könnte, würde den Untergang der Inquisition bedeuten. Ein vielschichtiger, raffiniert konstruierter historischer Roman, der alle bisherigen Dimensionen sprengt.

»Willocks erzählt packend, und es gelingt ihm, die Insel Malta anno 1565 zum Leben zu erwecken.« TANKA KINKEL

Mehr Informationen erhalten Sie unter
www.aufbauverlagsgruppe.de oder in Ihrer Buchhandlung

rütten & loening
AUFBAU VERLAGSGRUPPE

Frederik Berger
Die heimliche Päpstin
Roman
440 Seiten. Gebunden
ISBN 3-352-00740-3

Eine neue Herrscherin über Rom

Rom, Anfang des 10. Jahrhunderts: Marozia, Tochter einer Adelsfamilie, lebenshungrig und wegen ihrer Schönheit verehrt, will ihre ehrgeizige Mutter an Einfluß übertreffen. Doch sie muß sich erstmal den Plänen der Mutter fügen. Sie heiratet einen ungeliebten Mann und muß sich dem Papst hingeben, der Vater ihres Sohnes ist. Aber Marozia findet eine Antwort auf diese Erniedrigungen. Das Kind des Papstes soll den Heiligen Stuhl besteigen. Marozia will Kaiserin werden – und »heimliche Päpstin«. Bald erkennt sie, daß der Aufstieg zu höchster Macht teuer erkauft ist. Ein unglaubliches Schicksal, dessen Spuren sich nie vollständig löschen ließen: Marozias dramatisches Leben hat die Legende von der »Päpstin Johanna« maßgeblich beeinflußt.

Mehr Informationen erhalten Sie unter
www.aufbauverlagsgruppe.de oder in Ihrer Buchhandlung

rütten & loening
AUFBAU VERLAGSGRUPPE

Frederik Berger: Farbenprächtige Geschichten aus der Geschichte

Die Geliebte des Papstes
Italien im ausgehenden 15. Jahrhundert. Der römische Adlige Alessandro Farnese befreit die junge Silvia Ruffini aus der Hand von Wegelagerern. Doch die Liebe, die zwischen beiden aufkeimt, wird jäh unterbrochen. Alessandro wird vom Papst in den Kerker geworfen. Erst drei Jahre später trifft er Silvia wieder. Sie liebt ihn noch immer, muß aber zusehen, wie Alessandro sich auf ein Ränkespiel einläßt, um Kardinal zu werden, das nicht nur sein, sondern auch ihr Leben in Gefahr bringt.
»Beste Spannungslektüre voller Abenteuer, Leidenschaft und Sinnlichkeit und – das alles beruht dennoch auf Tatsachen!«
WILHELMSHAVENER ZEITUNG
Roman. 568 Seiten. AtV 1690

Canossa
Aus den geheimen Annalen des Lampert von Hersfeld
Deutschland im 11. Jahrhundert. Nach dem Tod des Kaisers droht das Reich zu zerfallen. Heinrich, sein minderjähriger Sohn, gerät unter den unheilvollen Einfluß des Erzbischofs von Köln. Nur die Liebe zu Mathilde, seiner Cousine, läßt ihn Jahre der Bedrohung und des Verrats überstehen. Bis sich ihm ein noch größerer Widersacher entgegenstellt: Papst Gregor VII. strebt die Weltherrschaft der Kirche an. Ein schicksalhafter Kampf um die Macht beginnt.
»Ein sorgfältig recherchierter, packend geschriebener Roman, der uns auf angenehme Weise die Lebensumstände des Mittelalters näher bringt.« HAMBURGER ABENDBLATT
Roman. 607 Seiten. Gebunden.
Rütten & Loening
ISBN 3-352-00713-6

La Tigressa
Italien gegen Ende des 15. Jahrhunderts. Als Caterina Sforza, die Tochter des mächtigen Herzogs von Mailand, sich in einen verarmten Adligen verliebt, löst sie ungewollt eine Reihe blutiger Ereignisse aus, die sie bis an ihr Lebensende wie ein Fluch verfolgen. In Rom wird sie mit dem skrupellosen Neffen des Papstes verheiratet – und sprengt schon bald ihren goldenen Käfig, indem sie sich tatkräftig in die Politik des Vatikans einmischt.
Roman. 569 Seiten. AtV 2030

Mehr unter
www.aufbau-verlagsgruppe.de
oder bei Ihrem Buchhändler

aufbau taschenbuch
AUFBAU VERLAGSGRUPPE

Ignacy Kraszewski: Audienz am Dresdner Hof

JÓZEF IGNACY KRASZEWSKI (1812-1887), in Warschau geboren, stammt aus einer wenig begüterten polnischen Adelsfamilie. Als Anhänger der polnischen Unabhängigkeitsbewegung flüchtete er nach dem Januaraufstand 1863 ins Exil nach Dresden, wo er 20 Jahre lebte. Kraszewski hinterließ ca. 240 Romane und Erzählungen, aus denen die Sachsen-Romane zu den bis heute meistgelesenen gehören.

König August der Starke
Kraszewski erzählt vom prunkvollen Dresdner Hof, den rauschenden Festen und unzähligen Mätressen Augusts des Starken, eines der schillerndsten Herrscher des europäischen Barocks.
Historischer Roman. Aus dem Polnischen von Kristiane Lichtenfeld. 320 Seiten. AtV 1309

Gräfin Cosel
Ein Frauenschicksal am Hofe August des Starken
Anna Constantia von Brockdorff (1680-1765), als Geliebte August des Starken zur Gräfin Cosel erhoben, war eine der schönsten Frauen ihrer Zeit. Neun Jahre lang war sie die mächtigste Frau Sachsens, danach 49 Jahre auf der Festung Stolpen gefangen. Ein anrührendes Schicksal und ein prachtvolles Bild der königlichen Residenz in Dresden.
Historischer Roman. Aus dem Polnischen von Hubert Sauer-Zur. 305 Seiten. AtV 1307

Graf Brühl
Heinrich Graf Brühl (1700-1763) begann seine Karriere am sächsisch-polnischen Hof als Page Augusts des Starken. Bereits mit 31 Jahren war er Geheimrat und Minister. Auch nach dem Tod des Kurfürsten gelang es Brühl, sich unentbehrlich zu machen. Er übernahm die politischen Geschäfte für den trägen Friedrich August II. und diente sich an die erste Stelle im Staat.
Historischer Roman. Aus dem Polnischen von Alois Hermann. 303 Seiten. AtV 1306

Aus dem siebenjährigen Krieg
1757: Am Hofe Friedrichs II. ist man besorgt über die vielen Geheimdepeschen, die zwischen Dresden und Wien kursieren. Ziemlich naiv begibt sich ein junger Schweizer auf das spiegelglatte höfische Parkett. Brühls Pläne werden verraten, und die Preußen marschieren ohne Kriegserklärung in Sachsen ein.
Historischer Roman. Aus dem Polnischen von Liselotte und Alois Hermann. 311 Seiten. AtV 1308

Mehr unter www.aufbau-verlagsgruppe.de oder bei Ihrem Buchhändler